陇蜀文馀

关于文化、文献、文学与记忆

蒲向明 / 著

中国文联出版社

图书在版编目（CIP）数据

陇蜀文馀：关于文化、文献、文学与记忆 / 蒲向明
著 . -- 北京：中国文联出版社，2023.1
ISBN 978-7-5190-5002-3

Ⅰ . ①陇… Ⅱ . ①蒲… Ⅲ . ①散文集—中国—当代
Ⅳ . ①I267

中国版本图书馆 CIP 数据核字（2022）第 245695 号

著　　者	蒲向明	
责任编辑	胡　笋	
责任校对	乔宇佳	
装帧设计	中联华文	

出版发行　中国文联出版社
地　　址　北京市朝阳区农展馆南里 10 号　　　　邮编　100125
电　　话　010 - 85923025（发行部）　　　　85923091（总编室）
经　　销　全国新华书店等
印　　刷　三河市华东印刷有限公司

开　　本　710 毫米×1000 毫米　　1/16
印　　张　21
字　　数　323 千字
版　　次　2023 年 8 月第 1 版第 1 次印刷
定　　价　95.00 元

序

刘志伟[①]

"陇蜀"是个蕴含诸多意味、令人印象深刻的地域概念。《东观汉记·隗嚣传》（早于《后汉书·岑彭传》）所记载的"平陇望蜀"（也作"得陇望蜀"）历史典故，不仅昭示了陇蜀毗邻区域在交通与军事战略上的突出意义，还寄寓了特定历史时空中具有特定历史文化意涵指向的特殊情感，味醇而意厚。从地域文化视角来看，陇蜀（包括汉中）一带自己的文化特性，最迟在唐宋以前就已形成了。陇蜀文化既不同于关陇文化，也有别于巴蜀文化，在形态上呈现多元性、叠加性、过渡性等特点。近年来，由陇东南学者引领，掀起了一股陇蜀文化研究热潮，也取得了一系列重要学术成果，蒲向明教授是其中坚方阵中的代表性学者。

向明教授主持的项目"白马藏族文学的整理和研究"（2011 年国家社会科学基金），以陇蜀毗连的陇南市文县、绵阳市平武县、阿坝州九寨沟县、甘南州舟曲县白马藏族为研究对象。通过持续、艰苦的田野调查，向明教授将其实地考察所得与历史文献资料相结合，以开展深入、系统分析、比较研究为主，发表了一系列在学术界产生重要影响的研究论文，著成了完整的研究报告。这些研究陇蜀民族文化与文学的原创性成果，分量颇重，可喜可贺。

不过，向明教授并未就此止步，而是进而着力于对陇蜀道文化资源的深入挖掘和探讨。携 10 年深厚之积淀，向明教授于 2020 年开始主持国家社会科学基金项目"陇蜀道金石文献文学的整理和研究"，已经将研究触角深入到了陇蜀地域的金石文献遗存领域，必将有更大的学术发现，并将其研究成果奉献给学坛。

---

① 刘志伟，郑州大学二级教授，学科特聘教授，博士生导师，中国文选学研究会副会长兼秘书长。

作为数十年生活在陇蜀地域（主要在陇南），已然成为陇蜀文学与文化研究代表性学者的向明教授，其陇蜀文化研究，肩负着引领陇蜀地域文化研究的传承创新、用于时世的学术责任。长期身在特定的文学、文化现场所获得的深厚学养积淀、内在灵视和思想高度，使向明教授的研究显现出得天独厚、无可取代的特色。向明教授学精思勤，笔耕不辍，至今已发表研究古代文学、陇南文史、陇蜀文化等相关主题的学术论文150余篇，前期所出版著作《玉堂闲话评注》（2007）、《陇南白马人民俗文化研究·故事卷》（2011）、《甘肃傩文化研究》（2012）、《追寻"诗窖"遗珍——王仁裕文学创作研究》（2012）、《唐代文学与陇南文化研究》（2013）等，也无不与古代文学、陇南文史研究主题密切相关。

近年来，向明教授专注于陇蜀文化研究方面。《陇蜀青泥古道与丝路茶马贸易研究》（2018）、《唐末五代陇蜀浮世叙：王仁裕诗文解构》（2020）、《南宋经略陇蜀与吴玠吴璘史事研究》（2020）等著作，已将陇蜀文化研究推进到相当深入的地步。

向明教授独到的学术视角，对陇蜀文化的热忱、执着的追求和旺盛的学术活力，都让我由衷叹服。如专著《唐末五代陇蜀浮世叙：王仁裕诗文解构》，从王仁裕生平世系入手，总揽他在唐末五代陇蜀地域的创作情况，对叙写陇蜀浮世生活的诗歌、笔记小说创作进行了专门考察和研究。在此基础上还兼顾了王仁裕其他的散文创作之于陇蜀地域的描写，而后把探究视点深入王仁裕《开元天宝遗事》《玉堂闲话》和《王氏见闻录》笔记作品内部，对其描摹唐末五代陇蜀浮世生活作了细致探讨，在观照唐末五代陇蜀人文地理方面也颇有新见。南开大学宁稼雨教授评价说："就研究王仁裕这位陇南本土极负盛名的古代作家而言，他（蒲向明）是学术界最深入的。""扩大了人们认识作家（王仁裕）笔下'文学陇蜀'的视野和认知范围，别有文学审美意义。"

据我所知，除上述专门性研究成果外，向明教授还撰写了关涉陇蜀地域的田野调查手记、杂感、随笔、小品文等鲜见于报刊的七十余万文字。现在，他从中精选出三十多万字，结集为这本《陇蜀文馀》。大体说来，文集内容写于自2002年至今的二十年间，惬意而自然地体现了向明教授不同人生时段的闻见思考，其中有一主线一以贯之：为学与立身之道。故著者标而出之，以为书之引端。"直道而行"，乃《陇蜀文馀》之风味；"修辞立其诚"，是我对这本书的直观悟解。"文馀"云云，可看出他朴实、谦逊的学品、美德。在我看来，这本著作确有余音袅袅，却少东拉西扯、无关紧要之"馀"，而是多有洞察幽微、发人深思之见，犀利、灵悟之笔兴云成霞，一些让人折服的创见，甚且出人意表。

《陇蜀文馀》分文化、文献、文学和记忆四章，收文八十一篇。这种分章之法不是严格意义上的学术分类，但从总体上来看，虽多元而有序。既有与陇蜀文化研究密切相关的，也有蕴含其他社会文化价值的内容叙写。

前两章（文化、文献）主要侧重于学术与文化，体现的是求真务实，特别极力主张地方文化研究，倚重田野调查。从文献资料的最基础做起，研主于思，以便经世致用。如第一章开篇《乡土固城：基于口述与田野的民俗考察记》，用六十多页近六万字的篇幅，对陇蜀重镇、陇南最北乡镇——固城镇的自然景观、人文地理、民俗风情、历史文化、民间工艺、传统文艺、方神崇拜、传说故事、武术传承和特色物产等方面做了深入细致的考察，于当下乡村振兴战略颇有现实意义。还有对"两当号子""西礼乞巧""早秦文化""陇南山歌"等的叙写，都独具探究视点，体现出一种思想上的深沉、冷峻与自适。

相较而言，后两章（文学、记忆）更多以省识和温度见长，这些文字表现了个体心灵的感荡与深思、快乐与愁苦。人生之路的悲欢交替、遭际直陈、所思所悟，都有着透彻心骨的表现。如《年末随忆史铁生：思绪随风我那遥远的蒲家湾》，从史铁生的小说创作入题，回忆那些艰苦岁月里的童年，故乡本是一种亲切的回忆，但文字流动下的过往是挥之不去的愁情别意。再如《悟解快乐》，颇具佛理蕴含和哲学思考，"悟解"用语精妙且寓意深刻。在向明教授看来，快乐不只是一种神经冲动引发的情绪，更需要理性参与其中，见多识广、胸怀豁达更是快乐的源泉，不仅要多读书，也要在生活中处处留心、细细观察，这样才能真正体悟、享受快乐。文章的切入点和落脚点在于：人生的种种积累，并不是在浪费时间，而是一种经营生活的方式，一种获得快乐的方法。后两章还写到游历、友情、遭遇、怀想、时运等，有发于中言于外的性情郁结，有面临困厄时的心灵拷问，也有面对进退抉择的精神挣扎……凡此种种，都在心绪的起伏中，回归于向明教授对于生活的坚韧、定力和希冀。

本书所述，或可更进一步演绎：不仅地域上，是从我大中华之陇坻（陇山）经由渭河之滨的天水、西汉水流经的陇南，沿嘉陵江而下到达川蜀，在黄河与长江分水之间，且涉及了陇原、川蜀其他可以着笔之处，有具象的，也有意象的，或者二者俱存，多维纠结。就故乡而言，我住渭河上，君住渭河下。今居中原不见君，共饮渭河水。通读《陇蜀文馀》，让我挥之不去的还是乡愁。

推本溯源，作为20世纪70年代的农家子弟，向明教授赶上了改革开放的大潮。高考改变了他的命运，初入大学肯定意在立身与为学，抑或初非两槭，而"修辞其诚""直道而行"，成就他数十年如一日的可贵坚守，诚乃《中庸》"不诚无物"的虚心求教。从这个意义上看，这本书或许还能作为见证时代心田的星光，启发后人思用。

与向明教授相识相知有日。犹忆在天水"李杜"学术研讨会期间，我们曾热议向明教授家乡卦台山"人文初祖"伏羲与推演八卦的诸多问题，追叙1995年陪同台湾地区首位易学博士游志诚教授全家参访卦台山往事，并讲述在中原巩义河洛交汇处亲观"太极"的心灵震撼与历史观念认知、重构之多艰，笑谈"河出图"于"昨日"之"我"、于"今日"之"我"的生命意义；也神往于向明教授目光灼灼、快谈三阳川数百年来耕读传家的小康农家理想生活图景。在陇南成县学术活动之余，我们曾共睹"西狭颂"摩崖的汉隶风采，同访杜甫陇蜀诗地杜少陵祠，多有奇想激发书梦，不乏浓酒来证新见，深觉向明教授真为衡文之畏友，尤能慰我故乡情。因思"天行健"则所谓"诚者，天之道也"，"自强不息"则所谓"至诚无息也"，向明教授这本书，或可一言以蔽之：真诚有言之作也。

是为序。

2022年1月5日，郑州雨雪午后

目 录
CONTENTS

第一章 文化

乡土固城：基于口述与田野的民俗考察记

一

这次考察，主要是基于我主持的陇南市社会科学研究重点项目"陇南民俗文化生态区田野调查及研究——以礼县固城乡为例"（项目号：17LNSK03）的田野调查活动。项目组成员有刘吉平、张芳、宋涛、李彩芹、罗山峰、张旭辉、豆海红、陈江英等，在这次陇蜀地域传统文化积累厚实的礼县固城乡（2018 年 4 月撤乡改镇①，6 月挂牌）考察中做了大量的工作。在为期两年半（2017 年 6 月—2019 年 12 月）的活动中，得到了县委宣传部王瑞等领导和有关部门、固城乡政府，以及有关人员的大力支持。项目研究的阶段性成果以系列论文的形式已经公开发表，结项报告也已经顺利通过答辩，完成结项。但项目实施过程中，我们还获得了大量有意义但未发表出来的文字，我进行系统整理后利用这次结集的机会，以调查手记的形式面世。

固城乡地理位置十分重要，在历史发展中形成了独特的地域文化以及浓郁的民风民俗。2017 年 8 月 11 日，我们采访了固城籍退休教师张应麟②。以张应麟对固城乡民俗文化的深刻了解和体会，给我们做了全面介绍，尤其对民风民俗讲解得更为详细。次日，在固城乡中心小学校长张亮

---

① 《甘肃省民政厅关于陇南市 20 个乡撤乡改镇的批复》（甘民复〔2018〕11 号），甘肃省民政厅同意撤销礼县固城乡、湫山乡、江口乡、白关乡、王坝乡、滩坪乡、桥头乡，设立固城镇、湫山镇、江口镇、白关镇、王坝镇、滩坪镇、桥头镇。引自撤乡建镇促发展 [EB/OL]. 陇南市人民政府网，2018-04-15.
② 张应麟（1953—），甘肃师范大学毕业，中学高级教师，礼县文史研究学者。

的带领下，首先赶赴单坝村，对著名柳编传承人单华业老人进行采访调查。第三天，我们实地考察了固城中心小学后面的镇君寺，据说山上有很多汉代的墓葬①。因为我们团队缺乏专业的考古研究人员，考察收获仅局限于一个初步的认识，进一步工作有待后来。第四天，我们实地考察了当地著名的尖山寺。尖山寺，又名通天观，亦称西五台，位于天水市秦州区土盆村之南，礼县固城乡戚家沟村之北，海拔 2300 余米，是陇南市礼县、天水市秦州区、甘谷县、武山县毗连地区的一座名山，属石鼓山之脉，故有"石鼓震声通天应，土盆灵芝岁岁生"（《天水县志》）古诗，描摹其位形和传说。

固城乡位于甘肃省礼县北部，地处北秦岭余脉的西延部分，北接天水市甘谷县、武山县，东与秦州区毗邻，素有"一山分二水（黄河、长江），一岭连三县"之称，总面积 208 平方千米。该乡地理条件复杂，全乡天然草原、林地、丘陵等多种复杂地貌并存。平均海拔 1840 米，年均气温 6 摄氏度。由于高寒阴湿的苦寒自然条件，固城自然环境和人文环境处于农耕文化的基本状态，保留有独特的自然风光和浓厚的民俗文化。礼县首位飞行员赵清杰就出生在这里，红军"白马将军"柴宗孔烈士也长眠于此。由于祭祀活动较多，因而境内寺庙不少，著名的有尖山寺、凤龙山、朝阳寺等。乡政府驻地固城乡，距礼县县城 40 千米，坐落在由西北蜿蜒而来的凤龙山末端堡子梁两侧，四面环山，地域开阔，属于山系褶皱和河谷演变的一个小盆地较为中心的位置。固城乡政府、卫生院等单位和主要的集市街道依次建在山脚的西面，背靠堡子梁，面临西山河。固城中心小学建在山脚东面，背靠堡子梁，面临北河。

固城乡最重要的河流是固城河。该河发源于西秦岭四县区即礼县、甘谷县、武山县、秦州区交界的大分水岭（古籍称"西山"），当地俗称"三县梁"。流入固城乡境内的支流分南北两条，均自岭东随势而下。北支自岭北李家台子村至高家庄，再流经固城行政村之上磨自然村到白杨林

---

① 后经多次实地察看，该墓葬因为有不同时期的盾置，战国、汉代墓葬的可能性不大，有类似唐代的墓葬，但人为破毁严重，没有系统的科学考古依据。现存规模最大、形制较为完整的墓葬群，大家较为一致的看法是：该墓葬为宋墓的可能性最大。但没有人做过较为系统的考古发掘，不见有可靠文字资料记载。

村；南支从岭南芦化沟流出至白杨林村，与北支合为一水，形成固城河主流。固城河南流至高家庄村拐弯进入高家峡，再进入永坪峡。固城河流至永坪峡，左突右转竟有七十二拐，民间有"七十二道脚不干"的说法①。固城河因下游流经永坪乡，故又有"永坪河"的别称，古籍、现今文献交替使用"固城河""永坪河"之名，实即指同一条河流。固城河中下游支流主要有北河、孙家沟河、寺涧河、石涧河、周马沟河等②，向南注入西汉水。

根据口述文献可知，固城乡民间文艺主要是地方戏曲、社火。秦腔、影子腔主要流传在固城乡万河村一带，另有皮影戏、秧歌、山歌，详细情况待考。在民间宗教与信仰方面，有阴阳、风水，传神，法禁，抽保妆（暂名），丧葬礼、三献礼等。在医疗与教育方面，中医世家传承人（或代表人物）：董文学（小麦村，亦称斜土坡）；杨正华（张家村，亦称清水河）；王耀田（草滩村，亦称王家山）；张青彦（尖山村，亦称尖山组）。教育世家传承人（或代表人物）：张应麟（吊沟村）；陈树理（单坝村）；李智明（草滩村）；田瑛（朱磨村）。从整体看，中医和传统儒家教育观念留存比较多，对家风、族风、庄风、乡风直接影响大。

在庙宇文化方面：尖山寺，在固城乡尖山寺村，是天水、陇南两地区有悠久历史的寺观，位于尖山之巅，在寺门向东南眺望，可见秦皇湖（原红河水库）水平如镜，周边层峦叠嶂，西南可俯瞰固城乡所在川坝。寺院位于尖山最高顶，始建于明宪宗成化八年（1472年），距今（2022年）已有550年历史。清穆宗同治三年（1864年）曾修缮一次，1936年又修缮一次，解放后省政府立碑列为"省级文物保护单位"。寺庙僧侣、技工巧匠和当地群众意图修葺庙宇，以应美景，由于山区经济欠发达，捐资有限，所筹资金远非建筑所需，整体修缮尚在方案阶段。现存庙宇建筑群分前后三殿，后殿玉皇，前殿两面侧和下殿有三霄、药王、娘娘、地司、三官、灵官、八海神等庙堂及钟鼓楼和山门。其布局前低后高，错落有序，庙宇宏伟、脊兽壮观，梁柱拱斗雕刻绘画精湛别致，壁画神像细腻逼真、

① 赵殷. 固城河 [J]. 飞天, 2017 (09)：128-131.
② 卜汉文. 西汉水上游周秦汉时期遗址的考古学观察——以《水经注·漾水》为线索 [D]. 西安：西北大学, 2017.

栩栩如生。

尖山用手机定位实测最高处海拔 2364 米，是四县区接壤处最高的山脉，朝向固城的一个支脉走向东南，向东发展到红河镇小秦岭山，约距 20 千米，向南伸展到永坪乡毗连永兴镇的北山，约距 40 千米。另一支向西南，发展到固城乡朱家磨村猪腰崖，前沿伸展县城东北的四各山梁，约距 40 千米，向北发展到武山县四门镇。尖山有着得天独厚的地理位置，山南侧悬崖险峻、奇石竞秀，东西两方向数十里是青草茵茵的天然牧场，春夏秋之季的晨曦，半山腰常有云雾缭绕的景象，山顶极目四望，百里山川尽收眼底，俯瞰众山，似有唯我独尊之感。据村民介绍，这里盛夏气候清爽，山岩奇秀，草场宽阔，森林茂盛，药材品种繁多，山泉溪水清澈，是极为理想的避暑旅游胜地。

凤龙山寺庙，位于单坝村对面的凤龙山巅，是固城乡有名的寺庙，周边风景优美，还有流传的民间传说。寺庙稍低处，有戏台场院。戏台背东面西，戏场空旷平坦，可容纳七八百观众。通往寺庙的路两边，有形似乌龟和老虎的巨石。庙门迎面一处建筑是斗母宫，越过小径往上就是凤龙山主体建筑，高高的平台上寺庙山门高大庄严，进门两侧是道长和香客的住房，正面是泰山神大殿，两侧是十殿阎君、药王和土地。沿侧面而入背对泰山大殿的是观音菩萨，两侧是文昌、娘娘殿，最后是三清大殿。大殿的院子尚存有流行于民国时期的砖雕"狮子滚绣球""石人灯盏"等。站在山顶远眺，整个固城河川尽收眼底，确系胜景。

朝阳寺与其他 10 处寺庙文化遗存仅作简单考察，具体情况留待后续。

基于农耕文化的传统手艺方面：柳编、酿醋、榨油、打铁、木工都很有特点。单坝村的柳编具有代表性，老传人有单华业①为代表，年轻一代主要传承人有周黑娃、屈顺成等。单坝村坐落在固城乡西边，是该乡柳编最为盛行的地方之一，也是柳编工艺品和生活器具的主要集散地。从项目组的调查看，家家都有各式各样的柳编工艺品，有为数不少技艺特别出名的柳编艺人。在 20 世纪，其中就有工匠靠柳编技艺养活着一家大小，获取基本的经济费用。随着进入 21 世纪"城乡二元化"社会结构和"打工潮"

---

① 单华业（1932—），男，甘肃省礼县固城乡单坝村人，粗识字，家传柳编技艺继承人，有几十年的柳编经历和丰富的民间柳编经验。

的出现，以传统农业维系的生产和生活方式遭到了前所未有的挑战和变革，柳编民间手工艺遭遇巨大挑战，濒临失传。从采访可知，年轻人宁愿出门打工，都不愿学习这种古老、费事、收入又不高的民间技艺。单华业老人是村子里最有名的柳编艺人，住在村中一个简单而干净的四合小院里。采访时还在下地劳动（时年85岁），儿子召唤他才从田地里匆忙赶回家。老艺人身着简朴的中山装，脚踩手工黑条绒毛底鞋，岁月沧桑的脸上带着憨厚的笑容。根据他的讲述可知：

> 柳编需要很长时间的准备工作。一般立夏时节采折柳条，这时的柳条柔韧性和耐水性最强。采回来后先要经过仔细挑选，选择的标准是柳条粗细大小基本一致，别除过粗过细的柳条。再把形状大小粗细相近的柳条高温蒸煮，然后再漂白、晒干，压在干燥通风的地方，一有时间就可以编织。①

单华业老人编织技艺已经到了出神入化的地步，细细白白的柳条在他布满茧子的大手上飞动翻转，变成各种不同样式的生活实用器，主要有"簸箕""筛子""花阔楼""水果盘""提篮"等，玲珑秀巧，堪称工艺品。这些柳编器具，既实用又美观，在几十年前固城出门待嫁的闺女，以拥有一只老人编制的小嫁妆簸箩为荣，当地人称作"花阔楼"。工艺、质量上乘的"花阔楼"，由于柳条大小粗细相近，因而编出的"花阔楼"线条均匀，缜密厚实，即使是盛水也不会渗漏，令人感叹。单华业老人展示的一对刚刚完工的"花栲笔"（柳条编成，形状像斗的容器，类似簸箩，也作"栲栳"），直径约33厘米，小巧玲珑，通身洁白，均匀细致，双层的沿口，装饰有鲜艳的大红大绿的柳条，古典而优雅，属于老客户定做的工艺品，一般不做售品。

固城乡赵家老醋坊，酿造陈醋远近闻名。传承人赵翔②提取少量纯粮

---

① 摘自陈江英考察总结报告。陈江英（1977—），女，汉族，甘肃天水人，陇南师范高等专科学校文学与传媒学院讲师，西北民族大学在读博士。

② 赵翔（1961—），赵家陈醋坊第三代传承人，继承醋坊及技艺40年，高中文化程度（1969年毕业于礼县一中），任固城乡固城村党支部书记，现居礼县固城乡固城村三组185号。

酿造的陈醋，供项目组研究人员品尝，确实有独特风味。然后他介绍了赵家陈醋的酿造过程。一般在冬天实施酿制，先准备上好的高粱、小麦、玉米、大豆、谷子等粮食，煮熟之后搅拌在一起，高温发酵，俗话叫"插醋头"。等发酵好之后，再把提前准备好的麦麸加适量的水搅拌进去，再一次高温发酵。隔天进行均匀的搅拌，再发酵。一个月左右完全发酵成功，把发酵好的这些醋醅压在大缸之中，封缸七天，再翻缸一次，即完成陈酿。一个陈酿期需要 20 天至 30 天，陈酿时间越长，风味越好。最后将陈酿后的醋醅加水、加色浸泡，进行淋醋，循环泡淋，每缸淋醋三次。一般是把头遍的醋和以后的淋醋混匀后，成为最后的产品，就可以售卖了。当然，一般的发酵、酿造流程是这样的，但肯定还有家传的独门秘技，以为传授之本。赵翔祖父赵全禄、父亲赵宝仁均属酿醋高手，师承祖传（具体师承关系不详），在礼县城影响很大，至今有 120 多年传承史，解放后一直在礼县城和固城两处销售。改革开放后因原生态传统土法酿造，所酿醋香而不涩，药食两用，畅销四邻八乡，周边秦州区、甘谷、武山、西和县均有食客慕名前来购买。目前因绿色、原生态特色兼有养生之效，每月平均销售 2500 千克左右。醋坊保持传统经营一直未有扩建，因而产量基本保持在这一基点。

赵家醋坊的后院，有一棵大柳树，目测有十几围粗，半边枯枝直指苍穹，半边却生机勃勃、柳色青青，树身沧桑斑驳。据介绍，树龄不止百年，礼县有关部门已确定为文物古树。陇南著名作家赵殷（女）在散文集《回到固城》用文学笔法，生动地描写了这棵她家后院的大柳树。①

另有固城乡老油坊，传承人张彦彦、陈怀子；北河村铁匠技艺，传承人孙二虎父亲；苟河村铁匠技艺，传承人刘树雄；林山村木匠技艺，传承人林彦明、李随心；北河村木匠技艺，传承人蒲东仓。限于篇幅，暂略。

红色文化遗存：1936 年红军"白马将军"柴宗孔烈士在固城牺牲，并长眠于此，有烈士陵墓。新中国礼县首位飞行员赵清杰也出生于固城。

养殖种植产业开发和劳务输出：本次考察因外出务工人员太多，未作

---

① 赵殷著《回到固城》散文集，22 万字，敦煌文艺出版社 2012 年 8 月首版首印；2013 年 10 月，原出版社以"中国新锐作家当代文学典藏美文卷"系列之一重印，共计 230 页。

为重点考察。几乎各行政村都有类别不同的养殖专业户，绿化村有礼县福民种植养殖农民专业合作社，草滩村有礼县喜旺源养殖农民专业合作社，以及恒康养殖场。固城乡政府安排专人负责全乡劳务输出的组织和联系。

固城乡的历史遗迹除前述提及的以外，本次主要考察了固城乡东城遗址。一座饱经沧桑的土筑四方古城，面积约900平方米，城墙部分已经毁坏。据项目组成员访谈当地村民，这座古城属于陈姓大家族，在礼县境内很有些名气。城内主体建筑已被拆毁，现存有未拆除的老屋古房，属于偏房和一般建筑，屋顶起脊瓦兽，琉璃镶嵌，还可以看出盛况时的风采。门窗木质，材料已经不好辨认，但显然是精挑细选的上好木料，门窗华格，有木雕"凤和牡丹""莺歌燕舞""龙凤呈祥""五福齐寿"等寓意，在斑驳沧桑中无言诉说着家族的历史与兴衰成败，由此也可以推知当年主体建筑的壮观和辉煌。另有东城古槐树，在土筑古城东门入口处，粗可七八人合围，属于中国槐高大乔木，目测高度约20米，树身褐色具纵裂纹，枝生绿叶。据村民介绍，树龄800多年，仅系传说。

小结：本次固城乡考察，取得了一定的第一手资料，但由于对田野调查的经验欠缺，资料的专业性存在一定的不足；考察分成两组以后，考察的范围收窄，只是局部了解到以固城乡为代表的陇南北部地区民俗文化生态情况；一些成员没有分清采风和田野调查的细致性的区别，出现了用文学语言描述文化人类学的一些问题，科学性严谨性不够，客观效果相对弱化。

二

在初期调查的基础上，我们后续深入对固城乡文化溯源、文化关联的考察研究。范围由固城河—永坪河流域扩展到了西汉水上游地区，具体在崖城、固城、长道、祁山、盐官、红河一线。经过对西汉水上游进行较大规模的田野调查，在礼县盐官镇、红河镇、固城乡、永平镇和西和县长道镇、石堡镇，我们获得了以固城乡为重点地域的非物质文化遗产和民俗文化生态现状的大量第一手视频、音频、图像、文字资料，为后续开展调查研究、保证质量奠定了坚实基础。

该田野调查前，我们对有关计划和工作步骤进行了周密讨论并适当调整。确定《礼县、西和县西汉水上游非遗项目调查目录》《礼县、西和县西汉水上游民俗文化调查目录》，研制《礼县、西和县西汉水上游非遗项目（含民俗文化）调查表》。随后联系地方非遗办、教育局、文体局和有关乡镇文化站，落实调研路线和当地非遗保护和文化站人员的指导，确定访谈传承人。从成县出发途经西和县偶遇暴雨，晚八点才到达预定位置。随后的调查重视以下三个重点：（1）盐官镇井盐传统技艺、访谈非遗传人、考察盐井、作坊遗址、搜集故事传说，红河镇长鼓、黑社火、马社火、木偶戏（曲）、影子戏（腔）、高台社火、西犬丘坛祭词曲、跑花杆。（2）固城乡寺庙文化、黑社火、红色文化、柳编技艺、阴阳占卜、木雕技艺，永坪镇武探花文物遗存、墓志碑刻、故居宗祠、传说故事等。（3）赴西和县长道镇大柳民俗文化大院，考察、访谈乞巧文化传人，观察实物展览；赴石堡镇搜集民俗文化村调查西秦腔、影子腔、木偶戏（木脑壳）、乞巧传唱等。每天完成调研，团队负责人按时组织召开调查工作总结会，就取得的成绩和需要提高、改进的方面进行汇总和讨论，分享团队成员积累的经验和收获，为后续工作提供助力和针对新情况及时调整调查方案。

在祁山镇，现场观摩该镇乞巧汇演和乡村文化建设。在固城乡三县梁（武山、甘谷、礼县交界山岭），考察高山草甸（甘谷古坡草原）、文化旅游资源状况。固城乡芦花村在此地建有蒙古包，开展旅游、牧业、养殖联村发展模式，效益良好，扶贫脱贫成绩显著，团队采访了该村支书及致富能手，获得了扎实的第一手资料。调查固城乡皮影戏和影子腔、祭祀文化和武术文化，并邀请一些传承人进行现场示范表演、演示、讲解。集中力量走访、访谈居住在县城的固城俊彦和当地专家，了解固城历史沿革和民间文艺传承，做了大量笔录和搜集到众多音频资料。重点访谈调查寺庙文化和村落文化传承习俗，对当地著名的尖山寺、豆龙山进行细致考察，其中对"方神崇拜"与早期秦文化关系，以及源自天水三阳川卦台山而来的流传途径，对现存清中期神案画像和民国六年（1917年）铁磬，拍照、录像，获取重要研究信息。访问固城乡著名木匠、样板戏成套皮影、著名画匠和著名武师，搜集重要的实物研究资料，补充调查汉墓群、宋墓群和古代交通情况。召开本次田野调查总结会议。本次调查，分五个学科进行民俗现状考察，也包括交叉内容的合作调查，发放问卷 500 余份，各类笔记近 30 万字，获得近 11G 的视频、音频资料，整个调研紧张有序，艰苦而又敬业，得到各级领导大力支持和村社群众、讲述人等的积极合作，圆满完成预设任务，达到了预期效果。

在固城、红河、崖城、马河、城关贾胡窑一带的考察，重点是对民间宗教文化、民间歌舞、民间文学、民间工艺有选择性地调查。调查涉及的主要细节有黑社火、马社火、秦腔大戏、皮影戏、迎喜神、圆庄等以前未曾注意到的部分。访谈主要包括每年春节都开展的活动，同时每逢农时节令都有的一定的过节习俗。比如二月二炒豌豆、五月五吃麦蝉、六月六吃麦索、八月十五吃水果、腊八节吃米饭等。另外还有传神、念经、阴阳风水、抽宝妆、差晦（冲）气、问神算卦等，扩展到各类民间小娱乐文化，如玩弹弓、跳绳，主要是强身健体和益智等方面的民俗文化。

调查皮影戏只在曾演过皮影戏和做过皮影人物道具的人员中进行。固城乡清水河村的杨树森，就是村里有名的皮影戏制作大师，已年近 80 岁。据他介绍，皮影戏是固城民间曾经流行的演出形式，现在已经很少演出了，但当年皮影戏把式家的戏箱里，至今还存有一些戏剧人物的皮影造型。做一套皮影戏的人物造型实属不易：第一，要有几张上好的牛皮；第二，要有手艺高超的大师；第三，还要懂戏剧、会描画。皮影戏人物造型的做法是，先将戏剧里的人物造型画在准备好的牛皮上，再一刀一刀精雕细刻，然后将人物的关节部位连结起来。做一部完整的剧本人物，大约要花掉一年的时间。杨树森年轻时做过多部秦腔剧的皮影人物，如《铡美案》《回荆州》《窦娥冤》《下河东》等。固城皮影戏的演出也与惯常的演出不同，常见的大戏演出是村里爱唱戏的男女化装成戏里的人物登台演出，加上敲锣打鼓的器乐班，需很多人才能完成。而皮影戏多则三五个，少则两三人就能完成一部戏的整个演出。这两三人必须会唱、能舞，还得会敲锣打鼓。演出时，三人要配合默契，边舞、边唱、边敲锣打鼓，一人完成多个角色的表演任务。

固城皮影戏的表演，整部戏的道白、唱段都须熟记在演者心里。演者双手挑着两根细竹子上的牛皮人物，通过自己手的上下左右不同幅度的摆动让牛皮人物举手抬足。观众面前挂一道白色纱幕，灯光从后面打在幕布上，人在布后挑着牛皮戏人晃动，影像就通过灯光投在幕布上。观众就看到戏中人物在唱念做打。牛皮人物仅是一张透雕的平面人像，"提线子"的人（戏把式）通过一系列的指挥，让灯光一照，他们就成了活活的角色，生、净、旦、末、丑，上下千年事，都能表现出来。据资料记载，皮影戏源于秦汉，二三十年的考古发现表明，西汉水上游流域是秦人的发祥地，受历史演进的影响，这片地域文化积淀深厚，传统文化风尚浓郁。入冬以后，皮影戏在固城逐渐活跃起来，到正月里演出还格外吸引观众。甚至两三个人合伙背上皮影戏箱，走村串户，到邻县、邻乡村社去演出，一场演出下来，能挣二三百元，也算是一项可观的收入。

固城位于礼县西北地带，是陇南地区最北的一个乡镇，东与礼县红河、天水秦州区杨家寺镇毗邻，民风淳朴。多年沉积下来的农耕文明发达，文化底蕴丰富。方言口语接近天水话，文化的相似性明显。天水杨家寺，礼县红河、固城毗连的地域文化氛围、文化渊源、民间习俗大体相同，但个别民间艺术、风俗存在细节差异。对固城乡传统音乐文化的调研，在调查前的准备是充分的，调研对象主要是民歌手、社火类曲子演唱者、组织者、知情者、亲临者，还有以村为单位的戏曲组织者、演职人员、爱好者，也有影子腔戏班及曾经组织过的人、演员。我们在春节时深入现场，共采访96人（其中民歌类80余人），戏曲专访3次，共记口述人员80余次。获得的第一手资料，对陇蜀地域传统文艺的独特性、本初性极具研究价值。

礼县大堡子山系列早期秦墓葬群的发掘，出土了大量以青铜器为代表的先秦或梁初物品，佐证了当地文化与历史的悠久渊源。就传统音乐文化而言，这里有民间歌曲、说唱音乐、戏曲音乐、独特的器乐曲、宗教音乐、祭祀音乐、舞蹈音乐等类型。其中流传最广的、至今仍然保存的是民间音乐和戏曲音乐，特别是山歌、小调、秦腔、影子腔，以及说唱音乐中的"说春"。在部分寺院和民间社火曲子里面，还能看到"变文"与宝卷的存在或印记。音乐的存在方式除了山歌和部分小调以外，大多数与敬神、祭祀有关。从音乐存在方式与歌词内容上体现出宋元时期的音乐对其影响较大。

固城自古以来是陇蜀交通要道，所以文化的蕴藏和变迁深受周秦文化、巴蜀文化的浸润与影响。礼县固城乡地势呈狭长地带，上片与甘谷、武山、秦州区毗邻，与下片的文化略有所别，敬神、唱戏规则也有细微区别。据天水地方志记载，魏晋时期曾设阳廉县，治所故址在今礼县红河，辖境包括今固城、红河镇及杨家寺镇等地，曾经同属一个文化带。这里的家族关系和邻里关系，构成人们生活的基本群体单位。族里的约束力量以家训、家风为主，村的控制力量以对神的敬畏、文化的约束为主。节俭首先被赞誉为好品德，当地方言叫"细祥"，与这里生产不发达、粮食产量不高，以及气候阴湿、物流不便等综合条件有关。浪费行为会受到谴责乃至惩罚。但在父母去世、儿女婚嫁等红白喜事及招待客人上是不节俭的，认为这是尽孝、喜庆、待客之道。有方言称："过家要细哩，待客要盛哩。"娱乐时间主要是农历六月收割麦子结束之后的"忙后"和"过年"（春节期间）。"忙后"的主要情形是：自家产出来的新麦子，磨成面粉，选最好最白的发面蒸成馍馍或花卷，装在竹编"盖笼"里，走亲戚送去"尝熟"，让亲戚检验自家麦子的好坏，拉近与稳定亲戚关系。亲戚以姑舅、姊妹等近亲血缘关系和姻亲为主。"过年"的主要情形是：娱神也娱人，就是祭祀神灵、祖先，以社火、戏曲敬献。亲族关系还保存传统礼仪的拜年活动。过年期间还保存"会长"制度，负责耍社火、唱戏等活动，祈福平安。

民歌活动普遍，按照内容可分为劳动歌、情歌、诉苦歌、诙谐讽刺歌等，其中"情歌"和"诉苦歌"所占比重较大。民歌与人们的生活有最直接、最紧密的联系，更是当地人集体智慧的一种凝结，因而是当地文化、人文、生活历程等的综合体现。民歌大致由山歌、小曲、春官曲、敬神曲、劳动号子等组成，其中最具有魅力、生命力的是山歌和小曲里面的社火曲与乞巧歌，也有少数春官曲传唱至今。这里的民歌是小农经济自然文化本能的冲动下产生的音乐形式，基本属于一种自发的人文现象。山歌在当地是"山野之曲"，只能在野外演唱，不能在家里或者长辈面前演唱。它主要的用途是在野外劳作、放牧时调节枯燥、辛苦的劳动，同时也是人们倾诉心声、自我宣泄的方式之一。"哪里有种地的人、放牛娃，哪里就有山歌。"当地人用生命与歌声演绎着自己的喜怒哀乐，因而表达方式很具有当地特色。方言的应用，有利于抒发淳朴的情感。不少民歌歌手，刚开始唱一些比较常见的"文雅"曲子，但随着情感的投入就会来几首大胆的情歌（俗称"酸歌"），一般不轻易在生人面前演唱。

调查采访民歌歌手 20 余人，年龄在 38—52 岁之间，最高文化程度是小学，文盲占90%以上。在空旷的野外，山歌悠扬动听，声传遥远。低于35岁的人很少有人会唱山歌，也就是说20世纪80年代后随着入学率的上升，很少有人去唱山歌。随着生活方式的改变，信息方式的多样化，山歌的场域也发生了很大的变化。平时实地唱山歌的，已较为少见。手机上建有"山歌"微信群，群里对歌、表演，或使用K歌软件演唱，便于传播和学习。村落的传承方式以听记、口头传唱为主，耳濡目染学唱山歌，在户外做农活或者放牧，"听"是唯一的学习途径，听得多了储备多了，就会了。民歌结构与音乐特色方面，曲式结构以上下句式为主，两句一个段落，表达一个完整的意思，因而音乐也是上句结束在属性质音阶上，下句结束在主性质音阶上。按照其表现形式和内部结构特色，属秦—晋支脉汉族民间音乐，音乐的构成以主音为中心，其上方四度音和下方四度音为骨干音，"双四度框架"调式框架结构。① 具有徵类色彩调式特点，以五声音阶为主，六声、七声音阶常见。

三

固城社火曲的起源在敬神祈祷活动——源于原生性民间信仰及其仪式。黑社火等祭祀娱神的活动，是民间音乐赖以生存的母体，其中尊崇祖上传统，反映着村落每个人的乡愿，因为祈祷"风调雨顺、平安顺头"的劳动、生活，是世代精神向往并且都在做的一件事。固城社火以村为单位举行，时间都在正月期间，事先请阴阳先生看日子决定开始与结束的日子，一般开始在正月初六、初八或者十二左右。固城上片区和下片区略有不同。村民认为每年都要耍社火，不然神灵不答应。比如林山村，李望来（1969—）、李进福（1963—）等讲述，在1981年正月间由于包产到户忙而没有耍社火，六月割麦子的时候猪瘟来袭，全村认为是因为没有给神灵耍社火而受到的惩罚。于是割完麦子，停下打碾，耍社火祭祀神灵。尽管之后还有猪死去，但是人们心里却踏实了。

---

① 王耀华，杜亚雄. 中国传统音乐概论 [M]. 福州：福建教育出版社，2004：182-183.

只要在正月期间，无论固城哪个村庄，都依然要耍社火。一般是社火兼唱戏，组织形式以村、自然村为单位；费用由（在戏曲一节里有详细介绍）全村人攒钱或凑份子钱，以及外出务工的人群中挣钱多的自愿多捐一点。社火演员来自本村自乐班，会头（会长）组织，会头每家轮流担任，祈祷家人平安和外出务工顺遂。

固城的社火主要分为黑社火和马社火两类。黑社火兼唱戏是常见的形式，每个村子都有。固城各村以农业生产为主，在2008年以前，每家都有喂养骡马、牛牲畜的习俗，每年会有马社火。演员装扮成规定的剧目角色，骑在马身上在本村或者别的村庄进行巡演，只扮角色，不唱不舞，每一个角色都有一个牵马人。马社火上演的剧目，以一部戏的角色扮演为标准。剧目根据参与的人和马决定。剧目基本固定，人马多就装扮《五福堂》加《黄河镇》的角色，这是最大的规模；人马少就装扮《五福堂》外加小规模的本戏角色，最后面也一定要有《子牙封神》。如果不唱大戏，马社火结束时谢绛并封神，结束该次活动。马社火一般是正月十五到十六的两天时间举行。现在，随着人们生活方式的转变，喂养家畜的减少，马社火已经很少见到，但在固城乡林山村还有完整的马社火扮相。

会头是社火和戏曲的组织者，在本村依住址顺序产生，按年轮流执行。黑社火由村里的姑娘家和小伙子各组一个社火队，有的地方不要女性，如芦山。会头负责规定人数、排练社火、队列步调等事前准备工作。整个村子每家要有参与者，主要由狮子、掌灯队、乐队（打击乐）、花杆队等组成。固城黑社火一般在正月初四开始，独特之处在于经常和唱戏连在一起。先是择日社火组织起来"圆庄"，即落实"划地为圈，圈保平安"之说。"圆庄"、敬神、请神回来，就必须在戏台或者会头家放置狮子，一般人家禁忌放置，认为会带来不祥。社火队与民间舞蹈相伴随，主要以"扭"为主的十字步为基本舞蹈动作，运动方向一般是以走圆圈或者"8"字形、"Z"字形为主。无论有没有"明台"，"圆庄"回来必须唱敬神戏《五福堂》。敬神结束后就是娱乐性的社火，或者唱大戏。在固城下片区，一般只有黑社火或者兼唱影子戏。社火由灯队、狮子、打击乐、丑角、跑旱船等组成，唱曲分为社火曲、小唱、曲儿、船曲儿、转灯杆等类型。只有固城乡附近的黑社火结束时唱《子牙封神》，但在林山、李家山一带结束时是先降妖、清宅或扫门。由狮子带队，有一个装法师"身子"的人，到每一家去清宅，扫妖出门。然后到庙里去唱曲，扮演角色唱《子牙封神》一出戏，活动才算结束。其中"转灯杆"只在红河镇和相邻的固城乡林山村（组）一带沿袭，源自对祖先的祭祀和降妖、除魔等民间神祇活动。

社火曲专门用在社火表演里边。社火曲在西汉水流域的西和、礼县一带大量存在。固城的社火曲和红河、杨家寺、西和等地的曲名相同，但唱法略有不同。从内容上可以分为：祈福类，如《进状元》《十盏灯》等；历史故事类，如《十二大将》《风调雨顺太平年》等；教化人向善向孝类，如《王祥卧冰》《香袋儿》等；讲述日常故事类，如《十二梅花》《怀胎曲》《绣荷包》等；益智类，如《九九算》《十个字》等。

小曲与社火曲曲式结构类似，应用场合不同。固城小曲就是在民间巷里传唱的一种音乐形式，常常表达一定的故事情节，讲述一定的道理。结构以四句式为主，也有主副歌结构的两段体形式，更有"套曲"形式，呈现一段音乐多段歌词形式。固城小曲分为单唱小曲和有角色的小曲两类，有角色的小曲当地人叫作"小社火"，为了打趣逗唱，是大家很喜欢看的小场景。小曲可以平时唱，但是最多的是被应用在社火的某个环节里，做角色扮演，起到逗笑、娱乐的作用。此外小曲的唱法很有特点，和其他社火曲同出一辙但又不同，有唱有白有动作，如《割韭菜》《怕老婆顶灯》《打樱桃》《牧牛》《蓝桥担水》等。因为故事情节完整，有角色的小曲一般2—3人分配，包括对白部分。演唱时村民甚至利用自己的理解，为这些有故事情节的小曲加上道具和个人表演，使它真正具备戏曲雏形。如《尼姑下凡》《梅花调》就是固城地方剧"影子腔"的基本音乐素材。

固城社火曲的结构，较山歌来说规整、有规律得多。音乐基本呈四句式，结构方式以起承转合居多。以衬词加上重复最后一句，表示上一节乐曲的基本完成。同时中间必须加进打击乐器鼓和镲（别称钹、钹子、铰子）伴奏，标志这一乐曲的完成和下一节陈述的开始，符合中国传统音乐"无乐不成俗，无鼓不成乐"的特征，在社火曲的演唱中也有击鼓击节为其伴奏的。比如：

　　一绣荷包双袂飘，二绣杨柳摆树梢，三绣探花来引桃，四绣月儿照九州，哎呀哎子吆，四绣月儿照九州。①

也有上下句一组的，称问答形式、对歌形式，一般表达风趣的内容。和其他民歌一样，也是同样的音乐，以自己内部的规律为准，用不同的歌词表达同一主题下不同的内容。这种结构为歌词内容的丰富性提供了一个很好的表达平台。演唱方式男声粗犷、酣畅，女声较为细腻柔和。

固城社火曲的歌词内容最为丰富，可以是天文地理，也可以是生活描述；可以是祈福祝福，也可以是个人心情描述；可以是讲故事，也可以是教化人；等等，但是必须最后一个字押韵，形成朗朗上口之势，其中肯定离不开读书人对故事的讲述和创作，有一定的文学价值。这也是当地人在没有条件外出、读书的情况下认识世界的最基本途径。

无论唱戏还是社火，都是在腊月中旬开始排练的，这是一次集体学习与传承的最佳时期。村委会或者会头家生火取暖，大家在一起排练戏剧或者社火，有老人教唱，或者学习队形、动作等，典型的心传口授、口口相传。因为属于同一类、同一域文化，因而神灵的无形作用、人们的爱好、组织者的行动作用等都构成了传承的很大动力。

固城的戏曲以秦腔为主，分为以下三个类别：一是民间秦腔剧团叫"大戏"，当地方言叫"明台"，意思是相对于影子戏而言的（因此影子戏也称"暗台"），有自己的戏箱和一班人马；二是傀儡戏，这里叫"木脑壳""小戏"；三是影子戏，也叫皮影、"灯影子""暗台"等。影子戏分为两类，一类是以影子为角色的表演，唱秦腔；另一类是以当地民歌为基础的，具有地方剧种特色的"影子腔"。各村唱戏的时间是在春节期间。除此之外，就是不同的庙会期间，比如农历三月二十、四月初八、端午节、八月十五、九月二十四等各地庙会。春节期间唱戏的基本是自己的戏班，庙会期间会请陕西、天水等地的戏班来唱戏。唱大戏组织实行会头制。会头就是每个村子里春节期间社火、唱戏等事务的负责人、组织者。每年由轮流的方式产生，基本由4—6家人组成，男子主事，其中有一个叫

---

① 歌词摘自 2018 年礼县田野工作时所录《绣荷包》。演唱者：固城乡白杨村组田丙辰（生于 1948 年，录音时 70 岁）。录音人：张芳。录音时间：2018 年 8 月 15 日。地点：礼县固城乡白杨村组田丙辰家院子。

大会头，负责会头的联结、议事等。专访可知，会头的主要职责与工作是：组织村子里的社火、唱戏等全盘事务，接管上年结束后交接的一些东西，进入冬月开始排练，特别是戏曲的排练，当地人叫"踏戏"，规定演员，除了爱好的一些自愿参加的人员外，动员其他人参加如跑龙套的、所缺的角色，以及动员青少年参与学习戏曲，进入腊月开始请阴阳先生，开始收集唱戏所用的款项，当地叫"攒钱"，购置唱戏时所需的必需品，包括取暖用的煤、化妆用的戏剧油彩、添加戏服、乐器维修及重新购置等。

固城唱大戏、演秦腔有会规，即行香走会的规则与禁忌，用于维持仪式庙会的秩序与关系。基本遵循的原则是祖先们遗留的原则，实际上也有变通的地方，会规一直是大家必须遵守的基本原则，有的以"写约"的形式存在，大多数因为约定俗成而被大家默守。基本包括敬神、请神程序，神排位坐序、供品、是否杀生，谁看日子、谁送神、谁封神等，会头分工以及应急事件处理等。戏台的设置要么与庙门相对，要么戏台对面就是神灵排位坐落的地方。社火回来，晚上开戏，开场戏基本是固定模式：唱《五福堂》《吉庆堂》《天官赐福》等之后是俗戏，但要求第一个晚上的戏和结束的晚上戏"浑似"[①] 一点。例如固城街上，历年来结束的戏是《大登殿》。"谢绛"[②] 之前一定得唱《子牙封神》这出戏，只有对"白口"[③]，没有唱腔，属于带韵带白的仪式戏。唱完后文武场面再不响动，结束该年的活动。唱戏通常与社火同时开始，社火"圆庄"之后，扮演各位神的"身子"直接进戏台，卸完妆洗手后才能回家。当地几乎每个村子都有戏班，分为固定的"明台"大戏班、"木脑壳"小戏班和"暗台"小戏班。大戏班只为自己村子的唱戏负责，小戏班除了为自己村子唱戏外还作为一种营生手段外出唱戏，所服务的对象是没有戏班但需要唱戏的邻近村落。春节期间，固城几乎每个村子都要唱戏，除了影子腔，每个地方都没有演出剧本，他们自己说"戏在肚子里"，年老人给年轻人手把手教会，包括台词。排练戏的时候，会唱戏的和爱唱戏的人都必须到场，不然会受到神

① 浑似：戏剧专用名词，方言，意思是没有杀生、死人等凄惨场面，结局较为完满的戏。

② 谢绛：或作"卸将"，当地把正月间戏曲、社火结束的仪式叫谢绛。

③ 白口：戏剧专用名词，方言，指只带韵的对白，没有唱腔。

灵惩罚。

影子腔当地叫"灯影子""灯调""梅花调"等，是西汉水流域以西和、礼县民歌为基础，以当地民歌"梅花调"等为基本腔调的梆子腔剧种，也是该地独有的地方剧种。源于当地皮影戏，属于皮影戏范畴，梆子腔种类，有"冒腔"（也叫帮腔），在花灯戏、川剧里也较为普遍，属于陇蜀文化独特的一种表达方式。影子腔主要流传在西和县洛峪、稍峪；礼县县城、崖城、白河、红河、固城等一带。但因为现代生活方式、信仰程度、人群外出打工、各类生活本质的变迁，已经式微。固城影子腔戏班一般由5—6人组成，操影子一人，文场面由三弦、板胡、二弦子组成，现在也有二胡加入，武场面由鼓、平鼓细锣、梆子、丫子等组成。

在现存影子腔的范畴内，我们对礼县城关镇贾胡窑村、西和县稍峪镇白马村两个传承点进行多次调研。2018年10月参观了礼县影子腔韩家班，次年正月专门对"梅花调"跟踪调研。在贾胡窑村调研时，陈时用老人转述（2019年2月）其师傅所讲，影子腔叫梅花调影子腔。在西和采访马富魁时也说（2009年2月）其师傅称影子腔叫梅花调。影子腔以当地民间音乐《梅花调》《尼姑下山》等腔调为基础，音乐主要来自当地的民歌和小调，以及道教、敬神曲。影子腔旋律流畅简单，曲调逶迤婉转，腔体结构由"上音""下音""道情"三部分组成，剧目短小、精悍、动听。唱腔由台上演员与台下观众共同完成，因而在历史上深受人们的喜爱，所以广为流传。影子腔演出时专门搭有自己的"戏台"，"亮子"是操作影子（俗称"捉灯影子"）的场所，大多由一人来完成。演出前"布影子"也是由"捉影子"的人来完成，按照顺序将人物头部和身体连接，然后挂在头上伸手可及之处，方便换人物与道具。影子腔中"捉影子"的动作叫"谱儿"，每个操影子的人对人物及道具要求烂熟于心，才不至于"冷场"。操影子的人往往是主唱。其他文武场面的人既是乐器演奏者，也是唱腔演员。当地艺人俗话说"四人慌乱忙，五人叮当当，六人满出场"，意即最少四个人可以演出，六个人就得心应手。演出地点可在打麦场，或在稍微宽敞的院子里，白天晚上都可以演出。皮影和其他秦腔皮影大致相同，一般由艺人自己制造，制造工艺可分为熟化生牛皮、泡、刻画、染色、成型、烫熨等步骤。

影子腔的剧本，考察所见为演出手抄本和脚本，多属于明清时期，最早的手抄本《玉麟图》抄于明万历年间，可见它的形成时间不晚于明中叶。在现有的戏本中，清乾隆、道光年间手抄剧本占多数，也有同治年间的剧本。传统演出剧目有《沙国堂搬兵》《碧波潭》《太子游四门》《五雷阵》《三山关》《箭牌关》《马王卷》《二度梅》《征金川》《双合珠》《万宝阵》，系清代传世手抄本戏本所载，大都是从秦腔引用过来的，再用影子腔改编而成"本子"。

唱戏、黑社火在固城的春节、庙会等文化活动中所占的比重很大。固城上片唱戏兼耍黑社火是其基本的活动方式，下片黑社火、马社火（近年来外出务工人员增多，喂养牲畜减少，故而传统马社火严重弱化）与影子戏是其基本的活动方式。他们认为不唱戏村子里不安稳，就会出事情，特别是出了事情一定会归因到唱戏的环节不合"神灵"的心意。特别是演员，一旦参与，除非身体有问题，就必须每次参与，不参与的话会出现一些"怪"，即行为举止怪异或者生活不顺当，不唱戏给"爷"（神灵）的乡俗揭（掀）不倒①。

随着人们生活方式的改变，对神灵畏惧心理的减弱，祭祀仪式的简化已经成为必然，作为祭祀文化的产物——戏剧也就在固城发生了很大的变化。首先，部分民间剧团组织不起来。一是人员外出务工，他们正月初六左右就离开村庄；二是年轻人对唱戏的热爱和情感也不像上一辈人那么高涨；三是经济来源有限，很多时候支撑不起来唱戏。其次，很多地方的"明台"用"暗台"影子戏来替代。影子戏因轻巧方便，演出费用不高而受青睐。总之固城民间喜爱秦腔，哪里有戏唱，就赶着去看戏，这个喜好目前仍然较为普遍。

唱戏基本是在春节期间、庙会期间、传"爷"（神）期间演出的，其基本功用是唱戏给神，要么祭祀，要么还愿，都是和神灵有联系的。而且开戏要唱《五福堂》《四仙拜寿》《吉庆堂》等专门给神唱的戏。结束的时候会唱《香山还愿》《武当山还愿》等愿戏，春节期间最后一出戏是《子牙封神》。许愿唱戏一般都是以村为单位，个人一般情况下不许唱许愿的戏。

中国传统音乐学会会长黄翔鹏曾说"传统是一条河"，随着我们对固

---

① 揭不倒：方言，意思是过不去。

城戏曲和民歌源头、流经地、主流等问题的探讨，基本情况也较为清楚了。民歌是乡民"悦己""遣怀""倾诉"的主要自娱方式，虽然有对唱形式，但是对唱的技巧也是智慧与经验在头脑反应的过程体现。因为亲历亲见，因而更具有真实的现场感，生动地展现固城当地的生活风貌和人生情味。至于社火与戏剧，无论何种形式，都首先与祭祀有关，然后才是娱乐。娱乐成分最强、人们最喜爱的一种形式，就是社火里的"小唱""小曲"。它们已经具备一定的故事情节，角色划分清晰，有主次之分，甚至除了唱腔还有对白，伴奏音乐也与其他社火曲有所区别。由此可见，它们已经是具有戏曲雏形的一种曲艺形式，只是还没有完全从当地的社火小曲中分离出来，比如固城乡林山村的《怕婆娘》、红河镇的《牧牛》等，这些还具有进一步研究的重要价值。

礼县固城与其他地方一样，户与村最大的连接纽带就是地域性。除此之外，亲戚、姻亲关系也是连接人们社区交往的重要手段。在同一个村落内，宗教总是一致的，除祭祀祖先以外，最多的祭祀活动就是"方神"。固城各村对它们的称谓不同，比如芦山村万河组、林山村林山组等祭祀的是山神爷，张家村祭祀的是家神爷，古城村白杨组祭祀的是山神、家神。祭祀最大规模的仪式在春节期间，如果哪年有不顺，在灾难或变故后组织者就要组织祭祀活动。每次祭祀活动离不开杀生、唱戏、耍社火等活动。费孝通先生说乡祭"使神道高兴或是不去触怒神道的愿望是一种对人们日常行为很重要的控制"①。人们怕做出得罪神灵的举动，而制约自己的行为，任何禁忌行为一旦发生，就会受到全村人的指责与惩罚。在这种传统的思维与观念之下，祭祀行为较多而且极为庄严、神圣。而音乐，在祭祀仪式中承担了创造氛围或娱神娱人的作用与功能。

随着新媒体的流行，人们生活方式发生着前所未有的改变。民间祭祀活动被弱化，无论是社火还是戏曲，在流量娱乐网络文化的强大面前，本身的式微是不可阻挡的。固城传统文化和艺术拥有自己的保守本能，但明显在新时代日渐微弱和乏力。因而时代与语境的变化，使它们的发展不是变化就是灭亡。我们能做的就是尽可能追源溯流，收集这些民歌并进行差异化研究，确定其特有风格，进行翔实记录，以文本的形式留存后世。

---

① 费孝通. 江村经济——中国农民的生活［M］. 北京：商务印书馆，2001：97.

四

固城乡位于陇南最北，是礼县、武山、甘谷、秦州区四县区毗连接壤之地，民俗文化复合型特点突出，美术技艺、造型艺术有显著的差异性特点。在固城乡林山村林山组，我们走访了木工老艺人林彦明①，他生于1942年，为该乡著名的木工老艺人，粗识字。据他介绍：

> 他早年曾拜礼县有名的匠人学习木工技艺，师傅对徒弟要求非常严格，做活不能有半点差错，三年后才能学成出师。他先后共做过60余套传统中堂梨木家具。固城堂屋家具大多是以当地出产的梨木为材料制作。选择梨木制作家具主要有两方面的原因：一是可以就地取材，节约成本；二是梨木材质非常好，强度高，韧性好，花纹美丽，色泽暗红柔和，非常适合雕刻加工制作家具，用梨木制作而成的家具整体结构非常的牢固耐用。②

通过访谈可知，西汉水上游地区实木家具制作有两个显著特点值得研究：一是独特的古法材料处理方式，二是固城民间家具精良的制作工艺及流程。

固城乡实木家具，最怕的是木材变形裂缝，从而出现翘曲、开裂等现象。因此，对材料的前期处理就显得极为重要。与过去传统方法不同的是，随着科技的发展，在工业时代大型的木材烘干设备能够大批量、快速地处理木材，省时省力，可提高木材的坚韧度，防止开裂、变形，还可校正弯曲度，并杀灭木材中寄生的虫卵，起到防蛀、防霉，延长保存期的作用。目前固城传统家具制作的材料处理，基本依赖于大型机械设备的应

---

① 木工老艺人林彦明（1942—），礼县固城乡林山村林山组村民，著名木工老艺人，粗识字。

② 记录人：宋涛（1972—），陇南师专美术与设计学院副教授，研究方向美术学与美术工艺。采访时间：2018年4月6日上午。地点：固城乡林山村林山组林彦明家。

用，也因此大大地解决了传统材料处理方面的繁难步骤和工序叠加的问题。

固城民间工匠在传统家具的制作过程中，依然保留着非常原始的木材处理方法，火炕在处理原材料时就会起到很大的作用，这是一个非常复杂而且漫长的过程。固城民居屋内一般都置有火炕，供人们睡觉和取暖。在制作传统家具前，一般都会选择阴干5年以上的梨木作为原材料。根据实际使用的需要，用船型墨斗在梨木原材料上弹出黑色的锯线，将其破出相应规格的方材和板材，然后有次序地摆放在阴凉通风处，让其经一定时间自然阴干。

在制作家具之前首先要处理木料的性状。先给木材表面均匀喷上清水，让水分慢慢渗透进去，再把木材放置于烧热的火炕之上，让火炕的温度慢慢烘烤木材，不定时翻面烘烤，使其两面均匀受热，一次大约需要一昼夜时间。待木材干透后，再将其放置地面，表面喷上凉水，让水分慢慢渗透进去，再把木材放置于火炕之上烘烤，如此反复四到五次，直至达到改变木材性状，加强木料柔韧性和防开裂的要求为止。这些西汉水上游自古就传承下来的传统工艺，都是先辈们在长期实践过程中不断总结提炼出来的宝贵经验，充分反映了劳动人民的聪明才智和固城传统民间家具所具有的独特文化内涵。

固城传统民间家具都是由民间工匠采用手工制作的。整套家具的图纸凭师傅的记忆传承，都是在制作者的大脑里，使用的工具也极为传统，包括锯子、刨子、凿子、锉、墨斗、尺子、斧子等。制作流程和其他地区传统手工家具大体一致。除了按照家具尺寸下料外，还要考虑花纹走向及对接等诸多因素。所有的板材和方材都要根据料单裁切并刨平，以及按照师傅画好的记号将板材按相应花纹一一拼好，再通过手工刨来"找平"。这些程序看似简单却都是要多年经验的积累和手上功夫的感觉。接下来就是制作精雕细琢的花纹图案装饰部件了，木雕装饰对于固城传统家具来说是必不可少的一道工序，也是最费时费力的一道工序，容不得半点差错。等一切零部件都已准备就绪，就开始通过榫卯结构进行试组装了。家具装饰纹样的雕刻要在试组装之后才进行，也就是说各部件的榫卯对接都要在符合标准后，再把需要雕刻的部件拆开进行雕饰，在此过程中需要反复校验修正，确认无误后方能打胶定型完成。组装完成后，再用由粗到细的砂纸一遍遍打磨，直至光滑细腻如肤，最后用热熔的蜂蜡反复擦抹，使其渗入木料当中，慢慢就会呈现温润、古朴的质感。

在制作木雕装饰部件时，固城匠工特别注意木节对雕刻效果的影响。雕刻时如遇到质地坚硬的木节，工匠师傅必须想办法规避木节对雕刻工艺的影响，否则不但容易损坏工具，而且也会破坏画面的完整性。整幅雕刻图案如留有木节，还会影响线条的流畅性，甚至会影响整体的美观。镂空雕刻，要在设计图案时将木节全部设计安排在图案花纹以外的空白处，制作时用镂弓子将其镂割掉，雕刻部件的图案上就没有木节存在了。所以在配料、构图、制作过程中必须需要反复比较比对，加以适当处理，才能对木节进行有效的规避，从而制作出完美的雕刻装饰图案。

固城乡草滩村草滩组李福田[1]高中毕业，系村支书兼任乡党委委员、县人大代表，对传统文化，特别是家具制作、村民书法有特别的爱好和鉴赏力。据他介绍：

> 固城乡村民的堂屋家具摆放，和文化大院、城里的客厅、博物馆还有很大不同，主要是这些家具每天在用，有生活化的特点，所以堂屋家具的布置有民俗习惯的要求，也有一定的原始性和稳定性。从实际需要看，堂屋家具摆放存在着明显的随意性，新的、好的上档次的家具放在显眼和主要位置。当今生活中不再或不适合使用的家具，往往被放在厢房或其他空房间里，也有的摆在原来的老旧屋（原存空间，主要用来摆放杂物）里。所以，不是家具最古旧就最讲究。他这套手工梨木（酸梨木）家具，包括长桌一张（带雕花）、团桌（方桌）一张、小炕桌一张、小圆桌一张，属于固城乡最好的两套之一，目前市场估价在 10 万元左右，其中匠工费就在 3 万元—4 万元之间。[2]

他家现存一套传统硬木家具，制作精细，尤其雕刻纹饰别有特点。

---

① 李福田（1962—），礼县固城乡草滩村支书，乡党委委员，县人大代表，高中毕业。
② 记录人：宋涛（1972—），陇南师专美术与设计学院副教授，研究方向美术学与美术工艺。采访时间：2018 年 4 月 6 日下午。地点：固城乡林山村林山组林彦明家。

据柳编传人周继业①介绍，固城乡单坝村柳编自古就有，柳编技艺由祖辈口传身授流传下来。2010 年村上成立了"礼县固城乡单坝村柳编协会"后，产品形成一定规模，是村民们主要的经济来源之一。柳编材料是麻柳条，采割要在前一年农历七八月完成。先砍掉老树枝干，第二年十月（过了寒露）收割当年新发出的枝条以备用。然后将收割回来的麻柳枝条整好，放进大锅中加水蒸熟，大约需要蒸一个小时。随后捞出沥干水分，将枝条的皮剥掉，捆扎成小把，放在房顶向阳处晾晒，一直晒到过年，春雨前收起保存。这时枝条颜色发红，枝条的柔韧性会增强。柳编器物的边框，用当地的红心柳制作。对边框材料的采集无时间要求，一般农闲时节随时都可以制作。将采集来的木材不剥皮，趁湿时放在大火上烤，要让整个木材均匀受热，直到将木材中的水分烤出来，能够闻到柳木的味道就可以了。再将木材按照需要制作器物的尺寸破开，用刀削刮，使之薄厚均匀，成材备用。簸箕"舌头"一般用白杨木制成。按照常用的尺寸把木材解成 5—6 厘米宽的薄木片，将木片的一边刮削成刃状，阴干定型待用。柳编所用麻绳，原材料出自大麻。大麻一般农历三月播种，八月收割，将秸秆晒干。然后在河边挖坑，将麻秆放入坑中，引河水入坑中，使其没过麻秆，保持水流平缓。这样将麻秆在水中浸泡六七天，使之自然发酵，称之为沤麻。然后再将麻秆捞起、晒干，剥麻纤维，捻作细麻绳。

柳编的主要产品有簸箕、针线筐箩、提篮、撮箕。簸箕是用来簸去谷物中的杂质和空壳的工具，分为大、小两种规格。针线筐箩属于妇女装针线工具的容器。当地有姑娘出嫁时陪嫁一对针线筐箩的习俗。圆形双边的称为针线筐箩，另有一种方形单边的筐箩，是一种量器，用于谷物等的称量。提篮是在田地劳作或播种时使用的工具，便于挎于臂弯之上。撮箕是相对于簸箕腹大口小的篮子，便于撮粮食用，也可以盛放物品。簸箕的编制，根据柳编产品的不同，采用有相应的木尺（不同尺寸的木制工具），木尺两头有凹槽，便于绑扎、固定麻绳。先在木尺上绑好最中间的两道麻绳，以此为基准，可以规范编制物品的大小。在绑好麻绳的木尺上，依次交错插入处理好的麻柳条，在编麻柳条的同时，还要兼顾经线枝条和纬线枝条的粗细、疏密分布均匀，密实牢固。在木尺上编满麻柳条后，用处理

---

① 周继业（1951—），礼县固城乡单坝村一组村民，初中文化程度。

好的边框材料收边，将长出的柳条削割整齐，绑扎成型。绑扎材料是将麻柳条破开，一根柳条破为三瓣，称为"破线"；再将破好的柳条中间的木芯刮掉，称为"起线"。然后用起好的柳枝线条作为绑扎材料，将边框和编好的簸箕面进行缠绕绑扎，使簸箕边缘光滑牢固。最后将簸箕"舌头"用起好的柳枝线条绑扎连接在一起成型。造型特点方面，单坝村柳编主要以农村传统生活实用具为主，产品突出其实用功能，造型简洁古朴，色彩白中透红，做工精致细密，体现了当地民间朴素无华的审美品质。①

固城乡朱磨村有民间皮影艺人问新怀②，他有自己的皮影戏班子。皮影戏表演的戏台搭在自家院子，整个戏台就是一个可拆卸帐篷（长约 2.2 米，宽 3 米，高约 2.6 米），四周用布围起来，形成一个独立空间。台口倾斜挂着一面高 1 米、宽 1.8 米的白色透光细纱网，称为"亮子"，"亮子"的后面悬挂着一盏灯，即为皮影表演的戏台，"亮子"后面依次坐着皮影表演的操作者、演唱者和伴奏者共 7 人。舞台两侧上方的绳子上分类依次挂着皮影，以方便操作者拿取。戏台正上方挂着"固城乡朱磨村主腰崖皮影戏"的横幅，两侧悬挂着写有"一片牛皮乃贤乃圣，三根杆子且文且武"的对联。

朱磨村皮影形象有明确的分类。人物形象有生旦净丑，从皇帝到乞丐各种身份的人物形象。人物又分为头和身两个部分，头有旦头、官头、将头、杂头等；身有龙袍、官衣、将身、袍子、氅、杂人等。根据演出剧目角色的需要，人物可将头和身进行组合，用麻秆小片将连接处塞紧，加以固定。由于皮影造型重点通过头部形象刻画反映人物的个性特征，在演出时，皮影人经常采用换头不换身的办法，甚至"一身多用"，这样就会大大地丰富人物形象的种类。动物形象有龙、凤、狮、虎、马、牛、猪、犬等。神怪形象有玉皇爷、菩萨、阎王、罗刹、诸路神仙、虾兵蟹将等。场景分花草怪石、亭台楼阁、金銮宝殿、衙门大堂、桌椅板凳、劳动工具

---

① 补充采访的柳编艺人有：单建成（1968—），礼县固城乡单坝村二组村民，初中文化程度；单金善（1955—），礼县固城乡单坝村二组村民，不识字。采访时间：2018 年 8 月 17 日上午。地点：固城乡中心小学教师办公室。记录人：宋涛（1972—），陇南师专美术与设计学院副教授，研究方向美术学与美术工艺。

② 问新怀（1962—），礼县固城乡朱磨村人，"固城乡朱磨村主腰崖皮影戏"班主，初中毕业。采访时间：2018 年 8 月 17 日上午。地点：固城乡朱磨村问新怀家中。

等。皮影的制作有多种讲究，皮影人物的头部、躯干和四肢是分别雕成的，用线连缀而成，以便表演时活动自如。一个皮影人，要用三根竹棍操纵，要求艺人手指灵活，才能将皮影舞得活灵活现。皮影表演不仅需要表演者手上功夫高超绝妙，嘴上还要说、念、打、唱。演出时，皮影紧贴屏幕活动，人影和五彩缤纷的颜色真切动人。皮影道具体积小，演出方便，且不受场地限制。皮影戏是深受农村群众喜爱的一种民间艺术形式。

礼县固城皮影制作一般选用年轻、毛色黑的公牛皮为最佳。先将选好的黑牛皮放在洁净的凉水里浸泡两三天后取出，用刀先刮去牛毛，然后刮去里皮的肉渣和油脂，再逐渐刮薄，刮去里皮。每刮一次用清水浸泡一次，反复三到四次，直到把皮刮薄透亮为止。刮好后撑于木架或墙壁之上绷平，使其通风阴干。画稿就是将要制作的皮影按照事先设计好的"样子"转印到处理好的皮子上，用钢针把各部件的轮廓和设计图案纹样分别拷贝、描绘在皮面上，再把皮子放在硬木板上进行刻制。镂刻很关键，雕刻刀具种类较多，按宽窄不同分斜口刀、平刀、圆刀、三角刀、花口刀等，分工很讲究，艺人需要熟练掌握各种刀具的不同使用方法。根据传统经验，在刻制线状的纹样时要用平刀去扎；在刻制直线条的纹样时要用平刀去推；对于传统服饰的袖头祆边的圆形花纹则需要用凿刀去凿；一些曲折多变的花纹图样，则要用斜口刀刻制。艺人雕刻的口诀如下：樱花平刀扎，万字平刀推，袖头祆边凿刀上，花朵尖刀刻。雕刻线有虚实之分，还有暗线、绘线之分。皮影雕完之后是敷彩，老艺人用色十分讲究。大都自己用紫铜、银朱、普兰等矿植物炮制出大红、大绿、杏黄等颜色着色。敷彩的方法是先把制好的纯色化开，再放进几块透明皮胶，然后加热，使胶色交融成为粥状，趁热敷在影人上。虽是色彩种类不多，但老艺人善于配色，再加上点染的浓淡变化，使色彩效果异常丰富。敷色后还要给皮影脱水发汗，这是一项关键性工艺。它的目的是使敷彩经过适当高温吃入牛皮内，并使皮内保留的水分得以挥发。用土坯或砖块搭成人字形，下面用麦秸烧热，压平皮影使之脱水发汗。脱水发汗的成败关键在于掌握温度火候。温度恰当，皮子脱水发汗好，皮内水分挥发了，颜色也就吃入皮内了，皮影色泽鲜美，而且久不褪色，而胶质也可溶化封闭住皮子的毛孔，使皮影永久不翘扭变形。为了让皮影动作灵活，一个完整皮影人物的形体，从头到脚通常有头颅、胸、腹、双腿、双臂、双肘、双手，共计十一个部件。各连接部一般都有插接卡口，演出时将各部件插入卡口内，不用时则卸下保管。为了表演的需要，还要装置三根竹棍作为操纵杆，也就是签子，装上签子就可以表演了。

皮影文化与造型皮影收藏。据固城籍文化学者王世生①讲述，朱磨村皮影以传统秦腔戏和影子腔演出文化为主，包括剧本流传和固定剧目演出。最为突出的是中华人民共和国成立后新剧目皮影造型，以"文化大革命"的"样板戏"皮影造型最有特色。根据这个线索，项目组又详细考察了现存"样板戏"皮影造型（具体考察另文述论）。据王世生先生介绍，固城皮影有三组箱子（即戏班子），也叫作"方神"戏班子。朱磨村问新怀的皮影戏班子是座山爷箱子；清水河村杨树生皮影戏班子是风都龙王箱子；苟河村的刘树林皮影戏班子是二殿龙王箱子。

皮影戏一般与宗教祭祀活动相关，是在农耕文化高度发展的背景下，为满足村民祈求地方神灵保佑来年风调雨顺、五谷丰登、六畜兴旺、吉祥平安的传统需求而产生的一种特殊的大众娱乐方式。春节期间先给本村的地方神唱戏还愿，称为"起箱子"戏，然后再根据写箱子（预约请戏班子）约定的时间去别的乡村演出，称为"转乡"，"转乡"唱完后返回家乡再给本村地方神唱戏，称为"卧箱"戏。

固城木雕造型与制作技艺，源于师徒传承。传承人李随心②介绍：

> 他自己从16岁开始跟随师傅林彦民一起干活16年，主要学习木工传统家具的制作及寺院道观等仿古建筑的技术，现在从事木工、传统建筑行业已经30余年了。由于家里农活多，现在很少外出务工，仅在离家较近的地方接揽一些制作传统家具和盖房的工作，空余时间在家里制作传统图案的木雕。

木雕采用当地的酸梨木、核桃木板材。传统木工工具和小型电动工具

---

① 王世生（1955—），大专学历，曾任固城中学副校长，现已退休居住县城，曾在固城生活工作40余年，对固城民俗文化有广泛而深刻的了解。
② 李随心（1969—），礼县固城乡林山村李家河组村民，小学文化程度。采访时间：2018年8月20日下午。地点：固城乡林山村李家河组木匠李随心家中。

结合使用。木雕图案以动物类、植物类图案为主。动物类图案有龙、凤、狮、虎、鹿、鹤、蝙蝠、麒麟、鸳鸯等形象。植物类图案多出现牡丹、荷花、梅、兰、竹、菊、松等形象，再辅以祥云纹、变体花草、山石、几何纹等纹饰。多以广大民众喜闻乐见的吉祥图案为主。

固城民间雕刻主要包括浮雕、线雕、透雕及其相结合的雕刻表现技巧。浮雕是明清以来传统家具使用最广的装饰技法。浮雕是在平面上雕刻出凸起的半立体形象，形象的背面依附于一个平面，仅适合从一个方向观赏。浮雕在固城乡家具中用途非常广泛，通过多层浮雕，形象之间形成互相重叠、上下穿插的关系，具有丰富的层次感。线雕，又称线刻，有阴线和阳线之分。阴线是用刻刀直接在木材上刻出纹饰，因刻痕凹陷于平面之下，线条清晰明快。阳线则采用减地阳刻的手法，让线凸起，线条突出有力。这两种手法在固城乡的家具制作中有广泛应用。透雕，也称镂空雕。固城乡传统家具制作透雕工艺历史悠久，尤其是"花上压花"技法，将透雕工艺发挥到了极致。透雕的多层花纹有较好的透视效果，故最能考验固城乡当地能工巧匠是否有拿手绝活儿。透雕图案视觉感受空间深远，立体感更强，使家具具有通透、灵秀、华美的特点，所以该雕饰在西汉水上游地域有极多的讲究。

固城的塑像与壁画技艺，源于周边匠师的授徒传承。据塑像与壁画技艺传承人田畯①介绍，他21岁时师从天水杨家寺镇花石村民间画师马纵，学习宗教人物塑像和壁画，三年后学成出师，可独立做活。擅长释迦牟尼、太上老君、文武财神、三霄娘娘等神像的制作和相关宗教题材壁画的绘制。塑像制作第一步是和泥，选取当地常见的普通红土，砸碎碾细，过筛，加水和泥，放置两三天后即可使用，该泥黏性较大。第二步是栽神桩。最好用柏木做架子，架子的结构根据所塑佛像的动态而定，力求比例准确，动态合理，还要结实稳定。绑大样，将长麦草扎成小捆，按照人体的基本结构在栽好的神桩架子上扎绑出神像的大体样子。上草泥，将和好的泥中加入麦草和匀，在绑好的大样上敷设一遍带麦草的粗泥，突出造像

---

① 田畯（1951—），礼县固城乡单坝村上店子组村民，小学文化程度。采访时间：2018年8月17日上午。地点：固城乡中心小学校长办公室。采访和记录人：宋涛、蒲向明。

的基本结构和特征。出像，用精细的泥料精雕细琢塑造佛像的细节，包括头部、手、衣纹及其他装饰物件的精细刻画。上色，待泥底干透后，用小木片加皮胶将一些裂纹进行填塞，再用皮胶加石膏粉补平，打磨光滑，再用皮胶加石膏粉将塑像均匀一遍，称之为"打白底"，白底干后进行彩绘上色。常用颜料包括洋红、洋兰、石黄、藤黄、石红、猩红、黑色、白粉、金粉、银粉等，其中石红是由产自礼县红河霍家川的红土研磨而成。黑色则是由农村做饭用的铁锅底上结成的锅底黑色墨粉，自制颜料在使用时加入熬化的皮胶兑水而成。

固城《豆龙山风都龙王水案神像》画，今藏于豆龙山风都龙王庙，张亮[①]带领我们实地考察。豆龙山是四周环绕着小丘陵的一处较高的山丘，风都龙王庙就位于这个小山丘上。庙前是一片不大的松树林，四周风景优美，环境优雅。正对着庙门的是一个2米多高的照壁，绕过照壁就是一座三开间的庙宇，正中供奉着风都龙王的神像。院子略显窄小。通过与庙主[②]访谈得知，《豆龙山风都龙王水案神像》画，保存已百余年之久。神案画又称为"水陆道场画"，在当地被叫作"水案画"，是佛、道教做水陆法会时使用的宗教绘画。在农耕时代，农民只有靠天吃饭，当遇到自然灾害却无力预防和改变的情况下，只能寄希望于祈求神灵保佑，人们自然将精神信仰寄托在宗教方面，希望神灵保佑一方平安、风调雨顺、五谷丰登、六畜兴旺。为了满足人们的这种精神寄托和美好愿望，人们在开设水陆道场法会时，都要悬挂水案画。卷轴画只在法会期间悬挂，法会结束时进行收藏保管，平时不能轻易悬挂，也不能单幅悬挂。水案画的绘制和创作一般是由民间工匠所承担的。

《豆龙山风都龙王水案神像》画，为布本卷轴道教题材神案画。该画绘制在手织粗布（当地称作"大布子"）布面上，画布是由三条0.33米左右幅宽的手织粗布缝在一起，经处理加工后进行绘制的。画幅横0.945米，纵1.20米，上下装轴，便于悬挂。全画采用工笔重彩画法。整幅画共

---

① 张亮（1968—），固城乡固城村人，1998年毕业于成县师范，在职进修获大专学历，固城中心小学校长，当地重要的文化研究者，搜集有大量固城民俗文化资料。

② 庙主（庙祝、庙官）张维学（1946—），礼县固城乡林山村刘家河组人，初中毕业，守庙时间自1991年至今。

绘有16个人物形象、1个鬼怪、6匹马及旌旗罗帐、斧钺刀枪等。画面构图饱满，人物造像形神兼备，主次分明。从画面中可以看出其用笔的顿、挫、转、折，行笔流畅飘逸、线条生动、流畅、有力，线条粗细随着形体和线条走势的起伏进行变化，活泼、流畅、生动，富有节奏感；整幅画面色彩鲜明，勾勒、渲染十分细腻，毫发入微，即便是衣服上细小的图案纹样都画得十分精致，从而使得人物造像形神兼备，疏密层次有序。尤其是画面正中央，风都龙王端坐于马上，面容温和而不失威严，身后有侍从高举黄罗盖伞及掌扇，烘托出了至高无上的君王氛围。画面采用了传统中国人物画的造型手法，为了突出主要人物形象，而将其比例放大，次要人物比例要明显小于主要人物比例。此画中风都龙王比例明显大于其他人物形象，其他人物形象均安排在风都龙王的四周。根据庙主提供的《豆龙山风都龙王神单》所载，画面人物形象为当地民间信仰的地方神。左上角和右上角黄罗盖伞下骑在马上的为二殿龙王和八海龙王，最前方绘有一组三位骑马将军，前排左边骑黑马者为陈将军、前排中间骑白马者为张将军、前排右边骑红马者为王将军。根据画面表现形式、细腻精到的表现技巧以及颜料的使用情况，初步判断该画作应有100余年至200年的历史，由于使用的是矿物质原料，画面色彩依然鲜艳如初，是一件不可多得的由民间画师绘制的宗教题材水陆画精品。

固城民间画师王书明①家传绘画技艺传承考察。固城民间画师王书明介绍：

> 家中六代人都是民间画工。第一代画工，名叫王国安，生于清代，逝于民国，懂医术，绘画技艺从盐官杨家河拜师学艺而成。第二代画工，王懋学，生于清光绪年间，一生聪明伶俐，德义高尚，又懂医术，救死扶伤，行医四周，又是地理家、木工，样样俱全，尤其画工方面，手艺高强，塑艺高超，行艺甘谷、武山、天水等地，深受高人赞扬，1969年去世，终年76岁。第三代画工，王延禄，即自己的父亲，高等学校毕业，塑画手艺高超，一生温良慈善，勤俭朴素，在新旧社会当老师教学，是一名乡村教师，1960年因病去世，终年37

---

① 王书明（1945—），原名王东平，礼县固城乡李台村二组村民，小学文化程度。

岁，当时我在固城小学上五年级。第四代画工，王书明，小名王平，生于 1945 年，由于正逢抗日战争取得胜利，家人给自己起名叫王东平，寓意从此东方将要天下太平。因父亲去世早，从 1962 年 17 岁时开始跟随祖父学艺。先是从《芥子园画谱》入手，教一些基本的绘画知识，比如"上身三、下身四""盘三坐五站七"等人体比例；也讲授一些神话故事及众神的传说等。可遇"文化大革命"，拆庙毁像，破除迷信，直至 1980 年后，才重操旧业。第五代画工，王斌，高中毕业后与田远跟随父亲学艺，后来又拜陕西扶风老魏为师，学到不少知识，走到张掖、敦煌、陕西、陇南各处，从此，技艺高超过人，祖艺传遍了四方。第六代，王杰，毕业于河西学院美术学院，现任固城乡中心小学美术教师，业余时间兼修中国画创作。①

家传绘制壁画，首先是墙底的处理。用当地的黏土加水和泥，按照一定的比例加入细沙、麦衣、米水和匀，将墙面磨光，再用白土加胶水刷二至三遍，干透后就可以绘制壁画了。礼县盐官镇石家山上的白土最好，刘家河、白杨林也有白土出产。颜料主要是从市场上买来的干粉或矿物质颜料，也会自制一些常用颜料。如石红颜料的制作，将红河霍家川的石红原材料采来捣碎后，放在石碗里进行研磨，要求研磨得非常细腻才能使用，有"石红研得猴丢盹"之说，说明制作石红颜料的过程非常不易。研磨好干粉用骨胶调和以后可以使用。黑色颜料是将锅底黑铲下来，在石碗里研磨细加入蛋黄即可使用。由于多使用石色或矿物质颜料，在绘制壁画时一般都采用不透明画法。在当地农村，仍然活跃着一些民间艺人，他们在从事寺庙宫观等仿古建筑的泥塑彩绘工艺的同时，也绘制一些小规模的宗教绘画水陆画。有些画在布面上（如方神或家神像），也有些画在案板上（如山神、土地），这些宗教人物题材的绘画，在当地民间就叫"水案画"。水案画在人物的描绘上有自身特有的比例模式：主要人物大，次要人物小，人比马大，人头比身材大等，有程式化的画面人物比例和姿态。

水案画的画布是用手工织成的土布，当地称之为"大布子"。由于大

---

① 记录人：宋涛（1972—），副教授；蒲向明（1963—），教授。采访时间：2018 年 8 月 21 日上午。地点：礼县固城乡李台村二组王书明家中。

布子幅面较窄，在绘制之前一般都采用将三片大布子缝在一起，用水洗后晾干，再用甜面汤反复浸泡，也叫"浆布"。目的是将布料的收缩性降到最低，通过"浆布"可使布面挺括并填充经纬线之间的缝隙，以便于绘制图画。由于宗教信仰的原因，水陆画的创作运用、绘制工作多出自民间画工之手。在传承上自古以来民间以师徒关系代代相传，循规蹈矩，相互沿袭，很少有变化，形成了一套独特的技法。工序上包括备料、起草图、勾线打底、出像、装裱和开光等。当地画匠的技艺基本上都是以家族传承存在的。在礼县固城周边地区比较出名的画匠就有罗坝姜坪山的姜画匠，红河的赵画匠和固城的王画匠——王画匠就是指王书明家族。

小结：单坝村的柳编民间技艺，访谈了周继业、单建成和单金善三位村民，并到该村单建成家里现场观看了柳编产品的制作流程。通过访谈得知，就制作一个农村常用的簸箕至少需要 5 个小时才能完成，每个簸箕卖60—80 元，销路并不是很好。看了他们的柳编产品，总体感觉还是多年不变的农耕时代产品，样式单一，种类老化。由于现在农村传统农业人口的大幅减少，以及大量机械化农业设备的使用，单坝村的柳编产品已经明显跟不上现代农村生活的需要。

皮影戏，主要调研访谈了以问新怀为班主的固城乡朱磨村主腰崖皮影戏班。该戏班是以家族成员为主要构成的，已有五六代人的演出历史。在如今这娱乐生活多样化、各种媒体层出不穷的年代，皮影戏的魅力光环正在逐渐黯淡。目前，问新怀皮影戏班的现状也不容乐观，演出也已越来越少了。皮影戏作为我国出现最早的戏曲剧种之一，其演出装备轻便，唱腔丰富优美，表演精彩动人，千百年来，深受广大民众的喜爱，所以流传甚广。随着社会的进步，人们物质生活水平不断提高，审美水平也在逐步提高，因而大家把以前皮影中的角色与人物，都以更精湛与更细腻的雕刻工艺表现出来，更强调皮影的艺术性与装饰性。把皮影制作好以后，加以装裱用于展览与装饰。皮影戏要想继续继承和发展，走向产业化是一条必经的道路。

林山村的木雕，访谈了林山村李家河组村民李随心。手工木雕是纯手工活，雕刻一件作品，要先将图案绘在纸上，再拓在木材上，接着在上面精雕细刻，然后刷漆抛光。一件作品短则花费十天半月，长则半年工夫。现在木雕大多都是机器作业，产品千篇一律，缺乏手工的艺术性。手工木雕不同于流水线出来的批量产品，雕花方法多样复杂，不仅是技术活，更是艺术活。但是所用图案缺乏创新，图式过于陈旧，产品单一。

民间绘画，访谈了李台村二组的村民王书明，据王书明介绍，自己家族已经有六代人传承民间绘画技艺，自己的孙子王杰即第六代。王杰接受过正规的美术专业高等教育，又有固定的职业。随着时代的变迁，接受教育的背景不同，可以看出王杰对自己家传的技艺并不认同，而是在闲余时间进行自己的中国画创作，并没有接受来自先祖画工技艺的传承。王书明老人也由此而感叹："前辈的医书、药柜、画稿、画谱都在，可没人学！"由于目前中国社会正在从传统的农业社会转型为现代工业和信息化社会，任何物质的存在和发展都离不开市场需求和认可的规律。这就决定了民间艺术也需要随着时代的转变而改变，即从传统向现代转型。主要体现在民间艺术功能上的转变，应当由原先的副业（农闲时期通过传统手艺创收补贴家用）向更加专业化的主业方向转型，需要在保持原有民间艺术文化内涵的基础上，对民间艺术产品进行深度改造和专业的设计，使产品更具有装饰性、美观性，减弱实用性的功能，以提高市场的附加值和认可度。

五

因固城地处特殊的位置，自古以来民间就有练武的习俗。解放初期，当地曾一度盛行习武，主要有棍术、枪术、刀术、拳术，尤其是棍术，普及程度较高，出过一些有名的拳棒手。一直延续到20世纪七八十年代，习武的村民仍然比较多，后来渐少，特别是改革开放以后，外出务工人员逐渐增多，习武的人越来越少，大多数传统武术已经失传。

固城乡的林山村是一个较大的村子，百分之七十的人懂拳术。如小红拳、乱八步，了解较多的是咏春拳、达摩棍。西山村、井儿村习武者也多，乡民曾到盐官、武山、甘谷学习切磋武艺，大部分武术套路已经失传。一些老拳棒手已经离世，现在有名的拳家也不多，多数年轻人不愿意学习武术。以前练武主要是防卫，其次是健身和娱乐，现在社会环境好了，练武的人也就自然少了。考察组以固城传统武术为调查对象深入村镇进行现场调查，并主要对部分德高望重的老人和习武者进行了访谈。据张应麟老先生介绍，元朝统治礼县时间较长，当时固城每一个姓氏都有家神，称呼也不一样。但都是蒙古人一年一祭神，有的村三年一祭（龙王神、山神、家神），祭祀的方式主要是唱戏、阴阳诵经。20世纪四五十年代，雷王乡在李自成时期出过一位大将，因此他带动很多人习武。固城在明朝以前人员更替比较频繁，人口流动较多，因为固城处于陇蜀要道、北上关口，频发战争，习武有历史的实际需要，主要为了生活，自我保护。张应麟老先生也是一位习武者，著名的武术家马宏达是他的武术老师。他1974年毕业于西北师大体育系，大学期间马宏达给他教授了初级拳剑、棍、枪，考试合格后教授了长拳，之后又教授了马家拳、劈挂拳。他大学毕业后先到礼县二中（盐官）任教，1978年回到家乡固城，在固城中学任教，后一直担任固城中学校长，他把毕生的精力都贡献给了家乡的教育事业，他重视学生德、智、体全面发展，特别是重视学校文化体育活动，学校每年都要定期组织文艺活动，体育活动必不可少，每学期组织大型文艺活动一次，体育活动一次，以田径、篮球项目为主，但器材较少，往往是村上自制一些体育器材，学校组织篮球比赛时还带动村里、邻村的群众一起参加篮球比赛，这对当时固城篮球运动普及尤为重要，尤其是万河村、小麦村、单坝村、林山村、井儿村至今仍保持每年五一、春节组织篮球比赛的习惯。张应麟老先生从年轻时一直坚持练武，后来（1998年）因为在习武时膝盖受伤中断，改练气功20余年，现在仍然坚持练习太极剑，身体健康，平时还喜欢看书、写作，出过专著，2014年退休后到礼县县城生活至今。

当地有名的拳棒手林山村人侯土改（1949—），小学文化程度，身高大约170厘米，身材精瘦。他十四岁（1963年）时跟师傅王青海学习武术，当时有六七十人习武，他是关门弟子，每天晚上等大人们都睡着后，偷偷跑到师傅家练武，一直坚持学习了两年，后来就在家务农，偶尔也练一练。1986年出家当了道人，1996年还俗，其间，又随他的继名师傅朱启林学习武术，特别是棍术的技击性有了明显提高。他的师傅王青海是固城林山村人，在天水吉鸿昌组织的武术比赛中获得了第二名，当时不到六十岁，主要擅长四门棍，但不外传，始终没有见过。侯土改跟他的师傅主要学习五虎棍。五虎棍是王青海师从盐官下毛家田武得来，据说田武跟少林寺的海灯法师学习过，他的师弟在甘谷大象山学艺。田武的继名师傅颉战海（1906—1998年），是天水三阳川、新阳镇交界的刘家沟人，著名的民间武术家。侯土改虽然年近70岁了，但动作敏捷，现场表演了两套达摩棍，棍可随身，身能随棍，收发自如，整套动作一气呵成。但他说已经有好多单子和套路由于没有记录，也不经常练，时间久了，已经遗忘了。

尖山村武把式马仲田（1967—），初中毕业，党员。自幼喜欢武术，初中毕业15岁时开始自练武术，18岁拜曹山组的曹付莱为师，学习八步段（俗称"短鞭杆"），19岁时，又在杨家寺镇大庄组拜曹进来（小名）师傅学梅花枪，后来又拜朱启林学习八虎棍、达摩棍、黑虎棍（黑虎蹚洞）等。现在一直坚持练习，他习武时的学习笔记保存至今，有学习体会，更多的是学习方法和拳谱。其中有《黑虎蹚洞》拳谱：

> 一步踏中四门定，鹞子亮（量）翅往进混。双阴棍铁门栓，左钩右跨（挎）锁喉箭。迎一棍金丝缠腕，乱砍柴腾锣闪电，盘（般）扎纽扣进中堂，然膝破找你紧防。

固城小学校长张亮（1968—），大专学历，党员。初中时开始学习拳术，他大哥特别爱好武术，由大哥教习，刚开始的时候跟大哥学习武术套路，感觉套路不实用，缺乏技击性，后来又跟朱启林师傅学习棍术，和西山村师把式的子孙一起交流切磋，后又专门到武山和柏精虎一起习武（温泉柏家山），和甘谷的王把式交流切磋。以前，由于社会治安不太好，练武主要就是为了防御，后来社会越来越安定，慢慢也就练得少了，很多套路已经遗忘了。

林山村人师把式（1959—）师承父亲师福禄（1935—），自幼习武练得一手好拳，远近闻名。家里有保存多年的武术器械九节鞭、搭竹、响环棍、连枷棍、棍、穗子。师把式表演的刀术、九节鞭、连枷棍、响环棍，套路齐全，基础扎实，有很好的传统功底。他父亲虽已经80多岁，偶尔也练一练，拿起器械也能运用自如。

固城村赵翔（1962—），礼县一中高中毕业，自幼跟爷爷习武，属于家传。武术渊源祖舅爷林教头（外号林铁头，具体资料不可考），有传男不传女的规矩。赵翔祖父（佚名）年轻时习武经商从礼县城往固城背东西

（解放前时的商品交换），开醋坊，加工小食品如点心、手工挂面等，再将小食品和醋销往县城，入食品行。拳种主要是左逮子、三尺鞭杆。经商途中遇到劫匪，以武艺防身，养家糊口，延至20世纪70年代末。赵翔继承祖业经营酿醋行业，由于是纯手工制作，远近闻名。手工醋制作过程较慢，时间较长，一般是15天出一次醋大约400千克，产量少，供不应求。酿醋技艺目前后继乏人，武艺也面临同样的境况。他表演的三尺鞭杆和小洪拳身手不凡，攻中有防，防中有攻，攻防结合，技击性很强，很有实用性。但近几年练得少了，一些拳术的套路也记不清了。

社火体育，一般腊月里各村就开始组织排练，正月初六左右开始在村子里耍（表演），或者到邻村去相互交流，特别是20世纪五六十年代，各村的社火相互交流很多。社火的内容丰富，有秧歌、跑马、耍灯、舞狮子、舞龙、划旱船，有的村子还有马社火。

固城乡民间传统体育游戏，具有健身性、趣味性，形式文明、健康，内容活泼，便于参加和普及。主要是儿童、少年闲余时间、节假日里玩耍的游戏，项目丰富多彩，也很有地域性特点。例如，执揸子：两人或三人游戏，每人拣拇指头大小的石子五颗，先将四颗石子随意撒在地面上，然后将剩余的一颗石子向上抛起来，在石子未落下时先抓起地上的石子，然后接住抛起来的石子，比赛时看谁抓得准、抓得多。走岗岗：地上挖三个小坑，在坑里分别放上数量不同的小石子。然后手里抓一颗小石子，将小石子抛起来。同时，将坑里的小石子迅速抓起，然后接住抛起的石子，坑里的小石子数量可由少逐渐变多来增加游戏的难度。兑草芽：先由小朋友们分别找到不同的草或树的叶子。游戏开始，小朋友们围成一个圈。由指定的小朋友出牌，就是出一片叶子，按照逆时针方向旋转，下一位小朋友出牌，要求出同样的叶子，如果没有相同的叶子，再就由下下一位小朋友出。谁先出完手里的叶子，谁先胜出。

掏交交：玩法是用长约1米的毛线或线绳首尾连接后，用手指掏成不同的空间造型，有平行线、马槽、面片、苍蝇、蚊子、降落伞等造型，两个人通过互相换手变换不同的造型。抖（tōu）鱼鱼：可多人玩耍。分两排站立，人数越多越好。面对面两手互握。一人爬在手臂上。大家统一喊口令，按照统一的节奏同向上用力。手臂向上向前抖动将爬在手臂上的人由排尾一直抖送到排头。可以轮换互换角色，交替做。背板：两人游戏。

两人背对背站立向后屈肘，肘关节相互挽住连接。然后，一人身体尽量前屈，另一人尽量展腹。然后互换动作，可连续做。翻扑鸽：两人游戏，两人面对面站立，手拉手。然后向外翻转360度，还原，可以连续翻转。游戏口诀"斗、斗，斗翻个，两个扑鸽斗翻个"。遗手巾：和传统的丢手绢游戏一样。儿童特别喜欢的一种民间体育游戏，边唱边玩。孩子们围成一个圈，一位小朋友在外面跑，一边跑一边唱，然后把手绢悄悄地丢在小朋友的背后，趁其不备抓住背后有手绢的小朋友。然后，角色互换，或者被抓住的表演节目。游戏时唱的内容是"丢、丢、丢手绢，悄悄地放在小朋友的背后，大家不要打电话（告诉他），快点，快点抓住他，快点，快点抓住他"。踢毽子：花样多，有削的，单脚连续踢，毽子不能落地，脚也不能落地；有花的，两脚互换对踢；有定的，左脚定住不动，右脚可以落地，也可以连续踢；有动的，跟随毽子连续贴踢，可以踢到袖筒里，可以踢到背上、头顶上，也可以衔到嘴上。花样很多，难度不同。

荡秋千：群众自发组织，选用树作支架，最上面绑上横梁，两边各系一根绳，最下面用木板横着连接。正月初一迎喜神，早饭后，家家户户赶牲口，各家各户自带香蜡纸。迎完喜神后开始架秋千，早些年村村都有。轮秋千：用辘轳制作，把辘轳立起来，中央插一根木棒，再用一根长约5米的木杠子，杠子中间打眼儿，眼儿套在木棒上，轮秋千就制作好了。游戏时，两个人分别爬在杠的两端，其余人拨动杠子转动起来。

抢（藏）咪咪巧（雀）：多人游戏，按人数分成人数相同（也可以人数不同）的两组，一组躲藏，一组寻找。游戏开始，先由其中一组分别藏匿在周围不同的不容易被发现的地方，然后另一组开始寻找，待全部找到后，交换角色重新开始。打沙包：沙包自制，分为两组，一组进攻，一组防守，进攻方分两组相距8—10米面对面站立，防守方站在中间。游戏开始，进攻方投掷沙包击打防守者，防守者可以采用跳跃、转身等动作进行躲闪，如果被击中则出局，直至防守者全部出局，然后互换角色进行下一局。跳绳：单人跳、双人跳、多人跳，小绳、大绳、单脚跳、双脚跳、原地跳、行进间跳等。老鹰捉小鸡：游戏开始时前先分角色，即一人当母鸡，一人当老鹰，其余的当小鸡。小鸡依次在母鸡后牵着衣襟排成一队，老鹰站在母鸡对面，做捉小鸡姿势。游戏开始时，老鹰叫着做捉鸡动作。母鸡身后的小鸡做惊恐状，母鸡极力保护身后的小鸡。老鹰再叫着转着圈去捉小鸡，众小鸡则在母鸡身后左躲右闪。拔河：拔河为双方各执绳一端进行角力的体育活动，属于我国的传统运动项目。挤鳖娃：多人游戏，靠墙站一排，前面的向后挤，后面的向前挤，谁被挤出列就淘汰出局。

全民健身体育项目有篮球、广场舞等。篮球：定期组织篮球比赛是各村村民们的一项十分重要的体育活动，春节期间和平时都有组织篮球比赛，一般分为村内比赛和村与村之间的比赛，参赛的人数居多，场面热烈，场上队员年龄最大的有六十岁，场下观众不分男女老幼，欢呼雀跃。广场舞：村民们闲暇自发组织、自编自导或学习训练的集体舞，主要是娱乐和健身。

固城镇村民闲余时间的主要活动调查统计表

村	闲余时间	活动内容	参与人员
单坝村	每天 19：00—22：00	广场舞	妇女
李台村	每天 19：00—22：00	在家看电视	老人
芦山村	每天 19：00—22：00	打拳	儿童、青少年
传统节日			
固城村	每天 19：00—22：00	打扑克	成年男子
小麦村	每天 19：00—22：00	下象棋	中老年
林山村	每天 19：00—22：00	散步	中老年
北河村	每天 19：00—22：00	打篮球	学生
尖山村	每天 19：00—22：00	踢毽子	儿童、青少年
西山村	每天 19：00—22：00	聊天	妇女
井儿村	每天 19：00—22：00	散步	中老年

调查发现：村民们的闲余时间在晚饭后 19：00—22：00。每天晚饭后，大家不约而同来到场里（碾麦子的空场地），孩子们主要是聚在一起玩游戏，大人们少数人在家看电视，大部分都出门散步、聊天、打扑克、跳广场舞、打拳、打篮球等。镇、村组织的体育文化活动，如篮球赛、拔河比赛、唱山歌、扭秧歌、广场舞等，基本能满足群众对体育文化生活的需求。各村公共体育设施情况调查如下：

固城镇公共体育设施情况调查统计表

村	文化广场篮球场	乒乓球台	健身器材
单坝村	正在建设中	无	无
李台村	正在建设中	无	无
芦山村	正在建设中	无	无
固城村	正在建设中	无	无
小麦村	无	无	无
林山村	正在建设中	无	无
北河村	无	无	无
尖山村	无	无	无
西山村	无	无	无
井儿村	正在建设中	无	无

调查发现：固城镇原来各村有大麦场，大家可以经常聚在一起休闲娱乐，但 2017 年左右，都拆了开始建文化广场，所以目前体育文化活动的场地器材明显不足，大家闲余时间都在就近的空场地活动。文化广场建好后，有篮球场、广场舞场地、有配套的健身器材等。体育消费情况调查：村民愿意主动投入体育消费的有 95%，消费水平为每人每年 0—300 元，主要用于购买运动服装、鞋。村民对体育文化生活的重要性有了一定认识。调查表明，村民们普遍认为体育活动是每个人不可缺少的，乡村体育文化建设很重要，希望镇上和村上能经常组织体育文化活动。

小结：固城镇有着较深厚的体育文化底蕴。由于特殊的历史和地理位置，很早以前民间就有习武、尚武的习俗，特别是棍术的发展，曾出现过较多的武术名家。但由于社会发展变化，经济结构的调整，日益受到"参与人员的不断流失、现代娱乐方式多样化的渗透和冲击、传统价值观念缺位以及农村经济结构变迁"等文化生态因素变化的影响，可以看出固城现在存在的形式多样的村寨传统体育项目的延续基础正在瓦解，延续的动能也正在消失。群众体育的开展受多种因素制约，不能满足村寨文化建设的需要和群众体育健身的需求。在调研中发现，随着生活水平的不断改善，人民的业余时间逐渐增多，参与体育锻炼的自觉性和意识都有一定的提高，但还是处于自发的、随意的状态，缺乏有组织的体育活动。公共体育场地、器材严重缺乏。要加强固城民间武术文化资源的开发和利用，对流传在固城民间的传统武术套路及时进行收集和整理，以免继续流失。建议固城镇成立武术协会，给予一定的经费支持，组织武术爱好者长期开展武术学习与交流活动，并重视对青少年的教育，使武术后继有人。建议县政府重视推广武术进校园活动，通过组织开展中小学武术训练与比赛活动，使武术在青少年儿童中得到广泛传播，还可以编写武术教材，引入中小学体育课堂中。

六

固城乡文化底蕴深厚，它实际处于陇蜀民间文学与多种文化成分并存交融的边缘地带。固城现存的土城遗址，城墙由黏土夯造，残败斑驳，具体的年代并无可靠记载。古城门左侧有一棵古槐树，目测需要五个人才能合抱，从古槐的树龄印证古城的年代不会太短。从固城村陈家墓碑载记推测，土城或建于元末明初。它的存在，似乎可从一个侧面印证"固城"地名的由来。这些文化信息实际游走在文学与研究的边缘。

固城镇君寺曾出土耀州瓷碗、盏以及瓦器，周围墓室里面有砖壁的彩绘，初步判断属于宋代。这些墓葬的形制和走向，符合古代阴宅风水的要求，背山面河，视野开阔，可以俯瞰整个固城。这些墓葬遗址都已经被盗掘，透过盗洞，依稀看到里面空间并不大。"在固城，人走了，神留下了。"① 全镇面积并不大，却有朝阳寺、凤龙山、通天观等多处寺庙，这些宗教文化实际都和当地民间文学的关系密切。尖山寺，在山最高处，当地有俗谚"金子山，离天只有三尺三；尖山寺，磨得天爷咯吱吱"，属于一种民间文学的表现形式。在山巅庙院徜徉，似乎和白云擦肩，不免使人露出怯意。固城的几处寺庙属佛道一家，民间传说很多。当地百姓大概不在乎佛与道的区别，在他们看来，佛、神、仙都是具有超能力的"偶像"，

---

① 赵殷. 回到固城［M］. 敦煌：敦煌文艺出版社，2012：202.

拜祭祷告，都可以消灾灭祸，祈福佑生，文学演绎也是故事迭出。当地民间戏剧艺术较为发达，除前面所论述的皮影戏及其角色系统、剧本系统和演艺系统等非遗资源外，还有大量的派生民间文学出现。如流传在固城乡张家村一带的《戏箱"妆神"的故事》，梗概如下：

> "妆神"是固城乡地方唱大戏（真人扮装的舞台表演戏剧）压在箱底的神。妆神有木偶神祇雕像，穿戴有相应固定的妆服，主要保佑戏班和戏服系统平安吉祥。早先跟老一辈人学唱大戏，十七八岁开始登台跑龙套。唱戏前要晒戏箱，拜"妆神"，之后每年的"会头"分派角色、会唱戏的老人现场指导，年轻演员一定得听清记熟。庙会唱大戏，给方神爷、黑池龙王唱，都是敬神的戏或者是愿戏（还愿用以娱神），不唱的话，村子里会不平安，会出事，唱了戏"神"高兴就平安了。戏服多是自己缝制的，请画匠画上图案，画好后由会头管理，会头是轮流的。每年农历六月初六晒戏箱，开箱敬神。全村 32 户 130 人，每家必须出一人唱戏。唱完戏要送神，主要角色是姜子牙，谁当会头（会长）谁装扮（姜子牙）。①

张任娃早先跟老人（父亲）跑龙套，后来可以登台了，现在和年轻人在外地打工，到了寒冬腊月回来（练习唱戏），农闲了会头分布角色，将唱词抄到本子上练习。在演戏的过程中，张任娃也了解到了不少固城乡民间传说和故事，属于民间文学和历史文化的传承者。

固城民间文学在口头性、传承性、集体性、变异性四个方面有其特殊性。类型上神话、民间传说、民间故事、民间歌谣、民间小戏、歌舞说唱、谚语、谜语、曲艺、仪式诵辞、唱本、戏文较为发达，但史诗、宝卷（僧尼俗讲和说唱）、书面文献相对比较欠缺。由于时间、条件的限制，我们重点调查了神话、传说、故事和歌谣，附带考察了说唱及韵文的存现情

---

① 讲述人：张五十（1947—），礼县固城乡张家村人，小学文化程度，农民。张任娃（1964—），固城乡张家村人，张五十之子，初中文化程度，村支部书记。采访时间：2018 年 4 月 6 日。地点：礼县固城乡张家村张五十家。记录人：张芳、刘吉平。

况。固城教育发展与民间文学、历史文化也颇有渊源。固城小学文艺教育极具特色，是实施美育的重要内容和途径，对促进学生全面发展具有不可替代的作用，也对提高学生的审美素质更具有深远的意义。

固城民间神话，是关于远古自然界、人与自然的关系以及社会形态的幻想性的故事。可涉及文学、历史、哲学、社会学、宗教等方面，有对远古的人、自然的想象、探求，有对当时自然神崇拜的历史记录，也有对当时社会风俗、宗教仪式关系方面的解释，其中不乏原始信仰的残留。如《"三爷"固城迁庙的传说》①，梗概如下：

> 很久以前，与甘肃文县交界的四川一代连年暴雨，洪灾严重，民间有"十年九灾"的说法。当时各地都供养喇嘛，每家每户收取一定的财物、粮食供给喇嘛，让他们在常发暴雨的时间施法防住暴雨灾害，喇嘛查找洪涝灾害，施法跟着下雨的云彩，一直跟到岷县一带。但奇怪的是岷县也遭受洪灾，唯独固城一带风调雨顺，本该下到这里的暴雨云彩，却一直南下飘到了四川。后来喇嘛私下里打听，原来固城南坪村后面的山上住着大爷、二爷、三爷三位龙王神，是他们保佑着这里不遭受暴雨，喇嘛寻思，如果雨下在这里，四川就能免于灾难，于是打定主意要陷害这三位龙王神。
>
> 当时这座庙的庙官是一位村子里姓常的老太婆，负责庙里的香火。有一天夜里，她梦见有个红脸、穿长袍的人站在她的炕头喊她赶快起来救命，惊醒后以为是魇住了（俗称"鬼压床"），就没管，接着睡觉。刚睡下又做了一样的梦，她觉得奇怪，还是想不明白，就又睡了。谁知刚一合眼迷迷糊糊中又做了同样的梦，并且情形一次比一次焦急。常庙官转念一想，莫不是三位爷出事了，给她托梦呢！就赶忙起来拿起填炕的拐耙子往庙里跑。跑到庙院里一看，庙里亮着灯，

① 讲述人：田联社（1956—），礼县固城乡南坪村民，初中毕业，1979 年至 1983 年任南坪村文书。补述：田玉子（固城乡南坪村人，文盲）、常玉学（现三爷庙官）采访人：张安康（固城乡初级中学教师）、陈烨（礼县职专学生）、田宝军（固城乡南坪村人，学生）。采访时间：2018 年 8 月 14 日，8 月 17 日。地点：固城乡南坪村三爷庙旁，后在张安康家里补充完善。校订：蒲向明（1963—），陇南师专文学与传媒学院教授，研究生学历。

地上放着一个水盆，一个喇嘛作法拿着宝剑，挥手斩杀趴在水盆边的麻长虫（蛇），两条已经被杀死，还有一条躲来躲去。常庙官大喊一声冲进庙里，拿拐耙子往喇嘛头上打，喇嘛撒腿就跑，她追出去已没影儿了。她看见庙里被斩杀的两条长虫，才明白自己迟来一步，大爷和二爷已被喇嘛陷害了。喇嘛跑到草湾沟里姜草台上的时候三爷显灵了，他口里吐着血、肚痛难忍，但又害怕村里人追来，就继续挣扎着往前跑，最后死在草湾村对面的一条沟里。

第二天常庙官给村子里说了这个事，和村子里的几位长者商量，三位爷保佑着全村人，现在大爷和二爷让喇嘛害了，三爷如果继续坐在那里，担心会让后来的喇嘛害了，就把庙迁到村头现在盖庙的地方。以前盖庙的地方现只剩下一个平台，人们叫它庙场里，姜草台因为喇嘛逃跑时在那里吐过血又被称作吐血台，草湾对面的那条沟就叫作喇嘛湾里。

三爷庙搬下来后一直受着南坪一带人的香火供奉，"文化大革命"期间庙宇被毁，当时三爷的塑像没人敢动，最后让一个懂法术的叫蔡疯子的人毁掉了①。1986 年左右，政策恢复宽松，各地兴修庙宇，三爷的庙又重新修建起来，蔡疯子听到消息，赶来义务投工，从固城东城村的古槐树上锯下树枝做神桩（塑像的底层基础），从老毡匠弹羊毛的弓上换下筋绳，为三爷重塑了金身。现在的庙就是那时修建的，因为大爷和二爷被害，只有三爷一尊神，保佑着南坪一带百姓的平顺安泰。

这个神话用半写实、半幻想的手法，描绘了固城一代人们早期的处境、活动及其对民间文化的开拓。大爷、二爷、三爷三位龙王神对固城当地老百姓的庇护，喇嘛的工于心计和法术的精深、手段的老练和毒辣，庙官老太太的机灵和勇敢，三爷对固城乡土的厚爱和保佑，后人对这尊神灵的敬奉和供续香火，都有生动的情节，富于文学性。这类神话情节夸张、充满幻想，大都表现了民众的良好愿望，内容往往包含着超自然的、异想

---

① 据讲述者介绍，蔡疯子已失其名，毁庙前是正常人，毁庙后就疯了，许是遭了报应，后来义工修庙，也是赎罪而已。

天开的成分，虽然从生活本身出发，但并不局限于实际情况，以及人们认为真实的和合理范围之内。这类神话故事有一个共同特点，即一般老百姓做不到的事情，在故事中都能完成。类似的固城民间口传神话还有《风都龙王的传说》《风爷庙的传说》《凤龙山的传说》《风爷水案的故事》《凤凰山的故事》等。

从民间文学的整体情况看，固城民间传说、故事题材涉及面广，表现内容丰富。关于地方物产方面的民间故事较多。固城地处秦汉祁山古道支道——阳羡道的关键地带，远在汉代就设置"安民戍"或"武植戍"①，至明清民国称为"东大路"，是重要的一条陇蜀军事和商贸要道。在明清至民国的数百年时间里，除马帮之外，还有不少以人力背负进行长途贩卖的小贩，称之为"背子手"，或有"挑子客"，有四川北部的头裹青巾、身着长衫的"背笑客"。他们负重都在百斤以上，日行十五至二十千米，每天在永坪、固城投宿者不下四五十人。陇蜀商旅成为固城民间故事反映特产的主要题材来源，如有代表性的《固城烧馍馍故事》②：

> 固城烧馍馍是何时开始的，已经无法知道了。小时候就知道是固城街上这一带招待贵客、走亲戚的礼当、好吃活。烧馍馍的特点是耐放，口感好，在礼县属于有名气的小吃。只记得烧馍馍在1955年左右就有了，由于条件不好，当时卖馍馍的人家大多比较穷。为了养家糊口，他们从杨家寺买来小麦，把最好的面用来做烧馍馍卖，不好的面就自己擀成面，也用黑面做成饼子自己吃。
>
> 烧馍馍按斤卖，只做一斤（500克）和两斤（1000克）的两种，最早时500克的卖五角钱，1000克的卖一元，后来500克涨到了八角

---

① 关于"武植戍"的地望问题，郦道元《水经注》有详细的描述，其他文献载录甚多，但由于古今地望变迁，学术界对其解释不一。以苏海洋为代表的学者认为，武植戍就在今固城镇，而另一些学者认为武植戍在今永坪镇。另有安民戍，学术界对其地望是否固城镇或者是永坪镇，未置可否。我们认为，安民戍应在今固城镇。

② 讲述人：余米娃（1944—），固城镇街道村村民，不识字。记录人：张安康（1984—），礼县崖城镇陈家山庄人，固城镇初级中学教师，大学本科；陈烨（礼县职专学生）。采访时间：2018年8月22日。地点：固城镇街道村张存田家。校订：蒲向明（1963—），陇南师专文学与传媒学院教授，研究生学历。

钱。20世纪90年代，物价涨了，烧馍馍500克的也卖到了一元。卖的时候放在柳编的筐箩里，方便买主挑选。以前，到年末的时候，有的大户人家买上百斤烧馍馍走亲戚。20六七十年代，人民公社里用烧馍馍招待来检查工作的领导。那时候人都没钱，经济不好，烧馍馍一年最多卖出500千克，年成不好的时候，也就只能卖出去350—400千克。20世纪八九十年代，固城街上卖烧馍馍的人，主要有我，还有田烈娃老人（田继军奶奶）、田牛娃老人（贺剑强奶奶，已故）几个人。

烧馍馍用的灶头和以前农村普通的大灶头基本上是一样的，上面搭锅，下面烧馍馍，但专门用来烧馍馍的灶盘比一般灶膛要大，高度上比一般灶要低，用泥和土基子（土坯）盘成（砌成），能保热气。

灶头盘好了就要铺灰，就是从做饭的炉子里出灰，用细筛子细细筛了，把杂东西去除，铺在炉子底上，大概13—17厘米厚，如果灰筛得不细，烧出来的馍馍就有火疤了。灰铺好了，就烧炉膛。在烧馍馍的前一天下午烧炉膛，炉膛烧好后把麦柴扎成小捆用热灰埋住、压实，让炉子保温，称为窝（ηǒ）火①，炉膛冷了烤的馍馍不够"虚"。烧的柴最好选用小麦草，碾得越绵越好，太硬的柴火会让馍馍烤焦了，大燕麦草烤的馍馍表皮发红。麦柴的用量从开始烧炉膛到馍馍烧成，大约1.5千克麦柴能烧500克馍馍。烧馍馍的面要选最好的，红麦的面比白麦的好，做烧馍馍的面一般是50千克麦磨30千克面。调面就是和面，用手工酵子加水和面。起面就是发面，和好的面放上一段时间发好了就可以做了，起面和做其他馍馍的方法一样。最后是兑面、醒面，把起好的面加入碱面揉匀，盖上厚棉布放一段时间待面醒好。烧馍馍的用碱量比别的馍馍要稍微大一点，这样烧馍馍散发出的香味也就更浓。

最后是烤馍馍，按大小取醒好的面，烤500克的馍馍约需600克面，烤1000克的馍馍大概要1150克面，这样烤出来的馍馍就斤头旺（量足）。烤前要把面擀成饼，先放在锅里烙（烧火的自始至终一直用麦柴），等面饼两面稍硬之后用木铲铲出来，用手指轻轻按压、搁、

① 窝（ηǒ）火：固城方言，意为在灶膛续烧柴草，但并不是烧起来，而是用以续火苗和保持热度。

转动，面饼的褶褶逐渐出现大小均匀的花花，两面都有，无正反面之分。然后放在炉膛的热灰里，用热灰埋严、压实，擀另外一个馍馍，烧第二个馍馍时第一个馍馍放在炉膛一旁用热灰蒙烤。烧熟后侧立在柳编的筐箩里晾冷，不要平放，平放的馍馍吃起来不"虚"。一个灶最多同时烧一个500克的，还能烧一个1000克的馍馍，从早烧到晚，一天最多烧50千克馍馍。如果在平时，一天只能烤10千克左右的馍馍。

这种风物特产故事是一些小人物的故事，不仅介绍特产本身，还叙述它们的来历及掌故，因而不仅有知识性、实用性，而且富有故事性、可读性，在固城民间广为流传。类似故事还有《酒柿子的故事》《小黄酒的故事》等。

固城动物题材的民间故事，有一定数量，故事里的动物常被拟人化。多数借动物与人之间的纠葛表现某种社会现象、人与人的关系，寄寓着比较明显的教训意义。流传在三县梁一带的《分水岭老虎吃人的故事》①：

> 传说很早以前，离分水岭最近的李家台村，有人翻过分水岭到武山的洛门镇去赶集，不料被守在山门的老虎精抓住了。它把人关在山洞里不让出来，要求人答应一个条件，让人为虎上山干打猎的活儿，而且没有年限，一直给它们的老虎家当长工。
>
> 人说："我家也有老小，我要回家。"
>
> 老虎精说："你先打来猎物，让我们吃饱再走。"
>
> 那人没有办法，就答应了老虎精便到岭上去打猎。谁知他到岭上一看，都是大大小小的老虎啊，连一只其他的动物影子都没有，早给它们吃完了。那人转了很多山头，又饿又乏，打不到猎物。最后，还是被饥饿的老虎吃掉了。

这个故事明显含有告诫的意味：老虎再讲理，最终还是要吃人的。故

---

① 讲述人：王刘红（1956—），固城乡绿化村下庄村组（三县梁附近）村民，小学文化程度。访谈记录：蒲向明。采访时间：2018年4月6日。地点：朝阳寺庙院。

事还反映了在残酷的现实面前，活着的无奈和悲惨的结局，令人深思。这类故事还有《活剥狐狸的报应》《旋黄旋割的故事》《姐姐回走的故事》《种谷虫的故事》《癫蛤蟆求员外姑娘的故事》《大马猴的故事》等。

固城乡规劝教化题材的民间故事，多取材于现实生活而加以虚构，所以有"世俗故事"或"写实故事"的特征。这些故事现实性较强，故事往往赞美正直、勤劳、善良、智慧的人；批评懒惰、自私、愚蠢的人；也讽刺剥削者和压迫者，表现了当地百姓的聪明和智慧，规劝人们改恶从善，引导世人乐观向上。如《抢人贼遭报应的故事》①：

> 传说在三县梁（武山、甘谷、礼县交界的山岭地区），有个抢人贼，就靠着抢劫路上过往的行人过日子。有一天晚上，他上了三县梁，爬上老桦树借着月亮，瞅着路口，等待过路客和生意人。不一会儿，就远远望见有个搭着钱夹子（褡裢）的人走过来。他连忙跳下树，猫着腰躲在路口等着。那人刚走到他跟前，他就一斧头砍下去，那人当场倒到地上，连一声气都没喘。他抢了人家的钱夹子就直接跑下山了。回家一看里面的东西，认得是自己吃军粮的儿子回来了。他哭叫着跑上梁，儿子的尸首早已不知哪里去了，那里仅有一摊血迹和几截野生动物吃剩的骨头渣渣。他手里抱着那些骨头，伤心着叫喊儿子的名字，可是没有人回应。他最后喊了声"报应"，就从梁上的崖上跳了下去。

这则故事有着鲜明的因果报应思想，但取材自现实生活之中，故事的发生发展具有本身的生活逻辑，体现了"害人终害己"的传统劝诫和教诲思想。同类型的故事还有《富鬼和穷鬼的故事》《三县梁绿宝石的故事》《卖香香屁的故事》《后阿娘的故事》等。

固城的民间幻想故事比较发达，这或许跟其历史上通衢陇蜀的地利条件有关。这些故事包含着丰富的想象成分，充满浪漫色彩。反映了古代固城社会人们的生活、习俗和观念，以及人与人之间的关系和某些社会矛

---

① 讲述人：卜应生（1961—），固城乡绿化村下庄村组人，初中毕业。访谈记录：蒲向明。采访时间：2018年4月7日。地点：从绿化村到朝阳寺的途中。

盾。这些幻想故事的主人公多为普通劳动者，其中出现的情节、事物和一部分人物，大都带有超自然的性质。故事把某些现实生活中不可能的事情，当作可能实现的事情表现出来，情节曲折，富有文学性。如《火化阴阳城》①：

很早以前，固城村有个可怜的孤儿，受不了饥饿和村里老财主的虐待，决心去寻找自己的父母。他是个苦命儿，他一出生父亲就去从军，是死是活，没有音信，母亲为了寻找丈夫，就远去西北边关，也已三年有余，临走时她把唯一的心肝儿子留给了外婆，可外婆年迈体弱，在女儿远去寻夫的日子里不幸早早过世了。这样，小男孩就成了没人疼爱的孤儿，被村里一个财主收留当小长工。

小男孩年纪小，天天给财主放羊，挣得一口饭吃，心里却时刻想着早些长大，去寻找自己的父母。财主是个抠门鬼，财主老婆却善良，常常偷偷给小男孩饭吃，在当着丈夫的面时，她也没有办法保全这个孩子。有一天，小男孩去山上放羊，羊被毒蛇咬伤，财主却把怨气撒在了小男孩身上，用麻绳把他绑在柳树上，用皮鞭一顿痛打，打得男孩皮开肉绽，财主老婆都看着心惊肉跳，心疼得流泪。从此小男孩身上留下了许多疤痕，那年他才十二岁。一天，小男孩赶羊路过村口，就听着老人们拉家长，话语里提起他父母的情况，就从一个老爷爷口中弄清了原委，才明白原来父母是这么抛下他的，他更加想念父母亲了，每次都从梦中惊醒。小男孩在一个夏天就出走了，往西北走着去寻父母。

六月的天气，热得"鬼"都流汗。渴了，他喝牛蹄窝窝里的水。没有吃的，他沿门讨要。到了冬天，他身上衣服破破烂烂，脚上穿的是草编的鞋，用野棉花捂暖手脚。就这样一年年、一日日地走，他受尽了人间的罪。也不知道他走了多少个月，也不记得熬了多少日日夜

---

① 讲述人：张仲宝（1960—），礼县永坪周家村人，高中毕业，小学教师，爱好文学、书画。整理人：张亮（1968—），固城乡街道村人，固城中心小学校长，大学学历。采访时间：2018 年 9 月 6 日。地点：固城中心小学办公室。校订：蒲向明（1963—），陇南师专文学与传媒学院教授，研究生学历。

夜，他终于来到了一个奇怪的地方，满地黄沙，大风刮起，飞沙走石，一位好心的老人收留了他。在与老人聊天的过程中，他才知道这儿叫苦峪城，也叫锁阳城，也可能父亲就在这里战死了。老人还讲了李世民命太子和薛仁贵征西，兵困这里的故事。哈密国元帅苏宝同围困唐军，缺粮缺水，薛仁贵发现了像生地又像胡萝卜的东西叫锁阳，充饥又解渴，士兵吃了这个神力大增，作战勇敢，奋勇杀敌，一直坚持到援兵赶来，为了感激救命的锁阳，人们便将苦峪城改名为锁阳城。

后来，附近的人为纪念死去的兵将，一年分上、中、下三元祭奠，春祭三月三日为上元节，将士们摆香案、杀牛羊、蒸馒头、焚纸钱、烧春衣薄衫，大型祭祀！七月十五日中元节，将士们蒸馒头、摆香案、盛水果，把葡萄酒洒向天空中，和尚道士念经超度，给怨魂饿鬼一顿饱餐，也超度他们早日超生；天冷了，十月一日下元节祭奠，烧寒衣……后来这座城又叫阴阳城了。小男孩从老人那里知道了很多，可是他还是要找自己的父母，要到阴阳城里找父母。有天夜里，他摸进城里，黑哇哇的地方他都看不清了。突然好像有人从他头顶敲了一锤，咣当一声，他栽倒在地，不知过了多大工夫，他眼前一道亮光，一个漂亮的年轻女子出现在眼前，他们就做了夫妻。过几天，这男孩就回到了收留他的赵家客店。老赵问男孩，这到底是怎么回事？男孩一五一十从头至尾，诉说了一遍。过了一段时间，来了个道人，说客店里有邪气，可能是男娃（男孩，即前文所述小男孩）带来的，要设法除掉阴阳城里的女鬼。他让男孩在老赵家搓麻线，越长越好，最好有123米左右，老赵说，绳子你搓，原因是要想捆住女鬼，你搓的绳子绕个圈圈，女鬼就能往里钻，别人搓的绳子，女鬼就有戒备。男孩无奈，只有照老赵说的办。那边的女鬼似乎也感到了什么，好像也要有所防备，让男孩做一件事，每天天不亮上山割些羊胡子草，然后用剪刀剪短成约3厘米长备用。

时间一天天过去了，搓麻绳的差事不能耽误，女娃那边的事也要上心着做，绳子搓好了，羊胡子草也剪了不少。老道算定八月十五日深夜，凡事大吉……女鬼也不甘示弱。八月十三日这天，老赵让男孩跟女鬼借银子，而且要撒谎说："由于在家没人照顾，借下亲戚的银子，现在要给人家归还，不然失信于人，多不好意思啊！"女鬼听了，觉得很对，就给男孩借了银子，男孩把银子拿到赵家，交给老赵，老赵用借来的银子买了一匹宝马，配上好鞍，精料喂养。八月十五日这天早上，道人和老赵让男孩去找女鬼，用搓下的绳子把她套住，打马拖来，跑不到百米，女鬼就会被摔死、勒死。其实女鬼这边，不是没有准备，男孩用剪刀剪短的羊胡子草，早已装进口袋里，哄男孩说是准备的马草料。道人和老赵把法台偷偷地做好，只等天兵下凡，他一边作法，一边画符差将，天灵灵地灵灵，怪你小鬼害了人……道人法力无边，拂尘一甩，霎时间恶风暴雨，飞沙走石，女鬼这边抓起羊胡子草向空中一扬，寸草变成了大黄蜂，顺着道人作法的狂风卷去，道人的眼睛被蜇得乌青肿烂，中毒死了，他的法力却把阴阳城火化得一干二净。菩萨可怜女鬼和男孩的遭遇，一滴甘露，浇灭了阴阳城的大火，也让女鬼还了阳……女鬼和男孩正式成为夫妻，他们买了一个庄园，雇了几个干活的长工，小两口过上了快乐的生活。

这个故事通过幻想，实现了贫困、诚实的主人公的愿望和憧憬，并对恶人、贪心者予以惩罚，最后实现了理想化的结局。在故事中固城小男孩身上寄托了执着、勇敢、不屈、敢做敢为、敢爱敢恨等诸多优良品质，成为人成长过程中的理想化身和学习榜样。同类型的故事还有《青石板的故事》《行香祈雨的故事》等。

固城以日常事物为题材的故事，经过幻想以超常形式表现出来。其神奇性在于不仅有曲折的故事情节，而且有鲜明生动的人物形象，口语化的叙述结合方言独有的铺陈，达到语言艺术的较高境界。如《野狐精的故事》①，几乎与世界著名幻想故事《小红帽》（［德］《格林童话》）、《狼外婆的故事》（中国经典儿童故事）异曲同工：

　　古时候，固城乡还是一个很原始的小村落，周围的四里八乡也都

---

① 记录整理：张亮（1968—），固城中心小学校长，大学本科学历。采访时间：2018年9月11日。地点：固城中心小学校长办公室。校订：蒲向明（1963—），陇南师专文学与传媒学院教授，研究生学历。

很封闭、很落后。相传居住在这里的人们都是零零散散的，一家离一家都有一定的距离，平时白天外出干活和做事才会到一块儿，晚上一般都各自关闭门窗，早早地睡觉休息，因为点清油灯实在太奢侈，也因为周围全是茂密的原始森林，林里面有许多凶猛的野兽，还有许多传说千百年来修成的树精怪兽，时不时会化作人形来到村子里兴妖作怪，伤害人畜。

村镇的南坡脚下住着一户人家，丈夫被抓去当了兵，多年无音信，家里只有女人和四个小孩，他们年龄依次只小一岁，大女儿叫顶针，二女儿叫门扣，三女儿叫门转，小儿子叫枭车，日子过得紧紧巴巴，非常辛苦，有时全靠乡邻亲戚的帮衬。但孩子们都长得很乖巧，很心疼①，他们平时除了帮母亲干些力所能及的活儿外，还大的带小的，和和乐乐，给母亲减少了许多担忧。白天母亲外出总会给孩子们吃饱后把门从外面锁上，再三嘱咐任何人来都不要开门，记住母亲出门时的穿戴和暗号，因为常有兽精树怪化作和家里人一模一样来骗其他人上当，会被抓去吃掉或虐待。

有一天，孩子母亲穿戴好了，收拾了点礼品，到舅舅家走亲戚去了。她给孩子们做了两天的饭，让孩子们牢记她的穿戴，然后把门从外面锁好，让孩子们从里面把门用木棒顶住。母亲刚走一会儿，孩子们在屋子里正玩得开心，突然就听到窗子前有人叫顶针和门扣，又叫门转和枭车，弟妹答应着跑到窗子前去看，发现是母亲回来了，就嚷着要姐姐顶针和门扣开门去，顶针和门扣急忙拉住弟妹走到窗前一看，发现母亲的穿戴打扮不一样了，便说："你不是我妈，我妈穿的蓝，戴的红，叮叮当当将（刚）出门。"

门外的人一听，怎么我就打扮错了呢，便急急忙忙走了。而孩子母亲走到半路心里突然一激灵，感觉安顿的孩子不放心，就又急急忙忙赶了回来，孩子们到窗前一看发现自己母亲真的回来了，就开了门，孩子们便把刚才的事给母亲说了，母亲想了想就重新把自己打扮穿戴了一番，并扎扎实实地给孩子们又叮嘱了一番，让孩子们从里面锁了门，用木棍顶上，不是自己来就千万别开门，然后才去了娘家。

---

① 心疼：固城方言，指孩子长得伶俐聪明、漂亮可爱。

就在母亲离去没多一会儿，那个来过的人又到了窗前叫着孩子们的名字让把门打开，孩子们凑到窗前一看，以为是母亲返回了，这人长得和母亲一模一样，只是和开头母亲穿的一样，和刚才出去穿的恰好颠倒了颜色，顶针便对着窗外说："你不是我妈，我妈戴的蓝，穿的红，叮叮当当将（刚）出门。"

那人一听，怎么回事，又打扮反了，让孩子们认出来了，看来这些孩子精得很，能认出自己的妈妈，我要哄他们开门得另想办法。

原来，假扮成孩子母亲模样的，是这森林里修炼千年的一只狐狸精，它常装扮成村子里人的模样吃人，已经骗着吃掉几个孩子了。这次它盯上了顶针一家，想着再吃掉几个孩子就会使自己的功力大增。野狐①精想了又想，终于想到小孩子喜欢吃糖，便用法术变出了一袋糖，然后拿着糖又去了顶针家。到了窗前，它便喊着门转和枭车的名字，并在窗子口塞了几颗糖果，顶针和门扣发现不是自己的妈妈，不让门转和枭车吃糖，但经不住野狐精的劝说和引诱，他俩哭着求姐姐给他们吃，结果弟妹吃了糖，都说好吃极了，门扣和顶针也经不住引诱也分别吃了糖，毕竟还都是小孩子，又常常不得见这些东西。慢慢孩子们放松了警惕，忘了妈妈的叮嘱。野狐精说："我真是你们的妈妈，糖是外婆给你们的，我戴蓝穿红，你舅妈爱戴红穿蓝，我们换过来了。"

孩子们就把门打开了。野狐精进了屋，它对孩子们特别热情，一个个都亲了亲，抚摸着孩子们的脸和身体，问这问那的，一副疼爱样子。转眼到了晚上，孩子们盖了一个被子，野狐精盖了一个被子，野狐精不让枭车与它睡一起，又不脱衣服，老是把屁股转向墙根，枭车开始又哭又闹的，说妈妈变了心不爱他了，不让自己睡她怀里了，又不让他摸奶头了。野狐精说："我走亲戚感染了风寒，头疼，脱衣服会更重，摸奶头也不行，等明天病好了再睡我怀里，摸奶头。"

顶针和门扣尽管发现这个妈妈与自己的妈妈不一样，心里紧张，但不敢说出来，只有哄着弟妹早些睡觉。半夜的时候，警惕的顶针和门扣渐渐困乏了，慢慢也睡着了。野狐精翻了个身发现顶针和门扣睡

---

① 野狐：固城方言，指狐狸。

着了，便悄悄地凑近门转和桌车说："肥的门转暖嘴来，瘦的桌车暖腿来，妈妈爱你们。"

门转和桌车在睡梦中迷迷糊糊地钻进了野狐精的被子，野狐精把桌车窝①在了墙根，用被子捂住了嘴巴，便偷偷吃桌车了。

门转听见噗噗腾腾的喝水声，就问："妈妈，妈妈，你喝的什么？"

野狐精说："我的娃，我喝的是隔壁你大妈给的酸拌汤。"

一会又听见咯吧咯吧响，就问："妈妈，你吃的什么？"

野狐精说："我吃的是村头你二娘给的干馍馍。"

其实门转听到的是野狐精喝桌车血的声音，吃桌车的肉和嫩骨头的声音。"咣"的一声什么东西掉到了地上，野狐精忙说："隔壁你大妈家的缸子掉地上了。"

原来是桌车的头掉地上了。顶针和门扣这时也醒了。门扣听见不对劲刚要喊叫，就被顶针捂住了嘴，她急忙把门转从野狐精被子里拉出来，凑近她们的耳朵悄悄说："千万别喊叫，就说要屙屎②尿尿，肚子疼得厉害，要到外面去解手。"

于是顶针装作翻了个身，坐起来说："妈妈，我们要屙屎尿尿。"

野狐精一听，就说："到炕前头地上去屙屎尿尿。"

顶针就说："那不行，不是妈妈常让我们到外面解手吗？屋子里面解手不卫生，臭得很！要不妈妈把我们用绳子拴住从窗子里放出去牵着，等我们解完手再拉回屋子。"

野狐精听了想，用绳子拴住不怕你们跑了，我只要一拉一拉的，就能感觉到你们在不在，还有这样就不会让孩子们怀疑，再加上三个娃都哭哭啼啼地吼着说憋坏了，要屙屎要尿尿。野狐精便用绳子把三个娃拴住了腰从窗口吊了出去。顶针一到窗外就赶紧把绳子解开让门扣先牵着，自己转身把鸡窝的小鸡抓了三只，急忙把门扣和门转腰上的绳子解开，连同拴自己的绳子一同都拴在了小鸡身上，野狐精时不时拉一下绳子，感觉绳子那头重重的，又有喔喔的声音以为孩子肚子疼不舒服的声音，没有怀疑其他。

---

① 窝：固城方言，意为折放，搁置。
② 屙屎：音 bà sì，别作巴屎，固城方言，意为大便。

顶针带着门扣和门转压着脚步，迅速跑向隔壁张大爷家，一阵焦急地拍门声惊醒了张大爷，顶针把前后情况赶紧说了一遍，张大爷又惊又怒，急忙出去喊醒了儿子和邻居，大家商量后都操起铁锹、钢叉，又请了能降妖除怪的法官①拿着符，念着咒，一众人急匆匆赶到了顶针家，在野狐精还没有反应过来的时候，法官将神贴了在了门和窗子上，念着咒向着野狐精连连吹气，大家一鼓作气冲到屋里用铁锹、钢叉把野狐精给打死了。

　　天亮以后，村子里的人们把顶针妈叫了回来，顶针妈知道巣车被野狐精吃了，差点哭死，晕过去了好几回。她恨透了野狐精，在野狐精尸首上不知剁了多少刀，庄里人就一直劝顶针妈，很久她才慢慢安静了下来，她知道自己要坚强拉扯三个娃，再后悔都无济于事了。大家商量后，由法官作法施压，用火烧了野狐精的尸身，埋在了村后的山坡上。

　　野狐精修炼了千年，神力还是很强的，虽然被打死、焚烧并施法术埋了，但它仍然不甘心，硬是化作了一种会咬人的植物，在山坡上长得欢②，只要人不小心碰了它，就会被咬的皮肤上瘙痒不止，疙瘩出来，又痛又难受。后来人们便叫这种植物为荨麻。

虽然这个类型的民间故事，在我国各民族以及世界其他地区都广泛流传，但是固城的故事突出了内容的启蒙性，重视了从"弱势群体"儿童的视角进行深度的挖掘，在看似"天真型"故事背后似乎隐藏着更为深刻的寓意，从中国传统审美的角度看，人的智慧，必然会战胜妖孽的邪性，不管其顽固性如何，终究还正道于人间，其叙事中隐含的社会意识是极为深刻的。这类故事还有《野狐脚的故事》《米贵阳的故事》等。

　　固城历史文化的世俗故事，通过地方历史文化或历史生活片断来表现主题，作品的故事情节和寓意往往达到浑然一体的程度。1949年以来，这种新的民间故事应时出现，也反映了新时代人民的生活和愿望，表现了高尚的精神面貌，这种走向也对传统民间故事的艺术特点有所发展。这类故

---

①　法官：固城方言，指可以施法降除妖魔的人，别作端公、法师。
②　欢：固城方言，意为茂盛、繁盛。

事一般篇幅不长，人物性格单纯，常常运用对比的手法表达劳动人民对美好生活的热爱和对美好未来的向往。如《石女梁的传说》①：

　　固城乡韩窑村后面的山上，有一块人形的大石头，看起来像个躺着的女人，头西脚东，顺山势上半身略高，女人的样子看起来很清楚，从古今到现在，这座山就一直叫石女梁。

　　传说有个修炼成精的石女，常常施展法术取中山村二十岁左右年轻人的魂魄，有口歌②说："石女看见中山哩，拉的少年活安③哩！"中山村的人一开始并不知道村子里的少年人突然就没了是什么原因？只要谁家有帅小伙就让整个村子里人担心受怕，想尽了法子，还是有清俊的少年人就突然死了。村子里就常有一股让人害怕、闭气的气色④，家家过得不安稳。

　　后来，村里的老人求签、问神、摇卦，弄清了是固城韩窑石女梁上的石女在作怪。中山村的人商量后推选了几位有威望的青壮年，为不让消息泄露，不出声说话只互相传纸条，去尖山寺请来了道行⑤深的姜道士，姜道士了解了事情真相后，准备了法器符帖，让人准备了铁锤、钢钎、狗血、鸡血等降妖用物。一天晚上，姜道士和村民悄悄摸黑攀爬到石女梁，乘鸡未叫的时候，他做施法术，命青壮年迅速把石女所有特征一一用铁锤和钢钎破坏了，再把降物压在石女身下，鸡血、狗血喷在石女全身，朱砂神符贴在石女身上。石女这天因为出去赴宴，斗法时突然心痛肉颤，急急忙忙赶了回来，但自己的肤体已经被镇压毁坏，再也回不到石女身上了，魂魄也被神符收押，镇压在了尖山寺。从此以后，中山村就再也没有青少年无缘无故折耗的事情

----

① 讲述人：李才彦（1946—），固城乡李台村人，小学毕业，2000—2008 年任李台村村长。补充：张亮（1968—），固城中心小学校长，大学本科学历。采访时间：2018 年 8 月 16 日，9 月 7 日。地点：固城中心小学校长办公室。记录整理：蒲向明（1963—），陇南师专文学与传媒学院教授，研究生学历。

② 口歌：固城方言，指歌谣谚语，顺口溜。

③ 活安：固城方言，厉害的意思。

④ 气色：方言，气氛。

⑤ 道行：读作 dāo hēng，固城方言，意为符箓道术。

了，村子里也从此平安兴旺了起来。

　　石女梁海拔有两千多米，顺韩窑村村后主山爬上去，山脊攀援而上，小路曲折，林木茂密，时有野鸡、山兔奔窜，景色优美。站在传说中的石女身旁，四望空旷悠远，群山苍翠，俯视下面很多村庄让人心境开朗、浮想联翩。石女平卧眼睛看的方向，正好是固城乡的中山村，直线距离应该有5千米路，然而从这里走到中山村却需要20多千米路。远望中山村，四十几户人家一览无余，鸡鸣狗叫和村民的叫喊吵架声也能听得清楚。

这个故事的情节生成与叙事脉络都与固城的历史文化相关联，世俗化、生活化、趣味化特征鲜明，属于老百姓感兴趣的世俗生活故事，符合老百姓的审美口味，旨在关心民生疾苦、为民排忧解难、铲除人间不平，令人惊悚的精怪故事情节，达到了惊奇、刺激、有趣的文学效果。

再如《永固峡白虎噙石马踏石的传说》①：

　　固城河蜿蜒约40千米向东南注入西汉水，其中有崎岖陡险的四十里永固峡，是当年马帮出入的必经之路，素有"七十二道脚不干"之称。峡岸连山，重岩叠嶂，固城河流经其中，流传着许多传奇故事，其中的《永固峡白虎噙石马踏石的传说》就是这段河峡众多传说中的一个。

　　据说明末清初的固城里②（明代建制），由河南迁来固城东城的大户陈姓人家，在固城筑有一座坚固、四方的土城堡，经营着固城里上下大量田地，在固城街设馆教书，开药店济世救人，还经商贩运。陈

---

① 记录整理：张亮（1968—），固城中心小学校长，大学本科学历。校订：蒲向明（1963—），陇南师专文学与传媒学院教授，研究生学历。采访时间：2018年9月11日。地点：固城中心小学校长办公室。

② 古代一种居民组织，先秦时期大小不定。《尚书大传》："八家为邻，三邻为朋，三朋为里。"《论语·撰考文》："古者七十二家为里。"《公羊传·宣公十五年》："一里八十户。"《管子·度地》："百家为里。"《韩诗外传》："广三百步、长三百步为一里。"秦一统后，以二十五家为里，即五家为邻，五邻为里。汉后遂为定制，或时有变动，与乡并称为"乡里"。后历代或置或废，建制不一。明代故城里的建制，约略小于今乡镇。

氏家族的一个掌柜是马帮的帮主。陈家人丁兴旺时，资财充盈，家大业大，驮载盐茶的是枣红马与青骡子成队成帮，牛羊成群，粮食万石，佣人无数。

陈家马帮帮主生有一子，清秀帅气，聪明伶俐，勤奋好学，成年取得功名做了官，陈家更是盛名远播。于是就又翻修家园，主房修的是五檩四，起脊瓦兽，倒庭修的是四檩三，四面的房屋檐套檐，雕梁画栋，飞檐翘角，前院里栽植桂花牡丹，后院里栽植修竹桃梅。大门上挂金匾，紫气腾腾，石狮把门，威武肃穆，极为气派。

陈家在县城给儿子娶了一房媳妇，貌美无比。柳眉杏眼，白玉脖子银项圈，一把手儿像竹签。丈夫在外做官，媳妇善解人意，夫妻恩爱，感情至深。丈夫忙于公务，固城家中又有二老不能尽孝，所以她就不得不常常穿行于这崇山峻岭、林密兽多、水流急湍的永固峡中，蹚着"七十二道脚不干"的河水，奔走于官署与老家之间，孝敬二老，相夫教子。

一天，正值三伏，天气炎热，家中无事，她想起丈夫在酷热的天气里忙于公务，便担忧起其生活与身体来。于是就吩咐管家料理家务，自己精心打扮。然后就带上孩子和仆人，骑上枣红大马去官署。到永固峡中颠簸劳累，已是人困马乏，口渴难忍，就命家人稍歇，喝山泉吃干粮，饮马喂料草，自己在一平坦大石上稍歇一会儿。忽然间，河对岸山林中，一只猛虎长啸，张着大口冲休息的媳妇悬空扑来，就在这危难瞬间，富有灵性的枣红马腾空一跃，踏上巨石，将主人护在身下，健壮的仆人奋起神勇，一个转身双手搬起一块大石头顺势塞于猛虎口中，忽然天空传来一声雷震，夹着一道闪电，猛虎口中噙着的石头，眨眼就变成了一块巨石。陈家媳妇得救了，她休息的平坦大石上也就留下了四个清晰的马蹄印。就这样，猛虎噙石就永远定格在了永固峡中，为人们也留下了夫唱妇随的美好故事。人们为了歌颂美貌善良、持家孝道的好媳妇，将这个故事口口相传了几百年，至今永固河道的人们都知道。

虎噙石与马踏石，位于永固峡中的陈家磨上峡谷陡峭的两岸。1982年修公路，马踏石被压在了路下，而河对岸的白虎噙石，现在只有虎口还张着，口中石在1982年修公路时被人用钢钎、铁锤砸破撬出，不见了踪影。

这个故事把历史文化与传统生活场景进行了浓缩，客观上体现了历史传说与讲述世俗生活故事的高度统一。素朴的民间艺术手法，把固城传统社会生活中有关历史、人伦的要素展示出来，反映了民间故事揭示的真善美和固城河独有的人文意义。同类型的故事还有《固城土城的来历》《石棺材的传说》《秦琼马踏石的传说》《柴指挥的故事》《马家河的故事》《皮影戏八本样板戏的来历》等。

固城民间文学在故事传说方面是丰富的。这些故事有三个方面值得重视：第一，贴近固城的历史文化和现实生活。这些口传故事文本的产生时间晚于神话，是当地民众成为客观世界的主宰之后产生并长期流传的。故事的内容虽有不同程度的幻想成分，但都着眼于、立足于现实生活，其主题、角色与主要情节都符合故事口头传播的生活逻辑。从神话、传说到风物故事、动物故事、生活故事，其内容和艺术手法的幻想性依次减弱，现实性逐渐增强。这是区别于其他地域民间故事的显著特色。第二，故事的含义上具有鲜明的泛指性。故事发生的时间、地点，故事的主人公姓名往往是含糊的、不确定的。在叙述上注重关键性情节的交代，而不作面面俱到的细节描述。即便是故事的趣味性、吸引力，也主要在情节的生动性上。在手法上总是尽力把情节落实到确定的人、事、物上，尽管那情节是虚构的。第三，故事区分具有类型化特征。这些故事的类型化，主要表现在主题的类型化、人物的类型化和场面的类型化等方面。可以看出，固城民间文学和历史文化的类型化，就是以许多故事表达同样的主题，如对于弱者的同情、对机智的赞扬、对愚蠢呆笨的讽刺等。与此相对应的是，在人物品格、行为等方面具有同质倾向，如巧媳妇型、呆女婿型、机智人物型等。就是这种类型化，构成了固城讲故事者的口述特点，成为当地民俗文化最强的一种叙事文体。相应地，这些固城民间故事或者说口传文本对人、事物、景物的个性化描写较为缺乏，叙事手法较为粗疏，虽故事内容质朴简约，却契合了民众的审美趣味，因而更显艺术生命力。故事叙述粗疏的不足，为情节的强烈趣味性所弥补，使这些民间故事成为固城地方文学中影响最广泛的一个种类。

比较而言，固城民间文学的韵文，整体资源丰富，但相对比较分散，这给民间韵文的田野调查造成了很大困难。如《西山山歌》①：

　　　　野白杨树上搬干柴，你是黄鹰翻山来。
　　　　你是黄鹰我是鹞，你能翻山我能到。

　　山歌具有浓厚的生活气息。如此类的田间吟唱，不时就会碰到。在固城还有大量的社火曲，万家河村的卢世明②能唱四五十个曲子，采录这些民间歌曲和曲词，需要投入更多的精力和时间。科学开展固城民间文学的田野工作，就要从全面调查和定向调查两方面入手，在运用民族志诗学方法时，构建一个固城乡内口头表演（讲述）的整体空间③，同时对固城民间口头表演（讲述）形式进行调查，解决某一个具体问题，如民歌中的山歌问题。

　　小结：我们以观察和参与的研究方法，开展庙宇文化调查。最有名的尖山寺、凤龙山、朝阳寺等庙会，还有风爷、八爷、座山爷等祭祀还原活动，规模盛大、信众分布广泛。每年三月二十八到四月是凤龙山和尖山寺的庙会，另外各村都有山神和土地庙也值得观察记录。固城乡各种祭祀活动独特，保存完整。我们以"相处共话、访谈法"为主，配合观察法调查，获取的资料很多，但整理的任务繁重，其中牵扯到了很多中国古代祭祀文化和阴阳五行学说的知识层。对家族的和师承关系的研究重视使用"系谱法"，进行对有利因素的选择并剔除不利因素。对固城黑社火、马社火、秦腔大戏、皮影戏、迎喜神、"圆庄"等主要节庆文化，争取用实地调查法以掌握第一手资料。对农时节令文化，比如二月二炒豌豆、五月五吃麦蝉、六月六吃麦索、八月十五吃水果、腊八节吃米饭等，重点使用"重要文化报道人"方法，由固城当地重要文化人张亮、王健康、赵翔、张安康等提供有效生活讯息报道，达到全面采录的目的。对传神、念经、

----

① 说唱人：卜应生（1962—），固城绿化村上庄村组人，初中毕业。采录人：蒲向明。采访时间：2018年4月6日。地点：鸭河村小路。
② 卢世明（1937—），固城乡芦山村万家河组村民，小学文化，社火曲、秧歌曲歌手，有"社火母子"的称号。
③ 汪宁生. 文化人类学调查——正确认识社会的方法［M］. 北京：文物出版社，2002：198.

阴阳风水、抽宝妆、差（冲）晦气、问神算卦等民俗文化，以及各类民间小娱乐文化，如玩弹弓、跳绳（主要是强身健体和益智），重视文化人类学研究手段外，同时倚重"生命史"研究法，对一些在民俗文化方面"有趣"的人物，收集他（她）的生命史和代际情况。固城柳编、熟皮革、油坊、醋坊、铁匠、木匠、烧炭、自制农具等农耕文化，我们有侧重点介入，研究中重视使用"主位观点与客位观点"的点位法研究。对固城地方医药文化（巫术、医术），包括差（冲）晦气、招（祀）魂，受到刀伤后的禁（俗语），土法对家畜疫病的防治等，专业和学科横隔较大，在兼顾其他田野作业法的基础上，突出"问题取向"法。在红色文化方面，红军长征几次经过固城，留下了许多文化遗存，还有地下党柴宗孔墓址陵园等，除实地调查外，结合文献法使研究走向深入。

我们认为，对一个乡镇"解剖麻雀式"的全方位民俗研究，并不比一个县少，只是范围大小的差别而已。对于固城的民俗文化考察，实际是一个"长期研究"，即针对固城民俗文化多方面的长时间研究，往往建立在多次重访的基础上，我们期望后续跟进。

（2017 年 6 月—2019 年 12 月手记）

从"三阳开泰"到"仇池伏羲"

"三阳开泰"这个祥瑞之词，和天水、陇南的历史文化有着一定的渊源关系。

《宋史·乐志七》有载："三阳交泰，日新惟良。"明代张居正《贺元旦表》云："兹者当三阳开泰之候，正万物出震之时。"古人以"阳"谐音"羊"，"三阳开泰"遂推衍出"三羊开泰"之说。明代吴承恩《西游记》九十一回上说："设此三羊，以应开泰之言，唤作'三羊开泰'，破解你师之否塞也。""否塞"即"困厄"，语出《周易·否卦》。在《周易》六十四卦中，否卦与泰卦相反相生。"否极泰来""泰极否来"已是人所共知的成语。

"三阳开泰"既出于《周易·泰卦》，解颐其肌理者就大有其人。《四库全书·经部》载宋代李衡撰《周易义海撮要》卷二释义泰卦对人的作用道："三阳同志，俱欲往上，故以其类征行而吉。""贤人在上，则思引其类聚之于朝，在下位，则思与其类俱进。吉者。君子道长也，志在外者可出时也。"如此解释，可谓言浅旨远。就是说，"三阳开泰"时在创业思进，大羊年，创业年。《汉语大词典》有类此注者："《易》十月为坤卦，纯阴之象；十一月为复卦，一阳生于下；十二月为临卦，二阳生于下；正月为泰卦，三阳生于下。冬去春来，阴消阳长，有吉亨之象。故旧时以'三阳开泰'或'三阳交泰'为岁后称颂之语。"

众所周知，出"三阳开泰"的《周易》为我国古代文化的重要典籍之一，系儒学经书。王国维《观堂集林》里考证说："《易》为卜筮之书，秦时未禁，其有古文本，亦固其所。"表明它在从古至今的传承过程中，基本保持了本来的面目。《周易》既有卜筮的形式，又有深邃的思想内容，结构十分奇特，由符号系统和文字系统两大部分组合而成。至于它的成书，史籍说法甚多。西晋皇甫谧《帝王世纪》综合众家之说云："伏羲氏仰观象于天，俯观法于地，观鸟兽之文与地之宜，近取诸身，远取诸物，于是造书契以代结绳之政，画八卦以通神明之德，以类万物之情。所以六气、六府（腑）、五脏、五行、阴阳、四时，水火升降，得以有象，百病之理，得以有类。乃尝味百药而制九针，以拯夭枉（亡）焉。庖牺（伏羲）作八卦，神农重之为六十四卦，黄帝、尧、舜引而申之，分为二易。至夏人因炎帝曰《连山》，殷人因黄帝曰《归藏》，文王广六十四卦，著九六之爻，谓之《周易》。"（亦分见于《初学记》廿一，《太平御览》六百九、七百二十）从这段史料可以看出，《周易》的最初作者是伏羲，以后有神农、黄帝、尧、舜、文王等人丰富和发展了它。

伏羲画八卦，翻开了中华民族走向文明的辉煌篇章，由八卦而推衍出的《周易》，逐步成为华夏先民摆脱愚昧的启蒙。2002年，中华传统文化促进会将伏羲始画八卦的天水卦台山确定为中华民族的祭祖之地，也正是基于此。然而，关于伏羲的生长地望，却有两种说法。一种说法是伏羲生长在成纪（今天水），另一种说法是伏羲生于仇池，而以前一种说法为最盛。古本《竹书纪年》上说："太昊（伏羲）之母居于华胥之渚，履巨人迹，意有所动，虹且绕之，因而始娠，生帝于成纪。以木德王，为风姓，元年即位，都宛丘（今河南淮阳）。"《尚书·序》也说："太皓帝庖牺氏，风姓也，母曰华胥。燧人之世，有大人之迹出于雷泽之中，华胥履之，生庖牺于成纪。蛇身人首，有圣德，为百王先。"《史记补·三皇本纪》也有记载："华胥履大人之迹于雷泽而生庖牺于成纪，都陈（今淮阳），葬南郡。"《逸周书》、东汉《遁甲开山图注》、《水经注》等都有相近记载，所以闻一多《伏羲考》也认为伏羲生长在成纪。现在的天水有传说中的"画卦台"，而且现存有刻制于明代弘治年间的檀木八卦盘（已定为国家级珍贵文物），有始建于元代至正年间（1347年）的全国最大的"伏羲庙"，在天水已举办过数届"中国伏羲文化节"。这些都为伏羲生长于成纪提供了有力的依据，扩大了影响。

相比之下，伏羲生于仇池说显得就有些寥落。西北师范大学赵逵夫教授指出："《遁甲开山图》说：'仇夷山，四面孤立，太昊之治，伏羲生处。'仇夷山即今西和县仇池山。山上有伏羲崖。"此前有韩博文、陈启生《陇南风物志》称："伏羲崖是仇池山主峰，巍然突起，耸入云端。《路史》载：'伏羲生于仇夷，长于成纪。'"《水经注·漾水》对此有明确的说明："汉水又东南迳瞿堆西，又屈迳瞿堆南，绝壁峭崿，孤险云高。望之形若覆唾壶，高二十余里，羊肠蟠道三十六迴，《开山图》谓之仇夷，所谓积石嵯峨，钦岑隐阿者也。上有平田百顷，煮土成盐，因以百顷为号。山上丰水泉，所谓清泉涌沸，润气上流者也。"可见，在郦道元那个时代仇池已有闻名的灵动之气，只可惜《水经注》在此未涉伏羲诞生之事。《山海经》可以提供更为远古的仇池山系的环境资料，《山海经·西山经》上说："又西三百二十里，曰嶓冢之山。汉水出焉，而东南流注于沔。其上多桃枝、钩端，兽多犀、兕、熊罴。"嶓冢山，就是今天的齐寿山，在成县东北，与仇池系于一脉，所以《尚书·禹贡》说："嶓冢导漾，东流为汉。"这样的环境，适合于远古人类的繁衍生息。伏羲生仇池之说，由此看来亦非空穴来风，只是古人如苏轼、汪士庸、鲁伯能、任彦芬等，在吟诵仇池的篇章中亦未提仇池伏羲的传说，有点令人费解。现在仇池所见的有关伏羲的古代文化遗存较少，而致名不震与时势。这或许是我们还需要进一步发掘努力的地方。

就现实而言，诚如赵逵夫先生所说："我们不要争伏羲究竟是生在天水还是生在仇池山。伏羲是一个氏族，是流动的，也不断分化，产生支派。""我们应在天水、陇南展现出一个具有整体性的古代文化圈。"或许十年前新华社一位记者的话"学者们根据史料，论证天水及其周边是以伏羲为代表的华夏先民成长和长期生活的主要地域，是我国古代文明的重要发祥地"，能给我们开发文化资源一个有益的启示：伏羲文化，亦存于陇南，就看如何开发，才有利于陇南经济社会的发展。

"三阳开泰"，新年伊始，上乾下坤，阳刚在内自强不息，阴柔在外祥和顺从；阳气清轻上浮，阴气重浊下降，二气相交，阴阳和畅，万物蓬勃，亨通而趋于安泰，这昭示着一个彰扬天水、陇南古代文化，大有可为的机遇将呈显在我们面前。

（初刊于《陇南报》2003 年 11 月 13 日）

作始也简 将毕也巨

——关于敦煌的思绪穿越

我知道敦煌，应该是在 20 世纪 70 年代。那是比较模糊的记忆，当时天水火柴厂出的火柴盒上，有飞天图案，据说来自敦煌壁画，那时青涩少年的我，好像对敦煌只是觉得神秘而且遥远、悠长。

一

我确知敦煌，已经是 20 世纪 80 年代中叶的事情了。大三时张鸿勋先生给我们讲授"古代文学"的元明清部分，有消息灵通人士说，他是副校长，在《文学遗产》上发过研究敦煌的文章，很让我们肃然起敬。我后来在元明清文学上有些兴趣，恐怕和当时的这种情愫有关。其实，对于元杂剧和明清小说我只是囫囵吞枣地看了一些原著，做了比较详细的读书笔记，应该是获益匪浅的。

到了 21 世纪，世事变迁，因教学科研的需要，我读到了张先生发表在 1982 年第 2 期《文学遗产》上的《敦煌讲唱文学的体制及其类型初探》一文，虽为初探，却是较早宏观探究敦煌讲唱文学的专文，因此被台湾云林科技大学校长林聪明教授《敦煌俗文学研究》、美国宾夕法尼亚大学梅维恒教授《唐代变文》等著述推为要文。此文以后的 30 个春秋里，张先生笔耕不辍，出版有《敦煌讲唱文学作品选注》《敦煌话本、词文、俗赋研究》《敦煌说唱文学概论》《说唱艺术奇葩——敦煌变文选评》《敦煌俗文学研究》等专著，并屡获省学术大奖，同他参编的《敦煌文学概论》《敦煌学大辞典》《中国文学史》（袁行霈主编）等著作一起，已成为今日敦煌学要本。在甘肃敦煌学人中，张鸿勋教授对敦煌讲唱文学积数十年磨剑之功，为国内外敦煌学研究者誉评，占有重要一席。这正是应了《庄子·内篇·人间世》的名言："凡事亦然，始乎谅，常卒乎鄙；其作始也简，其将毕也必巨。"

作始也简，将毕也巨。于我对敦煌的记忆线索如斯，于张鸿勋先生的敦煌学研究轨迹如斯，在我看来于"敦煌""敦煌学"的演进发展脉络亦如斯。

二

敦煌属古瓜州，战国至秦末汉初，大月氏人主其地。汉初匈奴代之而起，武帝派霍去病逐灭匈奴，张骞西域"凿空"之行，这一地区始首次归入中国版图。《史记·大宛列传》载，张骞回国后，给汉武帝报告"月氏"云："始月氏居敦煌、祁连间，及为匈奴所败，乃远去，过宛，西击大夏而臣之，遂都妫水北，为王庭。"这应该是敦煌之名最早的文献记录。"敦煌"在汉至清初的漫长岁月里也写作"炖煌"，取义大盛，以象征汉朝的文明道德犹如日月之光辉一样盛大，所以有学者认为"炖煌"或"焞煌"为正名，"敦煌"为俗写假借之名，亦不无道理。或有人据《史记·大宛列传》中"祁连"为匈奴语"天"之意，认为"敦煌"之名出于胡语，根源在印欧语系的伊朗语、吐火罗语和粟特语，抑或藏缅语系的羌语等，但所据无确，可以是一种思路。"炖煌"在汉武帝元狩三年（前 120 年）已是一个军屯区名，元鼎六年（前 111 年）析酒泉、武威二郡分别置敦煌、张掖两郡，置阳关、玉门关，史称"列四郡，据两关"，敦煌正式走进了中国的行政建制行列。东汉应劭注《汉书·地理志》"敦煌郡"曰："敦，大也；煌，盛也。"首开注解此词先河，却被后世指为望文生义，有矫揉造作之嫌。但细究之，于展示武帝文武并用、刚柔相济经营敦煌的雄才大略，我认为还是很贴切的。

敦煌于今因石窟名世，有莫高窟、榆林窟、西千佛洞等。前秦建元二年（366 年），乐尊和尚在三危山下大泉河谷首开石窟供佛，莫高窟从此诞生。之后，开窟造佛之举延续了千百年，创造了闻名于世的敦煌艺术，其间最盛莫过于隋唐，安史之乱不仅改变了唐朝的命运，也改变了中原发展的历史，还造就了敦煌的沧桑变迁——吐蕃所据，西夏经略，元朝繁荣，明朝旷废，清代复兴，今朝驰名……正是应了"作始也简，将毕也巨"的含义。

敦煌藏经洞的发现，成就了20世纪四大显学之一的敦煌学。其间曲折、其间屈辱、其间惋惜，多有文字载述。王圆箓、汪宗瀚、叶昌炽、何彦升、罗振玉、张大千、陈寅恪各色人等，在敦煌学发展中功过何在，后人已有评说；匈牙利人斯坦因、法国人伯希和、日本人橘瑞超和吉川小一郎、俄国人鄂登堡、美国人华尔纳等，在敦煌学发展中是什么角色，今人多有评述，无须聒噪。而今，敦煌卷子流散于国外，自然是伤害了中国人的自尊心，站在民族利益的角度去看，这是一个损失。但是，我们也应看到，流散于国外的敦煌卷子都是由国家级的博物馆、图书馆收藏，并得到妥善保护，无一损坏现象。相比国内曾遭受的破坏和流散，却更让人痛心疾首！藏经洞自20世纪初被发现，至今已百余年，经过多少人的努力，成就莫高窟一片兴旺，成就一门显学——敦煌学，今日遍及全世界，真是"作始也简，将毕也巨"！

三

因了对敦煌的这种独特情结，敦煌成为我魂牵梦绕的地方。

去年五一，我去了敦煌。正是新闻联播开始的时间，从兰州到敦煌的K9668次专列驶出了金城（兰州的别称）。和陇南郁郁葱葱的山川相比，西去的旅途景色真是越见越荒凉。车至乌鞘岭，远处皑皑祁连雪山映衬着初泛绿意的草坂，些许诗意萦绕。三大高原汇聚，季风驻足而返，高山严寒未去，河西走廊起点——真是有太多的感想了。车过黄羊镇，可以看到绿洲的模样，但已是暮霭沉沉古凉州了。

近1000千米的河西走廊，伴随着列车的轮轨撞击声和时断时续的梦境交替，武威、张掖、酒泉、嘉峪关……我们在夜色中穿行而过。天亮醒来，列车已经过了玉门，正在向瓜州县方向行进。我在中铺张望窗外，路边平畴沙田，开阔疏朗。田埂上的杨柳已经吐露新绿，与目及之处的雪山相映成趣。这才想起瓜州属疏勒河流域，海拔并不高，自古以产瓜果盛名，康熙平定噶尔丹于此，始称"安西"，取"安定西域"之义。唐设安西都护府，治所在今新疆库车县（今库车市），二者并无联系。据坊间说，数年前有位大领导欲去安西检查工作，将"安西"听成了"安息"，故而避讳未去。此传无据可究，但在2006年8月，原安西县举行盛大仪式，隆重庆祝该县正式更名为瓜州县却是事实，标志着"安西县"从此成为历史。在瓜州车站近旁两岸的戈壁上，可以看到成片成片的"白色风车"，据说风机在此装配了20平方千米，风电相当于一个三峡大坝的水电！光阴荏苒，时空更替，今日的瓜州，不仅产瓜果，也已成为重要的新能源基地。

瓜州离敦煌100千米多一点，没过多久便到。敦煌火车站给我的印象超出预料，气派且有特色，传统却又现代，其整洁和宽敞，比起天水火车站可以说是高出了几个档次。早晨的敦煌车站显得有些旷寂和冷清，而旅游专列大量游客的到来，平添了很多的喧哗和热闹。旅行社大巴在出站口等着我们，带团的兰州导游和地导办过交接后，我们就随一名叫小于的地导姑娘去指定的酒楼用早餐。敦煌的城市并不大，沿途郊区的农田和瓜棚果园都是农家忙碌的身影，初夏的绿茵随处可见，一改我对敦煌沙漠缺水、寸草难觅、干涸飞沙的往日想象。敦煌的旅游餐出奇的丰盛，不管是以后的午餐和晚餐，都比海南、沪杭旅游餐分量足而且可口，有人开玩笑说敦煌一餐可比南方旅游的三餐，这至少说明敦煌人的厚道朴实。

我们出游的第一站是去莫高窟。此前我已看过不少莫高窟的资料和图片，如2009年中国中央电视台大型纪录片《敦煌》，还有中央电视台科技频道（CCTV-10）《探索·发现》专题片，给我印象极深。大巴二十多分钟的行进，就到了莫高窟前面。下车扑入眼帘的是泛绿的杨树映衬着佛塔，蓝天白云之下的三危山嶙峋起伏，草坂还未泛出绿意，只是远处几座佛塔静静肃立、守候，仿佛在凝望着漫向远处的那片戈壁滩在沉思！党河似已断流，只有站在党河桥上才看得出干涸的河床有一股涓涓细流，蜿蜒远去。沿着河堤是茂密的人工栽植的树木，沿着不毛的鸣沙山麓伸向东方。古朴的"石室宝藏"牌坊和宽阔的白杨通道、沧桑的沙柳嫩绿形成一种特有的氛围，恢宏而凝重，辽阔而苍凉。蓦然抬头，却是莫高断崖横亘眼前，南北目及未尽，上下排列五层、高低错落有致，鳞次栉比，形如蜂房鸽舍，壮观异常！这与我心中已有的莫高窟形象是不同的！而那个在我心中千百遍地逡巡着的——"莫高窟"牌坊竟是那么娇小雅致！

四

　　参观石窟是不可以拍照的，专业的讲解员通过无线耳机传播的圆润嗓音，在洞窟中犹如天籁，触动你悠远的思绪穿越。

　　洞窟均无人工照明，讲解员手持冷光手电筒，以光束指引我们领略隋唐壁画、藏经洞和九层楼里的大佛。莫高窟有历经十六国、北魏、西魏、北周、隋、唐、五代、宋、西夏、元等十个朝代的洞窟493个，壁画4.5万平方米，彩塑像两千身。这样规模的一个艺术宝库，要全部游览下来，最少需要三五天。当然，对普通游客，洞窟开放自然极其有限，近两小时的游览，虽是走马观花，已足我心矣。要不是讲解员的指引和介绍，我肯定懵懂不清，此游值得一记的有：16、17、61、85、96、130、158、259、332、428窟等。

　　给我印象最深的是16窟，别名"吴和尚窟"，窟体高大，可见当时开凿艰辛之巨。其背屏部分可见晚唐壁画，朱砂已经氧化现出黑色，而绿色、金色依然生辉，透露着悠远而神秘的意味。该窟大部被西夏壁画所覆盖，窟顶四角是团花图案，四壁布满供养菩萨，规模宏阔；虽不惜功本，纹饰繁复，浮塑贴金，但程式化、简单化特点明显；唯窟顶的四龙团凤比较精致，颇有令人品味之处。16窟进出的通道正中东壁，就是17窟。那就是大名鼎鼎的"藏经洞"，王道士发现经书的神秘洞中洞。依着拥挤的人群我透过栅栏门往里窥望，在黯淡的微光中，除了看到隐约的壁画和一尊佛龛里的塑像外，别无他物。望着这小小的石室，不禁我思绪飞扬：这就是曾经堆置5万余卷震惊中外的敦煌经卷、敦煌遗书的地方吗？就是这里演化了弱国弱民时期僧俗卷子的种种遭际，造就了一门国际显学——敦煌学吗？人类的文明史有多少偶然的变数在其中发挥着微妙的机理和运筹！楔形文字的解密、金字塔的玄机、玛雅文化的兴替……

61窟又名"文殊堂"，窟的四角龛内，画四大天王像，为五代洞窟的特征。此窟最有代表性的壁画是巨幅五台山图，这是敦煌壁画中规模最大的山水人物图，也是最大的全景式历史地图。据介绍，此图长13米，高3.6米，画中详细描绘了东起河北正定，西至山西太原，方圆五百里的山川地形及社会风情。图中所绘城郭、寺庙、楼台、亭阁、佛塔、草庐、桥梁等各类建筑170多处，是十分珍贵的古代建筑史料。85窟开凿于晚唐，为其时代表洞窟。主室壁画的布局延续了中唐以来一壁并列多幅经变的形式，共有十五幅经变，是莫高窟经变画最多的洞窟之一。其中的《报恩经变》讲述了古印度波罗奈国两个王子——善友和恶友的一个"恶友品"的曲折故事，用以教化人们弃恶向善。96窟有33米高的石胎泥塑弥勒佛（释迦牟尼"接班人"）像，历史上叫作"北大佛"，是莫高窟第一大佛，也是世界"室内第一大佛"。据敦煌遗书《莫高窟记》载，这尊大佛建于唐武周证圣元年（695年），此窟可能就是当时沙洲的大云寺。佛像已多次重修，非唐塑原貌，但仍不失雄伟壮观的气势。窟前的建筑为"九层楼"，因其九层而得名，它攒尖高耸，檐牙错落，铁马叮咚，现在已成为莫高窟的标志。

130窟有开凿于盛唐的弥勒佛倚坐像。塑佛高26米，仅头部就有7米，其高度次于北大佛，因位于96窟之南，也称"南大佛"，窟内有敦煌石窟中最大的飞天图像。古代艺术匠师们在塑该像时表现了卓越的才华，巧妙地利用面的转折，消除了人们在二十几米以下仰视时所产生的视觉差，完美地解决了正面受光下佛像五官表情的视觉效果问题，是为一绝。在该窟进门甬道的墙上，我们可以清晰地看到张大千剥损壁画留下的断面。1940年至1942年，张大千在此描摹壁画时，发现部分壁画有内外三层，他首先剥去第一层的西夏壁画，然后又剥去第二层的晚唐壁画，如今人们只能看到最下面他观赏过的内层盛唐壁画，已面目全非。他这种做法后来引发了争议，其破坏性肯定是毋庸置疑的。据说，张大千在莫高窟剥损的壁画总共有30余处。158窟是"安史之乱"后，吐蕃入河西的代表窟，有三身彩塑。南面的是过去佛迦叶，中间的卧佛是释迦牟尼，北面的是未来佛弥勒，长达16米的释迦牟尼涅槃卧像，是优秀的彩塑艺术珍品。它的比例适度、造型简练，在丰满圆润的面庞上，双眼若睁若闭，似睡若思；深陷的嘴角，微含着不可捉摸的笑意。当我们从南端向北望去，面庞和躯体的轮廓成一条优美绵延的曲线，使人不由感悟到解脱生死轮回之苦后获得新精神的成佛境界——涅槃成就了它万能的神灵，但从具象角度欣赏，这尊彩塑犹如一个完整的人体形象，栩栩如生。

259窟为北魏时期最早的洞窟，南北两壁双层开龛，给人印象最深的是北壁禅定佛像。它神态庄静含蓄，面部端庄俊秀，嘴角微微含笑，造型宽厚凝重，深沉恬静，阴刻的衣纹流畅明了，真乃精品。332窟为初唐中心塔柱式，其《涅槃经变》画，在单一情节的基础上发展为多情节经变，人物造型、衣冠服饰已唐朝化，并且构图灵活、布局自由、气势宏伟、规模宏大，是具有划时代意义的作品。428窟是北周时期最大，也是最具有代表性的洞窟，特征明显，仿木结构的"人"字披屋顶，四壁有影塑千佛。东壁《萨埵太子舍身饲虎》和《须达那太子施象》两幅大型本生故事，是莫高窟最大的本生故事画，绘有1200多身供养人像，在莫高窟首屈一指。故事画情节生动，环境的表现细腻而繁华，既有装饰性又富有生活气息，是早期故事画受中原绘画影响后的一大新发展。该窟的伎乐飞天，造型丰富，或弹琵琶，或弹筚篌，或吹横笛，或击腰鼓，形象生动，姿态优美。尤其是南壁西侧的一身飞天，双手持竖笛，双脚倒踢紫金冠，长带从身下飘飞，四周天花飘落，其飞行姿态，像一只轻捷的燕子俯翔而下……

我们近两个小时的参观，所知有限。我体会到，这些塑像和壁画反映了北朝至五代数百年的政治、经济、文化、体育、音乐、外交、礼仪、服饰、宗教、种植、饲养、狩猎、加工等各方面的社会面貌，对我的影响将是长久而深远的。

"作始也简，将毕也巨"，1640多年前，乐尊和尚首开石窟之始，他可曾想到莫高窟今天如此空前的影响？在回味这些文化遗产的余韵中，我们还参观了藏经洞博物馆和院史陈列馆。出了"莫高窟"牌楼门，从寄存处领回相机，漫步向西，在九层楼（九间阁）前留个影，带走我对莫高窟未了的心意。最后看敦煌文物陈列中心，因导游催促去鸣沙山和月牙泉，就只能行色匆匆，真是走马观花了。

五

下午我们到了鸣沙山和月牙泉。它们是一个景区的两个景点，离敦煌市区很近，导游说有五千米路程。

进了景区，夏风如缕，裹挟着微微沙意扑面而来，那一抹蓝得让人心醉的天空，点缀着白羽般的微云。远远望去，淡黄的沙山在碧蓝的天穹下苍苍茫茫，渺远无际。不知何年何月，也不知是何鬼斧神工，竟如此沧海桑田，如此妙笔生花？把一掬掬细细的黄沙堆砌雕琢得棱角分明、波浪起伏！沙山曲线，如龙身流畅蜿蜒；景色奇丽，如凤翔雄浑柔婉。鸣沙山因沙动成响得名，分红、黄、绿、白、黑五色，是为一绝。据史料，汉代称沙角山，又名神沙山，晋代始称今名。

按照导游和骆驼队的安排，在悠扬的驼铃声中，沙漠之舟载我们上沙山。骆驼起身和落地的所谓"三起三落"，颤巍巍的抖动，给我印象深刻，而途中骆驼有节奏的摇晃、轻微吹拂的沙风、大漠无垠的旷远，给人一种前所未有的快意和爽朗，什么俗世纷争、忙碌奔波，似乎已在九霄云外了。又一阵清脆的驼铃声渐进，对面驼队的游人兴高采烈地向我们挥手致意。纵目远眺，蓝天、白云下的驼队蔚为壮观，像一首首绵长悠扬的诗行，一直写到了天际间。下了骆驼，就得爬木梯上山。脚力强健，可捷足先登；沙滑梯陡，也不乏气喘吁吁。沙漠的神奇奥妙，吸引着我们不停攀登。极顶驻足，沙风劲吹，细小的沙粒袭面而来，带给你轻微痛楚。旗帜猎猎，人声鼎沸。背风环顾，峰峦高低起伏，如刀雕指画，一丘丘沙峰如大海中的金色波浪，气势磅礴，汹涌澎湃，不免升起一种指点江山之感。东边沙山下的大片墓地，对比着一种历史和现实的沉寂，可叹粪土当年万户侯。有人迤逦上行，就有人滑沙而下，辩证着周而复始，人与自然相处互动，引发人感悟一丝丝的哲理；也正因为如此，浩瀚的沙漠从此喧闹热情，显现生机，不再寂寞。我最难忘俯仰天地的那一刹那，如《前赤壁赋》云"飘飘乎如遗世独立"，唯一耳畔依稀随风送来的驼铃声，如游丝连着旷远天地。

下山最为有趣，坐滑板滑沙而下！用手划着沙子，就像用桨在水面划行，只觉两肋生风，驾空驭虚。沙焉？水焉？有羽化成仙飘飘然的感觉。年轻人结伴下滑，推动"流沙"疾速下跌，只见沙浪滚滚，犹如山洪奔泻，令人惊心动魄而又余味无穷。

骑骆驼去月牙泉惬意轻松，沿途可见一组组的驼队，也可见沙海中孤树如盖却绿意盎然的独特景观。从骆驼场到月牙泉并不远，沿路前行，转过略微起伏的沙梁，一弯清泉娴静地躺在沙山怀抱，伴随着绿草佛塔、楼阁庭院，倏然扑入眼帘！那个无数次在画报上、在别人的照片上看见过的神奇一泓，就这样嵌进我的脑海。据说，月牙泉早在汉代就是游览胜地，唐代泉中尚有船舸，泉边有庙宇。历代文人骚客徜徉于此，吟诗咏赋，挥毫写意。汉元鼎四年（前113年），汉武帝得天马于渥洼池中，后人疑月牙泉即汉渥洼池，遂立一石碑曰"汉渥洼池"，遂有"四面风沙飞野马，一潭之影幻游龙"之说，于是，奇特的月牙泉更增添了传奇色彩。历来水火不能相容，沙漠清泉难以共存，可这里沙漠与清泉相伴为邻，成就奇观，是当之无愧的沙漠第一泉。科学的解释总是令人信服的。专家解释说，月牙泉是古河床的一段，地下有泉眼，正好处于沙山两岭中间，每天西北风团团地刮，使湖水像处于八卦的中心，离心力使每天落下的沙子又吹回到山顶。这样，湖水就和沙山永存相依！道旁李政道的石刻题词是否与此有关呢？科学解释往往缺乏诗意和浪漫，我宁愿相信，鸣沙山和月牙泉就是一对恋人，他们海誓山盟，永不分离！

六

晚上，我们下榻敦煌山庄宾馆的宏远楼。敦煌山庄的建筑就像是一座古城堡，但里面房间的条件却很好，宽敞而舒适。

第二天，我们的行程是去看敦煌古城，看阳关、汉长城和玉门关故址，还有罗布泊魔鬼城（雅丹地貌国家地质公园）。收拾行包，刚欲出门，却见风沙骤起，沙雾弥漫，我才明白宾馆窗户为什么那么小、犹如城堡了，风沙环境，因地制宜，不比中原、沿海，落地高窗，光洁靓丽。半小时许，风沙过去，我们登车起程。

敦煌古城离市区只有十五千米，既不是古迹，也不能称为城，是 1987 年中日合拍电影《敦煌》时，由日方出资建设的一个不大的影视拍摄基地。1989 年我观看该影片，只记得它场面宏大，充斥着英雄气概和壮观惨烈的战争场面，还有李元昊对着他的宋人对手狂喊的一句话："在历史上留下名字的是我而不是你！"此游可知，这个"古城"基本上是仿照唐宋敦煌城（沙州）的风格搭建。与无锡唐城影视基地相比，游人寥寥，苍凉空旷是其最大特色。只有微雕大师阮文辉在店铺民居和官府庙宇门上撰写的楹联，亦庄亦谐，叙议有趣，如洞房门联云："读书便是无量福，得闲方有自在天。"颇有深意，令人回味。

阳关故址在敦煌市西南七十千米的南湖乡"古董滩"上，因在玉门关之南而得名。昔日的阳关城早已荡然无存，仅存一座被称为阳关耳目的汉代烽燧遗址，耸立在墩墩山上，让后人凭吊。王维是不朽的，他极负盛名的送别诗《送元二使安西》，在盛唐时就被谱入乐曲，称为《渭城曲》《阳关曲》或《阳关三叠》，至今广为流传，给阳关留下看不见的丰碑。在这里，我感受着呼呼的风沙，回想着这个昔日丝绸之路的重要关口，今已寥落沉寂。确实，古迹并没有多么好看，关键是我们在此凭吊历史，在想象的空间里去延续历史的悠远和现实的进取，《论语·微子》云："往者不可谏，来者犹可追。"诚哉，斯言！

敦煌汉长城遗迹景点，就在玉门关故址西四千米处。导游告诉我们这里的汉长城，结构并无砖石，古人因地制宜，就地取材建造，用红柳、芦苇、罗布麻、胡杨树等植物枝条为地基，上铺土、砂砾石，再夹芦苇层层夯筑而成，开始分段修筑，后面相连为墙，每隔一段，就有一座烽火台。东西走向的长城蜿蜒逶迤，一望无际。阴霾飞沙，我们伫立在汉长城烽燧旁，极目远望，满目苍凉，一幅阔大景象，不禁有一股思古幽情从中而起：古往今来，多少爱国将士为镇守边关殒躯，长卧沙场，又有多少后人寄情怀想！

玉门关故址位于敦煌市西北八十千米的戈壁滩上。相传和田玉经此输入中原，因而得名。它是古丝绸之路北路必经的关隘，现存方形城垣完整，为汉武帝时所设，数十米长宽，高近十米，全为黄胶土筑成。西墙、北墙各开一门，城北坡下有东西大车道，是历史上中原和西域诸国来往及邮驿之路。呼呼风沙中拍照，只有成片的骆驼刺在枯黄中有一丝绿意，给城垣映衬了一点生机。唐代诗人王之涣《凉州词》"羌笛何须怨杨柳，春风不度玉门关"的名句，李白《关山月》"长风几万里，吹度玉门关"的绝唱，使玉门关声名远扬。三百年后，玉门关迁址，从此完成使命的它在风沙中慢慢沉寂，而由它带来的敦煌繁荣却一直延续。

从玉门关故址向西近百千米，我们进入罗布泊边缘的雅丹魔鬼城。"雅丹"是维吾尔语，意为陡壁土丘。置身其中，让人目不暇接，惊叹不已。这座"城市"身处广袤无垠的戈壁之中，强劲的西北风刮走了戈壁表面的细沙，仅留下青灰色的粗沙粒，使其表面呈现出青色的波浪。在平坦的河床上，一座座土黄色的古城堡、动物造型、人物雕塑突兀耸立——如"蒙古包""骆驼""孔雀""将军""石佛""石马"等，甚至连北京的天坛、西藏的布达拉宫、埃及的金字塔和狮身人面像等世界著名建筑都可以在这里找到它们的缩影。大漠雄狮、丝路驼队、群龟云海、中流砥柱……雅丹密布，丘峰林立，形态各异，惟妙惟肖；不论是个体，还是整体，规模之宏大、气势之浑雄，均属罕见。它们耸立在青灰色的戈壁之上，衬以蓝天白云，显得分外妖娆，不可胜述。当我置身这座规模宏大的"古城"之中，我感受到一种震撼人心的力量：天是那么的高，地是那么的阔，人又是那么的渺小！那种神奇的感受真是难以言表。我们到达景区腹地，时值正午，不料戈壁滩上旋风乍起，在"城"中窜走冲突，呼啸奔涌，一时天昏地暗。整个雅丹魔鬼城犹如飘浮在沙尘暴中，沙雾在阳光中泛着暗红；石子蹦地，啪啦作响，令人憋闷闭息，行走困难。渐后，尖厉的劲风发出恐怖的啸叫，犹如千万只野兽在怒吼，令人毛骨悚然。游人大恐，导游和司机催促撤离，我们急速撤至雅丹魔鬼城招待所中。吃过旅游餐，风势渐小，我们在心有余悸的丝丝不安中离开了雅丹国家地质公园，也真正领教了雅丹魔鬼城的威严。

下午六点多我们顺利抵达敦煌火车站，结束了往返 300 多千米的戈壁之行，也为整个敦煌行程划上了一个句号。其作始也简，其将毕也必巨。没想到一次看似简单的敦煌之旅，却给我留下诸多的记忆，让思绪不时在我脑海深处跨过时空、自由穿越。人生如旅游，苦中作乐，仅此而已！

（2013 年 5 月 7 日定稿，2015 年获得敦煌市主办"网络媒体达人敦煌行——等你来发现不一样的敦煌"全国博文大赛一等奖）

陇南乐府两当号子调查手记

陇南地处陕甘川毗邻区，其中位于陇南最东端的两当县，在三省交界的区位上非常具有代表性。它地处陕、甘、川交界的秦岭山区，清代德俊撰道光版《两当新志》卷之一"形胜"称："万壑分流，群山错峙……盖陇秦之捍蔽，巴蜀之噤喉也。"① 就清楚地说明了两当县地处陇蜀要地、南控巴蜀的地理区位优势。在清代方志家看来，这个毗邻区的顺序是先"陇"，再是"秦"，而后是"巴蜀"，实际上是一种地理关系在空间上由近及远的记述程序展现，是有着轻重和远近之别的。这种区位优势伴随着交通上的比较优势和附着在路网通道上的人流、物流所传播的复合型文化，因此极其具有特色和研究价值。

鉴于此，在陇南师专文学与传媒学院和陇南方言（民俗）研究中心的认真准备和细心组织下，以这两个单位的老师为主干组建的陇南民间文化研究团队一行16人，于4月25日至27日深入陕甘川毗邻区的甘肃省两当云屏镇店子村、龙王庙村、杨店镇及陕西省凤县双石铺镇张家窑村一带，对陕甘川毗邻地区的非物质文化遗产和相关民俗文化开展了为期两天的田野调查工作。此前几经论证，这次调查研究的切入点和初步的重点，就放在甘肃省级非物质文化遗产、有"陇南乐府"之称的"两当号子"上。

一

"两当号子"成名于1957年，但其前后的发展脉络并不是很清晰。一些资料上说民国时期称其为"云坪号子"或"云幯号子"（延续至中华人

---

① 德俊. 两当新志［M］. 影印本，台北：成文出版社，1976：26.

民共和国成立以后易名为"云屏号子"），两当文史研究专家张辉（两当一中高级教师）也认同这一观点，但真正可靠的记载目前还没有发现。现存清代三种《两当县志》书，均没有记载"两当号子"或者与号子有关的歌谣，这种情况两当地方学者曹建国（两当县志办主任）也有同样的发现。至于"两当号子"始名于 1957 年，依据较多，也较为可靠。《两当县志》载：

> 1957 年，"两当号子"由云屏乡农民袁正有、张升、陈忠义、张华王、赵兴发等 5 名号子选手参加全省民歌选评，后赴北京参加全国民间音乐汇演，受到首都群众欢迎。①

这段文字显然还是过于简略了，对"两当号子"的得名已经涉及，但还是给人语焉不详的感觉。后来的《两当史话》一书对此做了较为详尽的补充：

> 1957 年，"两当号子"作为甘肃省的民间文艺，由云屏乡农民袁正有、张升、陈忠义、张华王、赵兴发等 5 名民间歌手赴北京，在天坛剧院参加全国民间音乐汇演，受到首都群众欢迎，并受到中央领导人周扬同志和甘肃省领导汪峰同志的亲切接见。民歌王张升、袁正有等还为毛主席及其他党和国家领导人在中南海怀仁堂唱号子，受到了高度赞扬。这一次也是"两当号子"首次登上民间文艺的大雅之堂。②

此处对"两当号子"始名，以及首次登上文坛做了较为清楚的说明。这还可以从撰稿于 20 世纪末的《采花谣：陇上采风录》一书的记载中得到印证：

> 1957 年，中央政府在北京举行了全国民间音乐舞蹈会演大会。在中华人民共和国成立后首次民间文艺盛会上，我省"两当号子"，作

---

① 甘肃省两当县志编纂委员会. 两当县志［M］. 兰州：甘肃文化出版社，2005：670.
② 成仁才，李兴林. 两当史话［M］. 兰州：甘肃文化出版社，2011：101.

为甘肃的"土特产"而赴京参加了会演，当时在北京天桥剧场演出过，当高亢、粗犷的号子歌声在舞台上"喝"起时，（两当县人俗称"唱"为"喝"），曾赢得了全剧场观众雷鸣般的掌声。①

这是 20 世纪五六十年代就开始搜集"两当号子"的省内著名专家、甘肃省群艺馆研究人员华杰先生的记述，可信度高。

"两当号子"的地位在于，它有着独特的比较优势，不仅是陕甘川毗邻区重要的非物质文化遗产，还是甘肃民间文艺的代表。正如 20 世纪七八十年代就开始整理"两当号子"的著名专家索象武所说的：

> "两当号子"流传的历史并不算长，但它的调式成熟，旋律完整，曲体严谨，表现力丰富，而且曲调特色十分鲜明，这是有其特殊历史背景的。②

这从五个方面简明扼要地指出了"两当号子"不同于其他文艺样式的独特之处。为此我们先从数量、规模、流行地域、传承人现状、整理和传承等方面立体化地了解"两当号子"，再进一步对这些研究点作一粗浅探讨。

二

我们先来考察"两当号子"在存世文献中的数量。

索象武先生的《两当民歌概论》一文说："1981 年他在两当县文化馆会同其他研究人员对全县民歌进行了一次大规模普查，其中有 63 首'两当号子'。"可见整体规模在当时并不是很大。但实际上，索先生的记忆是有出入的，据《两当民歌概论》述及，他后来抽调到"甘肃省民歌集成办公室"和"天水地区民歌集成办公室"工作，精选了"两当号子"40 余

---

① 华杰. 采花谣：陇上采风录 [M]. 兰州：甘肃省群众艺术馆，2003：542.
② 索象武. 两当民歌集成（精编版）[M]. 兰州：甘肃省两当县文化体育出版社，2011：2.

首，分别编入《天水民歌集成》和《中国民歌集成·甘肃分卷》。我查阅了天水市文化局 1987 年编印的《天水民歌集成》（张鹏慈主编）所收"号子类"共计 92 首作品，实际"两当号子"类有 68 首，占当时整个天水地区号子类民歌作品的近 75%①。由此可见"两当号子"占当时天水地区秦安县、天水县、徽县、武山县等号子分布诸县有多大的比重，也就明白了为什么"两当号子"能代表天水地区在全省中脱颖而出，以至于代表甘肃上京演出。对比发现，《两当民歌集成》（精编版）收有"两当号子"共59 首，其中《迎亲接水》《牛角尖》《观音扫殿》《大摆队》《鱼儿白》《单身调》6 首不为《天水民歌集成》收录，而《天水民歌集成》所收《鹌鹑号子》《放牛娃钉权》《懒婆娘纺线》《雪花盖顶》《甘省调》《十二花》《同志们加把劲》《割艾蒿》8 首，不为《两当民歌集成》（精编版）收录。由此看来，我们至少知道索先生所收录的"两当号子"不少于 74首。根据我的判断，这个收录情况已经接近索象武《两当民歌集成》初稿的规模，这已经超出了他所言最初 63 首的规模。当然，这只有找到他最初的整理本，才能获取确切的答案。索象武先生有工作之便，于 20 世纪 70年代中期开始整理"两当号子"，他是我们所知道的两当本地学人中最早系统且专业搜集整理"两当号子"的专家。他所做的工作，《两当县志》《天水市志》《天水民歌集成》等书都有提及或记载，故而具有很高的可信度。

值得注意的是，索象武对于"两当号子"的整理，主要立足点在音乐，对于号子的文学性的考察，相对来说是不够的。即便有些调查涉及了题材来源、思想内容、语言特色、唱词情感、即兴创作等文学层面，也是点到为止，并未深究。实际上，"两当号子"的音乐性、文学性、思想性和艺术性都是不可或缺的。

---

① 张鹏慈. 天水民歌集成［M］. 天水：天水市文化局，1987：1-42.

王安瑞先生（笔名戈爻）①也是搜集"两当号子"成绩突出的地方学者。他的《两当民歌》中收录了一定数量的号子。经过我的比对，该书所收《背佬儿号子》《摆对》《金鸡啼鸣》《货郎》《冬青开花雪里藏》《飞蛾子蹼磁》《耍箩斗》《笋鸡子叫鸣》《唢呐号子》《抬花轿》10首号子②，在《天水民歌集成》《中国民歌集成·甘肃分卷》和《两当民歌集成》中均未收录。刘洪涛《秦岭民歌》第七编收录1首《拉箱哥儿》，看其特征也应属于"两当号子"。③

依我所见，现存资料文献保留的"两当号子"在八九十首之间，可能为民间流传的《滑竿号子》、《打锣鼓草》（《幺姑打猪草》）、《黄鹰展翅》等可供整理的肯定要比这个多，总数应该过百首。

三

"两当号子"的分类和流传地域。虽然诸多材料记载各有出入，但分类基本上分"花号子"和"排号子"两个大类，是较为一致的。

"花号子"曲调高亢、音域宽广、旋律跳跃的幅度大，音调变化多，没有唱词，只有"咦、哟、哎、咳、啊、嗬、呀"等语气虚词，在民间演唱的曲目较多。目前尚在民间流传的"花号子"最具代表性的是"大鸡公号子""小鸡仔号子"和"唢呐号子"等。"排号子"则揉进了山歌的一些形式，歌词大多是即兴编唱的，曲调比"花号子"的调子要低一些，旋律幅度的跳跃变化较小。排号子中最具有代表性的有《打锣鼓草》《箱夫

---

① 王安瑞（1946—），男，汉族，笔名戈爻。刘洪涛主编《秦岭民歌》（甘肃人民出版社2018年版）第五编介绍说："甘肃省两当县广金乡大坪村人，著名地质、民俗文化爱好者，现住两当县张家乡街道。"（见该书62页）据笔者2019年4月27日对他的采访（访谈地点：两当县商务大酒店一楼宴会厅），信息还可以作如下补充：他是今两当县云屏镇（原属广金乡，后该乡与云屏乡合并为云屏镇，今存广金工作站）大坪村人，偶居两当县城。先祖湖南衡阳，后迁湖北秭归，再后迁陕西省宁强，终迁甘肃两当至今。

② 戈爻. 两当民歌 [M]. 陇南：两当县文体局，2016：97-125.

③ 刘洪涛. 秦岭民歌 [M]. 兰州：甘肃人民出版社，2018：82.

子号子》《滑竿号子》《背佬儿歌》等。①

"两当号子"演唱以曲，达意以词。单从文学的角度来看，主要在词，归于劳动生活歌谣一类。劳动歌，是民间歌谣中产生最早的一种，它有狭义和广义之分。狭义的劳动歌专指号子，是一种与劳动动作密切相关的、有鲜明节奏感的韵文形式，喊号子的目的就是凝聚力量、强化动作节奏和减轻劳动疲劳感。② 中国有许多所谓的号子，如薅秧号子、车水号子、打夯号子、行船号子、捕鱼号子、伐木号子、采石号子等。广义的劳动歌包括所有在劳动中唱的歌，如《草原牧歌》《采茶歌》等。从这个属性上看，"两当号子"确实类似于秦汉乐府民歌，有人称其为"陇南乐府"也有一定的依据③，并非虚妄无稽。有学者指出，实际上"两当号子"的地位可同比甘肃民间文学中的"格萨尔""西北花儿"、陇原红色歌谣、河西宝卷、凉州贤孝、民族歌谣、青城小调，它不仅是甘肃民间文学中最夺目的篇章，也是中国民间文学不可缺少的一部分。④

"两当号子"的流传，就目前我们了解的情况来看，要比一般的陇南山歌复杂。王安瑞先生认为，川江号子属于"水系"歌谣，而"两当号子"则是"山系"歌谣，它不太具备川江号子那种协调劳动的功能，更多的是人们在劳动之余的娱乐放松和情感交流。只有用两当话里独特的"湖广广腔"演唱，才能显示出其特殊的韵味。"湖广广腔"的语音，迥异于我们常见的陇南方言，其语调既像两湖，又像云南，又像四川的语音系统，有种燕语呢喃、和婉绵软的感觉。他认为，"两当号子"流行的主要区域在嘉陵江以南深山林区的站儿巷、云屏、泰山、广金等乡镇，地处秦岭南坡的南秦岭段，辖地横跨嘉陵江流域和汉江流域，以大阳山——晒经坝山系为分水岭，属陕甘两省五县交界的地方，其民俗文化与陕南的略阳、勉县、凤县非常相似，这些与两当搭界的周边地区的居民祖先也多是来自"川楚"的"棚民"直接相关。从他所著《棚民文化》一书看，这个结论的得出，有着一定的史料依据：清乾隆末湖南、贵州的苗民起义，

---

① 刘小雷. 两当号子："陇南乐府"中神秘的湘鄂余音 [N]. 兰州晨报，2018-01-31.
② 徐凤. 甘肃非物质文化遗产概论 [M]. 兰州：甘肃人民出版社，2014：107-108.
③ 张昉. 陇南民俗文化·歌舞谣谚卷 [M]. 兰州：甘肃文化出版社，2012：138.
④ 徐凤. 甘肃非物质文化遗产概论 [M]. 兰州：甘肃人民出版社，2014：215.

嘉庆年间的湖北白莲教起义，后来的太平天国起义军，余部前后相继进入陕、甘、川交界的荒山密林，采木搭棚、挖坑筑炕、吊罐做饭、火塘取暖，大多数人从事耕种、狩猎、挖煤、冶铁的生计，从居住风格上被两当人称为"棚民"。① 根据两当县最南端与陕西略阳、勉县、凤县毗邻的常家河、东河、放马坪、龙王庙等地遗存的墓碑统计，这一带曾经居住过的棚民祖籍为湖南澧县、临澧、慈利、桑植、永顺、龙山和湖北的恩施、利川、咸丰、来凤、建始等地最多。他发现，"两当号子"有九成源流都自湘鄂西的土家族和苗族，正是棚民后裔们把祖先的文化遗产顽强地传承到了现在。在 20 世纪 70 年代，还有孤独的老学究在用抑扬顿挫的楚音吟诵诗文，就是明证。

四

有计划、有组织地动员力量集中研究"两当号子"，一定会把工作推向深入。我们文学与传媒学院、陇南方言（民俗）研究中心先以田野调查入手，除了获得基本的感性认识和实境体验外，在短短的两天考察工作中每个成员都有了不同以往的收获。我们召开田野调查阶段总结会，团队成员及时对当天调查情况做出总结，就是一个很好的例证。总结会上，大家踊跃发言，从"两当号子"的采录、传承与保护、纵横向研究、后续调查、团队协作等方面及民俗、音乐、文学、历史、地理、语言等角度谈了自己的体会和认识，并且为后续完成各自的研究报告在思想理念上做好了准备。

经过一个多月的整理分析、查阅相关资料，研究团队的主要成员拿出了 12 篇研究报告，作为我们这次科研活动初步的研究成果，现在结集编印，更加有利于我们成员之间的交流与沟通，也有助于社会各界和校内外专家学者、有关领导了解我们的研究进展和不同层面的种种收获。我认为这本调查报告集子的优点主要在以下三个方面。

（1）反映了我们"两当号子"研究团队对"田野调查"研究方法和

---

① 戈戋. 棚民文化 [M]. 陇南：两当县文体局，2016：68.

文化记忆理论在民歌领域，尤其是不同文化层交织与重叠时空关系中（比如陕甘川毗邻区）"两当号子"的感性认识。田野调查是指研究者深入被研究对象的日常生活空间内，与其亲密接触，通过观察、访谈、体验等方式，对被研究对象在不涉及其隐私的前提之下进行的多维度的了解并做文字、声像记录，以求得文本之外所要获得的知识。① 此"田野"非自然状态下的所谓田野，它是实地调查所涉及的场域的总称。田野调查所获知识直接来自被研究对象，具有真实性。它是文化人类学（包含音乐人类学、民族音乐学）基本的研究方法，现在也借用来研究民俗学和民间文学的文化现象。田野调查后，研究者要对所获的第一手资料进行梳理、筛选和归纳，最后形成调查报告等研究成果，具有很强的应用价值。我们完成的这些研究报告，就是我们为期三天的田野调查后，各自对调查所得的梳理、筛选和归纳，有些报告还不乏超越感性认识的深层次内容。

21世纪初，文化记忆理论在德国取得极大成功后，在我国民歌研究方面也有很多专家尝试，取得了不俗成绩。研究者把记忆看作一个和文化、历史等范畴紧密相连的概念，它以关于集体起源的神话，以及与现在有绝对距离的历史事件为记忆对象，目的是要论证集体的现状的合理性，从而达到巩固集体的主体同一性的目的。这个很适合研究"两当号子"的传承和现状。这些研究报告虽然没有人明确提出来，但事实上已经接触到了理论的感性层面。

（2）初步了解了"两当号子"的历史渊源、分类、表演形式、主要流传区域、传承人概况及现状等情况，为后续调查研究奠定了基础。在我们组织这次活动以前，也即进入陕甘川毗邻区接触号子以前，我们对它的认识是肤浅的，甚至不乏片面的色彩。但经过实地调查，我们对它有了详细的认识和思考，这些篇调查报告中的一些内容，已经颇有见地，为我们后续研究打下了较为坚实的基础。

（3）明确了以"两当号子"为重点，存在于"陕南号子"和其他类型号子之间的渊源关系或者相互影响。从学术层面看，研究"两当号子"的时间并不长，长期持续研究它的新的专家学者并不多，至于系统研究

---

① 史一丰. 徽州民歌田野调查与民族志书写［J］. 广西民族师范学院学报，2019，36（02）：28-31.

"两当号子"的专家，至少现在还没有出现。据我所知，最早在学术期刊上撰文推介"两当号子"的是李子伟先生，他发表于 1994 年第 3 期《丝绸之路》上的《两当号子》一文，除了论述其起源、种类、流传、现存状态等方面以外，已经重视到了"两当号子"受到"陕南号子"的影响。

　　从文化记忆的角度来看，"两当号子"的出现并不是孤立的，从我们在陕西凤县双石铺镇张家窑村的调查看，以"两当号子"为主体（从我方视角来看）的号子类民歌，在文化上是连成一片的，如"陕南号子"和"川北号子"，实际超越了行政辖区的分割而已经存在数百年，当然行政辖区的割裂也造就了现在不同区域"号子"的强弱分野。《凤县民歌集》（上）"劳动号子"类所收五首《薅草号子》《箱佚子歌》《背老二歌》《吆牛号子》《吆母猪》号子，以及《凤县民歌集》（下）"劳动歌"类所收《守号歌》《苞谷叶儿像把刀》《老岗调号子》三首号子①，基本为"两当号子"搜集本所不见，就非常有力地说明了这一点。

（2019 年 6 月 25 日定稿）

---

① 凤县文化馆. 凤县民歌集 ［M］. 北京：中国文联出版社，2017：151.

陇蜀行旅：从陇南、天水到成都

一

2007年以前，我到过的中国最南端是成都，那是一个不错的城市。关于它，我有很多想说的，因为它是古代的蜀国，三国时至少就有着和甘肃的密切关系，"得陇望蜀"的典故就是一个很好的例证。三国时曹操打下了汉中，张鲁投降，曹操不仅扩大了势力范围，还威胁到了刘备……所以南朝宋范晔的《后汉书·岑彭传》云："人苦不知足，既平陇，复望蜀，每一发兵，头鬓为白。"而李白以诗人的才气，在《古风（其二十三）》中提炼说："物苦不知足，得陇又望蜀。"这里的"陇"就是今甘肃的代称，确切地说就是现在的陇南。

其实追踪起来，"五丁开山"的传说，把天水、陇南和成都的关系史提前到了西周或战国初年。那时强大的秦国，常想吞灭蜀国。但是蜀国地势险要，"一夫当关，万夫莫开"，军队不容易通行，硬攻显然不是办法。秦惠王便想出一条妙计，叫人做了五头石牛，每天在石牛屁股后面摆上一堆金子，谎称石牛是金牛，每天能拉一堆金子。贪婪的蜀王听到这个消息，想要得到这些所谓的金牛，便托人向秦王索求，秦王马上答应了。但是石牛很重，怎么搬取？当时蜀国有五个大力士，力大无比，叫五丁力士。蜀王就叫他们去凿山开路，把金牛拉回来。五丁力士好不容易开出一条金牛路，拉回这些所谓的金牛，回到成都，才发现他们不过是石牛，方知上当受骗。蜀王后来托人狠狠地骂了秦国国君言而无信，并把这些石牛运回秦国。秦王听说金牛道已打通，十分高兴。但十分畏惧五丁力士，因为其力无穷，不敢马上进攻。于是又生出一计，托人向蜀王讲："金牛是没有，但是我们有五个天仙似的小姑娘，比金子还珍贵，如果蜀王要的话，愿意奉献给蜀王。"秦王的本意，是想用美女计，来迷惑蜀国国王。美女计，比三十六计还灵，"英雄难过美人关"。蜀王本是好色之徒，听了以后，欣喜若狂。再次叫五大力士到秦国去一趟，要他们把五位美女及早接回来。五丁力士带着五位美女回家路上，经过梓潼这个地方，忽然看到一条大蛇正向一座山洞钻去。五丁力士中的一位，赶紧跑过去抓住它的尾巴，一个劲地往外拉，企图把蛇杀死，为民除害。但蛇很大，一个人拖不动，于是五个兄弟一起过来。这时蛇头已进入洞内，蛇尾巴正在洞口。他们几个人联合用手去拖蛇的尾巴。过了一段时间，巨蛇才一点点地从山洞里被拖了出来，弟兄们十分高兴。忽然妖风作怪，只听到一声巨响，地动山摇，大山崩塌下来，瞬间五个壮士和五个美女都被压死了，化为血泥，一座大山化为五座峰岭！蜀王听了这个消息，悲痛欲绝。他是做梦也想得到这五位美女，供他寻欢作乐啊。他亲自登临这五座山悼念，并且命名这五座山为五妇，至于死了五位壮士，却没有什么悼念之举。后人热爱五大力士，便称这五座山为五丁。秦王听说五丁壮士已死，蜀道已通，知道进攻蜀国的时机已经成熟，不由得心花怒放，就派大军从金牛道进攻蜀国，很快便消灭了蜀国，蜀王也被杀死了。这时那望帝魂灵变化成的杜鹃鸟，眼见故国灭亡，内心十分痛苦，每当桃花盛开之际，便一声声地叫喊着"不如归去，不如归去"。

这个故事有些悲剧色彩，不过秦人的先祖确实就在现在的陇南礼县一带繁衍生息，考古界已经证明了这一点。中国社会科学院考古研究所所长、著名学者、考古专家李学勤，根据近年出土的文物和墓葬形制，认定现在的秦先祖墓遗址所葬的应该是秦文公。

这些说来有点远，可以说一说杜甫。他是一个很不幸的伟大诗人，"穷年忧黎元，叹息肠内热"（《自京赴奉先县咏怀五百字》）的胸怀，只有他才有。他一生中最苦难的时间是在秦州、同谷（今成县）度过的，后来他辗转经过青泥岭（今陇南徽县境），才到达了成都。所以我去成都，主要是看了杜甫草堂和武侯祠……

2007年4月，应英国海外志愿服务社（VSO）中国代表处项目成员丁宝庆先生的邀请，去昆明参加外国专家的工作会议，打破了我以往只到过中国最南端的记录，开创了一个新的旅程。我是乘坐火车去的，单位属于地方高校，执行的制度还是陇南市（地区）十多年以前的制度，条条框框很多。从天水到昆明，刚好成都是中间站，且两段路程几乎一样长，我要在火车上度过近 40 个小时的时间。所以为了度过漫漫的旅途，我制定了一个计划：一是写完整的旅途游记，二是把我今年 5 月中国社会出版社出版的专著《玉堂闲话评注》（45 万字）做一个详细的审读，查找谬误，以便以后的学术工作。这样我就以此为前提，开始了我《从成县到昆明》（游记随笔系列）的抒写，其中或许有很多属于谬想或错觉，但用意毫无疑问想最大限度地达到真诚，希望和我的朋友们分享。

二

我去成都时还和同事刻意地去看了都江堰。

都江堰并不在成都市区，经成灌高速公路花费 50 分钟，可以到达都江堰市，在那里有专门的车可以载你去都江堰区域。原来知道的都江堰仅仅因为是一些图片和资料，知道它是两千多年来的著名水利工程。《蜀水考》说："府河，一名成都江，有二源，即郫江、流江也。"流江是检江的另一种称呼，成都平原上的府河即郫江，南河即检江，它们的上游，就是都江堰内江分流的柏条河和走马河。《括地志》说："都江即成都江"。从宋代开始，把整个都江堰水利系统工程概括起来，叫都江堰，才较为准确地代表了整个水利工程系统，一直沿用至今。秦昭襄王五十一年（前 256 年），秦国蜀郡太守李冰和他的儿子，吸取前人的治水经验，率领当地人民，主持修建了这条都江堰。都江堰的整体规划是将岷江水流分成两条，其中一条水流引入成都平原，这样既可以分洪减灾，又可以引水灌田、变害为利。

但真正使我对都江堰念念不忘的，应该是归于余秋雨的散文集《文化苦旅》。东方出版中心于 1992 年 3 月推出这本书后，它以扑面而来的一股凝重的历史文化气息赢得了读者。我也没有例外，购得此书并一口气读完后，感受之处颇多，其中就有反复咀嚼过的篇章《都江堰》。余秋雨开篇写到：

我以为，中国历史上最激动人心的工程不是长城，而是都江堰。

长城当然也非常伟大，不管孟姜女们如何痛哭流涕，站远了看，这个苦难的民族竟用人力在野山荒漠间修了一条万里屏障，为我们生存的星球留下了一种人类意志力的骄傲。长城到了八达岭一带已经没有什么味道，而在甘肃、陕西、山西、内蒙一带，劲厉的寒风在时断时续的颓壁残垣间呼啸，淡淡的夕照、荒凉的旷野溶成一气，让人全身心地投入对历史、对岁月、对民族的巨大惊悸，感觉就深厚得多了。

但是，就在秦始皇下令修长城的数十年前，四川平原上已经完成了一个了不起的工程。它的规模从表面上看远不如长城宏大，却注定要稳稳当当地造福千年。如果说，长城占据了辽阔的空间，那么，它却实实在在地占据了邈远的时间。长城的社会功用早已废弛，而它至今还在为无数民众输送汩汩清流。有了它，旱涝无常的四川平原成了天府之国，每当我们民族有了重大灾难，天府之国总是沉着地提供庇护和濡养。因此，可以毫不夸张地说，它永久性地灌溉了中华民族。

有了它，才有诸葛亮、刘备的雄才大略，才有李白、杜甫、陆游的川行华章。说得近一点，有了它，抗日战争中的中国才有一个比较安定的后方。

这个独树一帜的感叹，使我急切地产生了目睹的强烈愿望。

参观都江堰的过程不必细说，当我站在离堆前的悬崖栈道上，目及宝瓶口翻滚的江水和翠绿葱茏远玉垒山上的奎星塔，不禁想到，古人如何来认识都江堰。汉武帝元鼎六年（前111年），司马迁奉命出使西南时，实地考察了都江堰。他在《史记·河渠书》中记载了李冰创建都江堰的功绩。后人在其西瞻蜀之岷山及离堆处建西瞻亭、西瞻堂以示纪念。东汉顺帝时（126—144年）张陵传道青城山，蜀汉建兴六年（228年）诸葛亮设兵护堰，元世祖至元年间（1264—1294年）马可·波罗游历都江堰，清同治年间（1862—1874年）德国地貌学家、地质学家李希霍芬考察都江堰……有多少人发出过有记载或没记载的惊叹！

所以，在我从成都到昆明的南行旅途中，看都江堰是我必须要提及的。我参观都江堰时有一个小小的插曲，在鱼嘴的闸桥上拍照后，我们经过摇摇晃晃的安澜索桥，游览了二王庙和秦堰楼，那些书法和绘画，还有茶坊姑娘的演艺，都给我留下了很深的印象。

三

在南行旅途中，我在成都还有着一些别的感受，出席了美中友好志愿者项目会议，参观了成都武侯祠，很值得咀嚼回味。

2006年秋到成都，我们下榻于银河王朝大酒店。那个酒店据称是四川省第一家中外合资酒店，坐落在成都市中心，天府广场东侧，坐拥都市最繁华的中心商业及娱乐区。酒店楼高26层，环绕一幢5层高的庭楼，宽敞明亮的大堂，主体以"三国时期"的壁画和浮雕为文化背景，更显示酒店厚重的文化底蕴，也因此勾起了我要到武侯祠瞻仰的强烈愿望。我们的房间是提前预定的，主要由美中友好志愿者（其英文名称是 U. S. –China Friendship Volunteers。此英文名称只限于在中国使用。这个组织在全球其他国家的名字一概叫 Peace Corps，就是我们通常说的"美国和平队"）负责组织会议和承担项目合作方的会议食宿费用，可能其中还有中国国际教育交流协会（教育部下属的一个国际合作组织）的安排。这个项目具有鲜明的中美政府教育合作背景。所以我们这次住进这个高档的酒店，也是因为项目合作的原因。

令人难忘的是，那些美国志愿者分赴各高校前在酒店豪华的宴会大厅的宣誓仪式。美国驻华大使雷德和大使馆一秘、翻译很庄重地出席了会议，因此改变了我对美国社会制度方面的一些看法。"雷德"其实是他的中文名，他原名克拉克·兰特，又称桑迪·兰特，1945年生，1968年毕业于耶鲁大学，在大学期间，与前任美国总统小布什住在同一宿舍。他在哈佛大学读的法学硕士，密歇根大学读的法学博士，有丰富的外交经验，2001年，布什总统提名他出任美国驻中国大使，7月向江泽民主席递交国书正式就职至现在。我记得雷德进入宴会厅前，除了贴身保镖，其他人员都是随后半个至一个身位。到大厅后，健步走向主席台，环顾左右，颇有大气风范，在谦和中带有一些威严，简短的致辞经由翻译润色，真是得体到位，不愧大国气量。整个过程，什么人员在什么位置，都是严丝入扣，等级森严，不像我们的有些场面，推来让去，看似谦和礼让，实则虚浮无序。当时我颇为不解：美国不是讲究自由、平等吗？为什么一个简单的宣誓仪式都这样等级色彩浓厚？完全不像影视作品给人的感觉。我事后请教兄弟院校外事部门的同行，他们告诉我，美国社会并不像我们看的电视剧或者电影一样，在一些正式场合，比我们还等级森严；只是在一些非正式的场合，才显得随意和散漫。可惜至今我没有出过国，更没有去过美国，但我从这次会议上看到的，改变了我对美国的一些看法，或者说增进了我对美国的了解。

那天下午，美国和平队办公室的师傅开车，送我们去参观了成都武侯祠。

提到成都武侯祠，恐怕还得简单回顾历史，发思古之幽情。中国文明史有五千多年，而三国时代是其中很短却又很精彩的一段。三国时代仅45年，从曹魏取代汉朝到司马氏取代魏建立晋朝，即220—265年。还有人则认为应从汉末黄巾农民起义至三家归晋（184—280年），前后近百年。三国得名，是因当时魏蜀吴这并存着的三个地方政权。曹操和他的儿子曹丕建立的魏国，占据黄河流域大片土地，建都洛阳；孙权建立的吴国，占据长江中下游等地，建都南京；刘备建立的蜀国，占据四川、云南、贵州等地，建都成都。对于三国，后人品说主要是因了两部书：《三国演义》和《三国志》。谁是谁非，历来众说纷纭，仁者见仁，智者见智。特别是近来中国中央电视台播出的《百家讲坛》，更是使这种品说繁杂纷纭，谬误与真知良莠并存，新说和臆想石玉共显，甚至一段时间泥沙俱下，个人解说如过江之鲫，蠢蠢涌动。围绕着易中天《品三国》所展开的争论，堪称是我国文化生活中的一大奇观。至于后来的柏杨、周汝昌、我师刘世德品评三国，灼见不少，但总是给人以流行之嫌。但不管怎么说，毕竟是一种学术在大众层面的进步。

建兴十二年（234年）八月，诸葛亮因积劳成疾，病卒于北伐前线的五丈原，时年54岁。诸葛亮为蜀汉丞相，生前曾被封为"武乡侯"（武乡在今汉中市的武乡镇），死后又被蜀汉后主刘禅追谥为"忠武侯"，因此历史上尊称其祠庙为"武侯祠"。成都武侯祠虽有名，但不是历史最久的。全国最早的武侯祠在陕西省汉中的勉县。勉县武侯祠乃天下第一武侯祠。

勉县武侯祠建于景耀六年（263 年）春。勉县武侯祠所在地就是诸葛亮当年赴汉中屯军北伐的"行辕相府"故址。此外，还有南阳武侯祠、襄樊古隆中武侯祠、重庆奉节白帝城武侯祠、云南保山武侯祠和我们甘肃陇南的礼县祁山武侯祠等。建于唐前的陕西岐山五丈原诸葛庙，建于明代的武侯宫（湖北蒲圻），建于建安时期的黄陵庙（湖北宜昌）等亦颇负盛名。浙江兰溪的诸葛镇，因诸葛亮子孙世代群居此地而显名。兰溪明万历年间始建的丞相祠堂有古建筑五十二间，内设诸葛亮灵位。近些年，兰溪丞相祠堂渐负盛名，影响日盛。

　　成都武侯祠是中国影响最大的三国古迹。以文、书、刻号称"三绝"的《蜀丞相诸葛武侯祠堂碑》最为知名。成都武侯祠是国内纪念蜀汉丞相诸葛亮的主要胜迹，也是成都市一个主要的旅游参观点。位于成都南门武侯祠大街，是中国唯一的君臣合祀祠庙，由刘备、诸葛亮蜀汉君臣合祀祠宇及惠陵组成。始建于建兴元年（223 年）的刘备陵寝，千多年来几经毁损，屡有变迁。武侯祠建于唐，初与祭祀刘备（汉昭烈帝）的昭烈庙相邻，明朝初年重建时将武侯祠并入了汉昭烈庙，形成现存武侯祠君臣合庙。我知道成都武侯祠是因为杜甫的一首诗《蜀相》："丞相祠堂何处寻，锦官城外柏森森。映阶碧草自春色，隔叶黄鹂空好音。三顾频烦天下计，两朝开济老臣心。出师未捷身先死，长使英雄泪满襟。"这说明该祠至少在盛唐就有，且已经形成了规模，但那时的成都城市规模并不大，所以现在市内的武侯祠，那时却在城外。诗的最后两句是千古传扬的名句，给我的印象尤其深。

　　和同事李晓江到武侯祠大门前，一种厚重的气息扑面而来。整个武侯祠坐北朝南，大门匾额为"汉昭烈庙"。"蜀汉"是刘备政权的称号，"昭烈"是刘备死后的谥号。这不由使人纳闷：这里是祭祀蜀国皇帝刘备的庙宇，为什么被称为武侯祠呢？进入大门，看到武侯祠五重建筑，严格排列在从南到北的一条中轴线上。以刘备殿最高，建筑最为雄伟壮丽。武侯祠后还有三义庙、结义楼等建筑。大门内浓荫丛中，矗立着六通石碑，两侧各有一碑廊，其中最大的一通在东侧碑廊内，唐代《蜀丞相诸葛武侯祠堂碑》，唐宪宗元和四年（809 年）立，有很高的文物价值，为国家一级文物，因文章、书法、刻技俱精被称为"三绝碑"。唐朝名相裴度撰碑文，书法家柳公绰（柳公权之兄）书写，名匠鲁建刻字，都出自名家，因此被后世称为"三绝碑"。碑文对诸葛亮的一生，作了重点褒评；竭力赞颂诸葛亮的高风亮节、文治武功，并以此激励唐代的执政者。二门之后是刘备殿，为单檐歇山式建筑。正中有刘备贴金塑像，左侧陪祀的是他的孙子刘谌。据说，他的儿子蜀汉后主刘禅由于昏庸无能，不能守基业，他的像在宋、明两代几次被毁，后来就没有再塑。在蜀汉后主刘禅降魏时其子刘谌到刘备墓前哭拜，杀掉家人后自杀身亡。两侧偏殿，东有关羽父子和周仓塑像，关羽像高2米多，头戴冕旒，红脸，丹凤眼，卧蚕眉，两眼半睁半闭，美髯垂胸，身着金袍，手执象笏，一副帝王打扮、神灵面孔。关羽、张飞最早追随刘备，号称"熊虎之将"，衍生了"桃园三结义"的故事。关羽虽战功卓著，但因骄傲轻敌，被东吴将领吕蒙偷袭，与关平、赵累等人同时遇害，丢失了荆州。陈寿《三国志》评关羽云"傲大夫而亲士卒"，傲慢轻敌是他失败和被杀的重要原因。历代推崇关羽，成为"忠义"的化身。在宋代，他被追封为王，民间尊为财神，到了明清时代，加封为关圣大帝，诏令全国各地修庙祭祀。关羽生前无意为王称帝，享受后代香火时，却在财、政两界获有了帝王待遇，令人感叹历史的沧桑和无常！西侧有张飞祖孙三代塑像。张飞像面色漆黑，豹头环眼，燕颔虎须，像貌威猛而有生气。他勇猛善战，但"尊君子而不恤小人"（《三国志》评语），无故鞭打部下，因此被部将张达、范强暗害。两侧东、西廊房分别塑有蜀汉文臣、武将坐像各十四尊。东侧文臣廊坊以庞统为首，西侧武将廊房以赵云领衔。众多武将中，我站在姜维的塑像前留影，因为他是我们天水人。很多人知道天水，是因为姜维的原因，这使我感到亲切而自豪。姜维本是魏国一名小将，诸葛亮首次出祁山攻打曹魏时将他收降。因忠于蜀汉，文武双全，受到器重。诸葛亮死后，他担负起蜀国的军事重任，曾九伐中原，力图完成诸葛亮"兴复汉室"的遗志，但终因大势所趋，壮志未酬，给后人留下了太多的遗憾。

出刘备殿，低一个台阶，就是过厅。低一个台阶，就是低一个等级。过厅悬挂着董必武、郭沫若、冯玉祥、徐悲鸿、舒同等人撰书的匾额对联。出过厅，就是诸葛亮殿。殿的门楣楹柱上挂满了前人留下的匾联。其中最有名的是悬挂在诸葛亮殿正中的一联，即"能攻心则反侧自消，从古知兵非好战；不审势即宽严皆误，后来治蜀要深思"，为清末云南剑川人赵藩撰书。这幅对联对诸葛亮的用兵和施政做出了客观的评价，提出"攻心"和"审势"两个很有启发性的问题，是武侯祠匾联中的上品，也是我国名联之一。诸葛亮殿内，供奉着诸葛亮和他的儿子、孙子的贴金泥塑像。诸葛亮像在正中的龛台上，他羽扇纶巾，身披金袍，凝目沉思，其忧国忧民、深谋远虑的神采，显示出一代儒相的风仪。诸葛亮的儿子诸葛瞻、孙子诸葛尚，在蜀国面临存亡之时，率部与魏军奋战，终因寡不敌众，为国捐躯。在殿内的两侧厢房内，陈列着木刻诗文。西厢有毛泽东、董必武、张爱萍、方毅、周谷成、楚图南、梁漱溟等人的墨宝，东厢为木刻的《隆中对》和《出师表》。

在众多的题词中，我看到了民国邹鲁写的一首诗："门额大书昭烈庙，世人都道武侯祠。由来名位输勋业，丞相功高百代思。"由此可知，因为诸葛亮的历史功绩大，他在百姓心中的威望超过了刘备，人们就不顾君尊臣卑的礼仪和这座祠庙本来的名称了。这就道出了称"汉昭烈庙"为"武侯祠"的缘由，也同时解答了我初入这个胜迹的疑问。不禁想起刘禹锡的《浪淘沙九首》里的两句诗："千淘万漉虽辛苦，吹尽狂沙始到金。"正是这种艰苦卓绝的磨炼精神，才使得诸葛亮为千秋万代缅怀，如真金留给后人致用。他写给儿子诸葛瞻《诫子书》中的名句"非澹泊无以明志，非宁静无以致远"，展示了一种胸怀，足以使后人受益无穷。可以说诸葛亮未雨绸缪的先知禀赋，或许先天造就，或许来自他戎马倥偬的领悟。清陈澹然《寤言二·迁都建藩议》云："自古不谋万世者，不足谋一时；不谋全局者，不足谋一域。"在我看来，就是对这种先知禀赋来自领悟作的最好注脚。

不觉已是夕阳晚照，在葱茏草木和青翠竹林掩映下的诸葛亮殿西侧，就是刘备墓"惠陵"。据说由诸葛亮亲选宝地，葬刘备于此。《三国志·先主传》云："八月，葬惠陵。"据《谥法》："爱民好与，曰'惠'。"刘备爱民仁义，称"惠陵"还是名副其实的。传陵墓中还合葬有刘备的甘、吴二位夫人，但刘禅实在不能为他们的颜面增加多少光彩，以至于今天的游人并不能在墓前驻足参拜，显得太过寥落！由此我想着人生在世，当你遇到各种机会，一定要有所作为，哪怕就是只作为了一个方面，也就不会亏枉了前人，辜负了后代！历史永远是一面镜子。

我们离开武侯祠时，已经是华灯初上。车水马龙的街市，又使我们从历史回到了现实。辘辘饥肠提示，该是吃晚饭的时候了，民以食为天嘛！

四

2007 年我到昆明开外事工作会议，是英国海外志愿服务社发的邀请函，因为会议的食宿和往返费用由邀请方承担，所以我汇报给主管外事的校长后，他爽快地答应了。可是，昆明实在离我们成县太远，一个人要坐几十个小时的火车，难免旅途有些孤寂和不便。所以还是有些犹豫和遗憾。但又觉得已经发传真确认了出席会议，并且会议方已经安排预订了宾馆，失信于人总归不好，一鼓劲就下定了决心。

4 月 21 日下午上班，我处理了几件事务后，又给主管领导汇报了去云南大学开会的情况，给处里其他同志交待了工作。三点半就和妻子直奔长途汽车站，刚好赶上 4 点由成县到天水的末班车，开始了我的这次长途旅行。

天是灰蒙蒙的。座位在车的后排，有些挤。我坐车之初打瞌睡的习惯又来了。朦朦胧胧随着车的颠簸前行。我出行的路途要在成都转车。春运未过，车票有些紧张。从天水到成都的车票是老同学提前三天预购的 5 车 7 号下铺，就是原来的 K348 次，现在改成了普快 1348 次，在第二天的下午 2 时 38 分到达终点站成都。

汽车经过天北高速（甘肃省第一条高速公路 1992 年 12 月破土动工，1994 年 7 月通车，直接投资 7800 多万元，全长 13.15 千米），在麦积区（原名北道区，后以境内麦积山石窟著名而改称）人行便桥桥头停车。我下车时，已经是黄昏了。老同学请我到一个叫"醉八仙"的酒楼，在那里碰巧又见到了我一个二十多年未见的好同学，真是欣喜若狂，但是岁月的痕迹改变了我们许多，不禁使人生出沧桑之感。我给他们赠送了新著《玉堂闲话评注》，然后打车去了火车站，刚好赶上进站。

乘车比较顺利，邻铺的小伙子，是景德镇人，在广东一个家族式的陶瓷洁具企业工作，主打品牌是"箭牌"，也代理日本名牌"TOTO"的产品。我和他聊了一些事情（其间有同事来短信称市上最大的领导在成州国际大酒店宴请学校中层以上干部），还是很融洽的。

第二天早晨醒来时，车已经到了阳平关了。阳平关位于宝成铁路（宝鸡至成都）和阳安铁路（阳平关至安康）的交汇处，宝成铁路依秦岭山脉顺嘉陵江河谷南行，隔着车窗可以看见南面大巴山、米仓山葱茏的树木和在晨风中摇曳的毛竹林。有一层轻薄的烟霭浮起在江面上，朦胧如纱，有一股说不出的意蕴。阳平关有名是因为历史的缘故，可以追溯到东汉初。1954年因修宝成铁路（最初叫天成铁路，北起天水站南抵成都，真正的陇蜀大道，后改），在今宁强阳平关镇古砖下发现"朔宁王太后玺"金印一枚，现存重庆博物馆。当时的《中国青年报》的报道还指出，今阳平关对面的紫龙山上有汉代遗迹。按记载，"朔宁王"是东汉初公孙述封隗嚣的封号。史传记载，隗嚣（天水人，曾于东汉初期显赫一时，因未能审时度势而灭亡）未曾入蜀。此印很可能是隗嚣兵败，王元入蜀求救时遗落在今阳平关的。其在今阳平关镇被发现，说明此地汉时已经成为聚落，且其交通必然依托嘉陵道。建武元年（25年），自立为帝的公孙述，其"成家"政权因为阳平关的屏障，竟然存在了12年（《后汉书·隗嚣公孙述列传第三》），这在今天来说简直是不可思议的！《隋书·地理志》云："西控川蜀，北通秦陇，且后依景山，前耸定军、卓笔，右踞白马、金牛，左拱云雾、百丈，汉、黑、烬诸水襟带包络于其间，极天下之至险。蜀若得之上可以倾覆寇敌，尊将王室；中可以蚕食雍、凉，开扩土地；下可以固守要害，为持久之计。"正因为阳平关有它特殊的地理位置，因而各时代众多的英雄豪杰，在此或以文韬武略，或用金戈铁马演绎了一幕幕威武雄壮的历史活剧。尤其是三国时期，蜀、魏的帝王将相用尽谋略争夺征战，更使阳平关名扬四海。

东汉灵帝末年，张鲁从阳平关打开缺口，占领整个汉中，自封"汉宁郡王"，统治汉中长达20多年。建安二十年（215年），曹操率兵10万，攻取徽县、凤县后，开始进军汉中，攻阳平关。用诈退之术，使张鲁守军自乱，张鲁逃往四川巴中。曹操取汉中后，留夏侯渊、张郃、徐晃等大将镇守。三年之后，刘备率领诸将进兵汉中，艰难反击中大将黄忠冲入曹营刀劈夏侯渊，张郃不济，败退关中。自此，汉中归刘备管辖。建兴五年（227年），诸葛亮出师北伐，一直把阳平关作为进可攻、退可守的大本营。其中六出祁山，有四次都是出阳平关沿陈仓古道进行北伐的。而每当退兵时，他又在这里休养生息，教兵演武，现今在古阳平关的卧龙岗上仍留有诸葛亮读书台遗址……雄关依旧，往事如烟。凭窗遐想，耳畔钢铁轮轨"哐当——哐当——"的撞击声，提示着飞驶的列车已使天堑变通途，眼前的平静景象正在述说着另一个新的时代……

因为在火车卧铺上，睡得并不是很踏实，人也变得懒洋洋的。遐想了好一阵，一直赖到8点才起床。不久收到许校长短信，说到县上参加陇南科技工作会议，知道我已经出差，就另行安排了。

列车飞驶，不久到了广元。沿途的地貌景观从车窗里看去，还有点像成县。这就令人想起一个关于广元和成县相关的事情来。广元古称利州，设立现在的地区行政是和陇南地区一起，于1985年经国务院批准成立的。当时的陇南地区所在地批准设立在成县，但因为种种原因，除了少数几个单位从武都迁往成县外，搬迁受阻，成县建设第一次错失历史机遇，相对照的是，广元毫不迟疑地加紧建设，抓住了历史机遇，以至于现在的陇南市不能望其项背。可见甘肃的落后、陇南的贫困，有条件和环境的因素，但更重要的是观念的落后，这已是深入骨髓的积弊，什么时候才能根除呢？如今，广元已经是川陕甘毗邻地区的交通枢纽和物资集散中心，集水、陆、空于一体。宝成铁路、广旺铁路和108、212两条国道主干线在市区交汇，嘉陵江水运可直达重庆，广元机场已建成通航，成绵广高速公路已建成通车，经济发展日新月异。再者，广元有厚重的人文资源，武则天的诞生地，有"一夫当关，万夫莫开"雄关剑门关，有姜维墓、阴平道等多处三国遗址。从车窗往外望，满目绿色，似乎柏树居多，清凌凌的江水缓缓流动，构成了一幅幅动感的美景，尤其是一个叫作竹园坝的地方，那种恬静和美丽令人流连，沿着竹林翠绿的坪坝纵目远眺，两山高耸，可是到了山顶还是夹杂竹林的郁郁葱葱柏树林，还有泛红和泛黄的一些树叶草丛，真是色彩斑斓！

沿途不时可以看见如明镜般的稻田水面，倒映着远山和村舍，缥缥缈缈地，让人感受到乡村特有的悠闲和清远。从我的感觉上看，广元并不开阔，是小丘陵和川坝的交错地带。在火车站的北面，就是一个长满青翠柏树的山丘，远眺城区，似乎也有隐约的小山，上面有塔高耸，或数十层高楼，沐浴着早晨的暖日，在薄雾中时隐时现。

五

过了广元，就是江油。这里地势似乎开阔起来，在仲春树木草陂绿，尤其偶尔从窗外闪过的一垄垄翠竹，很吸引人的目光。田野里草地如茵，不时看见农人在水田里劳作的画面，不禁使人生出"走万里路，读万卷书"的感慨。

一直以来，江油给我的印象并不深，只知道在这里有个青莲乡，李白就出生在这里。转而一想，江油有青莲乡就够了，因为在这片热土上孕育了世界级的大诗人李白，谁还会有争议呢?

李白的故乡至今有多种说法，归纳起来，典型的有两种说法：一种说法是今吉尔吉斯斯坦境内的托克马克，另一种说法就是江油的青莲乡。吉尔吉斯斯坦已经认识到了这个人文遗址的价值，据说正在加紧投资，建设好后开放给中国人，以扩大外汇收入。

火车驶进江油站时，我看见整齐的炮兵专列，好像是山地炮或者是高射炮，盖着军用篷布，只是在底部可以看见闪亮的底座。一转眼的时间火车就离开了站台，下一站就是绵阳了。

绵阳境内地势开阔，连着江油的一些地方，应该是处于成都平原的边缘地区。绵阳这几年的发展可以说是突飞猛进的，在一个叫作"皂角镇"的小地方，可以看到建设的城区和成片的楼群。山丘低矮，植被丰茂。主要是墨绿的柏树林，成片成片的，间或看到竹林镶嵌其中。忽然想到王羲之的《兰亭集序》"茂林修竹""修禊事也"，那是一篇辞、书俱佳的千古妙文，围绕着它，又产生了多少故事传说……这时，间或可以看见串串红果点缀在庭园院落之间，油菜地欣欣向荣的翠色，很难使我与甘肃中部的初春联系起来，如果在我的故乡天水看到如此的油菜地翠绿地铺开，那就已经是初夏了。低矮的丘陵平缓地起伏，葱郁的树林和山丘上的佛塔、高楼，稻田里明镜似的水面，零散分布的村舍，掩映在婆娑绿意中的白墙粉壁，叫作"谭家坝"一带成排的芭蕉树绿意盎然……这些都是有别于大西北和长三角的景象，给我一种成都平原北地挥之不去的记忆。人文景观和自然风物如此和谐地凝聚在一起，我忽然明白"天府之国"美名的由来了。

然后列车进入德阳。这里有古蜀的青铜王国，有发现不久、但已经闻名遐迩的广汉三星堆。1929 年春，当地农民燕道诚在宅旁挖水沟时，发现了一坑精美的玉器，由此拉开三星堆文明的研究序幕。1986 年，三星堆两个商代大型祭祀坑被发现，上千件稀世之宝赫然显世，轰动了世界，被誉为世界"第九大奇迹"。三星堆的发现将古蜀国的历史推前到 5000 年前。三星堆文化来自何方？这里数量庞大的青铜人像、动物不归属于中原青铜器的任何一类。青铜器上没有留下一个文字，简直让人不可思议。《蜀王本纪》认为古蜀人"不晓文字，未有礼乐"，《华阳国志》则说蜀人"多斑彩文章"。这里出土的青铜"三星堆人"高鼻深目、颧面突出、阔嘴大耳，耳朵上还有穿孔，不像中国人倒像是"老外"。有人认为，三星堆人有可能来自其他大陆，三星堆文明可能是"杂交文明"。《华阳国志》还说："蜀侯蚕丛，其目纵，始称王"，其墓葬称为"纵目人冢"。所谓"纵目"，即指这种铜面具眼睛上凸起的圆柱，三星堆出土的凸目铜面具等，正是古代蜀王蚕丛的神像。古蜀国的第二代王叫鱼凫。凫就是鸟，具体指的是水上的鱼鹰。距离三星堆遗址很近的地方有一条大河叫鸭子河。现在，依然有打鱼的人在这条河上豢养鱼鹰。这种能战胜鱼的鹰也许在远古时代被人们仰慕，所以从三星堆出土的器物中，可以看到许多和鱼鹰或者和鸟类似的造型……真是说不尽的三星堆。

前行的地势在这一带更显开阔，成片的鱼塘稻田平铺开来，映照着蓝天白云，一群群的鹅鸭在水中缓缓游弋。鱼凫时代的景色与现在有着怎样的差异呢？在火车道的邻近，有繁忙的高速公路。而薄雾轻绕，透露在和煦阳光下特有的一种懒洋洋的柔和平静，使我不禁想到去年在成都喝茶和看川剧表演，那一种四川特有的闲散，几乎和北京的生活节奏两重天。成都的享受生活应该是别处少有的，但为什么刘禅还会生出"此间乐，不思蜀"的感叹？也许是他当时的政治胸机，以求苟全性命，倒未必是吐露真言吧！

成都平原很大，光从德阳到成都就走了近两个小时。车到成都晚点了20 分钟，下午 3 点才到站。出站后，我做的第一件事就是转车去昆明。成都火车站给人的印象就是"拥挤"。购票大厅就好像是一个熙熙攘攘的大市场，好在 30 个售票窗口都开放，购票并不是很费事。我在 18 号窗口排了队，不到一刻钟就买到了去昆明的 K145 次卧铺票，4 车 20 号中铺。还有一个小时开车，利用这点时间我在候车大楼二层候车室用了午餐。成都不愧为西南大都市，候车设施还是很齐全的，服务也好。也就是去年 10 月，在这个候车室，我接到了英国海外志愿服务社李红艳打来的电话，开展我校和宕昌县英语教师置换项目工作。一年过去了，发生了很多变化，校长易人，我们的生活走向了另一个阶段。未来是什么？这是一个沉重的话题，我不愿多想。4 点 10 分，列车准时离开成都继续南行。

（2008 年 11 月 4 日完稿）

凝聚力量发掘早期秦文化深厚内涵

早期秦文化，在史传文献系统和出土文献系统中，有不同的所指。从史传文献系统看，早期秦文化是指伯益受舜赐姓嬴至春秋秦穆公时期的秦文化，其中重要节点有：非子养马有功周孝王封秦邑，始封秦君，号秦嬴；秦襄公护周平王东迁有功封诸侯；秦穆公开国千里，被周襄王任命为"西方诸侯之伯"，称霸西戎。从出土文献系统看，早期秦文化是指西周至春秋前期秦德公居雍以前（前677年）的秦文化。从目前甘谷毛家坪遗址、清水李崖遗址、宝鸡秦公一号大墓的发掘情况看，考古材料显示的早期秦文化可上延至商晚期，下延至秦景公时的春秋后期。无论史传文献系统还是考古发现，都已经基本确定：早期秦的分布地域，在今甘肃的陇东南地区，具体分布在渭河—西汉水—清水河的连片地域。整个秦文化的很多特点，是在这个时期形成的，并对后世产生了深远影响。

早期秦文化，一个绕不过去的问题是秦人的族源问题。目前学术界基本认为秦人是东夷的一支，李崖遗址考古、清华简资料证实了秦人"东来说"。在商晚期嬴秦首领中潏"在西戎，保西垂"，率族到今陇东南渭河—西汉水流域，以朱圉（今甘谷县境）、西犬丘（今礼县境）为居邑。此后数百年努力奋斗，与西戎争战的过程中秦人逐渐强大，形成了独特的早期秦文化。

早期秦文化最大的文化史意义是华夏文明的重要源头之一，对中华文化影响极其深远。第一，从"县制"初始，为后来的"郡县制"立规，是政体一源贯穿于整个中华文明史沿至于今的伟大创造。它使政权的上下贯通减少了许多中间利益集团的干扰和壅阻，提高了行政效率，另外还有军功爵制、户籍制等，这些制度至今还在沿用，初地就在天水。秦武公十年（前688年），"伐邽、冀戎，初县之"（《史记·秦本纪》）。它标志着一种全新的地方行政区划在人类史上出现，中央管辖地方的行政体制在此确立，"郡县之制，垂二千年而弗能改矣"（王夫之）。对于结束诸侯纷争而一统国家，意义重大。第二，"畤祭"是早期秦发明的国家宗教行为。《史记·秦本纪》："襄公于是始国，与诸侯通使聘享之礼。乃用骝驹、黄牛、羝羊各三，祠上帝西畤。"《史记·秦始皇本纪》："襄公立，享国十二年。初为西畤。葬西垂。"从史料和考古资料可知，襄公之前西畤已存在。周代畤祭，祭天祈农，在襄公时正式成为国家祭祀。《史记·封禅书》："秦襄公既侯，居西垂，自以为主少皞之神，作西畤，祠白帝。"礼县西山——鸾亭山顶祭祀遗址、四角坪遗址考古证明，西畤从秦早期一直延续到秦始皇时期，其文化意义深远，超出了今天人们的想象。

早期秦文化的多元性与包容性，有独具的文化特色。第一，对商文化及东夷古文化的深远继承。史传文献资料已表明，早期秦文化长期受到商文化及东夷古文化的浸染，即便入周之后，这种影响并未消除。考古发现，早秦葬俗的殉狗、殉人及人牲习俗，车马坑，商式陶器，巨墓大陵的传统，都来自商文化及东夷古文化的根脉，以此为基础又融进了自身的体悟和思索，形成了早期秦文化等级分化的礼制观、君权独尊的政体观和唯大尚多的审美观等独有文化特色。第二，兼容周文化但不为其囿。周王室为天下共主，代表了名分正统和文化主流，早期秦发展过程中向周人靠拢，为周人所用，学习周礼，吸收周制，与周联姻，襄助周室，都是很自然的事，但并非沿袭照搬。《史记·秦本纪》："秦仲始大，有车马礼乐侍御之好也。"说明有自己的文化特质。从陇东南早秦文化遗址考古发现看，早秦宗庙和朝寝建制、用鼎制度、钟镈乐奏制度、文字演变（"秦之文字，即周秦间西土之文字也"《史籀篇》）、周式陶器等，都打上了周文化烙印，但又有推陈出新。第三，包容西戎文化吸收有益成分。自20世纪90年代以来陇东南出土的大量早期秦文物证明，屈肢葬、金器、金饰车马、秦式短剑、虎鹰图案纹饰深受西戎文化的影响。史籍载周孝王时嬴秦首领大骆与申戎联姻，说明婚俗也颇为相近，故有早期秦人"与戎狄同俗"之说。但这种包容只是在一定程度上，早期秦文化实际上是在吸收西戎文化的有用成分中创造出来的。第四，在与西域文化和欧亚草原文化的交流中产生新文化。屈肢葬并非早期秦本族传统，学术界发现其与西域文化和欧亚（特别是西亚、中亚）草原文化的接触与交流直接相关。秦为周人守西陲，其辖区内有远方异族活动是必然事件。另外，金器文化特别是铁器文化在早期秦文化中的出现，也说明了秦很早经由西戎与西域、欧亚有较多文化接触，并且从中获得了新的文化样式，而非从东方获得。早期秦出土青铜器上的动物造型及纹样，也源自西域或欧亚，审美旨趣与东方诸国迥异。因为早期秦人和西域、欧亚的文化交流，早期秦人的称呼"Chin"具有世界文化史的意义，早秦对中国"China"在世界上的名称影响深远。有此种早期秦文化特质的新文化，为我们认识汉唐丝绸之路的前端历史渊源打开了一个新境界。综上所述，早期秦文化鲜明且一贯的特色是包容性和多元性，由此也可鉴照：中华文明能够数千年传承，也源于这种包容性和多元性文化特征。

　　早期秦文化最初受东方商文化影响很深，外观上似属于殷遗民文化。西迁陇东南后，秦人这一共同体因关乎生存与发展，因而文化宗周就有了很强的现实政治意义。经过二百多年的经营，早期秦人通过西戎文化接触到了西域文化甚至欧亚草原文化。多种文化水乳交融地凝结在一起，一种面貌全新的早期秦文化就终于形成了。

（初刊于《陇南日报》2021 年 1 月 23 日）

天水风神崇拜谣谚的文化意义

伏羲氏，为风姓，在伏羲画卦台（卦台山）的南边，有座五龙山，其上建风都庙，供奉风神（风伯）飞廉。飞廉系秦人先祖，为秦始皇38代祖，他的长子恶来，繁衍孕育了秦姓族人，他的次子季胜繁衍孕育了赵姓族人。天水留存有很多秦人遗迹，但赵姓遗存鲜为人知。我国宋代被称为"天水一朝"，天水今存"天水堂"，为赵姓族望的象征，为华夏赵姓拜祖地，今天水建立有"华夏赵姓文化研究会"。

天水风神崇拜与早秦文化密切相关。至今流传着一首风神崇拜的谣谚："雷家咀、雷过山，连上有个尹家山。雷下、雷上把雨下，万物天旱都不怕。雷神爷，过高山，后面有个石山哈。石锣石鼓双配全，前面还有个蒲家湾。"① 这是当地与"风伯御风，雨师行雨"有关的流行农谚。风都庙，为"县级文物保护单位"，存有仰韶文化时期的祭祀礼器——玉璧，新石器时代至夏商周考古中发现的此类玉璧最多。正是伏羲时代对天地和大自然的崇拜和研究，才画出了八卦。因此，风都庙玉璧的发现，再一次证明了伏羲画八卦的必然性。该玉璧从材质看，其年代较早，而风伯为黄帝时期的人物，可以印证。由此，这里经历过生殖祭祀、天地祭祀后，才发展到风伯、风神等祭祀并流传到现在。

有学者考证，在远古时期五龙山或是生殖祭祀、天地祭祀的场所。以后，才是祭祀风伯、祈求当地风调雨顺的场所。五龙山，别名"小风台"，在其西南五行米处有周围最高山，顶平而积有封土堆，是为"大风台"。山系为西秦岭北支的凤凰山山脉，往东南经大风台，过五龙山后，向北延伸下至渭河畔的小山头，就是卦台山。五龙山（古堡）内便是风都庙，站在五龙山古堡城门前，可以清晰地俯视三阳川盆地全境。据考，大小风台可能是古人（秦人）理想的祭祀天地的场所。

---

① 闫鹏飞. 伏羲祭天之地风都庙［N］. 天水晚报，2011-08-30.

据传说，凤凰山山脉从新阳镇展翅（延伸）后，向东进入三阳川境内时，形成五条巨龙（山系），风都庙和卦台山便是五条巨龙中的主山。五龙山古堡内的风都庙，处在主山大风台山系的半山腰，是一处建在相对较高的山头上的古代庙宇。目前，庙内建筑有大殿、舞台等。五龙山山体高大，风都庙附近还有五眼泉，与五龙山的名称相对应。有关资料记载，风都庙建于汉代，晋代称风伯庙，曾建于沈家咀。唐开元二年（714年）因大地震变为废墟。明朝嘉靖年间又将庙宇建于五龙山。民间传说称，明嘉靖元年（1522年）当地群众计划于旧址沈家咀重建庙宇，将木料砖瓦等建材备齐，欲择取吉日动工。突然暮色溟溟，阴风怒号，有墙倾房摧之危，土石飞扬，天昏地暗，乡人紧闭门窗，不敢出外，次日风止天霁，乾坤朗然。众工、鸠匠、会首去工地察看，所备建材不翼而飞，寸木无遗，经寻找发现，全被刮到五龙山风台土堡内，人们认为是风伯神自选庙址，于是就地建庙祀奉。这个美妙的传说，给五龙山披上了神秘色彩，留下了悠远记忆。风都庙与卦台山遥遥相峙，相传伏羲当年在画卦台画卦时，听大风台的风声，观大风台的地形，点画出东南符☴，也是八卦中的"巽"用来象征风，表示无孔不入。

今见五龙山古堡是一处古代土城堡，虽无准确的建成年代，但从目前保存相对完好的城墙看，其建成年代远远没有风伯庙建庙时间悠久。1997年，天水市麦积区将风都庙列为"县级文物保护单位"（今存石碑）。庙内存放一只倾斜的古老石臼窝，一根灰色大理石石祖，直径约13.3厘米，长度约33.3厘米，为天水同类文物最大者。有论者认为，他们是阳根和女阴的象征，更证明了远古先民（伏羲女娲时代）生殖崇拜时期的文化遗存因素，很可能在这里有远古生殖祭祀的文化孑遗。深入探讨，以俟来者！

（初刊于《天水日报》2015年8月23日）

关于早期秦文化研究及遗址保护开发的思考

凝聚力量发掘早期秦文化深厚内涵，探寻早期秦文化的形成与发展，对于追溯中华民族、中华文化源头具有重要意义。就目前来讲，早期秦文化的地理资源虽在陇东南，但甘肃的研究力量还没有凝聚起来形成有效合力，系统开展对早期秦历史及其文化的探索和研究，这既是一个历史课题，也是一个历史重任，就追寻探源中华民族、中华文化源头而言，也是不可或缺的重要一环。

在弘扬中华文化、坚定文化自信的时代大背景下，凝结甘肃力量，推进早期秦文化研究恰逢其时。从中国知网收录早期秦文化（含秦早期文化）研究的论文看，整个研究力量的重心在陕西和甘肃，如梁云、赵化成、张天恩、王志友、徐卫民、史党社、田亚岐等，他们有更多的学术话语权，因而影响很大。从甘肃研究力量来说，虽有祝中熹、雍际春、徐日辉、侯红伟、蒲向明、霍志军、安奇贤、苏海洋等研究人员，但在全国有学术话语权、影响大的并不多，这就需要甘肃凝结力量，组建团队，对早期秦文化展开全方位的研究，发掘其更多的文化内涵，形成国内外影响，从而打造出一张甘肃文化的亮丽名片。

关于早期秦文化遗址保护开发的思考与建议：

第一，打造文旅名片。以陇东南为主的早期秦文化，从史传文献和考古资料的角度看，嬴秦一脉相承，自成体系，具有原始性、先进性，是中华文明的重要源头和摇篮。在原有早期秦文化研究的基础上，甘肃宜从顶层设计入手，统筹协调各种力量，将陇东南以早期秦文化为重要组成部分的远古文明研究和遗址开发提高到一个新水平、新高度，使其成为甘肃又一闪光的文旅名片。

第二，开发利用好宝贵资源。早期秦文化在中国古代政治、经济、军事、法制、文化等各个领域都具有开创性贡献，它对于中国历史进程的深远影响和巨大作用应予重视。今后，应以陇东南为中心地区，整合甘肃全省力量，进一步加大早期秦文化研究的深度，加大遗址保护与开发、向文化产业转化的力度，扩大早期秦文化传播的广度，实施早期秦文化面向世界"走出去"战略，争取规划我省"中华早秦文化园""秦先祖遗址公园""毛家坪遗址公园""李崖遗址公园"等，早日开工建成，对外开放。

第三，加强文化遗址保护。礼县大堡子山、西山—鸾亭山、红河天台山—六八图遗址，甘谷毛家坪遗址、清水李崖遗址等早期秦文化遗址是宝贵的历史文化资源，在开发利用时要建立健全市、县、镇、村四级管理保护体系，责任到人。各级政府、宣传文化部门要加大宣传力度，让群众切实认识保护早期秦文化遗址的重大意义，看护好自家宝贝。按照《文物保护法》，对新发现的考古遗址遗迹及时进行保护或进行保护性发掘。并依法严厉打击盗墓和倒卖文物等犯罪行为。对于史学界极为关注的李崖遗址，应逐步迁出覆盖其上的村庄，早日完成整体考古发掘，后续建成"李崖遗址公园"。

第四，进一步加强甘肃省秦文化博物馆（礼县）建设。礼县历史悠久、早期秦文化遗存众多，根据现有馆藏文物数量及发掘文化遗址的需要，应规划续建、扩建甘肃省秦文化博物馆，以更好地展现甘肃厚重的文化历史，进一步提升甘肃传统文化的品位与内涵，扩大社会影响，提高知名度，为甘肃经济社会发展做出应有贡献。

（初刊于《陇南日报》2021年1月18日）

"压岁钱" 风俗：最早见于陇南古文家记载

春节，是我们中华民族的传统节日。"压岁钱"是与春节相伴随的重要风俗之一。每逢除夕，全家团聚欢乐时，长辈要给儿孙一些压岁钱，祈望他们过个"四方无事"的太平年。改革开放以来，人民生活水平有了很大的提高，压岁钱风俗的内涵也随之发生了变化。在正月十五以前，人们走亲访友，给年少的晚辈"压岁钱"，以示新年吉祥；压岁钱风俗蒙上了联络感情、亲近往来的色彩，成为人们新年交际的一部分。然而，如今遍布大江南北的压岁钱风俗，其实最早见于今陇南辖区的古代文学家的手载。

压岁钱风俗在我国流传很久，最初起源于以钱镇邪的原始宗教仪式，《风俗通》《舆地纪胜》等古代典籍都有记载。"年"，古时百姓视为吃人的"鬼"，"过年"也叫"过年关"。所以过年的要事是"打鬼"，扫除污秽、燃放爆竹、张贴门神等，都是"打鬼"的活动。给小孩几枚压岁钱作为镇"鬼"避"年"的护身符，也是"打鬼"活动的一项。到唐代，随着生产力的进步，钱币流通的发展，百姓生活水平的提高，以钱镇邪已经很普遍，在上流社会尤盛。中唐"新乐府运动"的参加者、诗人王建有《宫词》云："宫人早起笑相呼，不识阶前扫地夫。乞与金钱争借问，外头还似此间无。""宿妆残粉未明天，总立昭阳花树边。寒食内人长白打，库中先散与金钱。"王建是擅长素描速写的著名作家，他熟练地运用多种形式，创作了一幅幅宫廷禁苑兼有市井特色的风情画，充满着浓郁的生活气息。从这些诗文的记载与描述里，足见唐代散发金钱镇邪之风很盛，可惜这些描写与过春节的关系还不直接。

最早记载过春节时散钱避邪求太平的，是生于晚唐、平步五代属今陇南辖境的文学家王仁裕。王仁裕，字德辇，生于唐僖宗广明元年（880年），秦州长道县汉阳川（今甘肃礼县石桥乡斩龙村）人。以（后周）显德三年（956年）七月十九日寝疾，终于东京宝积坊私第，享年七十七岁。

1980 年 12 月 6 日礼县田野文物管理部门公布的"五代周故少师王仁裕神道碑"（文物编号 018D1），以及 1986 年 5 月由该县石桥乡斩龙村村民修房时发掘出土的王仁裕墓志，系宋初宰相、王仁裕门生、奉敕主编《太平御览》《文苑英华》《太平广记》的李昉所作，为王仁裕的后代移枢礼县石桥，留下了直接的证据。

王仁裕首先注意到春节散钱的风俗，在其轶事小说集《开元天宝遗事》① 中记载："（唐玄宗）天宝间，内庭嫔妃，每至春时，各于禁中结伴三人至五人掷钱为戏。"《资治通鉴》卷二十六对此进一步实证，有"杨贵妃生子，玄宗亲往视之，喜赐杨贵妃洗儿金银钱"的记述，这里所说的"金银钱"，其用途是以钱作护身符挂在身上给孩子镇邪去魔的，这种风俗现在还留存于陇东南一些村落。王建诗句"妃子院中初降诞，内人争乞洗儿钱"即记述了当时俗情。后来，除夕赐小孩钱的风俗由宫内传到民间，到宋代成了民间的重要风俗之一。宋、元以后，春节散钱风俗与"洗儿钱"风俗逐渐融为一体，演变成后来的压岁钱风俗。但被真正叫作"压岁钱"，是在清代。那时，儿童过年，长者给些钱，用红绳串之，放在住所，曰"压岁钱"。《燕京岁时记·压岁钱》记载："以彩绳穿钱，编作龙形，置于床脚，谓之压岁钱；尊长之赐小儿者钱，亦谓之压岁钱。"古代的压岁钱是一种特制的铜钱，其形状虽也是"孔方圆钱"，但文字内容却很是讲究，格调独特，每枚钱币都赋予求吉呈祥、消灾造福之意。压岁钱亦称"过年钱"，古代是用红线穿一百个铜钱，表示可以长命百岁；现在就只将纸币装进红包或直接将崭新纸币散给年少的晚辈，数目必取偶数，以求吉利。

王仁裕是晚唐五代重要的作家，对后世的贡献主要是文学，以诗作，尤其轶事小说奠定了文学家的地位。他以诗、文描写记述麦积山石窟，成为最早给这一胜景留下文字记载的作家。同时，他的小说集《开元天宝遗事》《玉堂闲话》《王氏见闻录》有不少篇目记述了一千多年前的陇南风俗，增加了我们对陇南历史的认识和了解。他在有意或无意间最早记载了压岁钱风俗，是对民俗史的一个贡献。

（初刊于《陇南日报》2003 年 2 月 7 日）

---

① 王仁裕. 开元天宝遗事［M］. 上海：上海古籍出版社，1989：17.

从天水"献月亮"习俗想到的

民俗正在退化——三四十年前，我们天水还有"献月亮"的习俗。

在农历八月十五的夜间，秋风习习，午夜初长，黄昏已半，一轮明月挂在天边，彩霞照万里如银，素魄映千村似水。这时，在三阳川风都庙（卦台山南边并与之相连，陇海铁路在其下一穿而过）南山大风台下的小山村，一家人围坐在院子里的一张桌子旁边，赏月谈稼穑，欢笑贺升平。桌子的正中摆放着一个圆盘（有时也是方盘），盘里摆放着月饼、苹果、大枣、核桃、石榴之类的供物，以此来献供月亮，一直到夜极深之后，由家中的长者将这些供果分散给家人同享，一场"月亮"之献遂告结束。

献月之俗风，似乎很早就有，至少在秦汉以前就有。如《礼记》云："天子春朝日，秋夕月。朝日以朝，夕月以夕。"可见至少在秦汉以前，帝王就有中秋拜月、献月之制。据《说文解字》，"献"属会意。从犬，鬳声。甲骨文"献"有左边人持刀匕、右边"犬""豕"之形，为进献之物，义曰献祭，可见远古"礼凡荐腥谓之'献'"。我们还可从古文献得知，果蔬之献在春秋战国即有，果蔬献月亦当不晚于秦汉。天水为早秦发祥地，文化深厚，古风尚存于今。只是近年来人们尊崇孔方兄甚尤，笑贫不笑娼，民风已为逐利潮流、时尚红尘所淹没，似乎唯"团圆"之意还可勾起人们对传统古风的一丝温情，所以中国中央电视台说，中秋夜是团圆之夜。略有思忖：我们现在失去的不光是纯朴优美的环境，维系着我们灵魂与筋骨的传统文化也在一丝丝地剥离我们远去。因此，此刻我特别能体悟杜甫诗句"露从今夜白，月是故乡明"的含义，不由想起那些早已离我们远去，但又永存记忆的那些尊长和亲人。

可惜今夜成县细雨霏霏，不能做中秋之献，一酹明月，写点文字，一发幽思吧！

我认为，中秋夜是思情之夜、追忆之夜、清雅之夜，并非所说的"中秋夜是团圆之夜"，至少不仅仅是团圆。要不，大年夜算什么"夜"呢！

（2013 年中秋夜灯下漫笔）

悲情今朝七夕节

农历七月七日，穿着新衣的少女们在庭院向织女星乞求智巧，称为"乞巧"。七夕乞巧，是一个流传甚广，历史悠久的古老民俗，最早见于东汉崔寔的《四民月令》，东晋葛洪的《西京杂记》中也有"汉彩女常以七月七日穿七孔针于开襟楼，人俱习之"的记载。

不知出于何种原因，七夕乞巧后来就和《诗经·小雅·大东》所云牛郎织女的悲情传说交织在一起，演变成了"凄苦的爱情悲剧"。南朝宗懔《荆楚岁时记》云："七月七日为牵牛织女聚会之夜。是夕，人家妇女结彩缕，穿七孔针，或以金银鍮石为针，陈瓜果于庭中以乞巧，有喜子网于瓜上则以为符应。"因为这段记述的渲染，牛郎织女七夕节广为人知。传至唐宋，七夕乞巧已盛况空前，唐人林杰《乞巧》诗称：

> 七夕今宵看碧霄，牵牛织女渡河桥。
> 家家乞巧望秋月，穿尽红丝几万条。

就是一个佐证。因此就有许多唐人七夕题材的名作流于后世，如权德舆《七夕》、崔颢《七夕词》、白居易《七夕》、杜牧《七夕》、李贺《七夕》、李商隐《七夕》、杜甫《牵牛织女》等。然而，我认为，唐人诗歌描写七夕，虽手法炉火纯青，但比之开拓意境、更富有情趣方面远不及宋人，正应了"唐人尚法"而"宋人尚意"之说，如秦观《鹊桥仙》：

> 纤云弄巧，飞星传恨，银汉迢迢暗度。
> 金风玉露一相逢，便胜却人间无数。
> 柔情似水，佳期如梦，忍顾鹊桥归路！
> 两情若是久长时，又岂在朝朝暮暮！

竟把悲情七夕演绎成久别重逢之后，余韵如梦似幻，情意缠绵而深沉广大。特别是最后的点睛之笔，把整阙词的主旨格调拔高到一个新的层次，于婉约情思中现豪迈气骨，独具丰采构思，别出心裁意境，给人以旷达高亢的心灵启迪和回味绵长的情感回荡。再看杨朴《七夕》：

> 未会牵牛意若何，须邀织女弄金梭。
> 年年乞与人间巧，不道人间巧已多。

此作巧妙化用白居易《长恨歌》七月七日长生殿，夜半无人私语时。在天愿作比翼鸟，在地愿为连理枝，不禁使人联想"天长地久有时尽，此恨绵绵无绝期"的余味悠长，还可从"诗言志""诗传情"层面上感知，悲情七夕已被抒写得肌理细腻，情真意切，魅力无穷。

可惜的是，元明清的戏剧并未再开拓七夕题材。赵景深先生曾经指出，牛郎织女"与《梁祝》和《白蛇传》不同，它在小说戏曲方面极少影响。我们几乎找不到一种现存的元曲或明清杂剧传奇是写牛郎织女的"。牛郎织女口头传统流传极广，可由于该传统未能在小说戏曲中通行，因而显得文本过于简单，变数欠丰富。但在明清考据学家的眼里，悲情七夕，还是可以搜索研究出一些"微言大义"来。

杨伦《杜诗镜铨》卷十三评杜甫《牵牛织女》云："七夕诗从来诸作，不过写仪从之盛、会合之情、别离之苦而已；独公此诗，一起八句即辟倒，中十四句将乞巧正面陈列一番，后一段发出大议论，亦是翻案法；而微言大义，侃侃不磨，自见独开生面。"仇兆鳌对此好像还觉得不爽，在《杜诗详注》卷十五进一步说："此因织妇而及夫妇，见人情不可以苟合……盖夫妇之道，通于君臣，臣一失节，则君将不容矣，妇一失身，则夫将见绝矣。故知大而仕进，小而婚配，皆当出于至公也。牛女渡河，说既荒唐，旧俗乞巧，显涉私情，故以夫妇人伦之道讽谕世人。"他对牛女传说与七夕乞巧进行了重新评价，意在促使人们对传统观念进行重新认识。从此以后，悲情七夕的君臣微言大义，竟成为七夕题材作品的一个重要审美趋向。

比起考据学家的眼力，现在的学人对七夕的探究好像现实多了。山东大学徐传武教授在 2010 年 8 月 13 日《齐鲁晚报》发文《牛郎织女传说起

源于母系氏族社会 实为"姐弟恋"》，却是惊人之论，可能是正值今朝七夕节将临，媒体转载率甚高，影响较大。他还说，"山东省沂源县燕崖乡（今燕崖镇），是神话故事牛郎织女的故乡，是中国爱情文化的发源地"。但未云何据。查阅他《漫谈古籍中的银河牛女》《漫话牛女神话的起源和演变》《试论牛女神话起源于母系氏族时期》等诸文，也对此不甚了了。可能是他居所山东，当然认为山东系悲情七夕的发源地，无须多说，似乎过于专断了些。

无独有偶，曾记得早在 2008 年 8 月 8 日《兰州晨报》有文《西北师大教授称牛郎织女传说源起甘肃》说："8 月 6 日（农历七月初六），西北师大教授、著名学者赵逵夫先生公布了他的最新研究成果：'牛郎织女传说'实际上就是在甘肃东南部诞生的，讲述了周秦先民之间的交流。"赵逵夫教授的几篇文章我是读过的，《论牛郎织女故事的产生与主题》认为牛郎织女故事同商先公王亥及秦民族的祖先女脩有关，和杨洪林《汉水、天汉文化考——兼论〈牛郎织女〉神话故事的源流》、杜汉华等《"牛郎织女""七夕节"源考》诸文一样，认为故事发生在（西）汉水流域，具体在秦人的故乡甘肃的西和、礼县以及天水一带。但经过十几年的考察，他在《汉水、天汉、天水——论织女传说的形成》一文中避开了牵牛"王亥说"，认为"牵牛的原型来自周先民中发明了牛耕的杰出人物叔均"。显然是将时间推后了几百年，将牛女故事的文化放在了周秦文明的框架里去考量，随后又在《陇东、陕西的牛文化、乞巧风俗与"牛女"传说》指出"秦人东迁以后同周文化交融，这就造成了产生有关'牛郎织女'传说的社会与文化基础"。并联系陇南西和、礼县、成县和庆阳的春官风俗，说明流传在西和、礼县一带的乞巧风俗，是秦人后裔们纪念自己祖先活动的遗留，也是一种借助风俗体现的群体记忆。毫无疑问，这就为甘肃西和县被中国民间文艺家协会评为"中国乞巧文化之乡"，"西和乞巧节"入选全国第二批非物质文化遗产名录奠定了理论基础，是很有现实意义的。当然还有牛郎织女传说起源的"常熟说""太仓说""南阳说""鲁山说"等，不一而足。

中国社会科学院文学研究所研究员施爱东的两篇长文《牛郎织女研究简史》《牛郎织女研究批评》对一个多世纪以来的七夕研究有一个颇为理性的回顾，值得一读。然而，理性终归是抽象和枯燥的，作家冯骥才等人建议将"七夕节"作为"中国爱情节"或"中国情人节"的提法，有感性的现实基础，却不为很多人所接受：其一，"七夕节"表达的是已婚男女之间恪守双方对爱的承诺，不离不弃、白头偕老的情感，不是表达婚前情人或恋人的情感，作为"中国情人节"不妥当；其二，在今天人们看来，牛郎织女唯有在七夕节这一天才能"金风玉露一相逢"，其他 364 天却只能隔河相望，"盈盈一水间，脉脉不得语"，像这种凄凉的不能相守的爱情，绝不可以美化为"胜却人间无数"，与当今时代和国情不符。的确，信息和网络的发达，催生了一个泛爱的速配时代，支撑爱情观的不仅是时空上的便捷，还有物质的丰富。相比之下，牛郎织女可望而不可即的凄凉守望，真正使七夕节蒙上了一层挥之不去的悲情，它能担负起 21 世纪今朝"中国情人节"的内涵和分量么？

还有，今朝七夕节的前一天，正是全国人民向甘肃舟曲特大山洪泥石流遇难同胞志哀的国悼日，四川汶川、甘肃陇南等地也发生了重大山洪泥石流灾害……多少情侣阴阳相隔？多少人含泪祝祷？这一个个艰难多舛的时日，使人更感慨今朝七夕节的悲情弥漫！当然，希望在众志成城中生长，悲情终将散去，明朝七夕节不乏激情浪漫。

雪莱说："让预言的号角奏鸣。哦，西风啊，如果冬天来了，春天还会远吗？"

（2010 年 8 月 16 日）

上九的回味与流思

　　上九，在我的家乡天水还是一个很有传统的节日。天水习俗"九"在数目中表示多数，最多，最大，因此为"上"。小时候老人说这天是"天日"，就是传说中的玉皇大帝生日，凡间必须隆重庆祝。九与"酒"谐音，九不能离酒。上九这一天，在天水乡间各家各户都会准备丰盛的酒席，其中一个独具秦人特色的凉菜——酒碟，那是必不可少的。喝酒有"三轮盅"和"酒（九）轮盅"的说法：三轮，就相当于常说的酒过三巡；九轮，那就是要酒过九巡，为最大数的酒场面。规程完了之后，就猜拳行令，尽兴喝个痛快，给玉皇大帝祝寿，也为自己祝福。

　　不过，随着网络时代的发展和风俗的逐渐消失，越发达的地方越是不闻"上九"旧俗。我们正在义无反顾地创造着不同于古人的传统。

（2014 年 2 月 15 日）

西汉水上游流传的民歌历史悠久

　　西汉水上游的天水、陇南毗连区域，属于陇蜀地域民歌资源丰厚累积区。秦州区汪川镇、大门镇、娘娘坝镇、天水镇，徽县麻沿河镇，礼县宽川镇、白关镇一带，流传的"打山歌"风俗，最晚从明清时就已流行，现在属于省级非物质文化遗产的"秦州小曲""河池小调"等就是这一区域最富代表性的民歌资源。"打山歌"的内容一般以男欢女爱的爱情故事为主，男女老少在一起时不能唱，歌手班辈不同，也不能一起唱，亲属在一起时更不能唱。歌词大多是歌手们在劳作时根据当时的心情和场景即兴创作而成的，往往感情浓烈，直抒胸臆。其句式一般以三四句为主，韵调也比较简单。既可一个人在割草放羊时随意喊唱，也可隔山隔岭地男女对唱，还可以同龄人在一起锄草收麦时此起彼伏地比赛着唱。

　　这一区域民歌资源丰厚，历史悠久，与其处于陇蜀要道、茶马贸易的重要地段有关。民间传说，李世民起兵、朱元璋云游、康熙皇帝访贤经过此处。从这里向东北可去关中、河南，向东南可到汉中、湖南，向南可下四川、云贵，向北可上兰州、新疆。自从大唐帝国的第一个茶马互市催生了中国第一条茶马古道之后，这条古道便在陕甘川境地绵延，连接南北陆上丝绸之路。始于唐代的茶马贸易，宋、明两代的茶马法，造就了一条紫阳—汉阴—石泉—西乡—城固/成都—广元—剑阁—汉中（汉中是茶叶的集散地，所有的茶商都要在汉中"批验所"检验）—略阳—徽县—秦州（天水）—河州—兰州的中国历史上第一条茶马古道。商贸、军事推动交通发展，出现文化的交流互动，小调、秧歌、山歌、号子等民歌兴盛起来。

　　小调《四季行兵》就是康熙年间陇右平叛那场战争给人民带来灾难的真实记录，反映出劳动人民渴望和平与安定的愿望。山歌《十八条骡子下汉中》就是描述走川陕的马帮生活，反映出古驿道东进西出交汇流通的历史画面。保留曲目《大保媒》《小牧牛》《下四川》等更是南北交汇、东西交流的产物。几乎所有曲目都具有多种音乐元素，如眉户调、碗碗腔、道情、"花儿"，甚至佛教、道教等音乐均有吸收，并与当地民歌音韵实现了有机的结合，从而形成了风格多样、曲调优雅、情感真挚、乡土味浓、内容丰富、思想健康的显著特点，是当地人文、地域、生活、精神的体现。

在创作取材方面：一是与生产活动紧密相关，如《割麦》《转娘家》《劳动号子》等；二是与日常生活密切相关，如《技笼窗》《大保媒》《卖棉花》《摘花椒》《织手巾》《南桥担水》等；三是与爱情主题相扣，如《小牧牛》《下四川》《绣荷包》《打樱桃》《戏秋千》《大十杯》《酸拌汤》等；四是教育人积德行善，如《劝人心》《十杯酒》《李三娘研磨》等；五是从历史故事中吸收营养，如《大十盏》《小十盏》《十八条骡子下汉中》《十二月花》《十二花名》《四季行兵》等。由此可以看出取材的广泛性，也决定了内容的丰富多彩。

在音乐运用方面：一是揉入眉户调、碗碗腔的优秀曲牌；二是吸纳佛教、道教音乐元素，如《大十盏》《小十盏》《十杯酒》等；三是吸收陇东、关中道情音乐元素，如《大保媒》《技笼窗》《下四川》等；四是吸收洮岷"花儿"音乐元素，如《十八条骡子下汉中》《劳动号子》等。在表演形式方面：有齐唱、独唱、男女声二重唱、对唱、场外伴唱等歌唱形式；有歌伴舞；有戏剧式丑角的数板；有舞台形象化布置；有表现人物及故事的道白；有民乐伴奏。数百年来，这里传唱的句式可达几十句，甚至上百句。《十八条骡子盘汉中》和《二十四个打灯蛾》，这也是其中的代表作品，其呈现的就是发生在当年茶马古道上的辛酸凄美的爱情故事。

（2020 年 3 月 2 日随笔）

喜鹊崇拜的由来和喜鹊文化的生成

　　原始先民的图腾崇拜，以与他们生存关系密切的动物居多。狩猎、游牧离不开犬、羊，不少部族便以犬或羊为图腾。而且，崇拜对象不仅指某一动物，还会扩大到某一物类的全体。《诗经·商颂·玄写》："天命玄鸟，降而生商。"《史记·秦本记》："女修织，玄鸟陨卵，女修吞之，生子大业。"殷商先祖和嬴秦先祖都以玄鸟——燕子为图腾，他们崇拜的对象便泛化到整个鸟类。商代的青铜器物上，于神秘的饕餮纹间加饰多种变形的奇禽；礼县大堡子山秦公陵墓出土的四轮青铜小车上的禽鸟装饰及金箔饰片的鸱鸮造型，就是将玄鸟图腾崇拜泛化的物证。

　　鹊，是华夏大地分布极为广泛的留鸟，杂食群居，大多营巢于村舍的高树间。它温驯善良，与人和谐相处，以其能预感天气变化的灵异功能而受到人们的普遍喜爱。自古称为喜鹊、灵鹊，视为吉祥鸟。晋代崔豹的《古今注》则曰："鹊，一名神女。"故成为人们崇拜的对象。

　　对喜鹊的生活习性和灵异功能，上古时代的人们就有详细观察，先秦文献中已有记载。《礼记·月令》记述季冬之月的重要物候，就是"鹊始巢"，说明上古时期黄河流域农历十二月喜鹊就开始营造新巢，为春暖产卵育雏准备。《易通卦验》云："鹊者，阳鸟。先物而动，先事而应。"因为发现喜鹊恶湿喜晴，晴则噪，故称阳鸟；"先物而动，先事而应"者，是认为喜鹊具有感应预兆的本领。《淮南子·人间训》曰："夫鹊先识岁之多风也，去高木而巢扶枝。"发现喜鹊不仅能预知来年多风，不筑巢于高树而筑巢于较低的旁枝，还发现"鹊巢门户避太岁"（西晋张华《博物志·物性》），喜鹊能够感知太岁星方位之所在，鹊巢的出口总是背着太岁星的。

　　太岁是木星，古代又是值岁神名。古人把太岁视为人君之象，认为它统领诸神，统正方位，斡运时岁，护佑五谷丰收，不能与之直面相对。因此，在修建宅舍时不能正对太岁星，而必须加以回避。民间至今犹有"不敢在太岁头上动土"之说，就是指不能朝太岁星值岁的方位大兴土木，否则便会招灾惹祸。正是由于喜鹊筑巢时具有这种感应预知气候和星象变化的神异功能，能够趋利避害、躲祸得福，人们便认为喜鹊的鸣叫是能给人带来吉祥喜庆的福音。五代时诗人王仁裕《开元天宝遗事·灵鹊报喜》云：

> 时人之家，闻鹊声，皆为喜兆，故谓灵鹊报喜。

这种观念，深入人心，世代传承，绵延至今，已成为人们普遍认同的民族心理。

更有趣的是，喜鹊不仅是报喜的吉祥鸟，在人们心目中还是家庭安全的守护神。人们爱鸟及巢，认为鹊巢还有"辟盗"的神异功能。取来鹊巢，"正旦烧灰撒门内，辟盗。"（《本草纲目》卷四十九）。就是说，正月初一清早，把鹊巢烧成灰撒在门内，能使强盗望而却步。另一种说法是："烧鹊（巢）置酒中，全家无盗贼。"（《太平御览》卷九百二十一引《五行书》）。同时，喜鹊还被古人视为相思鸟，并产生了相应的方术。《淮南万毕术》称："鹊脑令人相思。"高诱注曰："取鹊雄雌各一，道中烧之，丙寅日入酒中饮，令人相思。"（《本草纲目》卷四十九引）。尽管这些说法都不过是荒诞不经的巫术，不足凭信，但它所表达的对喜鹊的崇拜观念却是真实的。可见在中国的传统文化中，吉祥鸟喜鹊的形象，被人们神化为具有多重的象征意义：既是给人们预告喜庆的使者，又是家庭安全的守护神，还是令男欢女爱的相思鸟。因此，中国四大民间传说之一的《牛郎织女》神话传说在流传演变的过程中，融入了多情鸟喜鹊搭桥的情节，就顺理成章让人们易于理解、乐于接受了。

《牛郎织女》神话传说，是中国古代人们依据天空星象创造出来的，是与人间男耕女织的农耕文化相对应的产物。在先秦时期，牵牛、织女仅是与男耕女织相对应的两个星名。牵牛星与织女星均属二十八宿中的北方七宿。二十八宿的说法源于商末周初，《尚书》《诗经》《夏小正》等书已有对二十八宿部分星宿的记载，至迟在春秋时期已形成体系。当时，人们把这两颗星只是作为农耕之神和纺织之神加以崇拜，到汉代《古诗十九首》中，才衍化成了一对隔着天河脉脉相望而不得团聚的夫妻。为了让这对不幸的夫妻得以团聚，鹊桥的情节便应运而生。《淮南子》云："乌鹊填河成桥而渡织女。"（宋陈元靓《岁时广记》卷二十六引，今本《淮南子》无）《风俗通》也谓："织女七夕当渡河，使鹊桥。"这一情节的进一步发展，就成为"相传七夕鹊无故皆髡，因以梁渡织女故也"[1]。连喜鹊每年立秋之时脱毛换羽头顶光秃的自然现象也附会到牛郎织女爱情故事中去了。

　　但是，正是这极具艺术想象力的巧合附会，使喜鹊的形象更富魅力，更显光彩，更增加了令人感动的力量。这群灵性非凡而多情的鸟儿，为成全被冷酷无情的王母分隔在天河两岸的恩爱夫妻一年一度的难得相会，勇敢挑战天庭的权威，甘愿失去头顶的羽毛，也要为纯真永恒的爱情架起一道桥梁。这么光辉的形象，能不感人至深吗？因此，人们对喜鹊的感情，由喜爱而敬仰，由敬仰而崇拜，逐渐积淀为民族的文化审美心理。谚语、歌谣、剪纸、刺绣、绘画、对联、诗词……从民间艺术到文人笔下，喜鹊的形象都成为真善美的化身，鹊桥，成了爱情的象征。时至今日，以喜鹊为主体的吉祥图案——喜相逢（两只喜鹊相对）、喜上眉梢（喜鹊踏梅枝）、喜报三元（喜鹊和三个桂圆）……随处可见。

（2015 年 2 月 23 日）

---

① 袁珂. 古神话选释 [M]. 北京：人民文学出版社，1979：162.

以乡情追寻与顾念早秦民俗文化的余续

  观赵文慧《魅力秦源》一书之名，似一本随笔或散文集。是见成书，却是"一部记载和研究当地（秦源）风俗民情的重要参考书"（见柯杨序一，下同）。对于这本书六七十万字的内容，我很同意柯杨先生的评价，因为这本书的内容从酝酿到搜集材料、编排体例、局部增删，作者一直是和我交流了很多意见的，我也认为它是一部民俗文化方面的著作，可以作为方志《天水市志》《秦州区志》等有关部分的补充，尽管编写方式存在混搭与穿越、杂陈与牵强的瑕疵，但瑕不掩瑜，这本书把早期秦文化与现今家乡民俗的搜集整理联系起来，应该在天水学术界还是第一次，其意义的重大和价值的厚重，自不待言。

  然而，令我挥之不去的纠结，还是该著作的书名。一则因为书名所指过于宽泛，二则是因为书名的"秦源"一说。最近数月，我多次阅读了《魅力秦源》，深感商界行旅的文慧在闲暇哀辑一本地方民俗汇书的艰辛和乡情的浓烈、炽热，哪怕写点评论文字，也需要反复思忖。因此，这《魅力秦源》也就读得缓慢而细碎，按目前文人圈子的惯例，是做捧客全面褒扬还是做诤友求是评价，实在是一个并不好办的抉择。现作一点零碎札记，以和文慧、众位评论此书的贤达分享。

  "秦源"一词，柯杨先生说"是作者创造的新词"，其实不然，经互联网检索可知，陕西、北京就有成立多年的带有"秦源"名头的各类公司和小企业，只是在学术界，特别是早秦文化研究领域较为鲜见罢了。果然，有学者称"实话实说，我是在读到文慧君这部书时，才第一次见到'秦源'这个词语"（见祝中熹序二，下同）。祝中熹先生认为"秦源"从字面理解，"是一个人文概念，当指秦族、秦国或秦史、秦文化的缘起"，用为文化考古或史学专著的书名尚可，而作为荟萃民俗的作品名称，就值得商榷；"'秦源'是个地域概念，意谓秦的发祥地"。他主张在广义上使用"秦源"这个概念，"秦源涵盖嬴秦早期活动的主体区域，即包括今天水市西南部、礼县东部、西和北部的西汉水上游地区"，这显然是与近三十年以今天水、陇南区域为中心的早期秦文化研究相密切联系的，这是一个大的学术背景。

1982年至1983年甘肃文物工作队和北京大学考古系在甘谷磐安镇毛家坪的挖掘，展示了西周至春秋的秦文化遗存，为至今最先在陇上发现的早期秦文化遗址，对研究早秦文化具有标杆意义。赵化成《寻找秦文化渊源的新线索》《甘肃毛家坪遗址发掘报告》等文献，对学术界研究早秦文化在天水的渊源有重要影响。1986年，甘肃文物考古研究所在天水放马滩的秦古墓群发掘，出土了一批战国晚期秦简《日书》甲种和秦木板地图，发掘单位的《甘肃天水放马滩战国秦汉墓群的发掘》以及同期杂志刊登的何双全两文《天水放马滩秦墓出土地图初探》和《天水放马滩秦简综述》等研究成果给学术界打开了一个天水早秦文化研究的新视野。

20世纪90年代初，陇南礼县大堡子山秦公墓地的发现及大量考古资料的获得，使早秦文化研究成为学术界关注的热点，延及21世纪初对西汉水流域早秦文化的考古钻探与发掘，取得了与"襄公始国"有关的大量成果，李学勤、韩伟、陈平、祝中熹、王辉、戴春阳、徐日辉、雍际春等结合新的考古材料，对早期秦文化进行了深入的论述，产生了10余部论著和百余篇论文，使学术界对早秦文化的认识极大地丰富起来。近五年，陕甘等地联合组成的考古队在清水、张家川等地展开了对早期秦文化的调查，最近在清水李崖古城遗址发掘所得的大量文物表明，早期秦文化在那里是一个极其重要的存在，赵化成认为李崖古城遗址就是秦非子封邑所在地，于此更深入的研究尚待展开。

基于这个学术背景，以朴素的乡情和某些地方研究者的揣测，臆定嬴秦早期都城西邑（秦汉西城）地望在礼县红河镇、秦州区秦岭乡一带，即《魅力秦源》所称狭义"秦源"，明显偏颇。目前以祝中熹、赵逵夫为代表的多数学者认为早秦西邑应该在礼县永兴、西和长道一带，尚待考古新发现来证实。很显然，《魅力秦源》之"秦源"，和学术界的研究是有些不同的，以其统领秦岭一带（天水）民俗文化为一书，是勉为其难了。

（2012年1月8日）

从"西北风"到"本山体"的消长

2011 年春晚过去了，它并不像媒体年前喧嚣的那样，令人叫好。一些评论者称其是近年来春晚最平淡的，我以为毫不为过。这必将预示着"春晚"这种由 CCTV 推出的当代文艺平台和春节迎新介质——曾几何时令国人追捧和崇拜——而现在逐渐走向式微。这个过程最有代表性的标志，恐怕就是从"西北风"到"本山体"的消长。

从 1983 年第一届春晚开始，我还是比较看好歌曲类节目的，李谷一演唱的《乡恋》，郑绪岚演唱的《大海啊，故乡》《太阳岛上》至今还令人回味不已。第二届春晚（1984 年）香港张明敏的 4 首歌曲《我的中国心》《垄上行》《外婆的澎湖湾》《乡间的小路》给我印象更深，据说胡耀邦一夜之间学会《我的中国心》，可见歌曲给人多大力量！1985 年第三届春晚吕念祖《万里长城永不倒》，房新华《小草》《欢腾的小路》，董岱《长城脚下一朵小花》《万水千山总是情》，香港汪明荃《问候你，朋友》《万里长城万里长》《家乡》等歌曲给我很多遐想，特别是《万水千山总是情》合着些田园风味，颇有些美国西部音乐的劲道萦绕耳际。

其实今天细细想来，这三届春晚的歌曲都带有乡土元素，实际正是在为"西北风"的出现酝酿着前奏，蓄积缕缕蓬勃而起的力量。果不其然，1986 年胡月传唱开来的《黄土高坡》，作为"西北风"的代表出现在流行歌坛，以后有了《我热恋的故乡》《走西口》《十五的月亮十六圆》《一无所有》《少年壮志不言愁》《红高粱》《我心中的太阳》《心愿》《山沟沟》《最后的时刻》等风格一致的原创歌曲，乐评人称其为"西北风"，其中的《信天游》裹挟大风登上 1986 年的春晚。"西北风"将中国乡土特别是北方民间音乐，做了一次非常有趣的发挥，在风格上与民歌、地方戏曲一脉相承，在音乐内容和编配上运用了现代流行音乐的元素，恰好被主流社会认同。此后，除了港台乐、摇滚乐，中国大陆有了自己的创作体，无形中折射出改革开放初期，中国流行乐坛的一种活跃程度。但是"西北风"带有很强烈的过渡性，不出五年，终因其单一的风格及歌手演唱上嘶喊的滥用变为缺乏生命力的做作，于 20 世纪 90 年代初淡出乐坛，反映了流行音乐的普遍规律。

《人民音乐》编辑金兆钧评价第四届春晚程琳的《信天游》时说："大家听完《信天游》，意识到了一种创作模式上的可能。"是的，"西北风"模式的出现，有着划时代的意义。它是 20 世纪 80 年代中国歌坛的一个辉煌记录，作品风格多以内陆西北地区传统文化为根基，歌唱黄土情结，是大陆原创歌曲前所未有的发展高峰，也涌现了一批真正有代表性的作品和实力歌手，如崔健、田震、杭天琪、那英等。

事物的兴衰总是此消彼长的，"西北风"淡出春晚的时候，"本山体"小品却酝酿着前奏。1990 年赵本山以小品《相亲》，进入全国最受欢迎的演员行列。昨晚（2011 除夕）当春晚以沉闷气氛进入后半场，在零点之前的最"黄金"时段主持人朱军询问现场观众时，现场还是表现出了对"本山体"极大的期待。客观地讲，"本山体"小品《昨天，今天，明天》《钟点工》《卖拐》《卖车》《送水工》《功夫》《说事儿》《策划》《不差钱》有很多创新和机警叫绝的地方，幽默诙谐，形神兼备，千变万化，神出鬼没的"忽悠"伎俩，令人深思处很多，尽管有些许恶俗、低级趣味的成分，总体来说还是可圈可点的。

"本山体"退化和技穷端倪出现在 2010 年的《捐助》，演员的结巴、丑陋、猥琐和剧本的粗略、浅薄几乎是相互映照的，使丑更丑，俗而又俗，很难让观众从内心发笑。根据网上调查，多数观众认为相比于以前的"本山体"小品，《捐助》退步很大显而易见。今年的《同桌的你》再现退步跌落，收养孤儿本是善良之举，却以一个婚外滥情背景为幌子和噱头，制造悬念，吊胃口，不惜以我国禁止的色情淫秽文学的手段当道具，以孤儿情结缠绕，调侃平民阶层的龌龊，更是恶俗得紧。所谓频繁出现的、试图创造的网络流行语"此处省略 N 个字"，徒增意淫元素，也是拾人牙慧。但凡稍微读点书的人都知道，我国禁止淫秽色情作品出版，为使相应的洁本与读者见面，把不宜公开的淫秽内容删去，说明给读者，是一种惯例做法。典型的就是 1936 年上海中央书店出版的《金瓶梅》删节本和 1985 年人民文学出版社出版的《金瓶梅词话》删节本。此手法被引入现当代创作，应该是从 20 世纪 90 年代初贾平凹的长篇小说《废都》开始的，其艺术价值不可限量。但"本山体"之"我们一起走进苞米地，此处省略72字"之类的肉麻台词，还被一些行伍评论者、文化掮客誉为赵本山的"创造"，欺世盗名，不赦罪过！

"本山体"小品的生命力蓬勃不再，水平越来越低，笑料越来越少，简直乏善可陈，已经无可挽回地跌入低谷。从微博评论上看，"本山体"小品末流《同桌的你》，网友"拍砖"较多，说没意思、剧情单薄者有之，说不给力、太一般者有之，说没有一点惊喜者亦有之……整个小品立意有些混乱，同窗真情、同学爱情、父子之情混乱穿插，缺乏核心，甚至于还有太多的暧昧，让人捉摸不定，所以无论是给人以思考，还是给人以笑料，明显欠缺深度。故事情节太过勉强，明显不合常理。随意拆封私人信件，随意当众解读，不仅违法，而且不合生活仪轨，显得做作与勉强；突然冒出两个孤儿，是为印证"不明儿子"，还是突出托孤情节？种种勉强和臆造是显而易见的。人物表现"装嫩"痕迹明显，有些台词显得太过一般，小品为春晚"压场"的感觉胜过了表演本身。可见，"本山体"小品跌落到如此程度，是由它的模式化、风格与内涵所决定的。"本山体"小品遇到了自己的瓶颈，它的颓势反映了整个中国小品市场已渐入低迷。它面对今天的观众和社会，也许就像当年的"西北风"一样，逃脱不了普遍的规律。

春晚已经办了29届，年年伴随着赞美不绝，其中一些也伴随着恶评如潮。随着群众生活水平提高，社会的道德判断和价值判断都在发生变化。春晚如果沿此艺术"白内障"般的惯性继续运行下去，尽管以强势媒体的垄断地位仍会备受关注，但颓势正以不可抗拒的下滑姿态跌落：黑幕与暗箱、单调与乏味、程式与自封、"托儿"起哄与喧闹犹如膏肓之疾。清华大学尹鸿教授说："春晚创新不仅来自精英艺术家的'创作'，而且还来自普通大众的艺术才调。"着手挖掘平民生活，辅之以增益所长的形式，才是挽救春晚颓势的可行之路。

（2011 年 2 月 4 日）

电视剧《山海情》为什么能赢得观众?

我看电视连续剧《山海情》是从第四集开始的。因为注意力在《跨过鸭绿江》上，而且大型战争题材影视剧近几年没有给人印象深的作品，所以就格外细致，看得也就认真。后来妻子说有个电视连续剧《山海情》，网上反映很好，而且演员阵容上乘，反映宁夏南部西海固地区的生活，很像陇南、天水、秦安、庄浪、隆德这一带的风物人情，更有特点的是用方言，陇东南的人听起来格外亲切。于是，从第四集开始就追剧《山海情》。

在观看《山海情》时，我发现一个扶贫题材的剧作竟然云集了不少当红明星，而且多数是我认可的。比如王沛禄虽然演了一个小角色，但不由使人想起他在《白鹿原》里演石头，在《长沙保卫战》里演高树善的上佳表现，当然他现在似乎还不是很红；还有尚铁龙在《闯关东》《乔家大院》里的演技也不错；在《北平无战事》《旗袍》里出现过的祖峰，在这里演了一个白校长；其中同龄人尤勇，演技很不错，因为是西安人很有乡土感，我在电影《疯狂的代价》《清凉寺的钟声》《紧急迫降》《天下无贼》《赤壁》，以及电视剧《红日》《平凡的世界》等作品里就欣赏他了，在这部剧里演李大有，一口地道方言，晒得黑黑的面孔，还有特别生活化的举手投足，活脱一个西北陕甘宁老汉；热依扎（饰李水花）、黄尧（饰白麦苗）、白宇帆（饰马得宝），我虽然平时对他们关注不够，但他们在这部剧里真心演得不错；陶红（饰得福妈）演技也不错；姚晨虽然在这部剧中她演吴月娟的戏份不多，但还是可以肯定的；黄觉在都市情感剧《幸福有配方》里演医生表现出独有的艺术底蕴，在这部剧演凌一农教授，对角色的把握甚至有些感人；闫妮的成名作情景喜剧《武林外传》、电影《三枪拍案惊奇》，我都是感觉一般的，我注意她是从电视剧《一仆二主》开始的，这次饰演杨县长，角色是到位的；张嘉益在纪实刑侦剧《国家形象》、谍战剧《悬崖》就赢得了我的认可，后来他在

《白鹿原》的表现，我以为到了演技的上乘，这次演马喊水，把角色给演活了。兰州人黄轩，这次演马得福是进入角色了的，我很喜欢。所以，我觉得《山海情》能赢得观众，演员阵容和融入生活的演技是第一位的，当然还有其他方面。

《山海情》第二点吸引观众的是题材的现代性和落地性。据说《山海情》原名《闽宁镇》，这一主题上的画龙点睛，不知是哪位高手化用现实之笔，把本来一个干巴的名字给起得富有诗情了，还不失深邃之处，23集播完竟使人余兴未了。片名中"山"为宁夏，"海"为福建，"情"表达对口两地的深厚情谊，也体现剧中人物对幸福生活的向往、对美好家乡的热爱、对打赢脱贫攻坚战的信念。福建、宁夏两省24年如一日守望相助、对口扶贫，不断克服各种困难，探索脱贫发展办法，将飞沙走石的"干沙滩"建设成寸土寸金的"金沙滩"，怎一个"情"字了得？剧目呈现的闽宁镇发展生产、易地搬迁、移民就业、发展教育等，生动展现了东西部对口扶贫协作的"闽宁模式"，给全面脱贫攻坚的胜利收官和乡村振兴的新征程一个深沉而细致的总结，这种情况在当今世界上也是不多的。比较那些数量众多、耗资巨大、遭人诟病的抗日神剧，以及颇为小资的都市生活婚姻肥皂剧、破绽百出的谍战悬疑剧，《山海情》落地当今民间生活，即便是发达地区的观众，看内容、忆过去，也会感同身受的。

《山海情》在数个卫视台黄金档首播，这种群推效应也是吸引观众的技术原因之一。该剧首映并不在最强势的中国中央电视台，而是由北京卫视、东南卫视、东方卫视、浙江卫视、宁夏卫视黄金档推出，点位在南北两地发挥各自的优势，实现巩固拓展脱贫攻坚成果同乡村振兴有效衔接，不仅提升贫困地区西海固的减贫扶贫品质，而且也助力莆田全方位推动高质量发展超越。剧中特别展现的是福建干部、专家和各行各业的人们对宁夏的真挚帮扶，"闽宁模式"赢得观众的认可甚至是感同身受。该剧由正午阳光出品，列为"理想照耀中国——国家广播电视总局中国共产党成立100周年电视剧展播"剧目，重视融媒宣传，扩大受众的广泛了解，都是吸引观众必不可少的技术线路和时效手段。

《山海情》极具贴近性的剧情和场景，也引发了观众的共鸣。很多人不禁回想自己当初因农民工身份进城前后的脱贫致富经历，内心感受自然而顺畅地融入剧情。可以说，剧本创作深入生活、贴近人民，就已经赢得了制高点，而演员们生活化的表演方式和高完成度的表演，增添了很足的艺术真实的力量。制作方式力求还原世纪之交特殊年代的艺术气质，比如剧里的那些老房子，外景制作依照旧时的房子风格，每一件家具，包括屋内摆设的方向、位置等都跟当初居住状况一模一样。凡此种种，都为引发观众情感共鸣，使观众身临其境地感受脱贫攻坚战的困难与不易，发挥了超常规作用。《山海情》以扶贫题材，弘扬"扶志""扶智"主题，落实扶贫先扶志、扶贫必扶智理念，很有先进性。就如一幅幅生活真实交汇艺术真实的画卷，徐徐展现东西协作对口扶贫的生动场景，通过塑造小人物、刻画大时代，造就当今中国奇迹的一个缩影。

《山海情》以其视像文化中图像、声音、空间、时间的绵延，为观众组成了有吸引力的互文世界。作品以个体缩影为叙事基点，以时代变迁为讲述脉络，通过描摹群像抒发家国之志，演绎的是那片土地上自救与他救群体的真情付出，描绘了东西部对口扶贫协作帮扶的"闽宁模式"，移民们虽然面对着艰苦的环境，却依然满怀着对未来的希望。我在21世纪初的2004年去过西海固地区，在固原师专（今宁夏师范学院）参加一个研讨会，彼时有当地同行介绍过相关情况。20世纪90年代的西海固，是革命老区、贫困山区和少数民族聚居区，系国家确定的14个集中连片特困地区之一，也是联合国粮食开发署确定的最不适宜人类生存的地区之一。国家推出的脱贫攻坚战略，在那里就面临着难以想象的困难，时至今日现实的结果却是闽、宁两省把它作为脱贫攻坚的主战场和核心区，硬是干出了不寻常的实绩，这是《山海情》成功和吸引观众的现实背景和历史真实。它不仅真实反映了西北底层老百姓二十多年来的巨大变化，如何脱贫致富，如何脚踏实地追求美好生活，而且以点带面地用平民视角将整个扶贫工程的宏伟蓝图铺展开来。

据说，当初国家广播电视总局对拍摄《山海情》提出了平民视角、国家叙事、国际表达三点要求，在今天的实际情况看来，这个扶贫主题不仅达到了这些要求，还有溢价效应。就是说，这部剧背后还蕴含着格外深远的意义，主题还有深挖的潜力，题材还有开掘的魅力。是不是还有拍摄《山海情2》的可能呢？尚可拭目以待。总之，我认为《山海情》找到了适合用电视剧手段表达的深邃和厚重，正是因为浓郁地道的西北风情、群星加盟的演技保障、扶贫也扶志的价值表达，才使它无愧于兼具历史厚重感与鲜明时代特色的现实主义作品，给观众展现了一幅幅东西协作对口扶贫的生动画卷。当然，《山海情》如一些观众和评论家指出的，也有诸多不完善的地方，限于篇幅，这里就不再展开了。

（2021 年 2 月 24 日）

人生之机缘的得失之间

昨日是春分，董仲舒《春秋繁露》之经典解释："春分者，阴阳相半也，故昼夜均而寒暑平。"在今年的陇南（成县）看来，似乎很有出入，室外多热风，气温高达22摄氏度，穿个夹克似还闷热，而一进屋内，却寒意不去，本应春暖花开、莺飞草长之时，却连着两日风吹四起，春分还真"春风"了。今天刮风的余威尚在，只是迎面春风并不凛冽，倒是感觉温煦可人。

今天一天停电，似乎没事可干，就读了伏俊琏先生送我的两本书——《先秦文献与文学考论》和《敦煌文学文献丛编》，收获不小。所得与所失，竟在互相排斥与联系之间。人生之多机，就在看你怎么躬行了！赵逵夫先生给《先秦文献与文学考论》的序言，多有令人深思之处，边读所思，不觉时间就过去了很多，也算是一种享受。真是伏俊琏先生在自序里引用的顾炎武在五十岁时的诗句"远路不须愁日暮，老年终自望河清"最能描绘我今天的心情。人生苦短，不觉已知天命。古人语此年岁就要一心一意地去做自己该做的事情，不可逆天而行，确实如此。

晚上我和几个好友在操场上"暴走"，作为一种运动方式，也有乐趣在里头。先贤有言："读万卷书，行万里路。"读书与行走，有时可以和谐地统一在一起。随时所思，为之记。

（2013 年 3 月 21 日）

第二章　文　献

"元王"秦献公：西县即位翻开强国新一页

在秦国历史上，襄公始国至孝公，称公者共有 26 人。据《史记·秦始皇本纪》载，襄公和文公初居西垂宫（在今陇南礼县西汉水上游），即位应该也是在那里。但秦文公四年（前 762 年），他率部到达汧水、渭水汇合的地方即"汧渭之会"后，便下令在那里营建城邑，随后迁都。在此后的 500 余年里，秦人崛起都在向东发展，鲜有哪个秦公再回到西垂宫一带即位，其中秦献公的登基应该说是一个特例。

秦献公是 26 个秦公中的倒数第二个，他的身世充满了传奇色彩。《史记·秦本纪》说："灵公卒，子献公不得立，立灵公季父悼子，是为简公。"这个记载显然是惜墨如金了。从有关史料可知，秦灵公十三年（前 415 年）秦献公的父亲灵公赵肃去世，他（公子赵连，后来的秦献公）的叔祖父赵悼子夺得君位，是为秦简公。为防不测，年仅 10 岁的公子赵连在别人的帮助下逃到东邻魏国，开始了长达 30 年的流亡生涯。这段时间里，他经历了三个秦公的更替：秦简公赵悼子、秦后惠公赵仁、秦出公赵昌。问题是秦出公赵昌即位时年仅两岁，故其母摄政，她任用外戚和宦官与秦国公室发生矛盾，为笼络人心而赏赐过多，造成国库空虚不得不加重赋税收入，由此引起民众强烈不满。秦出公元年（前 386 年），魏国决定帮助公子赵连夺取君位，经过一年的准备，他在不依赖于魏国力量的情况下，秘密潜入西县（今陇南礼县西汉水上游）。第二年，经秦国庶长等老族势力拥戴，迎立公子赵连在西县即君位，是为秦献公。秦出公母亲得知后，命令军队前去消灭秦献公一伙。这支军队的将领早已被秦老族收买，变成了前去迎接秦献公。沿途闻讯而来迎接秦献公的百姓很多，在这些人的簇拥下秦献公进入秦国都城雍城（今宝鸡市凤翔县南），杀死秦出公赵昌和他的母亲，夺回君位。

秦献公接手的秦国，是一个羸弱之国，他采取切实可行的措施扭转了局面。面对秦处西僻、地广人稀的现实，他倡导多生，奖励多生儿子的人。通过壮大人力、保障实力，解决秦国崛起人力发展这一关键问题，在保障人口稳步增长方面，扫除一切有碍于此的旧制度。同时，他还反对歧视外族人。秦献公吸引周边国家和其他部族的人到秦国种地、放牧，与本国人一视同仁，不许歧视"外来户"。通过这些措施，秦国的人口数量大为增加，原来很多荒田得以开垦，为继任者其子赵渠梁（秦孝公）任用商鞅变法强国，打下了坚实的基础。

秦献公以退为进，废除人殉制度。《诗经·秦风·黄鸟》所言车氏"三良"殉葬必须废止。献公"止从死"有智慧、讲方法，合理疏导，提倡用陶俑代替活人陪葬，用温和手段变革风俗、凝聚人心，秦俑业由此滥觞、发达，并向后世传扬。对外战略，讲究长远，谋图后劲。他即位之初，晋国就夺走秦国河西八城（黄河与洛河之间），但他并未立即开战夺回，而是迁都图谋国势的战略发展。他继位的第二年（前383年），果断将都城从雍城东迁栎阳（今西安阎良），深化"初租禾""初行为市"等各项改革，新兴地主和自耕农从中受益，国力随之飙升，中央权威也得以巩固。

在以后埋头发展的近20年，秦献公看似并无所图，实则深练内功。国都栎阳以军事要塞标准营建堡垒，看似宫殿规模不大，但军技工场占据重要位置。据考古文献表明，重营垒、重军技、重工场，不仅严整了军备和训练，还能从中不断选拔贤良，充实关键岗位，不经意间削弱了反对改革的声音和势力，避免内耗，使各种发展力量相互适应，在平稳发展中走向融合，秦国筋骨越发强健。秦献公以国君镇边，复兴图强，锤炼了激荡国家的血勇之气。

国力小成，献公开始发挥军力向东扩张。栎阳"东通三晋，北却戎翟，亦多大贾"，迁都的政治、军事、经济作用开始显现。秦献公十九年（前366年），韩魏攻打周显王城邑，兵近洛阳，周王室岌岌可危，秦献公起兵勤王，在洛阳城下打败韩魏两军得周显王赞赏，明显提高了秦国在诸侯间的地位。秦人由此恢复了往昔的自信与拓土扩疆的热情，秦国内部各阶层逐渐统一，注意力转向了外战。秦献公二十年（前365年），再败魏赵联军取得石门大捷，"斩首六万，天子贺以黼黻"。秦献公二十三年（前364年），秦与魏战于少梁，大获全胜，掌握了在西河的主动权，为孝公重获西河之地，创占先机。他以改革军力初步改变了秦国被动挨打的局面，为秦国崛起东进与列国争雄奠定了基础。

秦献公治国理政，善于把握大势大局，以辩证之道解决棘手之事、重难之题，在方法上聚指成拳、稳中求进。如内政中的编制户籍，很好地解决了奴隶社会居"野"和居"国"的矛盾。秦献公十年（前375年）全国实行"户籍相伍"制度，即将人口按五家为一个单位"伍"编制，取消了国和野的界限，凡秦民一律被编入"伍"，实际提升奴隶地位、享受国民待遇，有利于国家振兴、民族强盛，属于当时进步性改革，具有积极的历史意义。在外交、军事上，主抓三大战略方向：向东与魏争夺西河，向南处理好淡薄的盟楚关系，西北对抗义渠以解心腹之患。献公牢牢抓住重中之重的东进主线，谋划对魏长策，晚年连续发动的对魏三战"侵掠如火"，打出了秦军威风，提升了国势国脉。

秦献公寄人篱下30年，早年的艰难困顿，磨砺了他成长的心志。而至不惑之年在西县登位，深谙世事不易，变革尤难。在位23年，步步为营、顺势而为、老成谋国、收放自如，秉中持正、成其大功。秦有献公，国势渐强，是他拉开了商鞅变法的序幕，翻开了强盛秦国的新一页，故史称其为秦之"元王"。继承者秦孝公誉称"镇抚边境，徙治栎阳，且欲东伐"为其三功。《吕氏春秋》评其"可谓能用赏罚"："凡赏非以爱之也，罚非以恶之也，用观归也。所归善，虽恶之，赏；所归不善，虽爱之，罚"。而《史记》把他放在整个秦国强盛的历史发展进程中进行考察："秦起襄公，章于文、缪，献、孝之后，稍以蚕食六国，百有余载，至始皇乃能并冠带之伦。"在司马迁看来，秦献公的历史功绩是并称于襄、文、穆、孝四公的，但后世对秦献公往往疏于重视，确为憾事。

（初刊于《陇南日报》2021年8月6日）

夜读《秦玺印封泥职官地理研究》记

窗外，暴雨如注，雨天已经持续了一周，陇南有些地方已经出现灾情。在这让人心悸的雨夜，只有读书可以安静心情。

偶然地，在微信"佛教与敦煌文学群"，遇到有同道推荐陕西师范大学王伟教授的《秦玺印封泥职官地理研究》（中国社会科学出版社 2014 年版，繁体本）扫描电子版，本来是可以下载看的，但是在百度网盘上鼓捣了许久，最终未能如愿。好在可以在网上阅读，故而就翻着网页一直读下去，不觉到了深夜。

书前有他的导师王辉先生的序言，对这本书源自王伟教授的博士论文做了说明，也对秦玺印封泥长期以来没有从周秦印（封泥）、秦汉印（封泥）中分离出来的研究前提做了回顾。他对王伟穷尽式搜取秦玺印、封泥资料是赞赏的，这本书的统计表搜列秦官印 218 种 241 枚、秦封泥 1159 种 6727 枚，真可谓罗列极丰。至于该书在分类上的新见和对历代学人关注的大问题进行的分析与研究，王辉先生都给予了充分肯定。书的正文部分，前一、二章分别是"绪论""秦玺印封泥研究述评"，我主要是对了解不深的地方加以关注，有选择性地做了阅读；三、四章"秦玺印封泥数量统计及相关问题研究""秦玺印封泥所见中央职官和官制研究"我就看得细了。遗憾的是，在线只能看到前 100 页，我最感兴趣的第五、六章"秦玺印封泥所见地方职官和官制研究""秦玺印封泥所见地理名称分类研究"却没能读到。

秦从襄公始国到子婴亡朝数百年时间，体现了继承传统又开风气之先、国祚短促又影响深远的特点，秦玺印封泥研究又从另一个角度给人打开了另一个视野，尤其对认识早秦史别具意义和价值。令人不解的是王伟教授在他的个人资料里并未提到这本书。今从网上偶窥局部，就使人受益匪浅。2018 年我们有缘在天水的学术会议上相识，相谈甚洽。后来保持通信联系，他赠我一本《唐代京兆韦氏家族与文学研究》①，颇多教益。今逢雨夜读《秦玺印封泥职官地理研究》，颇有亲切之感。故记之。

（2020 年 8 月 17 日）

---

① 王伟：《唐代京兆韦氏家族与文学研究》，北京大学出版社，2015 年。

《西狭颂》的历史意义和文化价值略谈

《西狭颂》现位于甘肃省成县，是东汉建宁四年（171 年）完成的摩崖石刻、隶书作品。《西狭颂》在"汉三颂"中保存最为完好，简洁古朴，结构美观，刀法劲道，具有金石学术史意义。《西狭颂》具有东汉特定的文化背景，虽带有较浓的篆书意味，但确属隶书成熟时期的产物，在中国书法史上占有重要地位。《西狭颂》结字高古，庄严雄伟，方圆兼备，笔力刚健，在文字和书体演变史上具有一定意义；作为汉代颂体文本的完整存在，有文章学和文本学意义；赋比兴的现实主义表现手法，塑造了一个为民的能吏形象，因而具有鲜明的文学意义；文本贯穿儒家入世、用世和进取思想，具有以德化育的教育意义。《西狭颂》书法文化价值极高；碑文从语言艺术到刻画形象，都有极高的文学价值；是研究中国古代政治文化、交通地理、金石书法的重要实物资料，文献价值很高；其右侧的石刻"五瑞图"，是汉摩崖仅存的"图文并茂"佳构，具备很高的艺术欣赏价值。《西狭颂》周边现存大量宋元明清、近现代仿古题刻，与碑亭一起构成了特有的人文景观。

（初刊于《中国社会科学报》2019 年 11 月 28 日）

王士禛《陇蜀馀闻》管窥

王士禛（1634—1711 年），原名王士禛，字子真，一字贻上，号阮亭，又号渔洋山人，世称王渔洋，谥文简。山东新城（今桓台县）人，常自称济南人。清顺治十五年（1658 年）进士，康熙四十三年（1704 年）官至刑部尚书，颇有政声。清初杰出诗人、文学家，继钱谦益之后主盟诗坛，与朱彝尊并称"南朱北王"。诗论创"神韵说"，对后世影响深远，在文学史上占有一定地位。散文创作好为笔记，代表作为《池北偶谈》，另有《古夫于亭杂录》《香祖笔记》《陇蜀馀闻》等。

《陇蜀馀闻》学术界鲜有人研究，该书康熙年间王氏家刻后印本今存一卷，收于《四库全书》子部第 245 册。《四库全书总目提要》卷一百四十三据山东巡抚采进本评云："（《陇蜀馀闻》）是编皆记陇蜀碎事。如吴山、岍山之类，亦间有考证。以其奉使时所记，多非亲见之事，且多非所经之地，故曰馀闻。兼及赵州介休者，则以往陇蜀时驿路所必经也。"据此可知该书记载"陇蜀碎事"，但对地方"间有考证"，但素材所出，为"奉使时所记""多非亲见之事""多非所经之地"，也收入了他人"以往陇蜀时驿路所必经"人事，所以虚构的成分很大，为文学作品无可厚非。如其中所写"汉中风俗尚白"，他认为是为纪念诸葛亮，而且由来已久，屡禁不绝，甚至绵延到了华州（今华县）、渭南一带："汉中风俗尚白，男子妇女，皆以白布裹头。或用黄绢，而加白帕其上。昔人谓为诸葛武侯带孝，后遂不除。汉中滕太守严其禁，十年来，渐以衰止。然西凤诸府，风俗皆然。而华州、渭南等处尤甚。凡元旦吉礼，必用素冠白衣相贺，则为武侯之说。非也。"

这一段记载显然具有风俗史的意义。因此，后人还是颇看重他对秦蜀、陇蜀风土人情的记载。陈登原《国史旧闻》（第一册下）对此颇有评价。①

---

① 陈登原. 国史旧闻 [M]. 沈阳：辽宁教育出版社，2000：464.

《清史稿》（第六册）载王士祯还有《蜀嶲纪闻》四卷①，把其与《陇蜀馀闻》和张澍《蜀典》十二卷、陈祥裔《蜀都碎事》六卷并列为方集蜀事要书，但关涉陇蜀风俗仅此一家。

值得注意的是，《陇蜀馀闻》还对陇蜀羌藏碉楼，有风俗史视角的记载和探究：松潘建昌诸蛮，所居皆累石为之。高者至八九层，人居其上，牛豕居其下，名曰碉楼。《九州记》云："州沈黎县，即武侯征羌之路。每十里作一石楼，令鼓声相应。今夷人效之，所居悉以石为楼。"此碉楼之始。

实际上，碉楼风俗至今已向北蔓延至川西北平武县、南坪县（今九寨沟县）和陇南文县，即从涪江上游至白水江上游地区的白马藏族（白马人）生活地域，有鲜明的藏域文化特色。但从《陇蜀馀闻》的记载来看，碉楼原非羌藏始有，实则出于汉家，为武侯（诸葛亮）征羌之军堡遗存，只是在今羌藏之地的众多人文建筑的孑遗罢了，这个可以从白马藏族民间故事《一箭之地的传说》看出端倪。

《陇蜀馀闻》仅一卷，九千余字。全书用语简练，叙述简明扼要，体现了清新蕴藉、淡然苍劲的艺术特色。《陇蜀馀闻》是一本反映陇蜀民俗文化的重要著作，但作品因为历史辖区的变迁之因，记述今陇上之事甚稀，多谓陕南、巴蜀西北之事，也不失为我们研究陇蜀交通、文化与文学的重要史料。

王士祯以诗文为一代宗师，其诗多抒写个人情怀，清新蕴藉、刻画工整，早年作品清丽华赡，中年后转为清淡苍劲。散文、填词也很出色。擅长各体，尤工七律。与朱彝尊齐名，时称"朱王"。他提出的"神韵说"，渊源于唐司空图"自然""含蓄"和宋严羽"妙语""兴趣"之说，以"不著一字，尽得风流"为作诗要诀。他还擅长书法，康熙年间的书画家宋荦称王士祯"书法高秀似晋人"，近人称其书法为"诗人之书"，而且他博学好古，又能鉴别书画、鼎彝之属，精于金石篆刻。

（2018 年 9 月 29 日）

---

① 赵尔巽，等. 清史稿（第六册），北京：中华书局，1977：3771.

《走进白马藏人》序

十年前，当我首次进入陇南白马藏族村寨调查时，我就接触到出自周贤中（笔名周晓钟）的关于白马藏人文学研究的几篇文章。后查阅到重庆出版社 1984 年版、由他搜集整理的白马藏族民间故事集《新娘鸟》（《白马藏人民间文学选集》的一部分），我为他在那个时代山高林密、交通不便的艰苦条件下，克服与白马人语言、文化不通的种种困难，搜集白马人故事作品的执着情怀和敬业精神所感动。他搜集的白马藏人民间文学作品有的入选《中国民间文学三套集成·四川绵阳市卷》，有的入选《中国民间故事集成》，具有广泛的社会影响力。

虽然我从 2005 年起就深入甘肃文县、四川平武县和南坪县（今九寨沟县）调查白马藏族文化和文学情况，但见到周贤中先生，却是在 2011 年他退休后。他是平武县资深的白马藏族文化研究专家，长期致力于发掘和整理民间文化遗产工作。自 1978 年以来，他走遍了县内绝大多数偏僻山村，搜集、整理、抢救了近 100 万字的民族民间文化原始资料，以及大量的声像资料。他特别注重白马藏人民间文学的搜集整理，陆续辑得 200 余篇白马藏人民间故事、传说、寓言。早期成果主要以《新娘鸟》为代表。该著是我国第一本关于白马藏人的文学辑本，它不是随意或泛泛汇集一些白马人的故事，而是通过选择专有对象，由白马语讲述出来（白马藏人没有文字），再通过精通白马语和汉语（四川方言）的人翻译成汉语故事。因为这些作品包含着白马藏族的历史文化和宗教民俗，不仅可读性强，而且为我们了解中国民族文学的一个新样式打开了全新的视野，同时也丰富了中国文学的内涵。本次要出版的《白马藏人民间文学选集》是在《新娘鸟》的基础上，使容量扩展到 60 余篇，并配有一定数量的图片，因此很具有文学、民俗价值，当然也具有很高的出版价值。故此予以特别推荐。

他的另一本著作——非虚构散文体裁《走进白马藏人》，可以看作《白马藏人民间文学选集》的姊妹篇，共约 25 万字，初选照片 200 余幅，全稿已经完成并经过白马藏人文化传人、领导逐字审阅、修改，这是自1978 年以来的白马藏人生态生活的纪实，也是不可多得的关于白马藏人文化与文学的重要文献性第一手资料，极具参考价值，一并推荐申报国家出版基金资助项目，出版该书。

周贤中先生的《白马藏人民间文学选集》和《走进白马藏人》两本书，是截至目前在平武县白马藏人考察资料中关于文学方面最全面、最真实的资料，再加上附有 20 世纪七八十年代不少的珍贵照片，定当为书籍的内容锦上添花，不仅有极高的资料价值，而且对引导读者立体认识并欣赏白马藏人的民间文学及其相关的独特社会文化生活和历史迁延，具有重要的文学艺术价值和学术研究价值。

（2015 年 6 月 16 日完稿，周晓钟编著《走进白马藏人》由电子科技大学出版社于 2016 年 9 月出版）

《牡丹亭》与陇南古代生活

《牡丹亭还魂记》简称《牡丹亭》，也称《还魂梦》或《牡丹亭梦》，是明朝剧作家汤显祖创作的传奇（剧本）。《牡丹亭》刊行于明万历四十五年（1617 年），是中国戏曲史上与《西厢记》《窦娥冤》《长生殿》并称的四大古典戏剧之一。故事原生地应该是江西临川一带，与陇南不会有所瓜葛，可是汤显祖在《牡丹亭》昆曲唱词里说："传杜太守事者，仿佛晋武都守李仲文、广州守冯孝将儿女事。予稍为更而演之。至于杜守收考柳生，亦如汉睢阳王收考谈生也。嗟夫！人世之事，非人世所可书。自非通人，恒以理相格耳！第云理之所必无，安知情之所必有邪！"这里所述故事情节生成，受了晋武都守李仲文女儿事的影响，这到底是怎么一回事儿呢？

所谓"晋武都守李仲文女儿事"，出于《搜神后记》卷四：

> 晋时，武都太守李仲文在郡丧女，年十八，权假葬郡城北。有张世之代为郡。世之男字子长，年二十，侍从在廨中，夜梦一女，年可十七八，颜色不常，自言："前府君女，不幸早亡。会今当更生。心相爱乐，故来相就。"如此五六夕。忽然昼见，衣服薰香殊绝，遂为夫妻，寝息，衣皆有污，如处女焉。后仲文遣婢视女墓，因过世之妇相问。入廨中，见此女一只履在子长床下。取之啼泣，呼而发冢。持履归，以示仲文。仲文惊愕，遣问世之："君儿可由得亡女履耶？"世之呼问，儿具道本末。李、张并谓可怪。发棺视之，女体已生肉，姿颜如故，右脚有履，左脚无也。子长梦女曰："我比得生，今为所发。自尔之后遂死，肉烂不得生矣。万恨之心，当复何言！"涕泣而别。

这个古代志怪故事，唐释道世《法苑珠林》卷九十二、宋李昉《太平御览》卷八百八十七皆录载，明冯梦龙以《李仲文女》为题收入《情史》

卷十三并有简评，今人吴组缃等《历代小说选》、李剑国《唐前志怪小说辑释》皆选录。这篇小说以奇幻的形式，反映了封建社会青年男女对自由婚恋的憧憬和向往。志怪里的男女爱情，可以使人死而复生，显然情节生成出于作者的浪漫主义想象。在封建社会里，由于礼教的束缚，男女恋爱不得自由。这种突出爱情巨大力量的幻想，有晋武都一带的现实土壤和进步意义。晋武都郡即今陇南成县一带，太守李仲文之女，年轻美貌，不幸十八岁夭折，从未享受过爱情婚姻的幸福。但她的魂灵充溢着青春的活力，向往着美好的婚姻爱情，要冲破一切束缚去争取，就连阳间、阴府的界限也要打破，于是魂化原形，主动向子长求爱，表白爱情，"心相爱乐"。当她将要复生之时，两家家长发棺视之，使之不能再生。作品构设巧妙，幻想难测，处处见奇，以奇制胜。

故事在一定程度上反映了汉晋时期陇右的生活，与当今陇南地域的古代生活休戚相关，从某些意义上反映着人性在善良和固执之间的胶着，以及男女青年对爱情的坚贞不渝。所以，汤显祖以《牡丹亭》故事的来源为噱头，不免有招摇之意，但也为我们今天深入研究这一文学现象和典故情况提供了一个认识视角。

（2013 年 11 月 28 日）

陇南武探花黄大奎

　　黄大奎，生卒不详，陇南礼县永坪镇平泉黄家村人，史书典籍见载较少。他是道光年间首场武殿试中武鼎甲武进士第三名探花及第。清朱彭寿《旧典备征》卷四"武鼎甲考"云："癸未状元张从龙，山西临县人；榜眼史殿元，直隶清苑人；探花黄大奎，甘肃礼县人。"典籍始有礼县"黄探花"之誉名。朱彭寿所云"癸未武考"，当是清朝道光三年（1823 年）癸未科武考殿试。道光即清宣宗（1782—1850 年）的年号，"道光"年号一共用了三十年（1821—1850 年）。据《清史稿·宣宗本纪》，道光帝于1820 年 7 月 25 日登基，癸未科武考殿试是他登基后的第一场选拔武进士的考试。兵部右侍郎朱士彦知此次武举，吏部左侍郎王引之为武会试正考官，都察院左副都御史韩鼎晋为副考官。黄大奎以武论韬略的高深修养和武力弓射的超群出众中一甲第三名，并赐武进士及第。据《清史稿·顺治本纪》，清代武殿试三年一次。顺治二年（1645 年）定会试规章，在当年十月份内举行殿试。以内阁、翰林、詹事各部院堂官四人为读卷官，兵部满、汉堂官为提调官，御史为监试官。初制策题标目进呈，由皇帝钦定三条。试策后试马步箭弓刀石，历时二日。武殿试虽先试策论，后试技勇，录取名次先后，却以技勇为准。黄大奎所参加的癸未科武殿试还是沿用顺治旧制。道光十三年（1833 年），宣宗下诏改革武殿试："武科之设。以外场为主。其弓力强弱，尤足定其优劣。至马、步射本有一日之长短，第能合式，即可命中。""默写《武经》又其余事，断不能凭此为去取。"大大加强了用"弓力""马步射"选拔武进士的分量和权重，而其军事韬略已经退居相当次要的地位。可见，黄大奎参加的癸未科武殿试，具有清代前后期变革武举考试的特征，既要有武论韬略的高深修养，还要有武力弓射的超群出众，才能获赐"武进士及第"。据《中国历代官宦大辞典》"三鼎甲"条："科举制度状元、榜眼、探花合称三鼎甲。"朱彭寿"武鼎甲考"就是专门收录武进士中的状元、榜眼、探花的有关生平事迹。可惜的是，《旧典备征》过于简略，我们无从知道更多的黄大奎探花及第前后的情况。

黄大奎的任职情况可见于其他旁证材料。《临县志·张从龙传》云："三鼎甲皆授二等侍卫"，曾宿卫扈从道光皇帝。查潘荣胜《明清进士录》，黄大奎赐武翼都尉汉二等侍卫，官乾清门行走随带加一级，比《临县志·张从龙传》所云略详。因明清"文科鼎甲具详《进士题名碑录》及《国朝官选录》中，至武科则各书记载者极少"，虽然有人主张"然一代抡才之典，文武并重，固不容歧视"，然而所见武探花黄大奎的记录相对还是简略。查天水方志等资料可粗略知道，黄大奎主要的任职是庭卫当差 13 年，多次随御驾出猎盛京，屡蒙恩典，得赏宫锦。后分发广西提标后营游击将军，以母老乞终养返回故里，病逝家中。由此看来，他辞官回乡的时间应该在鸦片战争前数年。

黄大奎何以武探花之身而老终乡里？这是一个需要考察的问题。他所任的游击将军，系镇戍军中职衔，为从五品武散官，位在参将之下，属于对军官要求很高的职务，职责是率游兵往来防御。左宗棠收复新疆的名将汪柱元咸丰元年（1851 年）任广西提标后营游击一职，或许他就是黄大奎的继任者，尔后成为民族英雄，"千秋享祀壮甘凉"。还有和黄大奎同科的状元张从龙任连江游击，鸦片战争期间及以后，积功累迁至福州副将，同榜武进士葛云飞系著名抗英将领，为国壮烈捐躯前为定海总兵。从黄大奎任职和所处的时间看，当时位于历史转折的关键时刻，中国正面临最严重的内外危机。清王朝开始走下坡，史称"嘉道中衰"，道光以俭德著称，虽勤政图治而鲜有作为，"守其常而不知其变"，吏治、河工、漕运、禁烟等均无起色。也就在黄大奎"以母老乞终养返回故里"的前后，中国近代史上的第一个不平等条约《南京条约》在道光二十二年（1842 年）七月二十四日签订，此后的中法《黄埔条约》和中美《望厦条约》使中国逐渐沦为半殖民地半封建社会。或许黄大奎深感生不逢时，虽如葛云飞以身报国，但难以改变国家民族走向屈辱的大势，失望之余，他以"武探花"出身无可奈何地选择了身退返乡的结局。所幸黄家村至今还留有黄大奎的故居什物遗存，可以进一步考察。

（初刊于《陇南日报》2008 年 5 月 11 日）

陇南学人阴平进士程天锡

程天锡，生卒不详，陇南阴平（今文县）人。甘肃有一定名望的学人，但事迹和著述情况不见于历史典籍和方志。多年来也鲜有研究者注目，今作略考，以为粗浅发覆和引玉之砖。

程天锡自号"阴平晋王"，别号"甘肃晋公"。这个名号有着一定的历史背景和用意。"阴平"，即阴平郡，汉末曹操设立，治阴平（今甘肃文县西北），后被蜀汉占有。三国魏甘露三年（258年）魏帝曹髦下诏任命司马昭为相国，封晋公，加九锡，但坚辞不受，魏元帝咸熙元年（264年）邓艾突破阴平进逼成都，刘禅投降，司马昭才称"晋王"，如史所说"世无英雄，遂使竖子成名"。据此，程天锡之"天锡"暗喻"加九锡"，而"晋公"有胸怀天下之远旨。

据潘荣胜《明清进士录》① 记载，程天锡在光绪十六年（1890年）登进士第，初授翰林院编修。光绪三十年（1904年）程天锡所作《阴平道歌》中云："阴平道，远在陇南龙绵西。万峰高插天，上与白云齐。桓水北来更东下，南挟白水走鲸鲵。"应该是从京返家乡探亲所咏。程天锡于宣统元年（1909年）六月十九日奉札准任陕甘总督督咨，迁居兰州。民国初至抗日战争时期，他于省立兰州中学、甘肃学院、兰州女师等校担任教职。他精于诗文词曲、碑版古器及考据音韵之学。曾为河州（治今临夏）近现代诗人邓隆（1884—1938年）《壶庐诗集》作序（1922年），《〈壶庐诗集〉序》评价邓隆诗作说："其诗清矫拔俗，时多奇警之语。而和平忠厚、卒粹然一归于正，不蹈诸家流弊。洵近时不可多得者。"识见别据一家，自现高格。民国兰州学者李孔炤所撰《看他日记》中提到，1937年11月5日下午3时许，李孔炤正在杨家园（今兰州一中附近）程天锡（甘肃文县进士，时任甘肃学院等校教员——李孔炤原注）家聊天，突然7架

---

① 潘荣胜. 明清进士录［M］. 北京：中华书局，2006：551.

日本飞机由兰州西面侵至城中心，又飞窜东郊机场，投弹数枚而去。由于未发警报，市民还误以为我国飞机，站在街头巷尾，仰首而望。待投弹机场，引发房墙震动，市民纷纷跑入家内。据此可以识断，抗战初期，程天锡声名仍隆显于兰州，身体尚劲健。李孔炤（1894—1967年），名天，字以行，兰州人。民国初于上海中华职业学校毕业，先后任教于兰州兴文社学校、省立兰州中学、志果中学、甘肃学院。

西安古玩城现存有程天锡石质姓名印章一枚，高4厘米，宽2.2厘米，阴刻篆文"程天锡印"四字。另有其书法作品流传于世，风格稔熟于章草之法，间得碑帖之妙。

（初刊于《陇南日报》2008年3月15日）

陇南文史学人吴鹏翱

　　吴鹏翱（1755—1826 年），祖籍陇南阶州吴家道（今武都区汉王镇），生于清阶州白马关分州安宁里（今甘肃康县寺台镇），字云逵，号仙陵山人。清代陇上著名文史学人，以《武阶备志》一书流芳后世。光绪年间叶沛恩、吕震南《阶州直隶州续志》首列其传，虽今人曾礼《武都县志》、黄俊武《康县志》、田仁信《武都史话》、石政杰《康县史话》等著皆增补其传，但因相沿陈说、不遵说论，或失于简略，或查之不详，一些牴牾、不确之处尚需考辨。

　　吴鹏翱的生卒年现今多作 1763—1826 年，考之，卒年为确，生年有误。他病逝于陕西旬阳县教谕任上，是在清宣宗道光六年（1826 年）冬月二十七日，时年七十一岁，这一点史料记载为确。吴鹏翱死后，他生前任上旬阳县知事王壬垣、兴安府知府龚定国等人赠送《生前德序》，对他有"士先品行而后文艺"等诸多褒扬，对其亡故时间也记载甚确，不可能有纰漏。王壬垣，山东蓬莱人，清嘉庆戊午（1798 年）举人，曾任陕西韩城、旬阳、三原知县，后迁孝义同知。龚定国，清嘉庆十三年（1808 年）进士，知兴安府（1823 年）前为富平知县，后转任重庆镇总兵唐友耕麾下大关游击将军，曾在清同治二年（1863 年）参与了围剿太平天国翼王石达开并护解成都的重要史事。鉴于他们的这些经历，《生前德序》对于吴鹏翱的卒年记载应该是可靠的。那么，按此卒年 71 岁上溯，吴鹏翱应出生于清乾隆二十年（1755 年）而不是清乾隆二十八年（1763 年）。今人之所以会出现吴鹏翱生年的错误，是因为其建立在他 18 岁参加州试，一连三次参加乡试落第，又再闭门谢客，埋头苦读三年才于清乾隆五十四年（1789 年）中举（孝廉）的不合理推算上。乡试每三年举行一次，吴鹏翱从州试到中举实际花去了 16 年时间，中举时他已经是 34 岁了。

　　吴鹏翱放弃会试，并非不恋仕途，而是在功名、人生和自主之间权衡取舍的结果。他中举次年，即参加了礼部贡院的春闱（会试）不第，对于

35岁的他，是继续苦读生涯，还是干点识见天下之事？最终他选择了后者，开始了宦游、读书、著述的新阶段。邢澍《武阶备志序》对此有细致而生动的记述："余戚选贡吴君云逵，客浙东西十余年，常与余相依。暇日无事，纵论古今，叹乡《州志》之不足据，发奋草创。就余家藏书三万余卷，朝夕披阅，手抄目营，至夜分不少休。体例门目，则就余商酌之。"（见冯国瑞《守雅堂稿辑存》、国家图书馆善本部藏《武阶备志》）可知吴鹏翱治文史而成的《武阶备志》，并非一开始就确立的目标，而是他在宦游、读书生活的逐渐进行中，由思考而草创，系集腋而成裘的。当然，他少年时期良好的家教素养和游冶识见也是极其重要的。《武阶备志·凡例》云："愚自少从先君子远宦，迨稍长，复以觅食走四方，滇黔闽广燕赵吴越间，游历几遍。"由此可见一斑。

吴鹏翱的籍贯，各书有说，或为阶州人、武都人，或为康县人，大体有关，但说法未确。曾礼《武都县志》云："吴鹏翱，清阶州仙陵山人。"说其为清阶州人不谬，但说仙陵山人并不准确。仙陵山（即今武都区旧城山），在陇南历史上是一个十分重要的地名。北魏太平真君九年（448年）武都郡治由下辨（今甘肃成县广化）移至仙陵山，从此武都郡治始由西汉水流域南移白龙江流域，随后经历了唐武德元年（618年）改武都郡为武州，唐景福元年（892年）改武州为阶州，延及千余年至民国二年（1912年）改阶州为武都县，隶陇南道观察使（设天水）。据史，仙陵山仅是一个地名，并未有以"仙陵山"为名的县、道等行政区，特别是在吴鹏翱生活的乾隆时期。云"阶州仙陵山人"者，系误将其号用为籍贯。有学者称："吴鹏翱，祖籍阶州吴家道（今武都区汉王镇），雍正年间，其祖父吴徽因家贫移居今康县寺台乡（今寺台镇）庵房山……乾隆初移今寺台乡吴家斜坡。"（漆子扬《邢澍诗文笺疏及研究》）此说法较前大大前进了一步，但只说明了祖籍，吴鹏翱的生地仍不确定——今康县寺台镇于鹏翱生活的乾隆时期是怎样的一个行政区划？据民国康县首志《新纂康县县志》（甘肃省图书馆今藏石印本），今寺台镇（民国属大堡乡）即在清乾隆时期属于阶州白马关分州安宁里。清雍正七年（1729年），阶州直隶州置白马关州判，清乾隆元年（1736年）改其为白马关分州至民国。白马关分州下辖安宁里（设19甲）、大平里（7甲）和南坪里（半里13甲）共二里半，成为民国十八年（1929年）设康县的行政辖区，以后屡经增扩，为现康县境。至此，我们已知，吴鹏翱生年的乾隆时期，并无武都县、康县之说，云此言者，皆系以今征古，察知不详，实误。

现今诸书对吴鹏翱治《武阶备志》的艰辛、该著的流传和历史功绩颇为关注，但对其承前继后的历史地位缺乏评价。邢澍述吴鹏翱撰《武阶备志》缘由为"叹乡《州志》之不足据，发奋草创"，成书之后"盖因《旧志》者十之二三，增《旧志》者十之七八……可成一家之著作，备《四库》之采择矣"。（见清邢澍《武阶备志序》）承前与创新，在此一目了然，远非当时一般史家可比。这种能力的获得，还因他祖父乾隆初迁居安宁里（今寺台镇吴家斜坡），十八年后他父亲吴作哲中举，家道振兴。两年后吴鹏翱出生，随父开始了在狄道（今甘肃临洮）、云南禄劝、广东镇平（今蕉岭县）等地的成长读书生活，良好的少年学养，奠定了他承前创新的基础。而他学术的求真精神，以及学业的求实理念，是该书"展而读之，真足以移风易俗，凡为政者之所必需，亦凡为士者之所必览也"（清罗映霄《武阶备志跋》）这种学术价值的根本保障。

《武阶备志》一书"比属物色到州读悉，原原本本，考究详明"（清洪惟善《武阶备志序》）的著作风格，影响并启发了后面的治史者。光绪年间的吕震南《阶州直隶州续志》云："前州守洪公，曾刊郡人吴鹏翱《武阶备志》二十一卷，考据颇详，顾迄明而止，国朝事阙如也。"同期阶州知州叶恩沛《阶州直隶州续志序》说："书吏呈《武阶备志》一部，系郡人吴鹏翱所撰。考据详矣，但迄明而止……检得前任葛公《州志》一部，颇为明晰；特其书成于乾隆初，以后则阙如也……于是，开局采访，并授以《甘肃通志》，于《葛志》所略者，以《吴志》及《通志》补之。其乾隆以后，则广搜碑碣，延访耆老，必期确有证据：一切传闻傅会之说，不敢滥登。阅十月，成三十三卷。"从这些史料可知，陇南晚清时重要方志《阶州直隶州续志》即继承了吴鹏翱求真求实的学术风范，并使其史事追求得到了延续和发展，所以《武阶备志》承前继后的历史地位应得到充分重视和高度评价。

另外，今存清嘉庆二十四年（1819年）刻本《扶风县志》为吴鹏翱、王树棠合纂，按时例兼有扶风（今属陕西）知县宋世荦署名，系我国重要方志，有台湾成文出版社有限公司1980年影印本，但学术界对其重视不够，有待深入考察。

（初刊于《陇南日报》2013年7月6日）

《新三国》的特点：为市场
而失掉演"义"

花了不少时间看《新三国》，整体印象是文戏较差，武戏较好，特别是武打设计和场面表现，使其自诩为大型史诗巨制，还有点依据。但《新三国》为市场奋斗的成分过多，比如用了十集的长度演绎吕布和貂蝉的缠绵故事，迎合了诸多"80后90后"的粉丝审美趋向和品位，实现了收视率的上扬，但那毕竟离史实的感觉相去甚远，韩剧式的言情，招致多少人的反感，恐怕是朱苏进、高希希所没有想到的。这就是为市场而失掉了演"义"，就是为了钱而失掉了深刻之"义"。

《三国演义》演绎的是"义"，兄弟情义、民族大义、国家大义！《三国演义》被视为第一才子书，绝在：诸葛亮智绝、关云长忠绝、刘备仁绝、曹操奸绝。前面三绝正是中国传统文化所提倡和欣赏的，而曹操的"奸"则是传统文化所唾弃的。小说将其发挥得淋漓尽致，鲁迅曾评云："欲显刘备之长厚而似伪，状诸葛之多智而近妖。"（《中国小说史略》）小说是顺应我国古文化传统的，刘备系皇室后裔，三国正统，故而要突出他，而曹操无论在历史上如何雄才大略，不过是一个篡汉的贼子，必然要丑化。按照小说的特点，往往把人的性格描写到极致乃至近乎神化。而高希希、朱苏进违背了这一特点，"义"念不存：弱化孔明、关云长和刘备而突出曹操，新则新矣，却在一定程度上反映了编导的浅薄和狂妄，他们冒天下之大不韪，违背了中国传统文化，为人唾弃；经典里面擅自加入现代元素，沦为搞笑。

从该剧人物形象塑造上看"义"的缺失。曹操的奸诈形象不如老版和《三国演义》原著，内涵少了；诸葛亮的智谋也不如老版突出，愁苦多了；刘备的仁义也不如以前突出，而奸诈伴随着痴呆多了——电视剧反映出的文化和价值与观众期待的不类！在第二层次的人物中，关羽由于荣光饰演，是最失败的。关羽是一代英雄，然而实际效果从一开始就是一个猥琐、琐屑之辈。至于张飞，一直就是一个响马、土匪的形象。演貂蝉的演员演得比较失败，陈好年纪太大，有人说是个老村姑演少女，虽然有些刻薄，但也不无道理。黄忠笑起来的商业化，周瑜吐血时的喷射过于频繁，吕貂恋、小乔救诸葛、孙尚香和刘备洞房前舞剑，这是高希希用女性主义思想的对这部传统男人戏的调和，在紧张的战斗场面之余想整点香艳的料进去，但不料分寸没有把握好，大部分还肉麻恶俗得很。高希希、朱苏进的《新三国》既要打大型史诗巨制的招牌，又要去戏说，摆脱演义思维，进入艺术创新思维，应该没错，但95集的冗长叙述达到这个效果了吗？没有！究其原因是，"义"的存在应当让复杂的人物性格和艺术形象深入人心，而不是让阴谋、虚伪、暴力、谎言和妖术深入人心。

《新三国》创"义"之处颇多，但却无法被观众接受，如过分渲染嗜杀和鲜血，张扬火烧场面的惨烈，并反复使用雷同镜头等，某种程度上折射出了"义"的缺失。在电视剧中加入现代元素（如孙权与周瑜的斗争，曹丕争夺世子之位，刘备和孔明之间的斗争），是在用现代社会的勾心斗角演绎历史。今天的社会，在官衙阶层，刘备怎么可能事事都按孔明的意思办？所以，高希希、朱苏进使《新三国》不但更加"现代"，而且把21世纪中国畸形的社会追求国内生产总值和金钱万能、尔诈我虞的社会理念强加在了这部历史剧中。特别是对"空城计"的诠释，在我看来，虽十分精妙，但还是沿袭着"刺秦"题材种种影视剧敌对双方互为知音的老观念，拾人牙慧，并无创新之处。以司马懿之智，怎能不知孔明失了街亭已无救兵，城内必是真"空"，但仲达故意放走孔明正是为了自保，无孔明则无仲达。诸如此类的失"义"，正是《新三国》的败笔不断之根由，至于演员取舍瑕瑜互见，画面效果良莠不齐，穿帮镜头层出不穷等，都是在失"义"之后的衍生物，遭人诟病就是在意料之中了。

高希希等人我不熟悉，虽说有《历史的天空》《狙击手》等代表作，但还是第一次注意，无须多说。而朱苏进，在20世纪80年代我就因其小说《射天狼》知道这个名字，后来也为他2009年编写的《我的兄弟叫顺溜》而高兴过，我喜欢顺溜这个角色，全剧看完，还意犹未尽。可是这次看《新三国》大失所望，都是因为市场，据说朱苏进做影视剧是让他又爱又恨，爱的就是"拿稿费的时候，感觉不错"。有人粗略统计，这几年朱苏进做影视剧已经成了千万富翁。难怪有人给他市场"奋斗"时说：《新三国》在朱苏进、高希希指导下，以"翻案曹操""再现历史"为口号，集穿越、混搭、琼瑶剧、魔戒杂烩及多角恋爱于一体，并得"四大卫视"抢播，涌现出许多脍炙人口的雷人语句，令广大观众痛不欲生之时深感自身语文、历史、逻辑等综合素质之高，国民自信心大举上升！这就说明朱苏进本人为了市场已被金钱所异化，他自己失掉了作家的本"义"，堕落为"钱奴"，那么，他创造出令人们"痛不欲生"的失"义"之作《新三国》，也就早在情理之中了。

我为时下 57 岁的朱苏进眼盯市场创作，却失掉文学本"义"而叹，但已为时晚矣！据悉耗资不菲的电影《三国·荆州》正在朱苏进随"义"杂俎中，下一个他还想颠覆的是什么？不得而知，但有一个可确定的预期是——朱苏进已"走火入魔、病入膏肓"：落花流水去"义"也，"钱"上人间！

（2010 年 6 月 20 日）

陇南山歌：文献与史料的别一种文化解读

——以杨克栋《陇南老山歌》为视点

党的十九大强调要"推动中华优秀传统文化创造性转化、创新性发展"，成为全党全国各族人民的共同意志和根本遵循。如何推进陇南优秀传统文化创新性发展，就文学而言，挖掘整理传统文化中凝结成的民间文学书写是重要的一环。从学术研究来看，民间文学是滋养许多新学术生长点的沃土。精心挖掘整理民间文学和民俗文化的基础材料，从中探索出理性问题，展开有深度的学术研讨，推出思想成果服务于社会的全面发展，是一条极富魅力而且前景广阔的学术道路。杨克栋先生《陇南老山歌》（上下册）的出版，是陇南民间文学与民俗事象研究的最新收获，在陇南传统文化创新性发展上具有重要现实意义。这部书承载着丰富的文化内涵，也保留着生活的本真记忆与广博的生命体验，会成为陇南民间文学创造性转化和创新性发展的凭依。

《陇南老山歌》既是文学文本也是文学文献，还是具有鲜明陇南特色的文学史料。这本书共分 10 辑，收录了陇南传统特色本真而鲜活的山歌多达 14300 首，曲调 31 首。采集地区涉及甘肃南部 3 市 17 县（区），即今陇南市（西和县、文县、礼县、成县、徽县、康县、武都区、两当县、宕昌县），天水市（麦积区、秦州区、武山县、甘谷县、清水县、秦安县），定西市（陇西县、漳县），展示出古往今来陇南世代民众歌咏的广博的生命体验，为陇南民间文学和民俗文化研究构筑了极其厚重的资料基础。以此为据，未来必将结出丰硕的研究成果。作者数十年来在陇南民歌整理研究领域辛勤耕耘，结合陇南市及其周边县区（"陇南"也是一个历史地域概念，史料学上指晚清民国时代陇南十四县）的地域特色以及民俗事象发表文章、出版论著，诸如《抢救、保护陇南山歌之管见》《试论西礼乞巧节的地域特征》《仇池风·陇南山歌》《大美陇南·山歌集》《仇池乞巧民俗录》等。就其整理的民歌资料，绝大部分是歌吟现场和亲口讲述的采风成果，属于在历史长河中民众辛勤创作、代际口传心授遗存的精神财富和非物质文化遗产。《仇池风·陇南山歌》一书，曾获"甘肃省第五届敦煌文艺奖"二等奖，陇南山歌因此首获学术界关注，在此基础上产生的研究成果，也屡见于报刊。

《陇南老山歌》完全忠实于作品内容和艺术形式的各个层面。因为每首山歌都来自采集者所亲历的实录，内容上不仅是难得的第一史料，而且具有历代不易的"当代性"，其中饱含即兴创作的文化内核和兴观群怨的层累型评判，负载着人生与时事的博大境界。内容上所展现的传统采诗精神，得风人深致，有着人生境界的重新发现、审视与解读，于地域文学凸显异质化——唯有陇南大地尚可生长出抒情言志如此别样的烂漫山花，而其秉持《诗经·秦风》一脉古拙而厚重的叙述与表达，有力展现了陇南文脉的厚重与绵长。艺术形式方面，文本不仅收录陇南山歌门类齐全，体裁上兼备新旧诸体，题材上涵盖了陇南历史文化的各个方面，尤其其中的时事歌谣，显露了时代巨轮在陇南数千百年来平凡大地上行进的辙痕，有着俯仰数千年、上下天地间的史诗格局。该著在手法上既忠实记录原初歌词的节奏、韵律，又一以贯之地保留了传统陇南山歌的口语本原和文艺体系，不可避免的会成为民俗学、人类学、方言学乃至历史学研究的重要资料，更是民间文学和文化学的巨大财富。

搜集整理这一大部民歌集，不仅需要的是时间，更需要具备超拔的意志和求真务实的实地调查等种种治学精神。从这个意义上看，《陇南老山歌》凝结了丰厚的生活经验，也积累了世代保有的生存智慧，可视为陇南不同地域人群的生活史、心灵史、文明史，是陇南极为珍贵的文化遗产。该歌集里面所保有的陇南歌者群像，看似普通耕者樵夫、牧童村姑、贩夫走卒，却有诗情激情、爱恨快意，也有责任担当和眼界胸襟，他们就是真正具备历史意识、理性目光的"陇南歌人"，以充满劳绩和诗意的人生追求栖居在现实的陇南大地上。《陇南老山歌》不仅为陇南、为甘肃民间文学的发展所做出了重大贡献，也为传承中华优秀传统文化创造性转化、创新性发展传统文化领域发挥了应有作用。

在当今中华民族谋复兴的大格局中，如何理解《陇南老山歌》民间文学的价值、意义和功能。首先是通过陇南民歌感受独特的生活经验，从而启发我们把握文学艺术面向未来的创新性表达，不管是创作层面的，还是学术层面的，都是时代赋予我们的重任。中华文化"多元一体"，政治上一体、文化（文学）上多元，诸如陇南山歌一类的民间文学不仅是中华文化的重要组成部分，也是人类文化多样性的生动见证，属于人类文明的宝贵财富。文学在多维元素中长期互动发展，许多民间文学智慧以直接和间接的方式融入整个文学洪流，《陇南老山歌》当然也概莫能外。作为追求学术的人来说，必须时刻认识到，民间文学是一座富矿，其中有着充满文艺活态的丰富资源，属于可以生发原创性思维的福地，期待更多学人能从陇南山歌的博广宏阔中创造出厚重的学术成果，以慰藉杨克栋先生辛勤的付出。

（初刊于《陇南日报》2021 年 11 月 18 日）

读《生命证悟录》随感

——纪念文友王克明君逝世三周年

那天从朋友沈文辉在微信圈里发的消息得知，文友王克明君的遗作《生命证悟录》已经出版，所写何言，也不得而知。我让他发一份该作目录，也竟未见回应。近两天请了兰州大学、西北师范大学两个专家来学校讲学，碰到了同事，也是克明君的弟弟。偶然提及此事，他迅即满足了我的愿望，送本《生命证悟录》来。

此前，我知道克明君已经出版四部著作，他多有赠送。特别是他的《心路实录》（陕西未来出版社，2010年版），还是约我写了序言的（可能在我的博文里还可以找见）。记得在该序中我评价说：王克明君的诗作，实录了他所经历的内心困惑、怅惘、欢悦和旷达之心路历程，把过去的日常生活中的片段和感受以及活生生的往事加以升华，展现出了一种特有的心灵本真，确实值得咀嚼和回味。有人读过之后，说我有"溢美"倾向云云。实际上，这里牵扯到了一个审美的问题，黑格尔主张"审美是绝对理念"，自然有他的道理，但我更赞赏狄德罗"相对审美"的观念。在今天看来，我的评语说他的文字有心灵本真，真没有溢美倾向。王克明君和他的妻子代秀芳老师一直是我敬佩的人，看他的文字，知他的生活；他们夫妇和我曾经共事十年，我真遗憾无有如椽之笔描摹流逝的岁月！但这本《生命证悟录》又投起了我心头的万千思绪。有人说，喜欢怀旧，说明你已经老了。这不，在知天命之时，也不能说是依然"青葱"。时间飞逝，王克明君已经离开我们整整三年了，昨天就是他的忌日。我以这篇小文表达哀思，纪念我的文友克明君。

《生命证悟录》是他的遗作，也是一本让人感念不已的散文集。他生前已完成了这本近19万字的自传文稿，但未料天不假年，他竟不能亲手付梓。《生命证悟录》是由他的后人——两个优秀的女儿雅霖和尕霖（王璠）

编辑出版的，大女儿作序，小女儿后记，就有着更特别的意义。当我读完雅霖情满笔端的序言时，已经不觉满眼泪花，真是"少年仍未老，岁月忽已暮"，生发我多少的感慨！那两个孩子，在我的记忆里，还是他们中学少女奔奔跳跳的模样，怎奈对亡父如此感伤郁怀？十几年啊，她们上大学、毕业工作，也经历生活的磨炼……一切都不是在改变吗？

在这本书中，克明君记述了他的成长故事和生命感悟。他虽然长我12岁，但他文字叙录的，莫不都让我如此亲切和敬佩。曹丕在《典论·论文》里说："盖文章，经国之大业，不朽之盛事，年寿有时而尽，荣乐止乎其身，二者必至之常期，未若文章之无穷。"我以为，就文字，哪怕是小人物的著述，只要是用心写的，必然会传之后世。我相信，文字是不朽的。书中随笔《相濡以沫》的上篇写给亡妻陶也（作者给亡妻的别名），虽然都是生活点滴、琐碎轶事，都莫不浸润着真情实感和对生命历程中重要阶段的感悟。那张陶也拍摄于20世纪90年代的照片，又把我拉回到过去的岁月……陶也，是一个和善、勤俭、尽职的女性，她对家庭和王克明君的尽心，是有口皆碑的。在这个意义上，真得感谢这两个孩子，完成了她们父母的未了心愿、未竟之业，是为大孝。《公门修行》篇，很大比例文字是写给礼县师范的。就是在那里，我们共事十年，"把酒话桑麻式"的友谊就是从那里走过来的。我能体会，那是他作为一位教育工作者最生动的篇章之一。时光荏苒，不觉已经过去了二十多个春秋。这本关于他的奋斗史，是他一生的总结。就是其中一些小事的记叙，犹如记忆之河的朵朵浪花，让人心动。《出路·艺校之旅》写到了那位不知名的女教师，那是饱蘸着感情的笔墨，每次读来，感动总是涌上心头。只有心底柔软、内心善良的人，才会写出那样真挚的文字。

忽然想起《古诗十九首》中的句子："思君令人老，岁月忽已晚。"汉末文人的五言诗写离愁别恨真是到了极致，恰恰是我此刻心绪的真实写照。写纪念性文章的目的就是寄托哀思和表达怀念。那么，克明君用他过人的语言才华、敏锐的观察力、丰富的人生经验和对事物独到的见解，将人生阅历及感悟娓娓道来，更使人感受到老之将至的迫切和无奈。但是，我们生者，还必须努力前行，把生命之旅走到极致，方能回答那些亡去的友人如何曾经给予爱戴和关怀，才能欣慰我心，安放我们的灵魂。这，大概就是孔子回答叶公的话"其为人也，发愤忘食，乐以忘忧，不知老之将至云尔"（《论语·述而》）之深意所在吧。

附记：怀念文友詹宗祐君

爱因斯坦说："想象力比知识更重要。"在写完纪念克明君的文字之后，不知怎的，脑海又冒出了这句名言，它让我联想（在想象力范围内）到了另一位文友——台湾大学的教授詹宗祐博士。他遽尔远行四年多了，差不多也是四年前这个季节。作为我的同龄人，我知晓这个消息是无法接受的。复旦大学陈尚君教授在给他的著作《点校本两〈唐书〉校勘汇释》（套装上下册，中华书局 2012 年版）所作的《序言》里说："可以说，本书是他生命的结晶，值得学者敬重和宝惜。"我很同意这个评价。他是真正的英年早逝，正是学术大进，即将成果迭出的时期，却把遗憾永远地留给了我们。看着他的文章《"诗窖子"王仁裕：一个被忽略的历史地理学家的旅行观察》，真有怀念绵绵不绝之感。我们是在研究"诗窖子"王仁裕方面，由陈尚君教授牵线，书面来往，成为文友的（但未曾谋面）。2006 年我的《〈玉堂闲话〉评注》一书出版，在香港中文大学讲学的陈尚君教授介绍于他，他迅即来函索书，我海邮数册于他。作为回应，他给我后面寄来了《"诗窖子"王仁裕：一个被忽略的历史地理学家的旅行观察》两万多字的长文（2007 年中），我即刊发在《陇南师专学报》（内刊 2008 年第 1 期）上，后来该文在台湾《白沙历史地理学报》2009 年第 6 期正式发表。自此始，我们的研究，海峡两岸一些学者重视起来。我们的书信交往，一直持续到他去世前……

我怀念远行的文友克明君、宗祐君，写下这篇文章来表达我的哀思。

（写于 2015 年 11 月 25 日凌晨，28 日再改）

《退步集》：对"进步观"的省思和追询

陈丹青的《退步集》，是他的一部新的文集，包括一些艺术笔记，也包括接受媒体采访的许多精彩的内容、广泛的谈话，对当代中国的艺术教育、时尚生态、思想观念等方面发表了他自己独到而深刻的见解，生动而精彩。我在 2005 年该书刚出版不久逛西北书城时就见到了此书。

当时，蹲在书架前看了前面的一部分，觉得这本书是好书，尤其是开头的绘画和访谈部分，激发感慨处甚多。我以为书名取"退步"，显然是语涉双关，既有个人面对中国种种体制弊端的无可奈何和孤立无助，而后，生出退却之意的文字表达，也有对百年中国人文艺术领域，特别是中国特色文化发展进程中的种种"进步观"的省思和追询。

《退步集》对我触动很深的，还有书的前篇，他对国内城市规划以及对不重视传统的批判，如他说 1996 年开始北京的胡同以年均 600 条消失。他引述英国批评家约翰·伯格的一段话（见"常识与记忆"与"山高水长"两篇）："一个被割断历史的民族和阶级，它自由的选择和行动的权力，远不如一个始终得以将自己置身于历史之中的民族和阶级，这就是为什么——这也是唯一的理由——所有过去的艺术，都已成为一个政治的问题。"信手拈来，随意涂抹，却能于潇洒无心间开出新境，见地深刻。

我喜欢和佩服作者的文字表述到位和观察思考的敏锐，细节表述尤其生动，颇有拨动人的心弦和启迪思维的功力。书评人黄集伟说："陈丹青虽是个画家，但很多散文家写不出他那样的文字。另外，读者们虽不是他本人，但这个海龟派笔下文化与语境的'隔膜'与'无助'，乃至'欲拒还迎'的心态每个人都不难感同身受。"这一评论，表达了和我近似的感受。

但进一步的感受来自最近。前不久新学期伊始，我的领导送我们每个人一本《退步集》，这是一本个性鲜明的书，而且思辨色彩比较浓。

于是趁着业余时间，我读完了后半本书，印象深刻的莫过于他对教育的关注。尤其是书最后的辞职信，原本只有清华大学领导才有资格审读的"请辞书"，却被全国人民当奇文共赏，也使原本私人化的工作变动成为一件被事先张扬的公共事件。陈丹青因为对我国现行教育体制的不认同而辞职，引起很多人的重视，我也是那时知道的这个人。他呈给官方的述职报告后的附件二，有些话很有意味——"十年来社会价值观不变，生源品质日渐芜杂，晚近教条盛行，招生过程已成'汰优'之势，而招生政策犹如雪上加霜，催之恶化也。"（见《教条与功利》）与其说是在拷问我们的高校生源问题，不如说是在鞭笞我们这个日渐不公平和积弊太深的高考制度。因为高考，我们的后代不正是在消失天分、个性、创造力和青春活力吗？不是我附和陈丹青，这两天召开的"两会"人大、政协代表不也在提出自己的想法吗？但高校的生源日渐"恶化"，高考的僵化教条、体制的陈旧与桎梏，要改起来，实在是太难了！几乎看不到希望！

《退步集》的后面，还有对人文艺术教育的观照：

> 以"两课"分数作为首要取舍标准，学术尊严荡然，人文艺术及其教育不可能具备起码的前提……
>
> 人文艺术教育表面繁荣（如扩招、创收、增加学术科目、重视论文等等）而实则退步（如教师、学生素质持续降低，教学品质与学院信誉持续贬值），"有知识没文化""有技能没常识""有专业没思想"是目前艺术学生普遍状况……

（见《辞职报告》附件一）

> "两课"考试制伤害人文艺术教育甚巨，不废不改，"人文艺术"一词，形同虚设。……清华的传统与精神，一则，是中央草坪"行胜于言"碑；一则，乃王国维自沉纪念碑后陈寅恪所撰"独立之人格，自由之思想"是也。今全国大学生必须人人过关的所谓"政治考试"，是对清华历史的莫大讽刺与背逆。"政治考试"置人格品德于不顾，其后果，仅述极端个案，即发生清华高才生以化学药水攻击动物园狗熊奇案。

由此，陈丹青还发掘了深刻的社会根源：

> 世界范围大趋势，乃科技主义、实用主义、压抑人文主义、理想

主义，中国是"发展中"国家，"科技至上"的国家功利主义因之尤急、尤偏、尤甚。人文艺术及其教育于今日国情仅属装点门面，怠无实质可言，此状，为五四运动近百年来所仅见。

人文教育的缺失和"两课"考试代替品德教育，使年轻的一代，已经缺少了内在的道德力量，这是很多人意识到的。《退步集》的这些言辞，都有现实的启蒙意义，引人共鸣之处很多。教育关乎民族的未来，不同的教育导致民族不同的未来，因此我们需要探索一种适合中国现代化发展的教育方式，而不是一味以西方模式作为参照系。人才不能完全加以量化的管理，如何探寻一种有利于创造性人才培养的机制，对于这些问题，《退步集》说得都很精彩。在我看来，若干年后，"陈丹青出走"事件的意义实际上将不在于陈丹青本人，他只是中国民间要求教育改革的一个表征；也不仅仅在于艺术教育（因为艺术教育毕竟有着太多的特殊性，它的经验，是不能完全涵盖整个教育机制的），而在于整个中国教育体制的大反思和由此真正开始的体制改革。

坦率言之，《退步集》的"述职和感想"中所表现出的赤诚忧愤，令我相当惊讶。他面对当今教育体制的种种荒谬，竟会如此痛心疾首、苦口婆心，凸显出一派标准理想主义者的天真执著。阅读《退步集》时，我并没有预见到这封信后来竟引爆国内媒体铺天盖地的"陈丹青辞职风波"。《退步集》的诸多诉求，我未见得能全盘认同。然作者明知不可为而为之的奋勇，令我深感敬佩。他从当年的"愤青"，蜕变成今日的"愤中"，虽知天命，遇及谬象仍不肯妥协苟且，仍有激情大发"恶声"，真真难得。当今中国，《退步集》的"恶声"，不是太多，却是太少太少。我辈甚至更过分，隔岸观火，收取微小渔利。一书阅罢，其中的冷暖炎凉，分寸之间，唯其自知。我一贯相信：所知、所识、所觉，是文字和语言的宿命使然。但《退步集》的文字，还有对我们、对中国"进步观"的省思和追询，不是么？

人生旅途，进退繁复，"进步"或"退步"，于我而言，全要看处于何种进程。斯言，在于写出我所读《退步集》后的所思，便于后来行止、可善我身而已，别无他图。

（2009 年 3 月 6 日）

《跨过鸭绿江》观后记

十集电视连续剧《跨过鸭绿江》在今天演完了最后一集，它把过去我对有关抗美援朝的各种印象连成了一个整体。

该剧秉持"大事不虚、小事不拘"的创作原则，着力塑造中央领导决策层、志愿军将领、前线志愿军战士（包括杨根思、黄继光、邱少云、杨连第等）群像，旨在弘扬抗美援朝、保家卫国的伟大精神，展现中华民族在一穷二白、百废待兴的艰难时期，不畏强权霸权、敢于斗争、勇于胜利的重大历史抉择。该剧全景式地展现了抗美援朝战争和抗美援朝运动，弘扬了革命英雄主义、革命乐观主义和国际主义精神。

我是在 1976 年 3 月上的高中（甘肃省天水县第八中学），对抗美援朝的英雄事迹所知不少。在上中学以前，我已经从课本、小人书、连环画上学习了黄继光、邱少云、罗盛教、杨根思、张积慧等英雄的事迹，从魏巍那篇名作《谁是最可爱的人》里面知道了松骨峰阻击战、上甘岭坑道战，但另外一些英雄的名字，是我后来从其他读物、影视剧里面得知的，如毛岸英、张桃芳，更多的英雄事迹是通过这部历史正剧领略的，如孙占元、赵先友、王海等，让人心生千万种敬佩。而一些感人情节，禁不住让人泪流满面。虽然我们有过很多抗美援朝战争题材的影视作品，但宏大叙事、全面展现敌我双方的战争进程还是第一次。作品不仅再现了毛泽东、周恩来、刘少奇、朱德、彭德怀等老一辈无产阶级革命家、军事家的雄才大略和崇高风范，还表现了邓华、洪学智、秦基伟、韩先楚、陈赓等一批高级将领率领中国人民志愿军，英勇指挥、浴血奋战的英雄主义精神。伟大的志愿军英雄们首战两水洞、激战云山城、会战清川江、鏖战长津湖、阻击松骨峰、血战上甘岭，令人久久难以忘怀，这些笼罩着硝烟和炮火的壮烈战争场面，不断震撼和洗礼着我的内心。

伟大的精神，源于坚定的信念。志愿军将士在武器装备处于绝对劣势的情况下，面对强大而凶狠的美帝联合国军，身处恶劣而残酷的战场环境，抛头颅、洒热血，以"钢少气多"力克"钢多气少"，谱写了惊天地、泣鬼神的雄壮史诗。抗美援朝，总计有240万人先后加入中国人民志愿军，19.7万名英雄儿女献出生命。他们中涌现出30多万名英雄功臣和近6000个功臣集体，锻造出舍生忘死、向死而生的中华民族的血性。"为有牺牲多壮志，敢教日月换新天"，1953年7月27日，战争双方在停战协定上签字，这是美国第一次在没有取胜的条约上签字，中国最终赢得了抗美援朝战争的胜利！数十万英雄儿女埋骨他乡，正是这些"最可爱的人"用奋斗与牺牲，才赢得了国家的独立与尊严，才有了我们美好生活的新时代。这一战，拼来了山河无恙、家国安宁。

看完电视剧，我无比怀念身边的英雄——我的堂叔蒲贵生（1936—2020年）。他参加过五圣山战役，我们从小就听他讲过一些抗美援朝战争的故事和内心感受。他说，虽然自己负了伤，但一直不能忘记那些牺牲了的战友们。停战回国，他主动申请回乡务农，担任过民兵连长、大队长等村委职务，一直保持着志愿军艰苦朴素、吃苦耐劳的革命乐观主义精神和优良作风，从不向组织提任何要求，默默地耕种劳作，直到晚年。遗憾的是，他没能看上这部全景式的作品《跨过鸭绿江》。他曾经讲过，他和一些个战士为了找水，遭遇敌机扫射，好几个战友都牺牲了，就只剩他们三四个人活了下来。我曾经问他："冒着敌人的扫射，您害怕吗？"他说："那时候来不及害怕，就是紧张，怕水壶打穿了，水漏光了，回去战友们没水喝，烈士们的血白流啊！"他朴素的语言充满着集体主义精神和大无畏英雄气概，长期以来他的这种精气神感染着我、教育着我，让我明白了在时代发展的进程中如何承担责任。

重大革命历史题材剧《跨过鸭绿江》2020年8月15日在北京开机，12月27日晚在中国中央电视台综合频道（CCTV-1）黄金时段首播。在如此短的时间里完成史诗般的作品，可想而知，创演团队付出了多少艰辛。我向他们致以崇高的敬意！

（2021年1月24日夜于灯下）

一份珍贵的语言文化遗产

——《甘肃文县白马语》评介

"白马语是一种既不同于汉语，也不同于藏语的独立语言。"魏琳的著作《甘肃文县白马语》一书，40万字，于2019年6月由商务印书馆出版，是一部传承保护白马语非常重要的著作，也是进行白马语内部差异研究和方言比较研究的重要参考资料，对人们认识、挖掘、整理研究白马语有着重要意义。该书得到了"中国语言资源保护工程"和"国家出版基金项目"资助，是"十三五"国家重点图书出版规划项目，入选"中版好书"2019年度榜单。

一、一份鲜活的调查语料

《甘肃文县白马语》一书以保护和传承白马语为主要目的，真实准确记录甘肃文县白马语，并对其进行全面系统研究。书中记录《中国语言资源调查手册·民族语言（藏缅语族）》通用词、扩展词和其他词，约3700个词条，大量记录了语法例句、歌谣、传统故事和讲述材料等，其中民俗文化词是本书的特色内容，涉及与白马人生活密切相关的服饰、歌舞、风俗习惯等典型词汇，辅以20幅珍贵照片，便于读者了解。

在该书编撰过程中，为了充分彰显语言资料的真实性和原始性，作者深入实地，走访白马村寨，与白马老人面对面访谈，并选取陇南文县铁楼乡白马语保存较完整的村寨，采用田野调查的方法，进行驻村调查，同时兼顾陇南其他白马人聚居地，对白马人使用的所有生活语言进行全面、真实、细致的调查和采录，从而保证资料的原汁原味。例如，从书中的附录可知，田野调查找的发音合作人均是地道的白马人，并把第一次采录到的白马语材料找各年龄段的当地人反复核对。该书注重学术性，用国际音标严式标音法对采录到的白马语进行准确、清晰、专业、规范的描述，还结合文字学、音韵学、文化人类学、民族学等领域的研究方法，从风俗、文化史等方面深入发掘语言资料，以探究其蕴含深刻、个性鲜明的语言词汇。同时用电脑软件对采录到的有声语言进行文字标识、归档处理，形成白马语有声语言资料库，从而比较完整地保存了这种语言化石，为后人进一步研究提供重要参考。

二、一种全新的阅读体验

从文化传承的角度来看，语言是文化的载体，它记录并反映文化特性。如果一个民族的语言濒危，那么以语言为载体的歌曲、舞蹈、音乐等各类文学艺术形式将岌岌可危，难以保全。因为白马人语言里保存了他们民族丰富的文化遗产，白马人的民间故事、传说、唱词等都依靠语言来表达，因此对濒危的白马语进行抢救、保护、发掘和传承，不仅意义重大而且势在必行。

《甘肃文县白马语》就是在这种形势下诞生的，它不仅将白马语通过音频和视频的形式保存下来，形成有声语言资料库，而且书中所有词汇、语法例句和歌谣均配有二维码音频，通过手机扫码可在线访问学习白马语，实现原汁原味、"声"临其境的阅读体验。

三、一部珍贵的语言遗产

该书通过抢救性的调查、收集、整理来记录白马人的生产生活面貌，这对进一步抢救和保护我国非物质文化遗产资源具有一定的现实意义，为陇南白马语资源的可持续开发提供学术依据。学术界对白马人的族属问题十分关心，而要鉴别一个民族的族属问题，仅靠宗教和民俗是不可靠的，《甘肃文县白马语》虽没有研究、解决族属问题，但该书提供的资料有助于为科学识别、界定白马人的族属问题提供理论支撑。《甘肃文县白马语》对研究白马文化具有重要的学术价值，民俗学家、语言学家和其他相关学科的研究人员，都可以从它那里获得第一手资料。作为"中国濒危语言志"丛书之一，它的面世是"中国语言资源保护工程"标志性成果，将对保护和传承白马语、维护民族语言多样性发挥重要作用。

（初刊于《陇南日报》2020 年 12 月 25 日）

群姝乞巧慧 一看鬐鬐舞

——陇南西和乞巧"歌诗舞"融合简评

　　陇南西汉水流域秦人发祥地至今流传的乞巧节日风俗，其多达二十多个乡镇的文化空间和七天八夜的延续时长，近乎四十多万村民参与，以及具有固定程式和祭祀仪轨的丰富活动内容，在全国乃至全世界都可称得上是绝无仅有者。从西和乞巧节俗的古老质朴和民俗原初性特点以及处于河汉交接的显著地域性特征来看，赞誉其为"华夏第一"，应该毫不为过。

　　就现知西和乞巧节俗来看，主要凝结在"慧""舞"两方面。《说文解字》："慧，儇也。"《方言》："知或谓之慧。"后人注解为："慧，儇，皆意精明。"西和乞巧之慧第一方面表现在对心灵手巧的取向追求和价值肯定上，这与晋人《西京杂记》和《风土记》、南北朝《荆楚岁时记》、唐五代《开元天宝遗事》、宋代《东京梦华录》等文献的乞巧载述一脉相承，包括穿针乞巧、观影乞巧、蛛网乞巧、种芽乞巧等表现女红灵巧精明的主题，几乎都可在今天的西和乞巧节俗找到踪迹，说明西和乞巧之慧具有显著的历史迁延性，其文化传统和民俗价值即主要由此而成，这方面新见迭出，无须罗列。相较而言，西和乞巧之慧另一方面——"歌"，似乎研究界关注不够。刘锡诚先生指出："全国没有任何一个地方能拿出十首以上的乞巧歌，西和乞巧有着独一无二的优势。"这是说它显出了歌的智慧，不仅是在数量上的、仪式上的、表演上的，更重要的是在情感上的、创新上的、活态上的。只有身临其境，目睹姑娘们流泪演唱乞巧歌的情景时，你才能真正感受到那种智慧歌者的力量。

　　西和乞巧的歌，具有歌诗的特征。《礼记·乐记》说："诗，言其志也；歌，咏其声也；舞，动其容也；三者本于心，然后乐器从之。"《毛诗序》说："在心为志，发言为诗。情动于中而形于言，言之不足故嗟叹之，嗟叹不足故咏歌之，咏歌之不足，不知手之舞之足之蹈之也。"入乐的诗，称之为"歌诗",包括声诗和声歌。"歌诗"在远古是普遍而兴盛的。东汉何休《春秋公羊传解诂》描述先秦歌诗盛况时说:"男女有所怨恨,相从而歌。饥者歌其食,劳者歌其事。"南朝钟嵘《诗品序》云:"凡斯种种,感荡心灵,非陈诗何以展其义,非长歌何以骋其情?"说明了歌诗的重要行世功能。西和乞巧之歌,正是秉承了这样一种历史智慧中的文艺传统。西和乞巧且歌且舞形式是活动的主体,以歌代叙,表达祝辞,歌诗与舞蹈融合,娱人娱神,展示才艺又表现喜怒哀乐,体现了远古以来风诗的文化孑遗,弥足珍贵。在西和乞巧流传的这个区域,以大地湾为代表的仰韶早期文化向人们展示了中国母系氏族制度繁荣至衰落时期的社会结构和文化成就,女修时期的黄帝族文化属于仰韶文化(范文澜《中国通史》),那么,由陇南乞巧女性"歌诗舞"融合可以窥见彩陶时期母系氏族"歌乐舞"合一的影痕,其文化意义重大。

近二十年,经过陇南地方学者,特别是西和乞巧传承人、文化学者以及甘肃省内外非遗专家、民俗专家和相关领域学者的整理、研究,西和乞巧的"歌诗舞"影响已经超出陇南、甘肃的范围,成为全国有影响力的七夕节俗文化和乞巧文化源。因此,2013 年第五届中国(西和)乞巧文化高峰论坛在北京举行,真是行之有名,适逢其时,意义重大。该论坛汇集众多领导和专家学者研讨乞巧文化的挖掘整理、保护传承和文化产业发展要义,成为陇南推进华夏文明传承创新和保护非物质文化遗产的实效工程。从本次论坛印发的论文汇编和以前看到的有关论著来看,赵逵夫、柯杨、刘锡诚等先生对西和乞巧的源起作了深入探讨,建树甚伟,功不可没,叶舒宪、李稚田、肖放、叶涛等先生从文化、民俗的角度探察幽微,颇多新见,给人启迪。

春花秋月,造就世界诗性文学最常见的歌咏乐舞主题;而伤春悲秋,成为中华文学一个"歌诗舞"原型表现传统。就此一观,西和乞巧"歌诗舞"融合不可谓文艺意义不大。赵逵夫先生《传统女儿节的透视》一文引用清咸丰进士秦州人丁秉乾《步鸣九道兄〈七夕一首示子女〉韵》的诗,作评西和乞巧时说:"群姝乞巧慧,鄙士乐纷烦。一看髻髻舞,山城古礼存",正是从"歌诗舞"融合的角度穿越时空、连通古今,道出了陇南乞巧古朴尚存而又活于当代的卓异表征。

(初刊于《陇南日报》2013 年 9 月 26 日)

以厚德行言珍惜青春年华

——寄语 2008 级新同学

可爱的新同学、亲爱的朋友们：

"荷香清馨消晚夏，菊气芬芳入新秋。"正是夏去秋来的美好时节，你们踩着青春的步点，背负行囊，怀揣渴望与梦想，带着英气飒爽，满载叮咛，从河西走廊、金城陇中、陇东陇南齐聚成州梁山山麓，走进陇南师范高等专科学校、踏上人生新的征程。祝贺你的成功，感谢你的选择，欢迎你的到来！你的热情、你的智慧、你的勤勉、你的优异都将融入陇南师范高等专科学校发展的洪流，你们为陇南师范高等专科学校的腾飞带来了新的生气和力量，陇南师范高等专科学校也将因你们的加入而更加迷人、精彩。

武都郡治，萌芽陇南；白石同谷，迁移辗转；成州为县，绵亘至今；陇师学府，七十沧桑。无数人倾注智慧和汗水，将生命的崇高凝成不朽；代代人奉献青春和热血，将精神的家园建成一流。养正育德，博学新民；校训赫赫，同心向学；兴近五载，绩效斐然；芳草地上，书声琅琅。光荣与梦想在这里孕育，希望与激昂在这里闪耀。这里，青青草坪间木秀花馨，袅袅琴声中人佳年华。教师用敬业开拓前进道路，以厚德博学树万世师表；学子用勤奋编织青春壮景，以累累硕果展一代风流。这里是求知者的沃土，是创新者的苑圃，这里——就是我们的家，陇原大学的一员。

面对着崭新又陌生的"家"，站立在人生新起点上，除了兴奋和激动，或许你还会有些紧张和不安，甚至感到疑惑和迷茫，"什么是大学？""大学生活应该怎样度过？"儒书《大学》这样说："大学之道，在明德，在亲民，在止于至善。"在此刻我的理解是：上大学既在于增长知识，更在于学会做人，只有那些和谐友爱、学识广博、心智成熟、品德高尚的人，才能使人生有所建树而服务社会，才能有助他人而拥抱幸福。

大学就是罗丹的雕塑《思想者》。在大学的熔炉里锻造，你应该学会独立思辨，也要学会融入团队；学会奋勇竞争，也要学会精诚合作；学会坚持到底，也要学会妥协忍让；学会耐心倾听，也要学会从容表达；学会信任他人，也要学会保护自我。富兰克林说得好："留心你的思想，思想可以变成言语；留心你的言语，言语可以变成行动；留心你的行动，行动可以变成习惯；留心你的习惯，习惯可以变成性格；留心你的性格，因为性格可以决定命运。"

大学就是屈原的诗篇《天问》。你能乐于疑问牛顿、达尔文、爱因斯坦吗？敢于批评亚当·斯密、萨特、亨廷顿吗？在人生的旅途中跋涉，但愿你们始终保有一份对自然最原始的好奇，保有一份对科学最虔诚的求知，保有一份对理想最执着的追求，保有一份对人类最无私的责任。正如韩愈《答李翊书》所说，青年人"无望其速成，无诱于势利，养其根而俟其实，加其膏而希其光，根之茂者其实遂，膏之沃者其光晔"。

从今往后的日子，我们无法给你"一帆风顺"的承诺，只期待你们始终留有"乘风破浪"的勇气；我们无法替你阻挡行进路上的泥泞坎坷，但会伴你一起见证风雨过后的美丽彩虹。也许进校时你只是平凡的一员，但三年后走出去的时候，你会说："陇南师范高等专科学校是我的骄傲。"若干年后，你返校的那天，我们同样会说："校友的优秀，你是我们的荣耀！"

我期待并相信你们一定会以学无止境、志存高远的气概，携手并肩、追星赶月，用厚德行言，珍惜如诗如画的青春年华，镌刻陇南师范高等专科学校发展的深沉印记，谱写流光溢彩的人生篇章！

（初刊于《陇南师专报》2008 年 9 月 18 日）

关于仇池山的人文地理观察

　　仇池山位于陇南市西和县城南 50 千米处，呈南北走向，两河相夹，三面环水。山的北面与别的山脉连接，红色丹霞形如牛背，最窄处宽度不足两米，民间称为"天桥"，两侧悬崖绝壁。西汉水由西北绕山脚南下，洛峪河从东南沿山麓西来汇入西汉水，二水汇流，形成仇池山三面环水，一面衔山的天险胜地。山顶地形平缓，有田地、泉水、村落，树木茂盛，风景优美。最高峰伏羲崖海拔 1791 米。

　　仇池山史籍多有记载。汉称为"仇夷山"，《遁甲开山图》说："仇夷山，四绝孤立，太昊之治，伏羲生处。"《史记》《汉书》别称"武都"，有"武都县"和"武都郡"。《汉书·地理志》说"武都县"有"天池大泽"。《三国志》称为"武都"和"百顷"。东晋常璩《华阳国志》记述仇池"有瞿堆、百顷险势，氐傁常依之为叛"。并称"武都县"有"天池泽"。所谓"瞿堆"即仇池山，"百顷"是山东之西高山。北魏郦道元《水经注》也称"瞿堆"。山上今有一个行政村辖三个自然村属西高山乡辖地。

　　"仇池"之名始于南北朝郭仲产《仇池记》："仇池百顷，周回九千四十步，天形四方，壁立千仞……竦起数丈，有逾人功。仇池凡二十有一道，可攀援而上。"郭仲产《秦州记》和范晔《后汉书》也有"仇池"之名的记述。郭仲产《秦州记》说："仇池山，本名仇维山，形似覆壶，上广百顷，下周数十里，高二十余里，壁立千仞，分置均调，竦起数丈，有如人工也。"范晔《后汉书》载："白马氏者，武帝元鼎六年开，分广汉西部，合以为武都……居于河池，又名仇池，方百顷，四面陡绝。"另有辛氏《三秦记》也载："仇池县界，本命仇维，山上有池，故曰仇池。山在沧洛二谷之间……"

　　隋唐时期，仇池山被称为"百顷堆"和"仇池山"。《隋书》称为"百顷堆"，杜佑《通典》和李吉甫《元和郡县图志》均记为"仇池山"。

《旧唐书》载："上禄（县）……白马氏之所处。州南八十里仇池山，其上有百顷地，可处万家。"唐以后仇池山之名一直延续。宋代绍兴年间有人立《仇池碑》今佚，碑文留存至今。《仇池碑记》存于文献，说："仇池福地，本名围山，《开山》为之仇夷，上有池，古号仇池……上土下石，屹然特起，界予苍洛二谷之间，有首有尾，其形如蛙，丹岩四面，壁立万仞……"

　　魏晋南北朝有地方割据政权氏杨建立的前后"仇池国"以及后续武都国、武兴国、阴平国五个政权，史称"陇南五国"，从晋惠帝至隋杨坚前后延续 580 余年，所据辖区最宽广时包括今陇东南和川西北以及汉中部分地区，真正属于陇蜀地带。乾隆版《西和县志》记载："仇维，周时人，居仇池，池为三十六洞天之一，后仙去，山又名仇维。"或指五代后周时期有道人仇维在此修行，后仙去。

（2015 年 2 月 11 日）

从钱伟长晚年的"两个着急"看
中国高等教育不能承受之轻

  被周恩来总理称为中国科技界的"三钱",随着钱伟长的驾鹤西去,都已经成为历史人物。

  在"三钱"中,钱三强有"中国原子弹之父"的美誉,但他逝世早(1992年),我对他知之甚少。倒是他的父亲钱玄同,在学中文专业的人看来,应该是颇不陌生的:不必说他少年家学厚实,有疑古癖好,成为民国著名文字音韵学家;也不必说他清光绪年间末赴日本留学,入早稻田大学师范科接受新学,后来成为新文化阵地的北京大学《新青年》四大台柱之一(余者为陈独秀、胡适、刘半农)。我最感兴趣的是他和刘半农演的"双簧信",在中国现代文学史上留下美谈。20世纪80年代中期,我就读天水师院(当时为天水师专)时,陈冠英老师讲到钱玄同眉飞色舞的神态,久久感染并影响着我,直到现在还记起"鲁迅"笔名的第一次使用,是发表《狂人日记》——那伯乐编辑就是大名鼎鼎的章太炎弟子钱玄同。所以在我看来钱玄同、钱三强父子文武兼备,真不枉人生韶华,虽处于蜩螗沸羹之时的晚清、民国,钱三强还经历了反右、"文化大革命",终究还是实现了他们各自的人生价值,我不禁钦佩而且心向往之。

  科坛"三钱"之首的钱学森,去年离世时,媒体给予了深度的报道,以他对国家民族的贡献,无论怎样褒扬并以之棺盖论定,我都觉得毫不为过,无须我在此鼓吹。就是他辞世后留给世人一问:为什么我们的大学培养不出杰出的人才?这样一个"钱学森之问",至今还令人难以释怀。无独有偶,"三钱"之一的钱伟长晚年有两个"着急":大学师资队伍和人才培养,也是在这位上海大学的终身校长辞世后,媒体予以披露。"三钱"中的"两钱"在生命的后期都如此关注中国高等教育的人才培养,说明这儿真的出现了问题。有人把当今高等教育人才培养的问题归罪于肇始自

1999 年的高校扩招，中国发展研究基金会副秘书长汤敏一度被冠名"扩招之父"，因此屡遭诟病，这当然有点简单化，讨论扩招的文章已经汗牛充栋，论家也层出不穷，我无须置喙。但此外，就没有别的原因了吗？

在我看来，就业指挥棒、经济世俗化正在绑架中国高等教育的人才培养。

2010 年我国有 630 万应届大学毕业生，就业形势非常严峻。实际上，就业机会在学生选择大学和专业、社会评价大学方面的影响力越来越大。许多学校开始把更多精力放在培养学生就业能力上，就业已经成为高校的指挥棒。这一点在"二本"以下的大学表现非常突出，为了就业，大学生们普遍缺乏信仰。在社会大环境的影响下，他们基本不关心政治、不关心国情、不关心时局，一心想的就是如何能挣钱、多挣钱。讨论人生理想，绝大多数学生的理想是——毕业找个好工作，早日挣钱买房。

因为只盯着工作岗位，除了背熟各类招考的政府指导书以外，学生很少具备长远眼光。一些大学生因为蝇头小利就可以荒废学业，甚至去参与传销！一个月两三百元的报酬都可以让一些学生旷课兼职、考试作弊。大学本应是博览群书、独立学习、独立思考的大好时机，而一些学生一天到晚想的就是怎么吃好点、玩好点、零花钱多点。有些大学生为了吃两顿饭，就可以把大好的求学光阴廉价出卖。知识面的狭窄令人吃惊，很多人认为现在的大学生只相当于 20 世纪 90 年代的高中生，这样的看法确有道理。有些大学生除了应试教育的那点知识以外，对于其他知识以及社会的了解几乎接近于零，除了应付考试看看教科书，他们不看报纸、不看新闻，上网也大多打游戏、看影视片、听音乐、聊天。教师在课堂上理论联系实际，列举的很多人和事，有些大学生竟然闻所未闻，一个个呆呆地望着你。

"山间竹笋，嘴尖皮厚腹中空"，大学生肚子里没有什么墨水，却认为自己什么都懂，将来自己什么都行。他们懂不懂都在课堂乱讲，言行思维幼稚得很。尤其是一些近年来为扩招而临时增办的"赶场"专业，学生眼高手低，对于前途盲目乐观。还有，现在的大学生无论上什么课，都喜欢听教师举例子、吹牛、讲笑话，稍微讲一些理论知识和严肃问题，他们就觉得枯燥，不想听、不想进一步思考了，他们上课也想轻松休闲。所以，有教师无奈地总结：一堂课，让学生每隔 10 分钟就大笑一次，保证课堂效果，受学生欢迎！课外书籍以通俗言情小说和前卫的网络小说为主，和 20 世纪八九十年代的大学生有明显差距。那时的大学生，很多同学阅读《西方哲学史》《卢梭传》《诗经注译》《美学》等大部头。

市场状况下，很多教师上课缺乏热情和激情，仅仅把教书当作一种谋生的手段，一种教育产业化下的服务而已。有一腔热情的教师，希望自己的教学内容能影响、激励一代又一代的新人，而在教了一批又一批学生后，热情日渐下降，上课的兴趣年年减少，能少与学生接触就尽量不接触……几乎所有专职任课的大学教师都这样！所以，20 世纪的大学校园，"兼容并包，思想自由"的研究生沙龙、系主任沙龙、教授沙龙在今天的大学已经觅不到踪影，代之而起的是各种行政手段、行政会议就可以随便改变培养方案和课程设置，随意裁剪教学环节，而大学生"身无分文，心忧天下"，师生为了追求真理、交流频繁、互动热烈的大学风尚已经不再。

在我们大学里的"逍遥"和"简单生活"，不过是"邋遢"和"懒散"的代名词，"惰性发酵"成为一个流行语，人才培养的惰性或者懒惰只是表象，很多时候，责任、爱心、自觉等这些大学生活的主要元素，都随"惰性"并且潜移默化、影响和被影响地消失在大学的时光里。

20 世纪有本名著《不能承受的生命之轻》（*The Unbearable Lightness of Being*），作者米兰·昆德拉在序言里叹喟道："当负担完全缺失，人就会变得比空气还轻，就会飘起来，就会远离大地和地上的生命，人也就只是一个半真的存在，其运动也会变得自由而没有意义。"以如此生命之轻来反观中国高等教育，如果中国高等教育不能遵循"兼容并包，思想自由"的宏旨，挣脱就业指挥棒、经济世俗化的束缚，从"以外延扩张为主"，走向"以内涵改进为主"；中国大学在长时间的规模扩张"量变"之后，不能实现一个内涵发展"质变"的飞跃，那就真不能承担今天中国高等教育的"潇洒""热闹""世俗"之轻，毕竟，失去了从量变向质变，从外延向内涵的发展，丢失了人才培养质量这个高等教育的核心和前提，中国大学所具有的任何外在繁荣之"重"都将失去意义。

（2010 年 8 月 11 日）

人生驿站俩师范：渭南师范和礼县师范

知非之年，已行过生命之程大半。曾经走过许多人生的驿站，何其人倦马乏？偶小憩得适，就扬鞭挥马，一路奔去。时光隐去了多少秘密？包括原本的感情落脚点——那些大大小小的人生驿站！

回首去程，往事如烟——我有人生驿站俩师范：渭南师范和礼县师范。因我并非唯一的过客，很多人将如我一样终生铭记。俩师范，或许只是人生风景的一隅，怀想起来，却并非不泛涟漪的亦镜湖水，让人挥之不去，思绪绵绵，如潮之涨落，心底按下，却又心头涌起……

我永远的"渭南师范"

我家在当时的天水地区天水县渭南乡卦台山—风都庙—大风台一线，名蒲湾村，属僻壤之地。我 15 岁（1978 年）从天水县第八中学（后改"县农中""市农中"）高中毕业，务农一年后心愿未了，又去补习参加高考。跳出"农门"的第一站，就是 20 世纪 80 年代的第一年，通过高考走进了向往已久的天水地区渭南师范学校大门。那时考上中专、大学不易，高考比之为"千军万马过独木桥"。考上了大学，不缴学费，吃供应粮，就是准国家干部，结余的伙食费还可以贴补家用，毕业就是公干人员，国家包分配。

新时期（1977 年）恢复高考，1979 年 3 月，国务院批准设立甘肃省天水师范专科学校（天水师专）。同年 9 月，天水地区各师范学校恢复招生（据 2008 年 9 月 10 日《天水日报》载《天水教育 30 年大事记》）。当时天水地区共有三所师范：天水师范、渭南师范、礼县师范。渭南师范和礼县师范都由当时的天水地区于 1973 年创建，但"渭南师范"名称延续最短，只有 13 年。1985 年天水地区改建地级市，1986 年 3 月，天水市政府同意市教育局《关于两所师范及两区完全中学按序列编称的意见》，天水师范改称"天水市第一师范学校"，渭南师范改称"天水市第二师范学校"，"渭南师范"之名旋即从天水教育史上消失，但当时人们习惯上还称其为渭南师范，简称"渭师"或"天师"。1996 年撤迁至天水市秦州区七里墩原天水师专旧址，渭南师范原校舍改建为天水市十中，"渭南师范"从根本上淹没于茫茫历史之中。它为天水和陇南社会各界，尤其基础教育培养了成千上万的人才，历史贡献不可磨灭。

20 世纪 70 年代后期甘肃的中专招考，分初中中专和高中中专（俗称"小中专"和"大中专"）。小中专面向初中招生，招生学校数量和规模都不大。大中专招收高中生，学校数量多，招生规模较大，是从高考本、专科录取后的考生中划线录取的。天水渭南师范从高考招收高中毕业生，只招了 79 级和 80 级两届。我们 80 级是它最后一届从高中毕业生中招的师范生，学制两年。以后历届均招初中生，81 级学制三年，自 82 级起学制变为四年，直至学校撤迁秦州区。我们 80 级共有九个班，比前一届规模大很多，我在六班，有 50 余名同学。那年，因为天水师范要从天水泰山庙旧址迁出，所招 6 个班无处安置，便让渭南师范和礼县师范各分置三个班，安排教学。书记是张秉义，校长是李自华，班主任是李玉珍兼教生物课，语文老师是王德，英语老师杨其明，体育老师温永才，音乐老师邵映彪，美术老师姓戴，数学老师姓魏……我被分配徽县（时属天水地区），先后在伏家镇小学、县教育局工作。

渭南师范当时确切的名字是"天水地区渭南师范学校"，地处人杰地灵的天水三阳川渭南镇，故名。声名遐迩的元代始建伏羲画卦台屋宇，从教学楼窗口西望，隐约可见。白底红字的木制大校牌，就挂在临近陇海铁路的校门口水磨石大立柱上。短短两年的师范读书生涯，却给我留下了很多的回忆：逛渭南镇的小集市，去渭河边上耍水，操场上全校师生做广播操，晚上带凳子看露天电影，教室改装的学生宿舍……我们班 2002 年的二十年同学会，又揭示出了后来很多的秘密和趣事，成为我们永远的记忆。

已经远去的"礼县师范"

近日，有我95级的学生告诉我，原礼县师范的校舍正在拆毁，可能要在原址上开发房地产，不由勾起我人生第二驿站——对礼县师范的怀想。

1986年我进礼县师范任教，首先给85级两个班教《文选和写作》。当时在校的还有83级、84级四年制学生，每级均4个班，系原属天水地区时招收。85级是礼县师范划属陇南地区时的第一届学生，规模只有两个班，生源基本属于礼县、西和两县。86级仍是两个班，自87级起在陇南北部4县招生，规模扩大到4个班，范围乃至全陇南地区，不时一届有两个班或三个班不等，我先后给85级、87级、90级、91级、95级、99级任教《文选和写作》《阅读和写作》《现代汉语基础》《语文教学法》等不同课程，并开设有《三笔字训练》《书法练习》等选修课程。至2001年礼县师范和成县师范合并为"陇南师范"，我在礼县师范工作和生活了15年。闲暇之余，回忆打桥牌、下象棋、踢足球、打篮球、练书法、爬山植树、春游晨练、接送孩子、家务休闲、读书学习……一桩桩一件件，往事悠悠如袅烟。

在礼县师范，我有"粗缯大布裹生涯，腹有诗书气自华"的现实和向往，也有"敢将十指夸针巧，不把双眉斗画长"的矜持和执着；有"采得百花成蜜后，为谁辛苦为谁甜"的疑惑和思索，也有"芳树无人花自落，春山一路鸟空啼"的落寞与叹惋……15年的岁月让我徒添年华，也让我成熟和坚强。礼县师范存在了28年，两度分属天水和陇南，它的归宿是融进了新的陇南师范和陇南师专，它的血脉还在因为陇南师范教育而延续。

《淮南子·原道训》说："伯玉年五十，而有四十九年非。"春秋卫国的伯玉，可以不断反省自己，到五十岁时监视过去，得失之间，多求是而去非。故我借用这个典故，回溯我的人生驿站俩师范——正如《论语·微子》所言："往者不可谏，来者犹可追。"

(2014年4月26日)

第三章 文　学

年末随忆史铁生：思绪随风
我那遥远的蒲家湾

一

每年岁末，似乎我们就是最忙碌的时日，我们的处室人员少，加班是必选项目。今年似乎好点，邮寄了给朋友、同行、兄弟院校、对口单位的贺年卡，校勘了校报 2010 年最后一期的版式和清样，核对了全校科研津贴发放的表格并归档，给省厅国际处发送了聘请外教的年检表格，递交了处室的年度工作总结，在本处网站发布了几条消息……就接到爱人打来的电话，要我早点回家，辞旧迎新，吃饺子啊！我才意识到，今天是岁末最后一天！

面对我的 2010，我很想写点什么作为纪念，但一时又不知道从何写起——只是这样开了个头，就和妻子看电视台的音乐会、怀旧歌曲晚会还有女高音龚琳娜的那个"神曲"《忐忑》演唱，中间客串给很多朋友发辞旧迎新的手机短信。不知不觉就到了和电视机里的人们一起数数，等待新年的钟声敲响。

2010 年的最后一天，就这样要过去了，这个时刻，我想到了一个人：史铁生。

作家史铁生未能走过 2010 年的最后一天。12 月 31 日凌晨 3 时，只差一岁就到花甲之年的他，因脑溢血在北京宣武医院离开了这个世界。史铁生 21 岁在陕北插队时双腿瘫痪，30 岁那年患上了严重的肾病，从 1998 年开始做透析，大半生常与病痛相伴，他曾自嘲地说："职业是生病，业余写东西。"就是这业余的写作，成就了他一个著名作家、思想家的事业，可能因为他觉得已经死而无憾，所以淡定地面对死亡：死是一件无论怎样耽搁也不会错过的事，一个必然会降临的节日。(《我与地坛》）把死亡看成节日，恐怕只有大半生病魔缠身、病痛时常袭扰肉体的史铁生才可获得的感受，所以那些健康生活的人们，包括我，无论有多少牢骚和怨言，我们还是要感谢上苍的恩赐，为愉快地生活着而庆幸。

二

我的这篇小文，不料竟写成了跨年的作品。瑞雪兆丰年。元旦的早晨从窗外望去，白皑皑的一片，粉妆玉砌的一个世界！而雪花还在密密匝匝地飘落着，真是富有诗情画意。楼下马路上已经有很多小孩溜冰，叽叽喳喳的喧闹声平添了几分新年的味道。也有些青年学生（应该是大一的）在那里追逐着、嬉闹着打雪仗，享受瑞雪的乐趣，而在办公楼后院的羽毛球场上，一帮年轻人在堆雪人，还有的在雪地上打滚！年轻真好，处处是朝气。新年休假的两三天，我们都在干着自己喜欢做的事，妻子兴趣盎然地摆弄她的十字绣，而我则翻看自己喜欢的几本书……元旦之日，和朋友们出去小聚，吃着川味火锅，聊着一年来的顺心事，回味生活和工作的得失，喝个成州白酒行酒令……那种融融气氛柔软而浓郁。回家的路上，在漫飞的雪花中和友人絮语而行，真是惬意又惬意。这里地处甘陕川交界地域，四季分明，往年元旦下雪的情况并不多。今年似乎要冷于往年，"千门万户曈曈日""春风送暖入屠苏"的景况并未出现。元旦于我国表示新年更替，历史悠长。《书·舜典》叫"元日"；汉崔瑗《三子钗茗》称"元正"；晋代庾阐《扬都赋》中作"元辰"；北齐《元会大飨歌皇夏辞》中呼为"元春"；唐德宗李适《元日退朝观军仗归营》诗中谓之"元朔"。而"元旦"一词晚出，最早见于南朝人萧子云《介雅》诗："四气新元旦，万寿初今朝。"宋代吴自牧《梦粱录》卷一"正月"条解释说："正月朔日，谓之元旦，俗呼为新年。一岁节序，此为之首。"不过古代中国的元旦指阴历正月初一，并非指公历1月1日。辛亥革命后用公历，把1

月 1 日称"新年"，把农历正月初一称"春节"。中华人民共和国第一届政协会议决定采用公历纪元法正式将公历 1 月 1 日定为"元旦"，已非当初新年之含义。

情随时迁，2011 年的元旦已经过去，再续写这篇文章时，已经是元旦的第二天了。不知为什么，我又想到了史铁生和他的小说。1979 年他发表第一篇小说《法学教授及其夫人》，但成名是因为四年后的小说《我的遥远的清平湾》，那篇万余字的短篇小说获"1983 年全国优秀短篇小说奖"。那时文学是社会主要的表达方式，获奖小说几乎是受整个社会的追捧和爱戴的，和现在把网络与电视作为主要表达方式，而文学作为点缀——小说界的蜕变与远离社会主流相去甚远。那时我在大学一年级，和其他同学一样攒了钱，买了《全国优秀短篇小说作品集》，反复阅读和体味字里行间的韵意。史铁生的那篇小说从内容到形式技巧都显出异乎寻常的平淡而拙朴，是意蕴深沉的"散文化"作品，其中的陕北农村破老汉那个形象，就像是发生在我们天水农村生活中众多人员的一个，使我倍感亲切和温馨，所以我就爱上了那篇作品。还有小说对陕北农村风土人情的抒写，表现陕北人的憨直、坚韧、顺乎大道的性格也是我喜欢这篇作品的原因之一。他的散文《我与地坛》则是后来选进学生课本时，我在教学生的过程中体验到了他思考的深度和对人生的感悟。我觉得，就以这篇作品，把他称为思想家毫不为过。

三

重读《我的遥远的清平湾》，映射着新年灯辉的飘渺，我想到了我那遥远的蒲家湾。

回忆一旦打开闸门，往事便纷拥而至，渐行渐远的往事又在朦胧中逐渐清晰起来，似乎毫发毕现，历历在目了。

我那遥远的蒲家湾，在天水三阳川的南山怀抱里。我的童年和少年时期都是在那里度过的，青山环抱之中，别有一番情趣。渭南的那一道青山属西秦岭北支系山脉，往西延伸就到了凤凰山，据霍松林先生考证，那就是古籍里面记载的邽山，天水先秦称邽地，当以此山得名。再往西绵延，山脉连着的就应该是在甘谷（冀县、伏羌）、武山（宁远）一带了，宋金对峙时期，这里是重要的战场前沿，有三阳砦之称。山脉东延，止于渭水之滨，横亘在三阳川和天水秦州区之间。站在山村最高处的风台（实际应该是古代的烽火台，烽燧遗迹在20世纪80年代还能看到），环眺左右蜿蜒东去的渭河，两边平畴沃野的三阳川尽收眼底。适逢我们牧羊放牛雨后初霁的时日，可以看到北边远处秦安云山梁上双华公路（312国道）和中梁公路（310国道）的汽车，还可以看到卦台山和风都庙圩院的游人。明代大学者胡缵宗在《卦台山记》中说："成纪之北约三十里，曰三阳川……三阳云者：'朝阳启明，其台光荧；太阳中天，其台宣朗；夕阳返照，其台腾射。'"伏羲画卦台每日的返照之光就来自我那遥远小山湾前的风台山，华照如线，使卦台映放腾射之辉。

我们小时候有很多很多的游戏，虽然生活清苦，但应该比现在的孩子过得更快乐。打梭，是我们男孩子最重要的游戏，给我的记忆最深。似乎川里的村子不太流行，记得我们后来谈起这些，他们显得颇为不屑。天水的打梭，在山西叫打尜（gá），在江淮一带叫打索尔、打尖，开封称为打苏，在宁夏呼为打梭儿。从互联网得知，"打梭"游戏其实在东北、北京、河北、山东、山西、内蒙都一度从远古流传至20世纪80年代，现在已经看不见了。有人告诉我打梭的类似活动在印度、巴基斯坦今天还可以看到，据说由中国古代的"击壤"发展而来。由于民俗文化与旅游的关系，现在青海的湟源土族、撒拉族，宁夏西海固回族对打梭游戏保存整理得不错，中国民族运动会的木球项目即据此演化而来。

那时的冬春季节，树叶凋零，倦鸟归巢，万籁俱寂，农村的家里连收音机那样的娱乐工具都没有，只有听挂在屋檐下的广播，后来广播里说《岳飞传》《杨家将》等，等着听广播里单田芳、刘兰芳说书，成为大人们的乐趣。孩子在家里无事可干，就聚集在村里大一点的空地上，比如打谷场上、小学的操场上，开始玩打梭的游戏。无论大孩小孩、个高个矮、有劲没劲都能一起参与，最少两个人就能玩，有时好多的大人手痒痒了，也加入了进来。现在我能回忆的，就是有梭棍、梭娃、喝梭、杈梭、数杆等的主要环节，游戏和今天的垒球、棒球很有些相似，能锻炼孩子们的团队协作、机智灵活、动手动脑、观察分析、奔跑跳跃等能力。孩子们聚到一起玩打梭游戏，更显天性中的张狂、野性和乐趣。岁月匆匆，几十年已经过去的"打梭"游戏，早已被人们淡忘，但在我的记忆里，连同我那遥远的蒲家湾，却永远抹之不去，那种在贫困中寻找乐趣，乐观向上的精神，让我留恋，让我回想，让我激动！

还有一个"打车轮鞭"的村子体育活动，在我的家乡也曾流行。它应该是打秋千的演变活动，先在空地上栽好一人高的立桩，顶端削尖，再做一横杠，正中间凿一窝臼，杠的两端系好绳索类似秋千。在桩尖和窝臼里润上油，架横杠在桩上，两边或站或坐各一人，然后转动横杠，秋千上的人就随之飞转起来。另外还有滚铁环、跳绳、弹琉璃球、斗宝、打木猴（木猴即陀螺）、叠三角等游戏，令人怀想。时光荏苒，不觉一年，只有记忆可以留住时间。

哦，我那遥远的蒲家湾！哦，我又迎来的一个新年！

（原载《陇南日报》2011 年 1 月 2 日）

思旧如梦烟，恍然一觉已中年

——兼记文友黄英先生

好似恍然一觉，时光就已将我移换成了一个中年人。

20 世纪 80 年代中期，应该是 1985 年，我还是中文系大二班上的少年"才子"，名字首先出现在《甘肃日报》第四版的《文艺》栏目里，那是一篇小小说叫作《苹果园里的故事》，千多字的篇幅，当 18 元钱的稿费邮递到手的时候，一帮同学欢呼着要求我们一起下馆子。要知道，18 元钱，在当时是我们一个月的生活费！那一顿饭吃得怎么样，现在回忆不起来细节，但是只记得有几个人"酩酊醉扶归"，就是因当时有名的"陇南春"酒，真有点盛唐李白"天生我才必有用，千金散尽还复来"的豪迈。

但我们不是李白，首先需要一个饭碗，需要建立一个家庭，需要……总之，很多的事情需要我们面对。——当然，再后来，因为工作岗位需要评职称等原因，我停下了文学创作，停下了向《飞天》《诗神》等杂志的投稿，开始写论文。再后来，我小有成就，主要是因为首篇论文发得比较顺手，而且中华书局的《文史知识》稿酬比较优厚，这对我的鼓励很大。以后的日子安心而恬静，渐渐淡忘了写诗、写散文、写小说，那个读着黄英的《杏花雨》而若有所思的青年人的面目也早已模糊，远去。

及至今天，忽然收到黄英先生邮寄来的《邓宝珊将军传奇》（甘肃人民出版社 2005 年版），又记起 1993 年春天在礼县师范第一次见他来"文学兴趣"班讲课的情景，还有他那本 1989 年甘肃少儿出版社出版的《忧满黄河——邓宝珊传》。那是我第一次从文史角度了解邓宝珊，尽管我身为天水人，从父辈那里知道很多邓宝珊的故事逸闻，但毕竟，系统地了解这个传奇人物的来龙去脉，从文字的角度，还是第一次。我按照信笺上的号码拨通了黄英先生的手机，他的声音几乎没变，当我问候他的身体情况时，我提了一下，他应该有 60 多岁了，但他说已经 72 岁了，我有些惊愕！怎么？有那么老吗？

在网上点开搜索引擎，一看信息真是他！1937 年生的人，他西北师范大学中文系毕业那年，我才出生。一点点寻找多方的信息，筛，滤，回忆，对照，肯定。然后，激动，恍惚。他真的已过了古稀之年！我的心悄悄疼了一下，仿佛沧桑岁月里恍然一梦的惆怅微痛。是啊！我也已悄然进入中年，时光留给我对于青春的隐忍和留恋，对我是一种带着丝丝幽暗的疼，似乎"崩——崩——"地在弹响。

我和黄英先生通过话后，接着翻看他修订新出的《邓宝珊将军传奇》，从后记得知，他写邓宝珊的传记，《忧满黄河——邓宝珊传》就获得了甘肃省优秀文学作品奖、第二届优秀图书奖，成绩斐然。特别是再版的新书中增写的最后两章，写邓宝珊和学者冯国瑞往来的章节，更显老辣与沉稳，真正是老而弥坚。那么，我到了他的年纪还会有如此的境界吗？我知道中年之后，接着就是老年了……

踱步到窗台前。窗外，门前大道边一度青绿的广玉兰已经有枝顶黄叶了，国庆假日午后的校园阳光洒落斑驳的水泥甬道。一切寂静，除了我的内心。

唉！算算，是该到不惑之年了！我初次发表文字至今，已经 20 多年过去了！谁能拦得住一个少年迈向不惑呢？摸摸变得渐少的头发，哪里寻当年的青涩去！

黄英先生已出了许多本书，而不是我这样的许多篇。这有点像数钱，我是一张一张地数，他是整捆整捆地搬钱砖头。就我那本他来函惠索的《玉堂闲话评注》，虽然积我十年之功，但还是和他几十年的努力比起来，厚实得不够。倘若真是人生如茶，此刻，他不是水晶杯，而是紫砂壶了，厚重，丰富，有年头，但在某些角落，也已经积了岁月和尘世的印痕。

这些印痕，外人拂擦，但终究难以看个究竟，对于一个我这样用岁月的步履踩过中年的人，许多只可意会，难以准确言传。

我丢弃了创作，潜心地方文化的学术历史探究，和他比起来，曾经是两个从不同地点出发的朝圣的信徒，终于这一天，偶然相逢于圣地的峰脚下，我看见了他，认出了他，他已过古稀，而我已到中年！

我这向后的一瞥，忍不住哀叹时光，竟忘了自己也是在时间的河流里打了一个水旋，面目又滑过了从前……

思旧如梦烟啊！恍然一觉已中年！

（初刊于《陇南日报》2008年11月6日）

暮春踏青偶游红嘴山

一

今年三月，本应是"轻寒薄暖暮春天，小立闲庭待燕还"的美好时日，不料乍暖还寒，阴霾连续很多时日，伴随今年东亚各地此起彼伏的地震、海啸，气温却持续波动，连续走低较多，人的感觉似乎还在初春徜徉。4月8日，阴寒了很久的天气突然放晴，户外就感到了一种入夏的灼热，室内却依然寒意料峭，很有一种怪异的感觉。虽然这样，在谲诡的气候里见到阳春融融，还是有一种离开办公室，走向大自然的冲动：一挥春寒压抑的憋闷和放飞心情的快意。第二日上午，约了友人几家，驱车直奔郊区吊湾农家乐"红梅山庄"小聚、踏青，真是别有风味。

我们吃了徽面饭、锅巴馍特色农家主食，以及佐餐几种诸如香椿拌豆腐、凉拌鸡娃菜、蒜泥拌水蕨、清淡荠荠菜等新鲜山野菜，在一种特有的心绪中开始登临大云寺（别称卧佛寺，史称凤凰山寺）。暮春应该是一个很美的季节，想起大家熟悉的南朝梁代文学家丘迟在其名作《与陈伯之书》中说："暮春三月，江南草长，杂花生树，群莺乱飞。"可是，眼前一片枯草景象，放眼望去，远山未绿，缥缈而了无春意，尽管这里属于长江流域，有"陇上江南"美誉，却与杜甫"沙上草阁柳新暗，城边野池莲欲红"，王安石"昨日杏花浑不见，故应随水到江滨"等暮春之境相去甚远。春风劲吹，只有在微汗的登山之爽中欣赏崖壁上至今裸露着的唐宪宗元和九年（814年）《李叔政题壁》墨迹，它是考察唐代题壁书法的重要实证，有着珍贵的文物价值。后年，白居易写了《琵琶行》，成就了他的"伤感诗"和"元和体"，不绝于史，同样地，李叔政以其这块题壁，应该不泯于世，窟壁虽有唐、宋、明、清历代官绅题刻多处，但其价值几乎无一可与其相提并论，据学术界考证，它可能是国内唯一一处在自然裸露状态下存留的唐人墨迹。

春风凉意，飕飕扑面。大云寺东边是狮子洞，其中一些唐宋题刻因缺乏保护已经毁坏大半，成为无由的遗憾。后山相连凤凰山、鹿玉山，乾元杜甫同谷之行，定然与此地关联，西枝村何在？赞公住地何存？他俩是否在此相聚？都还悬而未决。杜甫在这里留下了诗篇，但困顿之极，《同谷七歌》就是在暮冬至时，哀哀掩泪的余音不绝；《凤凰台》春望般的忠心笃实，却一遍又一遍鼓舞人心，类似于19世纪欧洲浪漫诗人雪莱《西风颂》之思：冬天来了，春天还会远吗？尽管2011辛卯年这个春天，不太像传统意义的诗意云天，但已经让我在暮春登临之时，浮想联翩了。看大云寺就是追忆古文献方志"梵宫横空，掩映于茂林之上；朝钟暮鼓，萦回于幽谷之间"的境界，体会山风习习、松涛呜呜、鸟鸣啾啾、花香阵阵的感觉，但是这次并不能使我称心如愿。

二

余兴未了，决定星期日再去城西踏青。

踏青习俗由来已久，其别称春游、探春、寻春、游春，似乎先秦就有，《诗·郑风·溱洧》云，三月三日上巳节，"维士与女，伊其相谑，赠之以芍药"，就展示了一个远古春游的画面。汉魏南北朝已经流行踏青，南朝《乐府·春歌》第一首云："春风动春心，流目瞩山林。山林多奇采，阳鸟吐清音。"那种春心萌动的欢悦情景，使人仿佛听到了少女的心跳和春天蓬勃的声音。唐房玄龄等《晋书》记载：魏晋"三月初一至初三，水畔饮宴，郊外游春"。到了唐宋，踏青之风盛行，伴随很多游戏和恋情相依，"逢春不游乐，但恐是痴人"。延及明清直至列强入侵，国运衰萎。继之，新文化运动陡然兴起，作为国人文化的踏青不可避免式微。

虽如此，在我的记忆中踏青风俗二三十年余韵未绝。记得20世纪七八十年代之际，国风文化随改革开放再起，各学校都还有带学生春游的习惯。我是1982年夏秋参加工作的，在伏镇中心小学教书，1983年春带我的学生去红旗山首次春游，那青翠的柏树林、五年级小学生的欢笑、草地聚餐的喧闹、打着红旗歌声嘹亮的队列，回望伏镇天河，稻田平畴如镜……还依然历历在目，不觉弹指，已经二十八年过去。红旗山是一个中华人民共和国特色的地名，因"文化大革命"时省革委会在那里设"五·七"干校，教育改造省委机关老干部和劳动锻炼兰州知青而得名。记得我和学生去春游，那些房子有的还在，还有些颓败不堪。据清康熙版《徽郡志》，红旗山于古大有名望——山上北禅寺，初为北魏时建造，唐宋时寺庙占地近十亩，香火极旺盛，明成化十六年（1480年）浇铸5000斤（2.5吨）铁钟，挂于郁郁葱葱的柏树林中，晨钟暮鼓，颇有一种静谧而悠远的河川远村韵味。延及1958年北禅寺坍圮，北禅寺的铁钟移挂徽县文化馆内六角亭至今。与此相关的，还有千年紫荆和栗亭白塔，是位列陇南可数的胜景。据传宋人所建栗亭白塔还在今郇家庄东台地，风姿依然，只是那棵千年紫荆，传闻淡然，可能无由赏观了。

还有一次，在1984年带学生春游去架子山，只记得学生打着红旗、唱着歌沿着华双公路（华家岭—双石铺，今称316国道徽县段）行走，山脚春日稻田如镜，路旁花开如簇、绿草茵茵，歌声如潮……一段美好的记忆，其他的好像就没太多印象了。

思绪回归这个星期日，是2011辛卯农历三月初八，清明后五日（4月10日）。朋友一早打电话来，我们相约去抛沙镇广化一带去踏青爬山。抛沙广化在丰泉山下，向东南是风姿绰约的鸡峰山国家森林公园主峰。往年这个季节，应该是荞麦青青、油菜花盛、树木泛绿、柳嫩花红——层层梯田将绿绕，春山排闼送青来等景象。我们驱车至那里，境况却大不如往年。除了五龙山那边成片的松柏已经泛出春日的绿意外，田野还一片旷远萧瑟，油菜花虽然金黄，点缀其间的桃花虽然相衬，村子和路边的樱桃花已粉白如染，但田野绿意的缺乏还是感觉到春天步伐的姗姗来迟，并不惬意。

我们找好了广化农家乐"汉风庄园"，打了小会儿牌，吃了一个农家小餐，便决意驱车到丰泉山，登高望远，以遂暮春踏青心愿。

三

广化在历史上不是一个简单的地名。据学术界的研究，大名鼎鼎的汉武都郡、隋唐武阶郡的故址就在这里。东汉大儒马融避邓骘乱，绛帐讲学即在此地，往西沿下辨水（今南河）溯流而上，就到著名的汉三颂摩崖《西狭颂》国家保护景区。所以，这里是一块风水宝地，连同上游名镇小川，自古以来人才辈出。

仅仅因为我们驱车上丰泉山，就需要给广化收费站交付往来20元的过路费。普通公路收费多年，看来还无解除迹象，不禁使人想到古代豪侠小说中剪径大盗所云"此山是我开，此树是我栽，要想过此路，留下买路财"的劫咒……过了收费站，大路蜿蜒而上，透过车窗，纵览远近春景，还是不能使人如意。找一处停车港湾，登临高坡，看农人田间劳作和树木泛绿，总是觉得旷远有余而春意不足。继续驱车前行，至江武公路边西峡景区西出口处，逡巡少许，兴趣萧然，准备回返。

不经意间，翘首南望，见一庙宇雄踞在高耸蓝天的山巅，掩映着午后的阳光云霞，影影绰绰的。这一望，似乎勾起了我二十余年来一幕幕的片段记忆，自从25年前首程去武都至今，在这个路上我走过无数次，很多次从车窗看到这个雄踞山巅的庙院，但一直不知道那是什么，成为暗藏于我记忆深处的一个悬疑。那庙宇乍一看似乎比较远，仔细打量好像再一两个小时就可以到达。于是我和朋友兴奋起来，今天能爬山踏青，登临绝顶，赏玩春色成州，揭开记忆深处的悬疑，定然不虚此行，岂不快哉！停好车，我们一行七人跨过公路，沿着崎岖田埂小道，盘桓而上。不料想，下边看似陡峭的山坡，却有一条略显平坦的乡村盘山公路。一听我提出直达山顶的建议，有三个同行者踟蹰不前，决意返回车场，只剩我们四人继续沿小路佝偻山行（公路绕行而小路径捷）。

成县的南山，从下面看颇为陡峭，但上山行进，却不时可以看到掩藏山间的平坦川坝，特有的一种田园气息。沿路欣赏平坝层田、小村农舍、茂林修竹，桃花、杏花、樱桃花竞相绽放，争妍斗艳，看村人春光之中耕耘播种，听鸡犬之声、蜜蜂嗡嗡、小鸟啾啾、望油菜花连片金黄、春光旖旎，闻花香如缕如浪、馨香不绝，真觉惠风和畅，踏青如醉。

孟浩然《大堤行》诗句云："岁岁春草生，踏青二三月。"古人是深知踏青和春游的奥妙的。我们是在一个气温不常、乍暖还寒的暮春三月，体味自然的本真。朋友玉辉摘路边田埂饫生油菜嫩茎，剥去青皮，送我品尝。我是第一次咀嚼玩味，真如青笋甘嫩脆爽，真惊异于那种独特感觉。虽然我自小就见惯了油菜，还没有想到它有着独特的风味。我们聊着天，偶行而上，在乡野山间赏景散心，似乎一冬的沉闷一下子便烟消冰释了。观赏连片的油菜花是一种意韵的触摸，而不时瞥见农舍前后翠绿竹林，弥漫着缕缕炊烟，嬉闹的孩童，晒太阳的老人，地膜覆盖的整齐垄沟，种种景象，如诗如画，返璞归真的神韵尽在其中。

四

踏青爬山，虽于我颇有诗意，但需要脚力和体力的保障。坡陡路窄，虽缓步徐行，但不免气喘吁吁，大汗淋漓。朋友告诉我，这样的登山踏青，远较平时操场走步锻炼有益很多，尤其职业久坐，更需户外赏景行步，有益身心。确实，每转一弯，即有一景，草地如茵，对比着山石嶙峋，别有境味。同行朋友杨君乏力于陡峭羊肠小道，几经鼓励鞭策，才坚持登上山梁，极顶庙宇之处。

登上山梁，豁然开朗。稍上，就是土地神庙，侧边有几人正在版筑土屋，原为禅房或道徒住室。欲极顶庙宇，尚有一段险绝小路，斗折蜿蜒，行之顿生云惴颤栗之感，有恐高或眩晕之恙者，绝不能进。登顶至庙宇，则供奉着"无量祖师"。据看庙的李姓道者说，此山名曰"红嘴山"，极顶现存此庙观建于20世纪50年代。但因为他不识字，也说不出更多的东西来。从建筑的痕迹来看，显然至少经过了两次以上的重修，早期建筑的榀桁雕花、门窗饰物，其风格应不晚于民国初。檐廊上堆放着石碑残块，其年代已经无法辨出，从只言片语和行文风格来看，应属清后期遗物。"无量祖师"即真武大帝，也称玄武。《后汉书·王梁传》云："玄武，水神之名。"李贤注："玄武，北方之神，龟蛇合体。"看红嘴山庙塑像并无青龙执剑特征，可知此观并非供奉"无量祖师"，应该是"无量天尊"。其先为太乙天尊（类似佛教的观世音菩萨），奉之以助不幸之人，救苦度厄，一直沿用到清末民国。解放后，被传讹为"无量天尊"。"无量"一词，来自佛教。从道教发展来看，"无量天尊"是一些不谙道教轨仪者自创的，道家常常使用"太上""至上""无上"，表达道的至高至尊。这里还牵扯到"无上寿福"与"无量寿佛"的道佛观念之别，无须在此洞察幽微了。

站在观后山墙根，往前咫尺就是崖界，俯瞰近处山坡，悬垂飘然，犹如飞机临近着陆的乡郊俯视，只不过是近景罢了。再极目四望，山川相邈，郁乎苍苍，烟云缥缈，流如飘带。小川和县城，斜阳巷陌，朦胧隐约之间，路若游丝，盘绕丰泉山，向远又绵延维系着县城与小川镇。东南面隔着两重青翠峰峦，就是隐约可见的鸡峰山耸立；而正南，数重青山，春光掩映，妖娆如画。山人告诉我们，沿山下入洞沟小径西南行，尚有五仙洞、八仙坑、白马洞十余处景点。因为时间关系，只能留在下次游赏了。正是"好水好山看不足，马蹄催趁月明归"，当年岳飞登池州翠微亭时的心境，亦不过如此罢了。由山人引导，我们还登临了红嘴山南峰。在那里，我们看到了一块残碑，辨认出"中华民国九年癸酉""五仙山""五仙洞""无量佛"诸字样，由此可知，该山为五仙山，原奉佛陀，至明末民初奉道规，至今几经兴废，所目萧然。

我们返回路边停车场时刚过下午6点，夕阳西下，晚霞似练。那三位等候已急，此前多有电话催促，但岂可感知登山踏青之乐欤？到"汉风园"吃农家菜蔬粥饭，不禁有一种爽快之情油然而生。巧逢临时停电，点起蜡烛，颇有些烛光晚宴的氛围和情趣。餐罢仰面，星月天幕，上弦新月已经挂在树梢。黄昏的乡间似乎特别的清静，除了偶尔的犬吠和时断时续的歌声传来，好像别的什么响动都没有。"天下三分明月夜，二分无赖是成州"，这就是我此刻心境的最好描述吧！

车行返家，灯光下看见如丝的柳绿。"日暮笙歌收拾去，万株杨柳属流莺"，日后气温回升，红嘴山应该是有更浓的春意吧。

五

　　王安石《游褒禅山记》有名句云："世之奇伟、瑰怪，非常之观，常在于险远。而人之所罕至焉，故非有志者不能至也。"我们偶游红嘴山，不仅领略了成县近旁无有的非常之观，而且凝练了心志，也增长了见识。查方志知道，险峻红嘴山系五仙山主峰，地处鸡峰山西南 10 千米沟壑纵横地带，与鸡峰山隔凉水峡，北边并列五座山峰形似笔架。相传不知何代，有公孙五子于石洞练轻举之功。清黄泳纂《成县新志》云："五子丹成轻举，今访其胜者见桃花流水，犹疑别有天地非人间也。"五仙山即得名于此，至于红嘴山的由来，还不明所以。传说八海坑原为湖泊，吕洞宾、韩湘子等八仙乘画舫游戏湖中，因延误了赴王母娘娘蟠桃盛会的时日，被太上老君奉命驾青牛犁通八海坑，湖水经铧尖入洞沟，八海坑干涸了，画舫搁浅变为石船。八仙是神话，而八海坑、石船、八仙洞、铧尖洞、洞沟等确是实实在在的地理实体。据说五仙洞最宽敞明亮，内有道教人物塑像，洞有南宋两通碑刻，一通是宋嘉泰二年（1202 年）宣教郎通判、成州主事赵希渊撰刻之《五仙洞记》，另一通是参知政事郑绍光、左丞相史弥远奉敕撰刻之《孚泽庙碑额》；观音洞螺旋向上，上通湘子洞，钟乳石可观，"石虾""石猴""石蘑菇""石灵芝""珍珠幔"等造型逼真，足以引起人们丰富的联想，不少洞穴盛夏凉气飕飕，沁人肌骨。从五仙山往西南行，不远处是天寿山，据称有许多溶洞，钟乳石万象纷陈，碧波荡漾……这些，就当作我们下次游历的念想吧！

　　从石文锋《五龙山伏击战》得知，1936 年 9 月 29 日红二方面军五龙山战役，曾在红嘴山狙击小川方向的敌人，完成掩护主力集结的任务。[①]不知道当时是怎样的一种战况，忽然想起毛泽东《菩萨蛮·大柏地》中"当年鏖战急，弹洞前村壁"的句子，为 1975 年前那些出身贫寒的先烈追求理想和信念而肃然起敬，多有慨叹。吴明绪《冬游八仙洞》笔调清爽[②]，

---

① 石文锋. 五龙山伏击战［N］. 甘肃日报，2007-08-31.
② 吴明绪. 冬游八仙洞［N］. 甘肃经济日报，2009-12-30.

可值得一读。

回味今春踏青，偶游红嘴山，于我意中有意，味外有味，只是因为时间的仓促，没能体会"行到水穷处，坐看云起时"（王维《终南别业》）的禅味和肌理，那么相似的达观胸臆还需要继续涉取，人生虽有年，涵养却无期，因是感悟和心得而已。

（2011 年 4 月 18 日）

母亲的戏本故事和几句箴言

母亲属龙，她出生在 1928 年，正是红军会师井冈那年。那时，闭塞的天水农村当然不知道远在万里之遥的南方有一拨时代精英，正在投身于改天换地的千秋伟业。但母亲曾告诉我，长征的红军小队经过家门的情景她是记得的，还有驻扎邻村做饭的事等。母亲幼年失恃，虽家道殷实，但外祖父并未续娶，而是把六个孩子都拉扯成人。母亲是兄弟姊妹中唯一的女孩，所以得到的父爱和弟兄呵护之多自然不在话下，听戏本故事即为一例。

20 世纪 30 年代的天水，男尊女卑思想还很普遍，母亲因此没有上过学，目不识丁。但她知道的戏本故事并不少，这完全得益于她极好的听力和记忆力——外祖父喜读秦腔戏本，母亲竟然耳濡目染，从中稔熟了不少的传统故事，犹如马南邨（邓拓）《燕山夜话》中所言杨大眼的"耳读法"。今天想起来，母亲在 20 世纪六七十年代对我们弟兄仨的人文教育，就是从这种"耳读法"开始的，什么《王佐断臂》《杨再兴误走小商河》《岳飞枪挑小梁王》等戏本故事，伴随着母亲嗡嗡的纺车声常常点亮我们的小眼睛，而后又让我们在朦胧睡意中不知不觉进入梦乡。

母亲从戏本故事中汲取了诸多人生经验和生活智慧，令我至今记忆犹新。她讲《三娘教子》时对薛倚哥不勤奋读书的情节，就有她自己的发挥：人付出勤苦定然会有回报，戏耍混日子对自个儿没啥好处。她叮嘱我们弟兄"勤有功、戏无益"，她也忠实地以此践行一生。母亲讲《寒窑记》中吕蒙正年少落难而上进之心不减，最终成为大器，她的归纳是：一个人能从小孩子时期看出成年后的为人，即所谓"从小看大、三岁知老"，她觉得孩子的志向、毅力是最应该重视的。她给我们讲《五典坡》，对王宝钏苦守寒窑十八年评价说："君子谋道不谋食，小人谋食不谋道。"她说的"道"就是人生的念想、预期或理想，人不应该过于现实，只图眼前，辗转于钱财和衣食之间。

如今，母亲离开我已过十年。闲暇时，我不由品味起她的这几句箴言。

"勤有功、戏无益"，她教我勤奋为先，珍惜时间。

"从小看大、三岁知老"，她教我不管境遇如何变幻，一定要点亮心底里那盏志向明灯。

"君子谋道不谋食，小人谋食不谋道"，她教我人生永远要有一个精神的境界，即便粗茶淡饭、家徒四壁，也不失生活的滋味。

母亲的箴言，或来自古训，或来自戏文，出处已无从考究，虽然简短，却意义深远，每一次品味，都促我反躬自省，令我受益匪浅。

（2014 年 1 月 6 日）

孟冬十月朝郊次一日登成县魏家山

　　今天孟冬第一日，即所谓"十月朝"。谚曰："十月朝、穿棉袄，吃豆羹、御寒冷。"冬天来了，寒冷的日子就要近了。不仅民间如此，就是远古皇家也讲究"是月也，天子始裘"（《礼记·月令》），天子以穿冬衣的仪式，昭告庶民：冬天已经来临。我们学校也选在今天供暖试水，虽然听见的是咕噜噜的冷水声在管道里游走，但潜意识还是似乎微微浸出了一丝暖意。

　　前两天成县连着一场又一场的小雨，似有寒彻渐重。不料今晨天色放晴，太阳一出，竟然透出些暖意来。厚衬衣上外加的羊毛小背心，竟使我郊游步履伴随着微汗的惬意。上周做完成立"陇南文史研究中心"和"陇南民间艺术研究中心"的紧张会务，小吁一口，便约办公室同事和好友们郊次一日，登成县魏家山。

　　魏家山的对面就是大名鼎鼎的凤凰山，杜甫《凤凰台》诗喻其"山峻路绝踪，石林气高浮"即为生动的写照。如登凤凰山，必然可以看到成县川坝平畴、城区楼房鳞次栉比，望北面丘陵层叠，霭霭炊烟中真是一幅旷远美景。所以"安得万丈梯，为君上上头"的诗句，不管带有怎样的向往和政治的期盼，至少今天在我登临凤凰山，可以是更上一层楼的别解。收视目前，即便是孟冬，田垄树木依然葱茏，野菊还在绽放，银棘、枇杷还在簇花，其间偶见蜜蜂……这是陇中、渭北之地此时难以想见的！兰州已进寒冬，暖气开放，行人厚装匆匆，"天气上腾，地气下降；天地不通，闭塞而成冬"。凤凰山中腰有卧佛寺，即摩崖题刻所云唐代"大云寺"，虽无昔日辉煌，但留在岩壁上元和九年（814年）的《李叔政题壁》墨迹，千余年户外暴露，至今清晰可辨，国内罕见，颇有文化史意义。

　　可是，我们这次没有登临凤凰山，而是去了它对面的魏家山。魏家山并不高，实际是一个舒缓的丘陵，上面有一个叫作魏家山的村子，沿路可以看见翠绿茵茵的油菜地，一畦一畦的蒜苗之间，夹杂着些白菜，也有着盎然的绿意。魏家山村中间有一泉清流，水量可观，泉口之间冒着丝丝热气。据村民讲，该泉入冬则暖人手，入夏则凉沁骨肉，颇有可观之处。村中最夺人眼目的柿子树，叶子未落，而柿子红艳，红绿之间的对比如此耀眼，却与姹紫嫣红的山涧红叶、崖壁斑斓丛棘如此和谐，一如初冬却在秋色。而犬吠、炊烟、潺潺流水更加重了淡远、清逸的秋高气爽氛围。

我们沿一岔路平山腰而行，一览正在建设中的十天（十堰—天水）高速公路，身旁不时偶遇送寒衣的村人。才记起今日又是寒衣节，或称祭祖节、烧衣节、授衣节。十月初一烧寒衣，寄托着今人对故人的怀念，承载着生者对逝者的悲悯。其实，民间于十月初一"烧献"的记载，最早出现于宋代文人的风土记述中，远古人们孟冬讲求"功致为上，物勒工名，以考其诚；功有不当，必行其罪，以穷其情"（《礼记》），天子"祈来年于天宗，大割祠于公社；及门闾，腊先祖五祀，劳农以休息之"，都于冥事纪念无关，所以寒衣节俗的形成并不晚于宋代。今人有些地方试穿冬衣，是在延续象征过冬的传统，以图吉利。

山路盘桓，峰回路转。不料走入一户农家。小径两旁多种菊花竞相怒放，菜地青树映衬其间，好一幅幽园秋居图！主人极好客，见我们进来，叮嘱写作业的小孙女几句，便递烟倒茶，闲聊小叙起来，聊收成，聊天气，聊院落下边正在建设的高速公路。兴之所至，带领我们看他的杜鹃鸟、麻料鸟和相思鸟，这些都是他在院落附近逮着后驯养的，这些年伴和着鹦鹉的鸣叫，构成一种和美的田园味道，久居钢筋水泥的建筑，此情此景不由使人情意舒畅，胸臆开张，心旷神怡。友人所爱做盆景、制根雕，与主人嗜好甚合，就茶续烟之后，荷锄在田埂垄亩之间，掘得银棘、火棘株苗而归。

挥手话别之间，已是日落时分。漫步归途，冬日苦短，回首魏家山，已淹没于茫茫暮色中了。

（2013 年 11 月 3 日）

从文学形象"苏小妹"的虚构联想到今

　　前几天给大三学生上课，本想临近国庆 60 周年庆日有长假，听课者可能有缺席，加之这两年甘肃省招考教师只考思想政治、法律基础和英语之类，学生对专业课的热情已经不是那么高了，实用主义和就业压力已经把所谓"天之骄子"的大学生折磨得理性无存、颜面尽失，看着那些为应付各种招考而苦读几乎没有什么用的书本，又在就业的苦楚面前煎熬的学生，我感觉到了中国大学（特别是高专学校）存在的悲哀和痛苦，体制的原因使多数地方性本科院校也不好受，中国高等教育的出路在何方？中国现在真的进入了大学生过剩的时代了吗？我心尚存如此多的疑惑，那中文系的学生，有多少还愿意重视那个被视为宋代文学旗帜的苏轼呢？

　　果然，我在课堂上点名，就有几个人未到课，主要是系上或学校的团学干部，据学习委员讲他们都有"公务"在身。临近国庆，全国都在忙庆华诞，学生干部"公务"缠身不上专业课，也在"情理"之中，何况学这个"中国古代文学"的课程就是应付政府每年的教师招考，几乎没什么直接作用，不学也罢。想到这些，我心就释然了，学生也不易，得过且过，何必苛刻他们呢？可是，我还是觉得有点异样，坐在教室里的人分明比这个班的实有人数多，因为没有空座位。平常人到齐的时候，这个教室应该有 10 个左右的空位！

　　今天讲苏轼生平，因为牵扯到一个伟大文学家在宋代的遭际和成长，课堂气氛还是很不错的，屡有问题提出，这使我感到欣慰。有人提出讲一讲苏轼的婚姻，我知道这是一个 20 岁左右大学生群体（多数班级男生占四分之一左右，女生居多数）比较喜欢而且感兴趣的话题，所以就抽时间讲了苏轼与王弗、王闰之、王朝云三个妻子的一些情况。不料，一些学生余兴未尽，下了课还围着我问一些细碎的问题。有个男生对我说今天忽略了一个重要人物苏小妹，并且说到了他知道的一些情况。详细询问，才知道他是科学系地理教育专业的学生（今天来听课的还有其他系的学生），我才恍然一悟：怪不得学生有缺课而整体人数又有点多！学生不全是因为高等教育的畸形和就业压力就丧失了理性思考！

说到"苏小妹"，可以说是民间家喻户晓、人们津津乐道的才女，不禁使人想起才子佳人的故事，如《苏小妹三难新郎》《苏小妹三难佛印》《兄妹戏对》等。但实际看来，"苏小妹"应该是一个虚构的文学形象，于史本无其人。辽宁师范大学教授于景祥有《苏小妹的真伪》一文探讨了这个问题。① 苏小妹的故事纯属杜撰，《辞海》载："苏小妹，文学故事人物。相传为苏老泉（洵）女，东坡（轼）之妹。与秦少游新婚之夜，故意以诗歌、联语试少游才情，后由苏东坡暗助，少游始得完畅。……清李玉传奇剧本《眉山秀》也写其事。实无少游娶小妹事，苏洵之女也都早卒。"因此，苏小妹毕竟是民间传说故事，不可信。

追溯文学史，释放文学形象"苏小妹"的错误信号，源自宋人，而明代人把这个形象具体化。南宋张邦基《墨庄漫录》云"苏氏丞相容妹"，似乎肯定苏轼有个妹妹。最早关于"苏小妹"形象的记录见于《东坡问答录》，该书为明代陈眉公《宾颜堂秘笈》所录，而此书已证系伪托东坡撰，序为万历辛丑（1601 年）九月，去苏轼有五百余载。与陈眉公同时的小说家冯梦龙在"三言"之《醒世恒言》第十一回杜撰《苏小妹三难新郎》的故事，使"苏小妹"形象随着脍炙人口的短篇白话小说在民间流传开来。至明末，抱瓮老人从"三言""二拍"编选《今古奇观》将《苏小妹三难新郎》收入其中，因其流传很广，版本众多，得到了文学界的发扬，至清代李玉的传奇剧本《眉山秀》出现，更使很多人信以为真。

虽然"苏小妹"本无其人，但也并非全系空穴来风。宋人疑惑，明人续貂，是因为苏轼和两个女性有关：八娘和十二娘。八娘是苏轼的姐姐，因家族 16 人同辈中排行第八而称"八娘"，长苏轼一岁。据南京大学王水照、朱刚《苏轼评传》："幼女八娘，年十八岁，嫁妻舅程浚之子程之才为妻。"八娘在程家遭受舅父又是公公的虐待，兼受既是表兄又是丈夫的助虐，因此不得志而忧愤致死。苏洵与儿子轼、辙为此在愤怒中与程浚及其子之才断交，并为此作《族谱亭记》。洵在愤怒中又作《自尤》诗，追悔不该顺从旧俗，嫁女程家："汝母之兄汝伯舅，来为厥子求婚姻。乡人婚

---

① 于景祥. 苏小妹的真伪 [J]. 社会科学辑刊, 1999 (06): 151-152.

姻重母族，虽我不肯将安云？"亦可见清代王文诰《苏文忠公诗编注集成总案》卷一。十二娘却是苏轼的二伯父苏涣之幼女、情同手足的亲堂妹。十二娘嫁柳子文。柳子文，字仲远，神宗熙宁六年（1073 年）进士。十二娘于绍圣二年（1095 年）病逝。此二人均不是秦少游的妻子。

少游初见苏轼时已 30 岁，东坡 43 岁，那"苏小妹"也应在 35 岁以上，年龄不符。秦少游的妻子姓徐名文美，是曾任潭州宁乡主簿的徐成甫的女儿。这在他写的《徐君主簿行状》里说得很明白："徐君以女文美妻余。"秦少游与徐文美成婚在治平四年（1067 年），时年十八岁。

由此可见，"苏小妹"毕竟是民间传说故事，不可信。但是苏洵这一家人，为天地灵气所独钟却是一点都不假的，苏东坡的儿子苏过，就是诗、文、书、画样样皆精。因此，后人根据"幼女八娘""情同手足堂妹十二娘"杜撰出才女"苏小妹"，也是情理之中的。而将从文学史实看给"苏小妹"扣以杜撰二字实非可惜，说明现在人研究苏轼内心世界尚存不完善之处。从美学意义上说，"苏小妹"其实就是苏轼单纯内心的另一个化身存在，而外观之"苏小妹"其实就是苏轼的一个丽影。

（2009 年 10 月 2 日）

观哈萨克斯坦电影《铁山》有感

我看电视，是有选择性的。尤其是观看影视剧，就更是如此。

我们的荧屏，就国内题材的影视作品来看，基本上是被各类抗日神剧所充塞，反复吸引我观看的是《亮剑》。接着是帝王剧，主要以清宫戏为主，《甄嬛传》还余兴未尽，演播不衰，可是我未能倾情。国外剧，韩流不退，模仿韩剧的中国作品余波涌起，似有渐兴之势，但拾人牙慧，必然最终走向穷途。其次是美剧，制作手段是很吸引人的，但往往与我的欣赏范式有左，故感觉其很空泛，倒是欧洲、日本写小人物的人情剧或者人文剧影视作品，都令我回味无穷……《斯大林格勒》是战争片，但对战争与爱情的诠释，无论是在敌我双方，都给你一种思维回旋的余地，令人感动之处很多。而我们的战争片就似乎一味地打打杀杀，完全失去了20世纪80年代对主题深层次的挖掘，只是在技术上乐此不疲地学习好莱坞大片。

对于中亚电影，我们很少见于银屏。自苏联解体后，中亚电影就被我们的影视界所遗忘。今天（2015年9月12日下午）我偶然看到了一部哈萨克斯坦电影《铁山》，让我颇感意外。去网上一搜，竟然没有这部电影的任何介绍。只在哈萨克斯坦驻华大使馆的网站上有一个《重要公告》，却很简短，大意是说我们的中国中央电视台电影频道（CCTV-6）将要播出《铁山》《冰河》影片之类。网站惜墨如金，画面更为矜持，剧照只有一张照片，接着就是哈萨克斯坦仪仗队在我们"9·3"大阅兵的照片和纳扎尔巴耶夫和我国领导人会见的画面。这不禁使人明白，可能是"一带一路"的向西开放视角，才使我们开始审视中亚文化和影视，而这次哈萨克斯坦总统和仪仗队参加了我们的抗日胜利大阅兵，才使得这个国家的电影《铁山》有第一次显身于我们央视电影频道的契机。要知道，此前我们一直是向东看、向南看的，不是东亚，就是东南亚，再向东，跨过辽阔的太平洋就到了欧美（那实际已经是西方了）……

因为我儿子在2013年写他的本科毕业论文《浅析前苏联电影中的战

争与爱情》（即学士学位论文，万余字，还未公开发表），我帮他做了一些搜集资料的工作，所以也接触到了不少苏联（包括今中亚国家）的电影资料，但还是没有看到《铁山》的只言片语。今天看了这部影片，我感受之处颇多，在新鲜的题材和表现手法推动下，看到了哈萨克斯坦第一领袖的青年时期的成长和奋斗史——领袖之路。《铁山》的题材是根据哈萨克斯坦总统纳扎尔巴耶夫真实故事改编的，虽然不能完全脱离"颂上"的标记，但在我看来，至少有两点我们是目前所缺乏的。

第一，励志主题的恒久弥新。《铁山》中的苏丹（即纳扎尔巴耶夫）从钢厂的一个年轻技术员成长为工程师和基层领导，无不是积极励志，追求向上的。不虚掷年华，自我充实，这必须是练好内功，增强素养，以备发展的第一要务。可惜现在中国的影视作品，早已丧失了励志的主题，要不就是空洞的说教，要不就是刺激视觉的打打杀杀，要不就是戏说历史甚至虚无历史。所以诸如20世纪80年代的那种中国整体励志向上的社会精气神已经荡然无存了。我们鼓励青年的，几乎全是实用的、操作层面的东西，对于人本身的精神锻造已经边缘化了。今天看到一篇文章《焦虑的中国需要一场秩序重建》，文中写道："引导民众创业是对的，但不能搞拔苗助长式的创业——'大跃进'，尤其是'大学生创业'。因为大学生创业的成功率不足5%，当今城市的创业成本极高，一味鼓励所谓的'大学生创业'无异于杀鸡取卵，其95%的失败率会耗蚀多数家庭的资产储备，而每一个家庭的创业损失，实际都是国家的损失。"我以为是中肯的。现在的大学生尤其是部分"二本""三本"以及高职高专毕业的学生，就业严重不畅。例如，陇南在今年招高速公路收费员时，要400人，报名者竟达6200多人！报名者还被限制陇南籍、身高等，不然会更多。当然，这种情况的成因很多，但有一点，即人们追求实际，缺乏励志是其中的一个因素。20世纪80年代的励志青年的口号是"好男儿志在四方"，有些大学生一毕业就直接报名去了西藏。

第二，人文关怀色彩浓郁。《铁山》中的苏丹作为基层领导，他为职工争取利益，且业务能力强，因得罪工会和其他领导，成为一个受争议的人物。虽然他是工人、技术人员阶层的代表并颇受人们拥护和爱戴，但一些领导对他很不喜欢。可最后的结果是市委书记亲自接见他，并以需要注入新鲜血液的理由，让他进入了市委，领导并参与整个钢厂的改革和建设。现在我们的现实是，像苏丹这样的人，从基层起能被任用的可能性就极小了。我们的影视作品对此主题一直讳莫如深，鲜有涉足——虽然在反腐倡廉的大背景下，却在不厌其烦地生产一些远离实际、打打杀杀的消磨时光的东西……

袁行霈先生在今年教师节有个讲话《大学呼唤人文精神》，在目前以经济建设为中心的前提下，连大学都在呼唤人文精神，那其他方面"对人的尊重"（袁先生称"人文精神的核心"）严重匮乏、堵塞人才和个性之路就可想而知了。

（2015年9月12日）

挥泪斩马谡："六出祁山"的稗官虚构

古典小说"四大名著"之一的《三国演义》，国内外影响力之大不言而喻，其中的"六出祁山"已成为家喻户晓的重要情节。"六出祁山"，是指刘备亡后，诸葛亮辅政，恢复联吴抗曹，在国力日渐强大的情况下，发动的数次出师伐魏之战，其时间跨度从建兴五年（227年）至建兴十二年（234年）长达7年。小说于此叙写的许多令人难忘的故事，如三郡归蜀，智收姜维，失街亭、斩马谡、空城计、拔西县，收武都、阴平二郡，上邽（今天水）败魏，木门（今礼县罗堡）伏杀张郃，渭水疲兵司马懿等，无不表现着诸葛亮的睿智和胆识，成为他"魂落五丈原"前耀眼的生命亮点。然而，细查小说内容和史料记载，诸葛亮出师北伐共五次（另有一次系魏军进攻汉中，不属诸葛亮主动出击），真正出兵祁山仅两次，因此，"六出祁山"乃为后世对诸葛亮实施北伐战略的概括之说。因为小说影响远大于史书，所以千百年来以小说稗史的虚构为史实的误读和误传很多，"挥泪斩马谡"即为一例。

一、"挥泪斩马谡"在《三国演义》中的描写

诸葛亮两度出兵祁山，最重要的即小说95回、96回着力描写的是建兴六年（228年）春的首次用兵：诸葛亮率10万大军出祁山（今渭水与西汉水间陇南山地，军垒在今礼县祁山堡），天水、安南、定南三郡（属今天水、陇南辖区）背魏归蜀，姜维等投降。魏明帝亲至长安部署，派曹真统军守郿城（今眉县境）抗拒赵云进攻；派张郃领兵5万西拒诸葛亮。当蜀军乘胜进攻时，前锋马谡自作主张，改变既定部署，弃城守山，结果被张郃围困击败，失去了前进要地街亭（今秦安陇城）。诸葛亮被迫退回汉中，整顿蜀军，挥泪斩马谡，上书自贬官职三级。

关于"挥泪斩马谡"，小说96回用了很多笔墨：

却说孔明回到汉中，计点军士……忽报马谡、王平、魏延、高翔至。孔明先唤王平入帐，责之……孔明喝退，又唤马谡入帐。谡自缚跪于帐前。孔明变色曰："汝自幼饱读兵书，熟谙战法。吾累次丁宁告戒：街亭是吾根本。汝以全家之命，领此重任。汝若早听王平之言，岂有此祸？今败军折将，失地陷城，皆汝之过也！若不明正军律，何以服众？汝今犯法，休得怨吾。汝死之后，汝之家小，吾按月给与禄粮，汝不必挂心。"叱左右推出斩之。……孔明挥泪曰："吾与汝义同兄弟，汝之子即吾之子也，不必多嘱。"左右推出马谡于辕门之外，将斩。参军蒋琬自成都至，见武士欲斩马谡，大惊，高叫："留人！"入见孔明曰："昔楚杀得臣而文公喜。今天下未定，而戮智谋之臣，岂不可惜乎？"孔明流涕而答曰："昔孙武所以能制胜于天下者，用法明也。今四方分争，兵戈方始，若复废法，何以讨贼耶？合当斩之。"须臾，武士献马谡首级于阶下。孔明大哭不已。蒋琬问曰："今幼常得罪，既正军法，丞相何故哭耶？"孔明曰："吾非为马谡而哭。吾想先帝在白帝城临危之时，曾嘱吾曰："马谡言过其实，不可大用。今果应此言。乃深恨己之不明，追思先帝之言，因此痛哭耳！"大小将士，无不流涕。

二、"挥泪斩马谡"是对"首出祁山"史实的虚构

小说中"挥泪斩马谡"情节确实令人感动，也令人扼腕。但是，该情节系小说作者虚构，而非历史事实。街亭战后，马谡如何面对负罪的危机，他的境遇如何，诸葛亮如何待他，都是我们需要揭开的历史悬念。

街亭战役失败后，马谡并未回汉中复命请罪，而是负罪逃亡。《三国志》卷四十一《蜀书》十一《霍王向张杨费传》"向朗"条说："五年，随亮汉中。朗素与马谡善，谡逃亡，朗知情不举，亮恨之，免官还成都。数年，为光禄勋，亮卒后徙左将军，追论旧功，封显明亭侯，位特进。"显然，建兴五年（227年）向朗跟随诸葛亮到汉中，参与首出祁山战役准备和发起，失街亭后马谡惧怕问责，逃亡未归。他知道情况后却因和马谡的私交未举报给诸葛亮，因此被免官，过数年诸葛亮病卒后才得封赏。而

小说对此进行了改造，称马谡和王平、魏延、高翔一起主动来归请罪。

诸葛亮获马谡后，并没有挥泪立斩，而是捕系狱中，马谡卒于监牢。《三国志》卷三十九《蜀书》九《董刘马陈董吕传》"马良"条后附"马谡"条说："建兴六年（228年），亮出军向祁山，时有宿将魏延、吴壹等，论者皆言以为宜令为先锋，而亮违众拔谡，统大众在前，与魏将张郃战于街亭，为郃所破，士卒离散。亮进无所据，退军还汉中。谡下狱物故，亮为之流涕。"马谡逃亡后，诸葛亮如何捕获马谡，史料无载，但这段记载表明，首出祁山失利后，并没有"挥泪斩马谡"的事实，而是身陷囹圄殒命，诸葛亮为马谡之死"挥泪"倒是真的。小说作者也对此进行了文学的加工和处理。

马谡街亭为张郃败后，逃亡、获捕至死于狱中，一直未见到诸葛亮，诸葛亮为之"挥泪"也是马谡卒后的事情。裴松之注《三国志》"马良"条引习凿齿《襄阳记》说："谡临终与亮书曰：'明公视谡犹子，谡视明公犹父，原深惟殛鲧兴禹之义，使平生之交不亏於此，谡虽死无恨於黄壤也。'于时十万之众为之垂涕。亮自临祭，待其遗孤若平生。"由"谡临终与亮书""亮自临祭"和前引"谡下狱物故，亮为之流涕"的记载可知，从"首出祁山"失利到马谡命殒监牢，二人未曾谋面。《三国演义》所写的"马谡自缚跪于帐前""孔明叱左右推出斩之""参军蒋琬临斩求刀下留人""武士献马谡首级于阶下"等情节都是虚构而来。

综上所述，史料也有诸葛亮杀马谡的说法。《三国志》卷三十五《蜀书》五《诸葛亮传》称："谡违亮节度，举动失宜，大为张郃所破。亮拔西县千余家，还于汉中，戮谡以谢众。"《三国志》卷四十三《蜀书》十三《黄李吕马王张传》"王平"条中又载："丞相亮即诛马谡及将军张休、李盛。"史料指明对马谡"戮""诛"，置之死地是毫无疑问的，但是否挥泪斩之，没有确论。

三、《三国演义》虚构"挥泪斩马谡"情节的探因

小说作者虚构"挥泪斩马谡"情节的原因是多方面的，但究其文学原因主要者有两方面。

其一，章回小说文体相对于史书的独立意识主导了这个稗官虚构。

三国故事在我国古代民间颇为流行。宋元时期即被搬上舞台，金、元演出的三国剧目达 30 多种。元代至治年间出现了新安虞氏所刊的《全相三国志平话》。元末明初太原清源（今太原市清徐县）人罗贯中（约 1310～约 1385 年），综合民间传说和戏曲、话本，结合陈寿《三国志》和裴松之注的史料，根据他个人对社会人生的体悟，创作了《三国志通俗演义》，其最古刊本明弘治甲寅（1494 年）本题曰"晋平阳侯陈寿史传，后学罗本贯中编次"，意在说明小说的史传性质，但对照"嘉靖本"而言，"编"的成分明显增多。经过毛纶、毛宗岗父子"辨正史事、增删文字"的评点，使通行 120 回本《三国演义》完全从史书里面独立出来。所以，历史在《三国演义》里只不过是一个故事框架，一个时空断限。历史人物已被重新塑造，历史事件已被重新安排。它不再像历史典籍那样去真实地记录历史、叙述历史，而是根据作者的创作意图去演绎历史、虚构历史，把作者对历史人物的爱憎、对历史规律的把握和对历史精神的阐释全都融合到一起，将三国历史加以塑造和渲染，甚至改头换面……表现出章回历史小说出于史而不同于史的独立不倚的姿态，为明清长篇章回小说的繁荣开启了源头。

　　罗贯中对章回小说开先河的贡献，在明代就得到小说评论家的赞誉。明王圻《稗史汇编》誉其小说是"有志图王者"，明贾仲名《录鬼簿续编》说称"乐府隐语，极为清新"，明田汝成《西湖游览志馀》称他"编撰小说数十种"，鲁迅《中国小说史略》中《元明传来之讲史（上）》对他的这种天分分析说："凡首尾九十七年（184～280 年）事实，皆排比陈寿《三国志》及裴松之注，间亦仍采平话，又加推演而作之；论断颇取陈裴及习凿齿、孙盛语，且更盛引'史官'及'后人'诗。"可见这种天分主要是博采众长。但是由于小说取自史书，诸如"挥泪斩马谡"的虚构情节，独立虚构亦有不当之处，如鲁迅所说，"据旧史即难于抒写，杂虚辞复易滋混淆"，以至于明谢肇淛《五杂组》卷十五说其"太实则近腐"。由于历史原因，小说"拥刘反曹"倾向严重，为"拥刘"小说不惜笔墨虚构"挥泪斩马谡"虚构情节，以美化刘蜀一方，尤其是歌颂诸葛亮的贤德才能，清章学诚以此在《丙辰札记》中病其"七实三虚，惑乱观者也"。鲁迅对其"至于写人，亦颇有失，以致欲显刘备之长厚而似伪，状诸葛之多智而近妖"的论断也无疑切中肯綮。

其二，显示出作者独有的创作洞见和小说天分。

史家西晋陈寿（233~297 年）、东晋习凿齿（？—约 383 年）、南朝宋裴松之（372~451 年），均早于罗贯中千年，他创作《三国演义》无法也不可能依据自身的某些体会编织故事，他只能依据前人的史料加以点窜而成情节。就"挥泪斩马谡"而言，马谡失街亭获罪而死是符合历史的。陈寿以为，刘备是有"知人之明"的，曾交代诸葛亮说马谡"言过其实，不可大用"。而"亮犹谓不然。以谡为参军，每引见谈论，自昼达夜"。这二人认识的差别是在一个"实"字上。陈寿于此是很有见地的。马谡自幼熟知兵法，才气过人。蜀军南征，马谡提出了"攻心为上，攻城为下；心战为上，兵战为下"的攻心策略，诸葛亮实践为"七擒孟获"，保证了南方边境的长治久安。针对蜀国"兵马疲蔽"，民怨沸腾，马谡适时提出"只宜存恤，不宜远征"的休养策略。北伐前夕，马谡献计，诸葛亮成功地离间魏国曹睿、司马懿君臣，为"六出祁山"奠定了基础，才使得败夏侯、收姜维、破羌兵、灭王郎，连克南安、安定、天水三郡，曹魏举国震惊。但问题在于马谡实践证明是一个难得的高级参谋和战略型人才，有运筹帷幄的谋力而未有实战经验。

首出祁山选任先锋，理应由久经沙场的老将魏延、吴懿、赵云等人担任，但诸葛亮不顾众人的反对，任用无实战经验的参军马谡，就注定了首出祁山的败运，如使让不太识字、善于实战的王平去守街亭，结果就会相反。街亭失陷与其说是马谡咎由自取，倒不如说是诸葛亮战略失误的必然。马谡的悲剧，一定程度地掩盖了诸葛亮战略失误的悲剧，使一代悲剧的制造者成为一个完人。裴松之认为："良盖与亮结为兄弟，或相与有亲，亮年长，良故呼亮为'尊兄'耳。"无论如何，马氏兄弟与诸葛亮交情非同一般，且都具有一定才能，所以诸葛亮虽然要处马谡以"诛""戮"之刑，然而毕竟是用人之际，惋惜也在情理之中，所谓"挥泪斩马谡"倒是有历史的合理性，这从他善待马谡遗孤一事上就可以看出，只是在虚构过程中，作者将马谡畏罪潜逃、亡命图圄略过不提，并作了一些加工，就小说创作的艺术角度来看，比之史实的确是更感人而且富有感染力了。

（初刊于《陇南日报》2005 年 5 月 28 日）

情人节思绪缥缈到虚无

曾几何时，我们的生活中出现了一个很民间但又似乎是舶来的节日——情人节，酒店忙着推介情人情趣房，媒体也在报道着各种的花边新闻轶事……其势大有一年胜似一年之势。"东风随春归，发我枝上花。"谪仙诗句，可否能概括春节之后那情人节的悠长意味？

一个能与自己情致很深的人，一起度过的日子，就已经令人回味无穷了。"爱欲莫甚于色，色之为欲，其大无外。"不管是什么节日，有人开心，就有人忧伤，有人如鸳鸯双飞戏水，就有人如孤雁难眠悲鸣。都说忧伤的人，在忧伤的时候，会把自己的情怀用平常的文字抒写出来，看的人心动，写的人伤感，看的人心酸，写的人绝望，看的人牵挂，写的人迷茫，使一个个节日成为谱写的对象，使有心的人找到了一个可以倾诉的方式。与我此时看所谓情人节的心情，恰是如此。我的美好，我们的缱绻，已经成为回忆中的过去。未来的日子，便不可能再有，逝去的，你才感到曾经拥有的可贵，康健才可能使生活显得美好。此情可待成追忆，只是时下已惘然。

恐怕只有用情很深的人，才能够体会到情人节的真味。"十指生秋水，数声弹夕阳。不知君此曲，曾断几人肠？"想着眼前的情人节，却没有情怀去享受。"情人节"本是外国人过的节日，时代变迁之后，逐渐在中国时髦起来，但是很多人没有真正理解这个节日的含义。有情众生，有情之缘，一旦触摸，可能罢手？滚滚红尘，是与真爱人一起分享日子的时候，是与因感情成为情侣直至成为伴侣的那个人，是与恋人一起倾诉的最好表示的时刻，也是那些无缘在一起，但成为知交的友人，一起回忆美好时光的时刻，是一个纯洁的、高尚的节日！

此时，我坐在电脑旁，想着人生中的起伏，想着本应该一帆风顺的生活，却意外地被病魔牵制的我的妻子，我们走过了含辛茹苦的岁月，一度厌世，生不如死。但，在岁月磨炼之后，在自我洗刷精神、痛悟之后，我看清楚的是自我，还有磨炼在梦魇之中的她，是世间值得我们珍惜的那些真情。当人面临种种厄运时，内心的强大何其重要！微笑伴随着泪水和痛楚，歌声伴随着忧伤和惆怅……九个月就这么过去了。

从未感到命运如此捉弄人，今天我深悟其话语的玄机。天灾人祸，打磨着一种不认输的情怀，这样的我，依然要直面突如其来的事件，包括祸不单行！没有过不去的坎，也没有蹚不过去的河，更加没有爬不过去的悬崖峭壁。曾经的唐诗解颐和预测："芳树无人花自落，春山一路鸟空啼。"我不相信！人生辛苦不过如此，当你视线以及心境所有的一切都放开时，心结也不复存在于生活所看待的所谓命苦的思绪里。"解救自己的不是别人，而是自己。"人都有脆弱的一面，再坚强的人也亦然，只是没有触及到要害部位而已。我的人生因经历了祸不单行的困苦之后，学会了冷静，学会了笑看人生。我喜欢读书和写作，因此可以让心得到安放。"知我者无须说知，不知我者无须解知。"

在这个情人节的日子，我说着话，写着字，看着出现在电脑屏幕上的一排排文字，苦涩与感慨，庆世与入世并存——思绪袅袅，飘然到虚无——我曾经是多么希望——希望一生一世与相爱的人结伴而行。在春暖花开时，在夏日炎热的树阴下，在果实丰收的田野里，在白雪皑皑的旷野中，都留下我们的欢声笑语。在老去的岁月里，回味着幸福时光，感受着老去的平稳生活。可是，我不能，以后也不会有，希望与绝望的交织，此情可待成追忆！

命运安排的一切如此，身外之物又算什么呢？尚存的就是那爱情之后的亲情，亲情之后的相濡以沫，坎坷之中的相互扶持，相互鼓励……在努力中，在等待中，在悲觉与幸福相互通融中，为以后的"情人节"不再哀伤，不再流泪，不再挣扎，让我们携手共同走完人生旅程。

今天收到的第一个情人节祝愿，来自少年时的师友。他是我的老师，教给我憧憬人生，是我的好友，同吃同住宛若弟兄。他说："情人是谁？是相濡以沫的爱人，是厮守终生的伴侣，是不离不弃的道德盟友，是抚平创伤的心灵港湾……"

（2017 年 2 月 14 日）

儒雅闺秀如何炼成

——兼记祁和晖教授

晚秋微雨，烟霭秦州。适逢杜甫流寓陇右（秦州—同谷）1255周年，陇蜀两地的四川省杜甫学会、成都杜甫草堂博物馆和天水杜甫研究会，在陇上名城天水联办"杜甫与地域文化"学术研讨会。我受邀与会，有机缘与来自京津、巴蜀、湖广、晋冀鲁豫、港澳台等21个省区的117位同行学者交流。这样，就有机会见到西南民族大学祁和晖教授——一个和蔼而又思维敏捷，颇有儒雅闺秀风范的老学人。

她给我的第一印象是对学术的执着。大会开幕式的规模很大，有四五百人。当四川师范大学教授房锐有关草堂寺和浣花溪草堂的关系、"骚坛鼎峙"、杜甫草堂内发现岣嵝碑的发言结束后，四川大学教授、四川历史学会会长谭继和点评，她听后在台下当场就提出异议。可惜组会者不曾料到会出现这种情况，未提供无线话筒，并且她又是对着主席台用方言说话，我竟不知她所云岣嵝碑（禹碑）什么问题。会后我问了其他周围的学者，均称也未曾听清，但大家认为学术就应该是这样，要有追求真理的执着精神。——想必台子上的学者是听清了，至少谭先生是听见了……几天的会议开下来，我们逐渐稔熟。方知谭继和、祁和晖俩教授竟系伉俪！自家人之间尚且如此较真，那叫人真是点赞不已。需知现今社会，学术也有开夫妻店者，彼此附和、遮掩尚嫌不及，而大庭广众之上驳诘质疑，那种执着颇为鲜见。

她给我的第二印象是儒雅和蔼而又思维敏捷。分会场讨论，是两个半天的时间。前一个半天是西南民族大学徐希平教授代天津外国语大学马兰州教授主持，我做点评。她特别认真地听每位发言，偶有笔记，也特别注意我的点评。她不时补充谈一些自己的见解，语词不多，不蔓不枝，都能切中肯綮，而绝无废言赘语，真没想到她70多岁年纪，那种干练利落真不见同龄人易于唠叨的惯常情形。她的发言是关于丝绸之路首栈秦州和有关杜甫陇右诗的数量、名称以及抒写地域的厘定等，都是以小见大，看起来是小问题，涉及的思考却是辐射性、放射状的。特别让我这个天水人感到兴奋的是，她对天水的评价"有古朴之风，但朴素有余而彰扬不足"，真是一语中的。她说天水乃河汉（黄河、汉水）之地，已神往多年。并当场吟诵了她所作初入天水和感怀李广墓的诗作。兹录如下：

初入天水城

秦州星月通河汉，神往陇西数十年。

羌笛着意唱杨柳，春风轻抚天水关。

她解释说，汉之陇西，唐之陇右，莫不都以天水为要。但是数十年来她是第一次来，远远超出了她此前的想象。当她漫步天水街头时，虽在深秋，但垂柳如少女刘海，风中柔美，摇曳婆娑，很有诗意。她到天水的当天，就迫不及待地游历了天水市郊的李广墓。她说天水李家为地望显姓，为李世明、李白等名人所出之地。冯唐易老，李广难封。天水牵动了千百年来多少文人士子的不了之情。她又撰写了《吊天水城郊李广墓》二首：

吊天水城郊李广墓

其一

汉室飞将称李广，功高途蹇人人伤。

人民心碑今犹在，墓园秋叶正金黄。

其二

李广功业载《史记》，飞将风神留杜诗。

忠烈身后不寂寞，直叫后人长相思。

她给我的第三点印象是学风细致、态度谨严，对青年学者谆谆教诲。我们后一个半天的分场讨论，马兰州教授主持，中国社会科学院文学所研究员郑永晓先生点评。祁和晖教授发现有关杜甫研究百年综述的选题和发言，她就指出来，应标明前面已有的建树，引用文稿一定要标明出处，也是尊重别人的成果和劳动。她还对一些青年学者的有些研究层面甚至延伸到方法、知识点都给予补充说明。她在大会闭幕式上对中国社会科学院文学所研究员陈才智的点评，既肯定了选题关注陈友琴研究杜甫的学术价值，又提出了避免拔高的问题。绵密之评，简短而精道。这种学风直接影响到了我们分会场发言总结人郭树伟副研究员（河南社会科学院中原文化所）在大会上的精细总结：不仅谈及四川、天水学者的学术观点，也肯定了陇南数位到会专家发言，利用古代传统堪舆学、现今田野调查手段在杜甫诗研究方面的创新之处。

来天水参加会议的四川书香毓秀苑经理赵艳斌告诉我说，祁和晖教授出于书香门第，年少确为大家闺秀。刘义庆《世说新语·贤媛》云："顾家妇清心玉映，自是闺房之秀。"的确，"清心玉映"在千百年来古人的眼里，是女子从心灵到外表要达到的最高境界。如今光阴荏苒，几十年的学养浸润，早已炼就了祁和晖教授成为一个名副其实的儒雅闺秀。不觉之间，却过古稀，人学俱老，却更显醇厚。这是人生的另一境界，非时间打磨和学识润泽则难以企及。这些，留给我们后人，特别是今天诸多青年女性学子多少借鉴、汲取和思考！

（初刊于《天水日报》2014 年 12 月 9 日）

清明后一日踏青偶记

清明墓祭、清明寒食是人文传统，有道是"风雨梨花寒食过，几家坟上子孙来？"在明代高启的诗境，乱世清明远比盛世清明更令人伤感，即便唐韩翃"春城无处不飞花，寒食东风御柳斜"的气象，还是不免给人一些泛泛的悲凉和抹不去的沉重，似乎与"万物生长此时，皆清洁而明净，故谓之清明"（《岁时百问》）之说的季节特征并不相应。

"植树造林，莫过清明"的农谚正是应了春生之时，当然清明还踏青、蹴鞠、插柳，正是应了春明之时、明净之因。于是，清明后一日，我和妻子出城东向，"况是清明好天气，不妨游衍莫忘归"（宋程颢《郊行即事》）。欲取道山径，近前观望建设中的成州机场工地，未料脚程过远，中途而返，无意间却应踏青之时令。

郊外踏青，上李沟、过石沟、爬梁山，挖得野菜一筐，沐浴着山野的脱俗之气和明净春色，歌而回。踏青，又叫探春、寻春、郊游，意在脚踏青草，郊野游玩，观赏春色。现拍几张照片，分享我们的惬意，感受春天的美好，体会生机绵绵，怀想生命无绝，倍感春时珍贵。

（2014 年 4 月 8 日）

暖冬徜徉东河岸

——思绪随风飞

忙里偷闲是人生的乐事之一。明代"吴中四杰"之一的张羽，在任安定书院山长和后来居太常司丞时，习惯沿河行走，徜徉自得，其诗《秋日茗溪·道中》云"闲行无物役，泂沿自徜徉"，正是他这一嗜好的写照。我并无沿河岸徜徉的嗜好，心绪却颇相似，喜欢在冬日暖暖的氛围中出门郊游，舒活筋骨，赏景悦目。

上个周日，适逢仲冬难得好天气，暖冬煦日，微风略有寒意。和妻子沿陇南大道北去，过张集、看农家、到邵总、赏田园、挖野蒜、采蘑菇……可惜没有带相机，不能拍下那令人时常怀想的美妙瞬间，颇感遗憾。

这个周末，大雪节气后三日，又是一个煦暖冬日，不料学校停电，无事可做。时近正午，和妻子、堂侄女过东河三桥，沿河堤南下。东风寒意，如缕拂面，但东河岸边翠绿如茵的三叶草，大片大片密实茂盛，并不使人感到深深的冬意。东河，系成县境内主要河流，"源出秦州境，自黄渚关汇众流，由黑谷山经县东，会南河入飞龙峡，注嘉陵江"（黄泳纂《成县新志·山川》）。干流自北向南经黄渚、王磨、水泉、支旗、城关、大坪、南康、宋坪等乡镇，因流经区域各异，又有不同的称谓：在水泉以北称黑鹰河，至成川平原称东河，入飞龙峡谷称长丰河，过宋坪境称青泥河（此称历史上最有名）。阳光洒在宽阔的河面上，波光粼粼，翻水坝下，水鸣声声。河水汤汤南去，沿路三三两两行人，悠闲中和着暖意，极目远眺，远处凤凰山郁葱青黛，"鲁迅山"轮廓分明，山麓依稀的村落炊烟袅袅。

想到一千多年前，杜甫也是在这个时节来到了成州同谷县，一种千年的悠远不觉袭进思绪的飘旋，那时的同谷肯定比现在冷多了："岁拾橡栗随狙公，天寒日暮山谷里。中原无书归不得，手脚冻皴皮肉死。"（杜甫《乾元中寓居同谷县作歌七首》）我似乎感到千余年来的历史正从河水中流转过来，杜甫惨不忍睹的遭遇和骨肉分离的巨大哀痛，"黄精无苗山雪盛，短衣数挽不掩胫"。那是一种怎样的生活境况！仿佛眼前就有那个刚好和我年纪一般，但多病、颠沛流离的诗人的身影。历史不能假设，但我还是不禁想，如果杜甫是在今天的暖冬，他还会有《乾元中寓居同谷县作歌七首》，或许有诗，但就是另外一种情形了吧！

　　过江武公路沿河堤南下，转而循南河向西。这个河堤夹角的区域，现在叫作"孙家坝"的地方，据我的考证，就是唐同谷县治所在地，今天是古迹荡然无存，只是大量兴起的楼房和平房的混搭区域，显现着城乡二元化的显著特征，那些颇显巍峨的大家宅院、楼房、别墅和低矮破旧的平房演绎着今天贫富悬殊的共存一处，成为和谐社会的一大景观。过南河新桥，沿南河岸堤，转行菜畦小径，看耕田、务菜，听潺潺流水，别有一番冬日懒洋洋的情趣。生菜、紫菜、香菜、油麦菜还长在地里，大白菜、菠菜、蒜苗、油菜、小青菜，一片一片地，农人们在田中劳作，耕田、务菜，全然给人一种暖冬的感觉。"暖冬"是一个新词，和近几年气候变暖有关，一般把某年某一区域整个冬季（我国范围冬季为上年 12 月到次年 2月）的平均气温高于常年值或称气候平均值时，称该年该区域为"暖冬"，现在有很多名叫《暖冬》的电视剧、电影和小说等不同体裁的文艺作品，但与我此时的感受无关。倒想起近两天媒体上说徐悲鸿的一幅国画《九州无事乐耕耘》北京保利拍出了 2.668 亿的天价，创出了中国画售价的新纪录，这当然是商界的事情，与我无涉，倒是画名，生发了我的联想。暖冬无事，天日无冻，用旋耕机辛勤耕耘的人们，希望就在来年的春天，我们每个人又何尝不是这样呢？有耕耘，就有收获！

　　不觉至飞龙峡四桥，这座石雕栏杆的大桥，在前年（2009 年）"7·12"汛期洪灾中，为疏浚堵塞，保护下游村民，差点被炸毁，两处被毁坏的栏杆还似乎在提醒人们，那段令人惊心动魄的时日。东河在这个峡谷自汉以来，就有过很多河道险情。东汉安帝元初二年（115 年），有将帅之略的武都郡（郡治在成县西北 7.5 千米处）太守虞诩，就曾疏浚东河，变水患为水利（《后汉书·虞诩列传》）；唐贞元年间（785—795 年），御史大夫兼山南西道节度使严砺，用虞诩之法，重疏东河避免洪涝之虞；南宋淳熙十年（1183 年），成州大水灾，洪水将涌进城内之际，大将吴挺亲带士兵奋力筑堤防汛，救济灾民，"全活殆数千万"（《宋史·吴挺列传》）。站在桥上南望，杜公祠红色的飞檐和屋顶掩映在烟霭和翠色中，河水如明镜映照着它的轮廓，旁边就是绿油油的麦田和油菜地，一种恬淡自然的美，让人流连忘返。

过了四桥，至东河北岸边，阳光欲暖，看南山层峦苍翠、梯田如茵，这让我天水老家的兄长如何想到是大雪节气后的冬天呢？他昨天和我通电话说我们那个小山村已经是冰天雪地、滴水成冰的境况了。看东河水面白鹭低翔，野鸭浅泳，暖暖阳光，青天白云，适逢一群群大学生说笑着南去杜公祠（杜甫草堂），真是一派祥和安闲景致。据史载，杜甫当年真实的住所就在这一带，可是为什么就有"四山多风溪水急，寒雨飒飒枯树湿"的悲苦之句呢？沿河堤回返，看远处层峦叠嶂，近处桥上人来车往，不时看到李武村边，果农菜农辛勤劳作、阡陌如春，我忽然觉得时代千百年来的发展进步，或可作为杜甫悲苦之句的最好注脚。

《月令七十二候集解》说："至此（大雪）而雪盛也。"我们今天出游，虽不曾看见大雪，但是感受到了这个节令蕴含的哲理，古人云"（大雪节气）一候鹖鸥不鸣，二候虎始交，三候荔挺出"，虽此时阴气最盛，数九将至，正所谓盛极而衰，阳气已有所萌动，所以老虎开始有求偶，兰草"荔挺"也感到阳气的萌动而抽出新芽。忽然联想到文章开始说到的张羽，他有一首著名的《咏兰》诗："能白更兼黄，无人亦自芳。寸心原不大，容得许多香。"此作写兰花独具的品格与文人雅士的志趣，真是平淡中蕴深情，质朴处藏华美，心机独到、潇洒飘逸，发人心思。

思绪如风，断续想着，不觉回到了校门前。忽然想起今晚有据说六十多年不遇的精彩月全食。不错，风清气爽，天空晴朗，好好休息一下，除去徜徉十余里郊游的困乏，就一睹今夜红月亮的风采吧！

（2011 年 12 月 12 日）

"月下美人"引目素洁如雪

——观赏昙花小记

昙花有两个雅致美丽的别名：一曰"琼花"，另一曰"月下美人"。有关植物学的书籍上说，它原产地墨西哥，属仙人掌科、昙花属。

但从中国人文学科去追溯，其原产地应该不离中土。因为昙花还有一个名字叫韦驮花，据说昙花仙子和佛祖座下的韦驮尊者有一段哀怨缠绵的故事。

传说昙花是一个花神，她每天都开花，四季都很灿烂，她爱上了一个每天为她锄草的小伙子，后来玉帝知道了这件事情，就大发雷霆，要拆散他们。玉帝把花神贬为一生只能开一瞬间的花，不让她再和情郎相见，还把那个小伙子送去灵枢山出家，赐名韦驮，让他忘记前尘，忘记花神。可是花神却忘不了那个年轻的小伙子，她知道每年暮春时分，韦驮尊者都会上山采春露，为佛祖煎茶，就选在那个时候开花！希望能见韦驮尊者一面，就一次，一次就够了！于是就有了"昙花一现，只为韦陀"的传说。遗憾的是，春去春来，花开花谢，由于时间和环境的变化，韦驮竟认不出"月下美人"了！

这一段故事传说，使人很容易生出无限的感慨：其实感情不管是一生一世，还是一瞬间，要义在于是否是真感情！能一生一世固然好，可有时无法做到一生一世，那么一瞬间的真情或许也会让一个人一辈子温暖……

因而我宁肯相信"月下美人"的原产地在中国。

我在上初中的时候，就学到"昙花一现"这个成语。记得那时应该是1975年前后，语文老师把这个词教给我们后，让我们抄写50遍。那时的老师几乎都是中学毕业的，但这个词语的意思还是教得很明白的：形容出现不久、顷刻消逝的事物。但那时的我还是不知"昙花"是什么。为什么一定要用"昙花一现"作比喻呢？

这个悬念一下不觉就保持了三十余年。这三十年中，对于昙花的概念，一直是模糊而神秘的。后来读了一些书，就觉得它必定是一种非常美丽的花，白色，硕大，清香，在深夜的月下慎重地开放，然后又寂寞地凋零——我所知道的，也就只是这些了。我产生这个印象主要还是因为席慕容，20世纪80年代中期我还在读大学，就读到1981年台湾大地出版社出版的她第一本诗集《七里香》，那是她的成名作，也是她的代表作。这个在台湾的蒙古族女诗人，其诗风并不同于舒婷、北岛和雷抒雁等当时大陆的朦胧诗人。她的《昙花的秘密》尤其令我印象深刻：

> 总是/要在凋谢后的早晨/你才会走过/才会发现/昨夜/就在你的窗外/我曾经是/怎样美丽又怎样寂寞的/一朵
> 我爱/也只有我/才知道/你错过的昨夜/曾有过/怎样皎洁的月

我的理解是，只有昙花自己知道她的美，但她是孤独的，寂寞的。她不愿孤芳自赏，渴望赞许的目光，但又有些害羞，有些矜持。于是心中抱着一些小喜悦，掺杂着些许哀伤，默默看着自己和那皎洁的月光为伴……

文学作品是这么说的，但植物学书籍对于它的夜间开放和花期短暂，却是这样解释的：

> 昙花夜间开花的奇异开花特性，要从它的原产地的气候与地理特点谈起。它原生长在美洲墨西哥至巴西的热带沙漠中。那里的气候又干又热，但到晚上就凉快多了。晚上开花，可以避开强烈的阳光曝晒；缩短开花时间，又可以大大减少水分的损失，有利于它的生存。使它生命得到延续。于是天长日久，昙花在夜间短时间开花的特性就逐渐形成，代代相传至今了。昙花的开花季节一般在6至10月，开花的时间一般在晚上8~9点钟以后，盛开的时间只有3~4个小时，非常短促。昙花开放时，花筒慢慢翘起，绛紫色的外衣慢慢打开，然后由20多片花瓣组成的、洁白如雪的大花朵就开放了。开放时花瓣和花蕊都在颤动，艳丽动人。可是3~4小时后，花冠闭合，花朵很快就凋谢了，真可谓"昙花一现"！

对"昙花一现"的感触，是一个月前我亲眼看到了昙花开放的样子。

好友给我说，昙花的开放过程是可以观察到的。我就格外关注家里沉寂了两年之久的昙花来，在茂密的枝叶（应该是扁平的茎节）间，似乎不经意地冒出了两个小小的花蕾，那么小，如一粒大米，看上去很精致，真有点怀疑它能否长大、绽放。每日去关注一下，只见那小小的花蕾在逐渐丰满，就在暗自庆幸能一睹昙花开放的时节。可是单位决定派我们相关部门的领导和专家，去京津冀辽鲁的八所师范大学（学院）去考察，以给学校下一步的决策提供依据。不料，这一去，就是半个月。我想，昙花肯定是开过了，当我怀着一丝侥幸回家时，只见愈加饱满的两个花蕾低低垂着。还没开！一阵狂喜涌上心头：我的昙花啊，你可是在等我归来？

妻子要我备好数码相机，拍照留念。晚上《新闻联播》开始前，我就做好了准备。请了要好的朋友，沏了上好的陇南康县明前茶，一同观赏昙花的开放。随着时间的推移，那些本来抱得紧紧的花瓣慢慢张开，宛若一个精致的玉杯，从杯口向里望去，只见一丝丝白嫩的花蕊微微卷曲，而那相对粗长一些的雌蕊傲然伸出杯外，其柱头犹如探爪，独具风姿。花越开越大，白色的花瓣一层层展开，荧光灯下，几乎白得透明，细细看去，简直是温润如玉，轻柔似纱。那姿态，含羞带怯，格外迷人。而幽幽的香气，也在不知不觉间弥漫开来，小小的空间里全部被它的气息所笼罩。真是"玉骨冰肌入夜香，俗卉羞同逐荣光"啊！不觉四个小时过去，已是昙花一生。如此短暂又是如此漫长，那两朵昙花终于耗尽了最后一丝气力，花蕊悄然从花心滑落，掉在地上，整朵花就逐渐颓萎下去了。昙花一现，见到它的人不多吧！我以自己能见到它而觉得庆幸，以自己能领略它的风采而觉得庆幸。世间奇景，昙花一现，过眼云烟，余香留世。

正是因为昙花的短暂，就给它蒙上了一层神秘色彩。李时珍《本草纲目》认定"无花果乃映日果，即广东所谓优昙钵"，明显有误。佛典《法华经·方便品第二》云："佛告舍利，如是妙法，诸佛如来，时乃说之，如优昙钵花，时一现耳。"《法华经·文句四上》说："昙钵花三千年一现，现则金轮王（统治四大部洲的佛）出。"这些说法告诉人们，优昙钵花是很难得"一现"，又跟"金轮王出"联系着的，这就更给它罩上一层玄想的烟云。于是，有人就把昙花叫作"天花"，也有人说它是"想象中的植物"。当然，更有人否认这种花的存在。唐释玄应所撰《一切经音义》曰：

"昙钵花叶似梨，果大如拳，其味甘，无花而果实。"而至宋朝大文豪苏轼声称"优昙钵花岂有花，问师此曲唱谁家"（《赠蒲涧信长老诗》），否认它能够开花。苏轼犯了一个士大夫不该犯的错误，就像当初王安石让他去黄冈重新认识秋菊的描写一样。

忽然想起写昙花的诸多诗句来：

其一　昙花一现抵为缘，魂梦相依情难宣。／丝丝残泪凄凉意，空留雁影飘蓝天。／昙花为谁现？淡蕊知谁怜？／长夜谁与共？清珠泪可寒？／蓝天高且远，雁过自无痕。／明月空对影，千里两婵娟！

其二　昙花一现可倾城，美人一顾可倾国。／不美倾城与倾国，蓝天如梦雁飞过。

其三　昙花展颜韦陀怜，更漏将残蕊自寒。／偶尔偷窥晴空外，一片霞彩映蓝天。／昙花展颜蕊自寒，三更留梦雁自怜。／莫叹人生能几何，今生结得来生缘。

其四　幽人空叹夜阑珊，纤指拨筝曲轻弹。／昙花一现终何意，朝朝魂梦空挂牵。

其五　昙花展妍酬知己，欲诉花魂终无语。／夜色阑珊问丝雨，明珠清泪谁更似？

其六　有花如昙空自怜，花飞花谢抵缠绵。／寒月清光花坠泪，魂飞梦断又何堪？

其七　昙花一现为君开，误坠红尘花酒间。／心头凝落绝情泪，老死花丛亦无言。／人生长恨天捉弄，醉生梦死情可堪。／欲笑本我人成个，只把过往戏流年。

回顾这些写昙花的诗句源头，应该是《诗经·陈风·月出》："月出皎兮，佼人僚兮。舒窈纠兮，劳心悄兮。月出皓兮，佼人懰兮。舒忧受兮，劳心慅兮。月出照兮，佼人燎兮。舒夭绍兮，劳心惨兮。"这就是对"寂寂昙花半夜开，月下美人婀娜来"的最质朴的注解。

想起昙花，我们会隐隐地感到忧伤。因为它似乎总和错过、短暂有关的。凡美丽的东西总是短暂的，不肯为谁停留。譬如烟花，那样美丽而绚烂地盛开过后，终是要归于沉寂的，只留下满地残痕，让人徒增伤感。但是烟花是不寂寞的。在它最美丽的时刻，被万千人仰望和瞩目，让人们为之喝彩，为之惊叹。很多人记住了烟花盛开的样子，把那一刻定格在心中，永远怀念。

但昙花不是烟花！

人们总是要在清晨醒来的时候，才发现昨夜它已经开过。它的美丽是孤独的，落寞的。花开花落，始终都只是一幕一角色的戏剧。没有舞台，没有观众。当它颤抖着打开第一枚花瓣的时候，它是不是也曾渴望能有一个人前来，目睹它一生中最美丽的时刻？如果你仔细地聆听，一定能听得到它心中热切地呼唤——远方的爱人啊，请你，请你一定要前来！今夜，你一定不可以再错过——人生苦短！

如果你有幸种了昙花，一定要好好地待它。以最温柔的耐心来等待和欣赏它的开放，一定不要错过它生命中的绚丽时刻，好么？

（2008 年 8 月 8 日）

由“是真名士自狂狷”者刘文典想到的

记得 20 世纪末，我在中国社会科学院研究生院申请学位，其间有一次去北京大学，在红楼内的校史展览室中，看到了陈列的 20 世纪二三十年代北京大学教职员工的工资表原件。其中蔡元培校长的月薪第一，为 300 元大洋；刘文典教授的月薪是 160 元大洋，列第二；红色教授陈独秀在名册上排第三，月薪 150 元大洋；李大钊教授兼图书馆长，在名册上列第四名，月薪为 130 元大洋；胡适只有 100 元大洋挂零；而鲁迅是讲师，不过 60 元大洋的月薪；图书馆管理员毛润之（毛泽东）在教职员工中工资最低，是 8 元大洋，列最后的老校工杨某月薪 10 元大洋，比毛润之的八元大洋还多两元大洋，但他在毛润之之后，因他是工人。

这个工资表给我的印象极深，一是因为教授的月薪差距之大，二是因为教授的月薪之高，三是因为这些教授对后人的影响。同为教授，月薪相差数倍之巨，凭什么？凭学术水平和责任。当时没有很多的条条规定，这个差距却能为诸位“名士”接受而无纷争，人们信守的是一种学术的崇高和学识的理性。这在今天几乎是不可想象的。这些教授的月薪按照购买力来比对，应该在今天的 1 万元至 2 万元之间，远高于今天教授的基本月薪。这些教授对后人的影响不言而喻，相较而言，刘文典却是一个大家不太熟悉的“名士”。

对于大学教师的月薪，刘文典有一段精彩的“狂狷”阐述：1946 年的西南联合大学，正值日机轰炸昆明，教授们为躲飞机而藏身一处防空洞，刘文典与沈从文正好挤在小山防空洞的一侧。两人都是中文系的教授，刘文典教授 70 岁，而沈从文只有 30 岁，是最年轻的教授。刘文典对沈从文说：“讲庄子，广州中山大学的陈寅恪是泰斗，他值 300 元大洋，我刘文典不及陈，值 160 元大洋。沈从文，我看你的所谓的现代文学，最多值 8 元大洋，这还是我抬举你。讲中国现代文学，鲁迅可以值 60 元大洋。说真话，你沈从文根本不配当大学教师，只是胡适抬举你，吹捧你，你才在上海公学当上教师。你那些所谓小说，连小学生都比你强，小学生也不会写出你那乡下人男男女女的伤风败俗的故事。"沈从文听着一言不答，只是自言自语道："听，飞机声！"听沈从文这么一说，刘文典便不再讲话了……

　　这段话经过历史的沉淀，多种书籍传留时相异之处很多，但有一点是基本的：对于教授报酬的衡量标准，学术水平是排在第一位的。但今天的大学里，就不是这样的。刘文典是驰名中外的国学大师，是抗战前后的北京大学、西南联合大学的一块"牌子"，中外不少学者都听过他那如数家珍似的讲课。他自然很有"本钱"，很狂妄。20世纪二三十年代的中国，是个群星闪耀的时代，民国时期的教授，个个不同凡响，个个有自己独特的癖好，有的思维奇特、言谈骇世，有的豪气干云、狂傲不羁，有的形迹放浪、屑于流俗。其中，精通英、德、日、意等语言，学贯中西，尤精国学的大师行列就有刘文典。

　　刘文典对沈从文的"狂狷"之事还有一桩。也在西南联合大学时，又响起了空袭警报，师生争先恐后往防空洞跑，刘文典与沈从文擦肩而过。刘文典便对学生说："陈寅恪跑警报是为了保存国粹，我刘某人跑是为了《庄子》，你们跑是为了未来，沈从文替谁跑啊？"轻蔑之情溢于言表。他的这种傲慢与狂妄，竟然把学术水平凌驾于人在非常时期的求生本能之上，达到了怪异的程度。好在沈从文脾气好，不与他一般见识。

　　这里，我倒是佩服沈从文的涵养和人生进取精神。沈从文没一张文凭，连小学毕业证书也没有，在今天的大学（至少要有硕士、博士学位），恐怕他学识再高，也做不了教授。他二十一岁到北京，首次到北京大学就去听辜鸿铭大师的中国古典文学课，这足以证明他有超过常人的眼光。刘文典曾讥讽沈从文是"乡下人"。而沈从文自胡适请他到上海公学当教师起，再到西南联合大学做教授，直到北京大学回迁，成为著名教授为止，他上课第一句话总是："我是个乡下人！"沈从文的学生汪曾祺，在纪念其恩师的文章中，特别讲到了沈从文一直就以乡下人为荣，刘文典"做小"方面，相比沈从文就差了一些，正所谓"尺有所短，寸有所长"。

　　刘文典"狂狷"，还敢当面指时任总统、委员长的蒋介石为"你就是新军阀"，成一时之最绝佳话。1928年春天，安徽大学正式开学，刘文典因为在筹备阶段功勋显著，而被推为文法学院院长兼预科主任，实际主持校长事务。11月23日，安徽省立第一女中校庆演戏时，前去看戏的安徽大学等校学生，与女中校长发生冲突，结果招来军警弹压，由此引发大规模的学潮。正好蒋介石从芜湖到安庆，29日下午召见刘文典，因有怨气，去见蒋介石时，刘文典戴礼帽著长衫，昂首阔步，跟随侍从飘然直达蒋介石办公室。蒋介石面带怒容，既不起座，也不让座，冲口即问："你是刘文典么？"刘文典针锋相对，不仅没叫蒋主席，反而傲然回答："字叔雅，文典只是父母长辈叫的，不是随便哪个人叫的。"蒋介石问他如何处置"肇事之学生"，他认为"此事复杂，需要调查"，蒋介石一再要他交出肇事学生，他竟"出言顶撞"，蒋介石大怒，指责他纵容学生，"是为安徽教育界之大耻"，要对他从严法办，刘文典竟然指着蒋介石说"你就是新军阀"。蒋介石令随从陈立夫将他送交公安局关押，并宣布解散安徽大学。消息传开，举国哗然。安徽大学师生组织了"护校代表团"，并与其他学校的学生到省府向蒋介石请愿。刘夫人张秋华第二天赶去南京找蔡元培。蔡元培、胡适、蒋梦麟等人分别致电蒋介石，历述刘文典的为人治学，以及创立民国时在《民立报》的功绩，说他一时语言唐突，"力保无其他"。12月5日，在舆论压力之下，他在关押了7天后获释，但离开了一手创办的安徽大学。1929年初，他拜访卧病在床的老师章太炎，章太炎听说了他当面指斥蒋介石的事，想起三国时代祢衡击鼓骂曹的典故，大为振奋，抱病提笔，写对联送给刘文典："养生未羡嵇中散，疾恶真推祢正平。"（嵇康，号称中散大夫；祢衡，字正平）不久，清华大学校长梅贻琦电邀刘文典北上，担任清华国文系主任。

这个逸闻，既凸现了学者精神的力量，也表现了当局对著名学者言论的容忍宽度。官场的权力等级与大学的独立精神从来都是格格不入、势不两立的，而权力却从未放弃对这个神圣殿堂的渗透。于是，我们就看到了许多势单力薄的知识分子在权势面前，凭借着一己的精神力量，勇敢地捍卫着学校的独立和知识分子的尊严，捍卫这所神圣殿堂的纯净——因为，大学不是衙门！

这个趣事有两个非常精彩的亮点：旧时中国知识分子在权势面前，是何等的尊严——即使明知这尊严要以牢狱之苦为代价，他们也绝不丢弃；另一个则是大学是做学问的文化殿堂，是知识精英谈经论道的地方，是教师们教书育人、塑造灵魂的地方。在这里，只承认高尚的道德和渊博的学问而不承认权势——即使是最高权势者，也无权到大学来指手画脚、耀武扬威……大学不是衙门，大学不能办成衙门。这是常识。

（2009 年 1 月 18 日）

我心怅惘品清明

今日清明，巧逢阳春三月三。撑着雨伞，在淅淅沥沥的春雨中从办公楼返家，思绪似乎被雨已经打湿，混合一种戴望舒《雨巷》和杜牧《清明》的怅惘、冷清的感觉："独自彷徨在悠长、悠长又寂寥的雨巷"——"清明时节雨纷纷，路上行人欲断魂。"……国家体现人文关怀，自2009年起有了清明休假的规定，所以我就有三天时间来过这个令人心绪怅惘而凝结的节日。

《淮南子·天文训》云清明时："春分后十五日，斗指乙，则清明风至。"《岁时百问》释义云："万物生长此时，皆清洁而明净。故谓之清明。"现代科技可以更为精确，据中科院紫金山天文台测定，今日清明的准确时间为4月5日11时12分。就这个测定结果而言，这只是一个天文上的时间点，似乎关乎文化的意义不太大。对于炎黄子孙，清明不仅是一个时间点，更是一种心绪，一种情结，因此，多少年来一直都是一个重要的节日。

三月三是上巳节，相传这天是黄帝诞辰日，所以，今天陕西黄陵举行辛卯公祭轩辕黄帝大典，因融入"辛亥"元素而规模空前，国民党荣誉主席吴伯雄首次参加，有很大政治影响，同时河南新郑也有辛卯年黄帝故里拜祖大典，不乏名人捧场。对于民间，流传有"阳春三月三，荠菜当灵丹"的说法，一些地方有"地菜煮鸡蛋"的传统习俗，既可增加营养还可治病。其实，古时三月三上巳节还有另一种内涵——上巳春嬉。杜甫《丽人行》开头云："三月三日天气新，长安水边多丽人。态浓意远淑且真，肌理细腻骨肉匀。"描写的是上巳日丽人丰姿艳丽，引人注目的情景。《后汉书·礼仪志上》称三月三"官民皆洁于东流水上，曰洗濯祓除去宿垢病为大洁"。可见最初与祛病有关，我所在的甘肃成县有正月十六抛沙"游百病"之习俗，可能跟远古上巳节"洗垢病"的传统有某种关联。《周礼》载："中春之月，令会男女，于是时也，奔者不禁。"随之演变为上巳春嬉，汉以后为青年男女野外踏青嬉戏，互相表达爱慕之情，实为古代中国之"情人节"远祖。宋张君房《云笈七签》云："每岁三月三日，蚕市之辰，远近之人，祈乞嗣息。"可见三月三日被道教赋予了求子功能，因为青年男女虽有水边桑林"野合"之实，但这是拿不上台面的理由，而"求子"显得冠冕堂皇些。

清明三月三上巳节踏青的文化主题，与嬉戏文化主题在宋后渐为一体。宋人吴自牧《梦粱录》卷二"三月"云："三月三日上巳之辰，曲水流觞故事，起于晋时。唐朝赐宴曲江，倾都禊饮踏青，亦是此意。"正是对《丽人行》的民俗解释。元蒙统治，折断了文化传承，明清以来，上巳春嬉已经消弭，与这个情况相似的，还有与清明相关的寒食节，几乎也是在明清之际趋于式微。韩翃《寒食》诗"春城无处不飞花，寒食东风御柳斜"留给了我们一个美好的古文化记忆。我于此品味今日清明，在陇上大风降温、沙尘暴和细雨的交织中，已经没有了远古意义清明时节祛病的希冀，嬉戏的浪漫，踏青的潇洒，更找不到宋人吴惟信"梨花风起正清明，游子寻春半出城"的闲适，鲜有明人高启"风雨梨花寒食过，几家坟上子孙来"的慨叹，缺乏南宋高翥"人生有酒须当醉，一滴何曾到九泉"的感怀，找不到北宋黄庭坚"贤愚千载知谁是，满眼蓬蒿共一丘"的郁闷……张择端的《清明上河图》，生动描绘了这一时日的民间百态，可是今日古风不再。

因为，清明节于我，于当今世人，只留下了上坟（雅称"扫墓"）的习俗。这与中华民族重视孝道、慎终追远的民族性格有直接联系，现在的清明节体现了国人感恩、不忘本的道德意识，其文化意义似与西方感恩节有异曲同工之处。我们的扫墓活动是在清明节前一天进行的，妻子带着她的学生去成县烈士纪念碑扫墓，我则打电话给老家的两位兄长，关于父母亲以及其他祖宗坟茔清理、添土、祭献事宜。兄长念及我在外地工作，加之天气不美，祖坟离家尚有近十里之遥且道路崎岖，嘱咐我心有感念即可，具体事宜尽可放心，无须长途奔波。祖父逝世很早，那时我父亲只有十三岁；祖母离世更早，那时父亲只有五岁。我父亲因此度过了一个艰难异常的童年和少年，他的成长就如一部小说（我曾一度想把他的一生写出来）。所以祖父祖母对我最基本的概念，就是两座坟堆，不过在我少年和青年时期几乎每年清明都随亲房本家的叔伯弟兄们去上坟，清扫、祭献的场面还历历在目，尤其是上坟毕，返家途中在罗峪河的支流上以手工做小水车，简直就成为我们儿时最有趣的事了，往往可以冲淡上坟的悲戚之念。父亲去年元月离世，享年八十有六；母亲去世已经有八年了，享年七十六岁。他们都不识字，但他们的勤劳善良影响着我的人生，让我终身受益。我不能给他们上坟，培上一抔新土并叩头行礼祭拜，还是感到很多的遗憾和怅惘，这也许是今天我雨中心绪怅惘的主要原因吧！

我们天水有个说法，清明应该是落雨的，那就是"洗山雨"。故乡的清明，尤以上坟最为隆重。清明节前一天早上，去给祖先坟上"添土"、祭献，以示家族人丁兴旺，含义是告慰祖宗，后继有人，兼而缅怀先祖。"洗山雨"，就是天公要将上坟祭献后的晦气洗干净，这个传说应该和上坟、绵延香火的传统情结有关。崇宗敬祖、隆宗重嗣是上坟祭奠的核心。祭祀是礼文化之最重，《礼记·祭统》中说，"礼有五经，莫重于祭"。祭祀亦是孝子贤孙表达对祖宗先人孝敬之情的重要方式，《礼记·中庸》中说："事死如事生，事亡如事存，孝之至也。"今日清明，我写点文字，表示对祖先的追慕与对亡故父母的敬重，是一件可以使我聊以自慰的事情。写一点纪念文字，对于清明微雨打湿的我之灵魂来说，就算是稍有慰藉了。祭祀的核心是"敬"，《论语·子张》中说，"祭思敬"。恭敬虔诚是祭祀的重要原则之一，也是传统祭祀重要文化特征之一。祭祀时祭祀者只有持一种严肃恭敬的态度，才合乎礼。《礼记·祭统》中说："是故贤者之祭也，致其诚信与其忠敬，奉之以物，道之以礼，安之以乐，参之以时，明荐之而已矣，不求其为，此孝子之心也。"也就是说，贤者的祭祀，是表达自己的诚信和忠敬之心，用洁净的祭品进献，而不为求福，这才是孝子的心意。

在一个讲究金钱的商业时代，人文的力量已经被漠视，但我还是认为，上坟重在"质"，而不在于祭品丰俭；不在于求得祖先神灵的物质满足，遂赐福消灾，而在于达到伦理道德的教化。我们这个时代，清明的文化意义已经发生了很大变化，金钱至上、古风鲜存，西方节日盛行日隆。回顾历史，我们已经丢掉了很多传统的东西，现在没有了清明踏青嬉戏的快乐，没有了学生春游的传统，对后代的传统教化和敬顺培养缺位、失位……我们远较韩、日在传统风俗（多数演绎的是从中国古代传来的）继承方面差很多，谁之罪？在韩日传统节日才是"节"，圣诞节之类的外国节日不过是"找乐子"罢了。清明夜雨，灯辉迷茫。此时我想，到我们故去的年份，还会有人灯下漫笔，写点文字来祭奠、品味清明的意蕴么？

　　年年景相似，岁岁人不同。历史走到今天，清明的阴雨中，除了那一抔黄土的乡思如故，就唯有被细雨打湿的思绪繁复——笛卡尔说："我思故我在，至高的形而上，在时间的拐弯处，你的影子，无处不在。"无论我怎么品味清明，我的感知和思维，都一定是在思绪中真实存在的，因为只有活着的人才有品鉴清明夜雨的能力——"I think therefore I am"。

（2011 年 4 月 6 日）

用"千里走单骑"咀嚼母爱的意味

　　提起"千里走单骑",不禁使人想到关羽,但晋陈寿著《三国志》于此记载甚略,《蜀书二·先主传第二》云:"曹公尽收其众,房先主妻子,并禽关羽以归。""关羽亡归先主。"仅如此寥寥数语而已。延及南朝宋裴松之注《三国志》也未加更多诠释,可见魏晋至南北朝还没有关羽的"千里走单骑","关羽亡归先主"也是一个平淡事,与刻画关云长的形象、增加内容的生动性无多大关联。

　　情况发生突变,是在元末明初的罗贯中,在史书基础上编撰《三国演义》,第二十七回《美髯公千里走单骑,汉寿侯五关斩六将》里,为了突出云长,虚构了"过五关斩六将"的故事,且扩张达二回半之长,一万余字。传奇情节被勾画得栩栩如生,一时成为传诵不衰的著名篇章,所用文学笔墨应该仅次于诸葛亮。它成功地描述了一身正气的美髯公:不近女色、信誉卓著、忠君勇武,而枭雄曹阿瞒为笼络他,前所未有地大发慈心不说,还对这位汉寿侯上马金,下马银,三天一小宴,五天一大请,至于生活,怎一个"无微不至"了得!更有甚者还用上了十多位美女作三陪,到头来换得个"来去明白,真丈夫也"。这些描写,当然为后来道家推奉"关圣帝君"、佛教尊称"伽蓝菩萨"、历代官家崇拜关公为"武圣"、民间敬拜为"财神"不无推波助澜之功,竟然穿越数百年时空直至于今朝仍大放光彩,令人叹为观止!

　　但咀嚼品味,又感《三国演义》里的"千里走单骑"似乎是文学上的英雄赞歌,没有多少婉约柔情,即使关羽对两位嫂嫂甘、糜二夫人显现一点关怀,也是一副"非礼勿视""非礼勿言"的模样,明清民国至当代,竟无多大改观。在我看来,把"千里走单骑"与柔情婉约联系起来,在当代应该是张艺谋。自《英雄》《十面埋伏》等武侠片之后,他重新重视电影的故事性,拍摄影片《千里走单骑》并由他心仪已久的日本硬汉演员高仓健主演,应该是再次回到文艺片的原点。影片讲述的是1920年左右一对日本父子和一名中国姑娘的故事。儿子从事戏曲研究，不幸患上绝症，父亲为了实现儿子的夙愿，特意带他到中国云南学傩戏。张艺谋的师傅北京电影学院倪震教授说，这部电影达到了张艺谋以前文艺片曾经达到的高度，明贬而暗褒，不必细细揣摩。倒是日本影评人 Artisan 的评价直截了当，人文色彩更浓：《千里走单骑》呈现了一个民风淳朴的世界，没有苦，没有恨，没有愤怒，没有无奈，只有纯洁的感动，表达的是一种深沉的父爱。

是啊！纯洁的感动就是有一种情绪可以触摸到我们灵魂深处最柔软的部分，感动是心灵的保鲜剂！今天我看到《重庆晚报》一篇新闻，把"千里走单骑"题材与表现母爱联系在一起。说有个 29 岁的母亲骑摩托 2000 多千米，在寒冬中从杭州到重庆，千里走单骑，看望他的儿子，一路耗时 6 个昼夜，她把自己装扮成男人，只喝了半瓶矿泉水、住了四小时旅馆，最终她平安赶到儿子的学校，一把搂住儿子，莫名其妙地大哭了一场。母爱的那种纯洁，使我极其感动，不禁潸然泪下，竟以至于背离了"男儿有泪不轻弹"的训言。《劝孝歌》说："尊前慈母在，浪子不觉寒。"当地很多孩子对这位年轻妈妈千里走单骑的"壮举"敬佩之至，可她 6 岁的儿子对母亲的行为还不能完全明白，面对记者的提问，一个劲往母亲身后躲，只怯生生说："我喜欢我妈妈！"这个"喜欢"后面，肯定已然没有了严冬的寒冷！母爱，给他的是暖融融的氛围。如果这则新闻让母爱千里走单骑，使人品味到了女中豪杰之别样侠情柔骨的话，我看到的另一则与母爱有关的新闻似"千里走单骑"，令人唏嘘不已。

也是在杭州，1 月 11 日《京华时报》载一位湖北中年女子为了护住 130 元现金和一部廉价手机，在出租房内被害。办案民警获悉，该女子丈夫出车祸身亡，她一个人在杭州"打工"，供养着两名古稀老人和三个正读书的女儿。据报道说，死者很瘦小，住所算不上是个正式的出租房，只是院墙边上搭出来的一个小棚子，不过五六平方米。那么小的一个房间，一眼看去什么都看清了，除了一张床，墙上挂着几件衣服，床边有个纸板包装箱，算是她存放贵重物品的地方，其实也就是一些换洗的东西，她平时非常节俭……事后，办案警察们默默地接力资助着三个孤女，先后上了大学。世事难料，抑或正是母爱"千里走单骑"的终止，却换来了孤女们命运的转机——如汉刘安浓缩母爱时用的一句话："慈母爱子，非为报也。"这个"千里走单骑"的母亲为女身亡，源于一种伟大的母爱，她并未想着什么回报。在孩子和母亲之间，母亲始终是一只超载的轮船，任凭风吹浪打，历经千辛万苦也心甘情愿。

由此我想起了我的母亲——我时常想能专门找点时间，写一些文字怀念我那逝去八年的母亲，但每每起笔，竟然不知道从何入笔，只是断断续续的生活画面洋溢着母亲的期许和爱意在我的脑海映照、闪现。母亲姓李，在我们天水这是一个大姓，族望在成纪，史源久远，有汉李广、唐李渊可追溯于此，可我母亲这一支李姓到她出生长大的年代，已经是三阳川的平民一族了。母亲出生的 1928 年，朱、毛井冈山会师，"皇姑屯事件"爆发，张作霖被日本人炸死，统治民国 16 年的北洋军阀政府结束，蒋介石就任国民政府委员会主席……时局动荡的社会，这一年盘踞天水的"陇南王"孔繁锦被国民军赶走，也是这一年当今世界华人首富李嘉诚出生，后来的共和国总理李鹏、朱镕基出生——凡此种种正印证了一句话：那是一个最好的时代，也是一个最坏的时代。第二年，就是有名的 1929 年年馑，陕甘、晋南大饥荒，"十八年"几乎成为天水一带饿殍遍野、饥不择食的咒谶。那时我母亲仅在周岁前后，不知道她以怎样的哺育遭遇，竟然奇迹般地躲过了那一劫，因此，我从她那里听到了"十八年"的传说。

我母亲不识字，那个时代的平民，很少有识字的，就如同我父亲不识字一样。母亲不识字，并不影响她给我们传递文化和想象，这得力于她的父亲（我外公）是一个读书人，能写戏本子，讲给我母亲很多故事，算是家传。我外公嗜吸鸦片成瘾，在解放前一年辞世，他因大烟的巨额费用而卖地卖房，完成了从先生到"败家子"的退变，所以中华人民共和国成立后土地改革时期，我母亲家被定为贫农，又是一件幸事，让儿孙至"文化大革命"末保持了"苗红根正"高尚地位，正应了《老子》说"祸兮福之所倚，福兮祸之所伏"。外公没有留下影像，因此对于我来说，他只是一个称呼，但延续了文化的血脉。母亲在 1936 年嫁给父亲，第二年有了大哥，此后她生了近十个孩子，存活下来的就我弟兄三个，二哥出生在 1958 年，也是一个众所周知的饥馑凶年。自我记事起，父母就很辛劳，常常是长我五岁的二哥带我蹒跚在村道小径上，我俩伴随着母亲的纺线车儿，听了不少故事传说，诸如《狸猫换太子》《大闹天宫》《纣王妲己》《秦琼敬德》《孟姜女》《岳飞枪挑小梁王》之类，特别类似于鲁迅《从百草园到三味书屋》笔下长妈妈讲故事的情节。我觉得母亲的这些口传故事，虽然与后来我所读到的典籍书册有出入，但还是激发了我许多在童年和少年时期的想象——想象力的培养有时比教给知识更重要——在我5岁上学至15岁高中毕业的求学生涯中，想象力发挥了不可替代的作用，而且在此后我的成长中，甚至延及今天还在绵绵获益。正如高尔基所说，世界上的一切光荣和骄傲，都来自母亲。确实如此，母亲的汗水，母亲的笑容，母亲的教诲，不卑不亢的神情，坚毅吃苦的品行还一如过去历历在目，令我挥之不去。

可能很多人和我一样，随着年龄的增长，愈加喜欢咀嚼母爱的意味，所以季羡林在耄耋之年回忆说："世界上无论什么名誉，什么地位，什么幸福，什么尊荣，都比不上待在母亲身边，即使她一个字也不识，即使整天吃'红的'（指高粱饼子）。"是的，母爱可以使人在痛苦中得到安慰，在孤独中得到欢乐，在失望中得到希望，在冷落中得到幸福。我的母亲享年76岁，自我记事起的不同时段，她留下的含韵各异的母爱令我反复回味，这是今天看到母爱"千里走单骑"的新闻所引发的联想和思绪，以此纪念我崇拜着的平凡而伟大的母亲。

（2011年1月20日）

自卑有时候也是一种力量

有人说，自卑是一种性格上的缺陷，表现为自卑者常常低估自己的能力，或过低评价自己的品质，负面的情绪体现为害羞、不安、内疚、忧郁、失望等。杜甫《雨》诗有句云"穷荒益自卑，飘泊欲谁诉"，表明困顿环境的种种不利可加剧自卑情绪的滋长，甚至可以阻隔与人的情感交流。鲁迅在指导文学青年时说"一个作者，'自卑'固然不好，'自负'也不好"（《书信集·致萧军》），点出自卑的负面情绪对文学创作的不利。

然而，人们常常忽略"自卑"正面的情绪体现及其作用。我认为，生活中常常以卑微之心面对现实，努力培养适合自己的美好心态，做好属于自己的一件事情，也是可以成就人生的。从这个意义上说，自卑有时候也是一种力量。有一个男生，从一个小县城考入北京的大学，当邻桌女生问他来自哪里时，他却自卑于说出那个小地方，以至于很长时间躲着女生，多数同班女生在最初一个学期几乎不认识他！但在学习上他却以此激励自己，后来他成功了——他就是以沉稳从容见长的著名节目主持人白岩松。还有一个女生，也是上北京的大学，相貌平常、体态偏胖，她不敢穿裙子，自卑于上体育课，大学生活结束时，差点因体育课毕不了业，只得傻乎乎地跟着老师，最后勉强及格，但她在读书上花了很多时间，收获颇丰，底子坚实，成为中国最强势媒体——中国中央电视台（CCTV）第一个完全依靠才气而丝毫没有凭借相貌上岗的女主持人——她就是张越。

这俩实例告诉我们，正是因为自卑，他们才会不断地努力去从别的方面弥补一些遗憾，从而不断地促进自己在其他方向获得成功。从这种意义上说，自卑是一种美德，是好的，因为它会不断地促使你努力，所以《礼记·表记》说"是故君子虽自卑，而民敬尊之"，董仲舒对此进一步发挥说"谦尊自卑者，仁贤之所事也"（《春秋繁露·通国身》）。我们真正难以做到的是时刻认识到自己生命的不完善、不完美，而保持一种心境的谦和，自卑就是这种谦和的"母亲"。回想我四十多年来的人生经历，在不断努力奋斗的背后，动力似乎也是来源于藏在内心深处的自卑情结。

我出生在天水的一个小山村，父母均不识字。父亲生于 1924 年，他七岁丧母，十三岁丧父，经亲房本家帮衬才得以长大成人，一生经历了很多坎坷，去年（2010 年）溘然长逝；母亲生于 1928 年，刚好是我们学校升格为专科的那年（2003 年），在经历了近两年的病榻生活后走完了人生旅途。我大哥长我 17 岁，读书至高小毕业，从赤脚医生到乡村医生；我二哥长我 5 岁，初中毕业，做过合同工，现在家务农。和兄长比我是幸运的，但和其他人的家庭比，我是自卑的。我深知一个人的家庭和父母在直系血统上，是没法选择的，所以我只有以此激励自己，努力向前！《孔子家语·冠颂》说："行冠事必于祖庙，以裸享之礼以将之，以金石之乐以节之，所以自卑而尊先祖，示不敢擅。"尽管我所做的，对世界是微不足道的，但我还必须去做，不必考虑是否有意义。现在，我有了自己的家庭，但还是自卑。我觉得，除了写文字和表述话语外，我几乎一无所长。而我所擅长的这两样，恰恰是这个经济社会最不需要的。因此，以卑微的心搞好教学科研工作，教书育人，培植桃李，努力着，在科研管理方面能为单位带出一支有朝气的科研队伍，此生足矣。

我们从小被教育要自信，不要自卑。诚然，自卑的人总是被困在自己的缺憾中无法摆脱，自怨自艾。但是，只要我们能走出自卑制造的那个阴暗的角落，就会发现，还有更多、更宽广的路供自己选择。人生不会是完美的，总有一些方面让我们自卑。然而上苍是公平的，在一个地方关上一扇门，一定会在另一个地方为你打开一扇窗；而用一颗卑微的心来面对生活，成功的时候不会骄傲，失败的时候就不会那么绝望。一般的人很少想到适当的自卑有时候也是一种生命的补液，偶尔使用它，我们的生命之花会开放得更艳美，也更持久。

自卑对人生还有一种价值：让你变得有所敬畏。人生自然不能过于自卑，过分的自卑会打倒一个人的毅力和勇气，使我们自己消灭自己；但也绝不可盲目自信，一个盲目自信的人容易变得狂妄，自己挡住前进的道路，甚至自毁前程。最理想的是把两者结合起来，用自卑探照自己性格、知识、才华的黑洞，用自信寻找走出迷途的道路。自卑不是贬低自己，不是懦弱，它有时也是一种超越自己的力量！

（2011 年 9 月 16 日成州偶感）

悟解快乐

快乐是什么？不同的人有不同的感受和解答。

快乐的直观表达，它就是一种情绪。所以孔子待客时感叹说："有朋自远方来，不亦乐乎！"而陶渊明营造意象中的"桃花源"，并怡然自乐。欧阳修则借醉翁亭之快意，竟然将快乐的情绪类推到了飞鸟，"游人去而禽鸟乐也"。在我们感受古代士大夫直意快乐的感觉时，知道他们是明了了控制情绪的方法，所以他们站在了快乐的一方。其实小人物也如此，《水浒传》中的武大郎，炊饼生意稍好，回到家就显得快乐。谁能说生活在社会底层的人，就不会领略快乐的意味，表达那种特有的情绪？快乐可以是一种个性，卓别林在舞台上塑造的富有个性的幽默形象，常常让人笑得前仰后合，乐不可支。——有些人生来悲观，让他们快乐很难，如苏曼殊文风幽怨凄恻，弥漫着自伤身世的无奈与感叹。世事纷繁，拥有快乐个性，阅历和阅读不仅使人增进智慧，还能变得豁达大度。走万里路读万卷书，如今人们自条件到实力出行便捷，互联网构建虚拟空间，更让人们见多识广，胸怀豁达，快乐自然就来了。

快乐的抽象解颐，它就是一种思想。孔子说："知者乐水，仁者乐山；知者动，仁者静；知者乐，仁者寿。"这里智慧和仁爱就是快乐。康德一生几乎没有离开过哥尼斯堡方圆40千米的范围，他的刻板生活和唯心主义思想却让他感受到了快乐，他哲学思想的投影带给人类精神鲜有的充实。人活在天地间，思想快乐（假如你确实有思想的话），你应当是一个不折不扣的快乐者；如果你的思想不快乐，即使拥有很多财富，你将永远快乐不起来！有报道称，中国内地自2003年以来的8年中，有72位亿万富翁死亡，15名死于他杀、17名死于自杀、7名死于意外、14名被执行死刑、19名富豪积疾早逝，这些数字足以令人深省。

快乐对人的肉体，是一种深度的感觉。婴儿长到两三个月，才可以表现出快乐，一种对外界事物良好的感受。快乐的低级态是酥软感，快乐的高级态是兴奋，它的最高级态是爽透。但物极必反，爽透容易滋生骄傲，因此成了多少人的千古遗憾。后唐庄宗李存勖还三矢告庙，却身死伶人之手，为天下扼腕。快乐的境界有高低之分，事业之乐、工作之乐，境界最高。无论出将入相，还是芸芸众生，莫不如此，例子不胜枚举。现代韩国、日本人之敬业，而且诚心诚意、无怨无悔，是领略了快乐之高境界。有付出，有回报，亦是高层次快乐。杨洪基52岁一曲电视剧《三国演义》的主题歌名扬天下，在他面前是过去对声乐的孜孜以求。贪得无厌，虽有一时的满足感，但那不是快乐。和珅富可敌国，却落得个名裂身死、遗臭后世。快乐的层次，真是有云泥之别。人是社会的动物，有群体的快乐，也有独处的快乐。一个人闲暇读几本喜爱的书，写点随心的文字，听点音乐，安静内心，让心绪和心灵沉静而踏实，也是回归了快乐的个体本真。有佛经云："身调柔性，心调柔性，总名为乐。"

乐极生悲，苦乐原本一线之隔。佛理称"乐"为"苦"之对称，身之适悦为乐，善业所引生之果报，亦称顺乐受业。少年之苦，往往是人生奔向未来的快乐累积，中年会因此收获不尽。我1975年初中毕业，因家庭成分高（富农）面临辍学，是当时在武威夏玛林场工作的堂兄，回家探亲时给我想办法弄到的推荐表，才得以有机会上高中，到1980年考上大学。这是我回首往事，最难以忘怀的。回想我少年求学之苦，那十几里山路，那教育要劳动的艰难时期，种种艰辛，一直是我今天往前走的动力。"吃得苦中苦，方为人上人！"这种古训，我仍以为是真理。"少壮不努力，老大徒伤悲。"人生易逝，年轻时不图耕耘，只想享受和挥霍时光，注定难以赢得人生。壮年已过，老之将至，老来苦那是真的苦。人生苦乐相伴，不知道苦，也许难以体会真的快乐。

快乐连着幸福，也和幸福有别。心理欲望得到满足、感到生活有巨大乐趣、持续久远的愉快心情构成幸福的主体，有精神因素，也有物质因素。古语云："命运安吉、境遇随顺谓之福。"说明幸福是一种客观的存在，而快乐则要我们主动去追求。"种瓜得瓜，种豆得豆"，播种理想和勤奋，可以获得幸福和快乐。得到快乐，切忌得意忘形。快乐如清风拂面，需要用心体会。庄子和惠子有鱼乐之辩（《庄子·秋水》），鱼有鱼的快乐，你有你的悲伤。其实即便是鱼，也不见得会知道做鱼的乐趣。且看世间芸芸众生，又有多少人懂得做人的乐趣呢？一个人有一个人的乐愿，你不可能完全理解。所以，你的悲伤，你的欢乐，都属于你自己，是别人夺不走，也拿不去的。

（2011 年 8 月 20 日）

新年如"贵"

　　新年还没到，我却陆续收到了几个朋友的圣诞贺卡。圣诞节乃西洋之节日，与我一个地道的西北中国人何干？可是毕竟是人情，却之不恭，遂一一回复说，我更喜欢迎新的元旦节和春节。是啊！在我的骨子里，新年就是春节的来到。它留给我太多太多的回忆，而孩提时代所经历的过年蒸馍馍、做豆腐、杀猪、土法榨油、燣菜……都是挥之不去的思绪。那个遥远的小山村，那些淳朴的天水渭河南岸的习俗，就一遍遍地酿造着我的心曲。

　　回首我的2014，也多有收获聊以自慰。昨天结束了我的《古代文学》课程，和那些可爱的孩子们聊了聊，一年的任课，也建立了不少的友谊和信任，因而也颇显不舍。"人生自古伤离别"，当宋人柳永千年前如斯用笔，伤情满怀时，或许境况是何其相似乃尔，真是无以言表。教书大半生，只有桃李在陇原，才是最让人感到豪迈的。他们现在还年轻，但一定会成长，而且义无反顾地走向自己的人生目标，青春无敌，岁月无敌。同时，我的这一年，也颇有不顺意处，按下不表吧。

　　"往者不可谏，来者犹可追。已而，已而！今之从政者殆而！"（《论语·微子》）这是楚国的狂人接舆规劝孔子的话。在接舆看来，那个礼崩乐坏的时代，孔子推行他的主张、图谋理政是危险的事情。而在今天恰恰相反，谋取位子者如过江之鲫，且山头、圈子形之雷泽，繁复幽深难以测之。黄钟毁弃而瓦釜雷鸣，已屡见不鲜，"郁郁涧底松，离离山上苗"，人们都知道。然而，"君子坦荡荡，小人长戚戚"。忧思随风，如旧年离我远去吧！

　　忽然想起一个题目来：新年如"贵"。这四个字，关键在一个"如"字，先以解之。《说文解字》："如，从随也。"段玉裁解释为"女子从人者也"，虽还有妄言的成分，但"跟随"之意应该是源出。《列子·汤问》称"日初出大如车盖"，此"如"即今最常见"好像"之意。我这里所说新年如"贵"之"如"字，往也（见《尔雅》），转义为"际遇"。"竹林七贤"之一者刘伶在其《酒德颂》中有句云："幕天席地，纵意所如。"其旷达和豪迈，就不是接舆那句"今之从政者殆而"的孤傲所能涵盖的。刘伶的纵意所如是有着人之内心的大悟犹如理解人生真谛的醍醐灌顶，醉也非醉，达到那个境界着实不是一般人所能到的。而蒲松龄则不同，他借叶生之境自比云："文章词赋，冠绝当时；而所如不偶，困于名场。"（《聊斋志异·叶生》）真是一语道破：在那个"文字狱"盛行的所谓康熙王朝时期，确为"英俊沉下僚"之不二实证。

人总是要往好处想，你就活得轻松并且有滋味。所以我期望：我和我的朋友们，新年如"贵"，就是在新的一年里际遇贵人、际遇贵事，以求身心舒畅。我辈不肯依附权势，欲保持中直不倚，难而又难。就算遇到"蓦然回首，那人却在灯火阑珊处"的境况，也是一种意外收获。王静安所述的人生一二境界，在实用主义盛行、人欲横流的这个时代，真是难以企及。这就是为什么我国大学越办越远离洪堡精神、拥有现代大学理念的原因吧。

（2014 年 12 月 20 日）

镶进书里的日子

我把日子镶进书里，不是因为我爱书，而是因为我爱读自己喜欢的书。

大伯父是晚清的廪生，民国时却成了远近闻名的兽医。他看我有点儿灵性，想让我继承他的事业。大概在 20 世纪 70 年代，他一有空就给我讲《马经》，那是一种大字本的石印书，还附有图。但是终究我不爱看那书，也没读进去。倒是我大哥对《马经》有些兴趣，逐渐转到中医，他另外拜了先生，就一套《医宗金鉴》走天下，做乡村医生 30 余年。现在我才知道，《马经》见于《四库全书》目录、《丛书综录》《说郛》目录，但今天该书情况似乎不详，可以肯定至少在明代以前它已经大行其道了，因为明赵南星《赵忠毅公文集》、李时珍《本草纲目》均有所引。至于《医宗金鉴》被《四库全书》所收录，评价不低是众所周知的事情。《医宗金鉴》是乾隆四年（1739 年）由太医吴谦负责编修的一部医学教科书，书名由乾隆皇帝钦定。所以我大哥至今所珍藏的那部书有清刊本数十册，在我看来有很大的收藏价值。

尽管如此，我还是不读《马经》《医宗金鉴》，因为我不喜欢它们。虽然过去的日子已经模糊，孩提时代的回忆更显影影绰绰，但我还是可以估摸我最早阅读自己喜欢的书，应该是在五六岁左右。我三岁就读小学（不是因为我聪明，而是因为父母要去生产队劳动挣工分，没人带我，上小学的二哥是把我带进学校的第一人），糊里糊涂地我就开始了认字、读书，什么"日、月、水、火""山、石、田、土"……镶进书里的日子就此发端了。

但我喜欢读的，主要是"小人书"。我外公是个读书人，收藏了有很多"小人书"——连环画。他去世很早，我没有见过他。是我大舅作为念想，保留了外公收藏的数百种黑白木印本小人书，它们多数成为我喜欢的书。今天想来，那时作为男孩子，我的英雄情结就是从那些小人书中奠定的。我能回忆起最早看的书是《杨再兴马滥入泥河》，似乎还能想起大人们看着连环画讲解的情景——杨再兴如何痛杀金兀术的四员大将雪里花南、雪里花北、雪里花东和雪里花西，不禁对杨再兴的英雄气概所折服，也为他误入泥河被番兵乱箭射死倍感痛惜。后来读《说岳全传》才知道应该是《杨再兴误走小商河》，属于该书第53回的部分内容。有人说，人生的成功在于努力，多数人（也包括我）认可这个说法，但我还觉得实际并不尽然。从杨再兴的悲剧来看，人生的价值或成功的奥秘，在于努力，还在于选择。杨再兴抄近道误走小商河，关羽败走麦城……无不显示了英雄在人生的紧要关头却因选择上的失误，人生无时不在选择之中。对照而言，平凡的人或许在人生的进程中关于选择的失误就更多了。

镶进书里的日子，还和我的大学生活有关。1984年我离开正式的教师岗位，考入当时的天水师专中文系（今天水师范学院文史学院前身），那时是六天工作制，一个星期似乎比较漫长。好在那时课程不多，下午几乎没课，我就把很多时间花在了读书上，主要是古今中外小说、诗歌和散文等，两年下来也竟然读了200多本书，16开读书笔记有6大本（每本差不多100页）。这些书当然不仅仅是古代英雄小说，有读懂的，也有没读懂的，如《大卫·科波菲尔》就是囫囵吞枣，倒是记住了主人公的名字。之后，开始了自己在礼县师范的教书生涯，偶有机会，总去省城或县、市书店淘书，随即也就开始大量地买书回来。那时徜徉在书店，我不经意间会想：什么时候会有我的书摆上书店的书架呢？后来，就开始公开发表文章，再后来，也就开始自己写书并争取出版。我的书，在一些书店有售，比如王府井书店、苏州书店，但在我们甘肃的书店很少见到。

今年国庆节，和几位同事参加一个学术会议之余暇，我们去逛兰州西北书城，竟然看到由我编著的书在售，使得我心绪有一会儿不宁起来。时光如流水，一直在流过我的额头和双手，流过我的心，浑身包围的是一种知天命的惜时之感。寻寻暇日去，时光不再来。只有镶进书里的日子才配得上记忆的留恋和回首的幽念。

甲午年（2014年）寒露前一日偶笔。

（2014年10月7日）

庚子正月初二观影记

　　庚子岁（2020年）年初，神州即遭遇新冠肺炎疫情侵扰。正月初二似乎情况更为严峻，电视上有官方的报道，微信里面也基本多数是新冠肺炎疫情的各类消息。民间已经出现村口封路、乡镇过往检查的情况，特别类似当年的"非典"。学校后勤处也发出通知，要查验进出四个校区（包括三个家属院）的行人情况。根据专家指导和朋友圈信息提示，我就只能乖乖待在家里，陪妻子看电视。

　　妻子是个秦腔迷，她中风以后似乎更为偏执，整天开着陕西卫视看《秦之声》，有《杀庙》《母子恨》《辕门斩子》《夺锦楼》《斩黄袍》《祭灵》《三娘教子》《走雪》《金沙滩》《玉堂春》《斩秦英》《火焰驹》等节目，看得不亦乐乎。我虽然也喜欢秦腔，但太熟的戏也是受了父母亲的影响，不喜欢翻来覆去地看，我们就叫"热残饭"。正月初二这天，上午我趁着空余时间在央视电影频道看了印度电影《神秘巨星》，晚上又看了德国电影《英俊少年》。《神秘巨星》属于励志类喜剧电影，讲述了印度少女尹希娅突破歧视与阻挠，坚持追寻音乐梦想的故事。影片于2017年10月在印度上映，2018年1月引进中国。对于印度电影我以前观看过一些，多数印象不深，只有《大篷车》依稀有些记忆。这部《神秘巨星》情节虽然简单，但一些细节很是令我感动，主演塞伊拉·沃西表现出的强烈现实关怀，也引发我一些关于人生梦想的思考。德国电影我几乎没有什么印象，而这部《英俊少年》属于合家欢类型，虽然是部老片，讲述了少年海因茨因为母亲去世，父亲被人诬陷贪污了银行的钱，于是被寄养在那个对父亲一直反感而且个性自私保守的外公家里。起初外公对这个外孙也是看着不顺眼的，但后来经过与纯真朴实的海因茨交往才慢慢发觉这个外孙的可爱与懂事。影片是在20世纪80年代引进中国的，对于我们这个年龄的人来讲，其中的歌曲似乎更能引起我的兴趣，如《最后的玫瑰》《小小少年》，早就有所耳闻，但把电影和歌曲联系起来，是看了这部影片之后。

观看这两部影片，与目前常见的国内敌特故事和抗日神剧的固定套路相比，显然它们的创作主体思想、感情表现形式，以及借助各种艺术表现手法来形成作品本身的主题个性和美学风格，给人展现了不同的艺术天地，收获颇多。

（2020 年 1 月 27 日）

做点学问与善待学生

我在西部一个不发达省份最南边的地区的一所师专任教。光阴荏苒，不觉已经过了45岁，时光的步伐似乎是那样的快，送走一年恍如过去一日。我近五六年来都是给毕业班代课，每个春天的来临，就意味着我和学生的分离。我喜欢我的学生，是因为他们知礼、诚信、勤奋、阳光，敢于超越、勇于担当，并积极地做着就业准备。学生喜欢我，是因为我能做点学问和善待他们。

作为一个高校（尽管现在多数人认为本科院校才算高校，高职高专仅是职业训练所）教师，我想还是要有两个维度的：一个是知识的"高度"，即学识所能达到的层次与水平；另一个是学识的"延度"，即学识的影响与流传时间。知识的"高度"我认为和做点学问关系密切，主要靠教师本人的天分与努力，也靠师生互动、教学相长；学识的"延度"自然和做点学问的质量有关，但学生及后辈学人的传播，也是其决定因素。孔子"述而不作"，却因学生整理的语录体《论语》传扬后世，堪称范例。

我上面说的两个维度，都与学生有着重要的关系。所以，胸怀宽广、善待学生，从学生身上学习，不仅可以提高自身学术水平，同时还可借学生之力，扩大自己的学术影响。我认为，只教书，不顾学生的成长和发展，不能给学生以人生导引，就谈不到"善待学生"这一理念更为深层的内涵。和学生在学习、生活和感情等方面的交流，乐意与学生分享人生经验，就会展现师生之间学识的"延度"。

其次，指导学生的读书活动，也是做点学问和善待学生二者之间的一个纽带和桥梁。北宋汪洙《神童诗》"万般皆下品，唯有读书高""少小须勤学，文章可立身""自小多才学，平生志气高"之句，就已经表明了古人对学问与读书、读书与人生的深厚理解。宋真宗赵恒《劝学诗》："富家不用买良田，书中自有千钟粟；安居不用架高堂，书中自有黄金屋；出门莫恨无人随，书中车马多如簇；娶妻莫恨无良媒，书中自有颜如玉；男儿若遂平生志，六经勤向窗前读。"把读书与学识功利化，但对于那个时代，不乏合理成分饱含其中。重视读书、以期用世，已经成了中国古老文化的一个重要的组成部分。但时代不同，讽刺读书和做点学问也不乏典型。清代黄景仁《杂感》云："风逢飘尽悲歌气，泥絮招来薄幸名；十有九八堪白眼，百无一用是书生。"说明，对于科举时代的落第书生来说，失魂落魄就是他们的写照，不仅没有黄金屋和颜如玉，更没有用力气谋生的手段，所以百无一用。

科举时代的读书和做点学问，是不追求是否有用的，只要求读书人付出努力，一旦成功，自然就有了功名利禄；而一旦失败，自然百无一用。在现代社会的大学里，读书有特定性和专业性。许多人读书成功了，获得了各种各样的官方认可的学位（功名），但并不因此而必然能获得相应的利禄。许多人读书失败没有学位，但通过技艺和自学所得，也能够获得相应的利禄。因此，今天人们重视的是读什么样的书，学到了什么样的知识，而不仅仅重视到底读了多少书。这一点，在时代变化的当今中国表现更加明显。

20世纪80年代，社会兴读书之潮，在大学无论什么专业，不管是理科，还是文科，人们在一段时间内所阅读的著作都差不多。许多深奥的哲学著作，像流行小说一样畅销。各种各样的人、各种各样的书、各种各样的杂志，也都出现在这些大潮的顶端，分享着人们的尊敬，甚至崇拜。进入20世纪90年代以来，随着市场经济的深入发展，随着大学生因物众而不贵，失去了天之骄子的光辉，随着人们对实用知识的看重替代了对于思想的崇拜，思想大潮逐渐回落，处于大潮顶端的著作、杂志和思想家所分享的崇拜不再，尊敬见减，有人称之为人文精神的失落。大学各个学科自身发展开始凸现，出现了学问圈，如制度分析潮流圈、近代思想史热圈、政府与市场之争圈等。做点学问不仅要有理论功底，要求阅读大量的理论文献，还需要学习博弈论这样枯燥乏味的方法，要求对实际问题进行案例分析。大学专业化的继续发展，学生越来越重视知识，而只是把思想看作知识的一个组成部分，不再是知识之王。

现在，读书、做点学问是具有外部效应的消费和生产行为。这就使得一些学生在新的挑战面前，努力走自己的路者渐少，而有意自毁墙角的情况时常发生。所以现在善待学生，就是设法给学生创造比较宽松、平和、积极发展的环境，使他们能面对日益激烈的就业（经济因素的）竞争。学问在书外，而这一点，需要在高校生活的几个方面诸如做点学问、引导读书、善待学生等求得平衡。

（2009 年 11 月 5 日）

练就“韬光养晦”不易

　　“韬光养晦”的出处并不在古老的文献里，据《旧唐书·宣宗纪》：“历太和会昌朝，愈事韬晦，群居游处，未尝有言。”应该是其来历的源头。“韬光”就是隐藏自己的光芒，“养晦”就是处在一个相对不显眼的位置。它和低调的意思基本相同，这是一种优秀的策略。“韬光养晦”是一种品格，一种姿态，一种风度，一种修养，一种胸襟，一种智慧，一种谋略，现在我们国家将其列为面向世界的治国方略。山不解释自己的高度，并不影响它耸立云端；海不解释自己的深度，并不影响它容纳百川；地不解释自己的厚度，也没有谁能取代它作为万物的地位……

　　《周易·系辞下》云：“尺蠖之屈，以求信也；龙蛇之蛰，以存身也。”和“韬光养晦”有含义相通之处，还包括谦卑的意思，就是甘愿让对方处在重要的位置，让自己处在次要的位置。《易·谦》又云：“谦谦君子，卑以自牧也。”魏晋玄学家王弼注：“牧，养也。”清高亨注：“余谓牧犹守也，卑以自牧谓以谦卑自守也。”意思是说“韬光养晦”的谦卑，因为虚心所以能进入对方的心，被别人接纳。生活中在沟通时彼此接纳是很重要的，因此谦卑作为一种品格也非常重要。如果你不“韬光养晦”而显谦卑，就不能够被别人接纳。不被别人接纳你就无法与别人沟通，无法与别人沟通你就什么事也做不成！人生在世，我们常常会产生想解释点什么的想法。然而，一旦解释起来，却发现任何人的解释都是那样的苍白无力，甚至还会越抹越黑。因此，做人不需要解释，便成为智者的选择。那么在当今社会，与人相处，我认为关键是要学会“韬光养晦”。

　　“韬光养晦”并不是一味躲藏。“韬光养晦”是做人的最佳姿态。欲成事者必须要宽容于人，进而为人们所悦纳、所赞赏、所钦佩，这正是人能立世的根基。根基坚固，才有繁枝茂叶，硕果累累；倘若根基浅薄，便难免枝衰叶弱，不禁风雨。而低调做人就是在社会上加固立世根基的绝好姿态。

"韬光养晦"不仅可以保护自己、融入人群，与人和谐相处，也可以让人暗蓄力量、悄然潜行，在不显山不露水中成就事业。"韬光养晦"不是委曲求全，而是表面不张扬，内在却要发愤图强，以求在以后能一鸣惊人，平地起春雷，此前潜隐都将是默默无闻、刻苦奋斗的。

　　"韬光养晦"就是要不喧闹、不矫揉、不造作、不故作吟呻、不假惺惺、不卷进是非、不招人嫌、不招人嫉，即使你认为自己满腹才华，能力比别人强，也要学会藏拙。而抱怨自己怀才不遇，那是肤浅的行为。

　　但练就"韬光养晦"不易，你能在纷繁的生活中用平和的心态来看待周围的一切吗？你能在生活卑微时安贫乐道吗？你能在富贵显赫时持盈若亏吗？你能在事业畅达时不骄不狂吗？你能在声色诱惑时心如止水吗？如果你能修炼到此种定然境界，便就能做到人生的善始善终、豁达大度。

　　那——你应该是练就了"韬光养晦"。

（2009 年 7 月 31 日）

第四章　记　忆

冬日游览海南的回味：琳琅成记忆的绰约

正是己丑年（2009 年）深冬"四九五九"交替的隆冬北方最冷之际，我和妻子随甘肃长城旅游公司的组团，飞赴海南，领略冬日碧海蓝天、椰林沙滩等热带季风气候的特有魅力。

一

对于这次出行，我主要是想满足一下妻子旅游休闲的心愿。过去的 2009 年，她和我都是忙忙碌碌，无暇散心，除了工作的奔忙外，家里的忙累主要是精神上的，特别是儿子上大学前，我们的心累可能是很多人都可以体会到的。儿子进入高校后，我和妻子忽然觉得很重的担子放了下来，也是该轻松一下了。正如《礼记·杂记下》所云："张而不弛，文武弗能也；弛而不张，文武弗为也。一张一弛，文武之道也。"生活比之于文武之道，何尝不是如此呢！在这一点上，我还是欣赏西方人。近十年我负责学校的外事工作，接触到的十几位外国文教专家（来自欧美国家），都很喜欢利用假日赴我国不同地域及亚洲其他一些国家不同地域旅游，他们很重视工作后的休闲……今天是腊月十二日，对于农历来说还在牛年，离新的虎年到来还有半个多月的时间，游完海南就可以带着妻子回我那遥远的天水三阳川小山村，和老父亲一起过年了。

出发那天，因为高兴，我和朋友们在兰州饮酒似乎有点多了，所以如何办的登机手续，如何过的安检，我都是朦朦胧胧的。妻子对我有点担心，但上机还是很顺利的。我们的海航 HU7614 航班于晚上 9 点 32 分从兰州中川机场准时起飞，虽然是晚上，机场航站楼和跑道的光芒掩映着忽明忽暗的山峦轮廓和远处楼群，村舍如繁星闪烁的灯光，颇有诗意般的可观。妻子透过舷窗津津有味地看着外边，当飞机滑过停机坪、转弯，在跑道上加速时，我感到了她的紧张。就在飞机离地的刹那，她紧紧抓着我的胳膊，似乎并不信任系在腰间的那条安全带。这架波音 747 爬升时偶有颠簸，当到达万米高空平飞时就感觉到很平稳了，妻子这才放松下来。机上用餐的同时，我看到座位上方液晶屏显示的飞行航线：兰州—九寨沟—成都—贵阳—南宁—北海—北部湾—海口，这和我原来的航空经历不同，如从济南遥墙、昆明巫家坝飞咸阳，从重庆江北机场飞兰州等，就没有明确告知航线情况，我原以为飞机在升空后是直线飞行到达目的地的，过后想想还真有些好笑。

经过 2 小时 52 分钟的飞行，飞机终于降落在海口美兰国际机场，在一楼大厅提取行李时，就感觉到了季节的差异。因为还有一班从内蒙古来的飞机同期到达，提取行李的人很多，但可以看出多数人面色通红，甚至有些人已经热得汗水淋淋了，是因为穿着北方零下几度甚至十几度气温厚厚的御寒服，这里 18℃—22℃ 的气温使人来不及适应吧！尽管现在是海南最冷的一二月份气温，就已经使人感觉到走进了夏天。

走出候机大楼，一阵温润的空气迎面扑来。海口微雨的天气，却也是给人舒服的感觉，令人不禁感慨北国千里冰封之时，这里依然暖风和煦。海口凤凰旅行社的王姓男导游（王导）和甘肃长城旅行社驻海南的何姓女导游（何导），早已等候在那里接机了。我们是一个 35 人的大旅行团，接团的是一辆宽大豪华的旅游车。车子启动，离开辉煌灯火映衬着、泰国风格十足的机场大楼，一路上全是椰子树和不知名的热带高大乔木笔挺耸立，车上一些年轻人兴奋得喊起来，那种旅途的疲劳和深夜的困倦似乎一扫而光，一点儿也不困了。我不由想到，秦汉之交，中原战乱，秦龙川令赵佗自立为南越王，南越国势力遍及海南岛，那时的海口是什么样子呢？汉武帝元鼎六年（前 111 年），伏波将军路博德、楼船将军杨仆等率师平定南越之乱，元封元年（前 110 年），在海南岛设置珠崖郡、儋耳郡，归于中央王朝的直接管辖之下。然而，"海南"之称，出于汉以后，《北史》和《隋书》均载"海南儋耳归附者千余峒"，是"海南"一词的最早记载。导游在车上简单地介绍了海南岛的基本情况，它面积有 3.39 万平方千米，全省常住人口 850 多万，作为省，确实是小了点，但由于其独特的地理位置，好几项竟也占据了中国第一，诸如海域面积最大，跨纬度最大，唯一的热带海岛省份，石绿铁矿、钛矿、英石储量第一等。

经过30多分钟的车程，我们终于到了下榻的龙神假日酒店，旁边紧挨着的就是黑龙江驻海南办事处大楼。导游分配房间，并告知有关事项后，当我和妻子住进A座213号房间时，已经是凌晨两点多了。三星级酒店虽然谈不上豪华，但房间宽敞舒适。也许是旅途劳顿，或者夜深困乏，不久就听到妻子轻微的鼾声。可是我怎么也睡不着，打开电视，地方台正在播放中国中央电视台（CCTV）有关建设海南国际旅游岛、记者专访海南省长罗保铭的节目，得知隆冬是海南的旅游旺季，海南省委省政府从全国各兄弟省市求援了两千多部大型旅游车，好像还不能满足实际的需要。仅通过北边的琼山美兰国际机场和南边的三亚凤凰国际机场两个航空港，到达海南的新疆、甘肃、内蒙、黑龙江、辽宁等北方游客，每天就有一万多人，从白昼到黑夜，旅游团不断地到达，也不断地离开……睡意渺渺，恍惚睡去，似乎睡了不久就被喧闹声吵醒。已经6点多了，其他的旅行团要从这个酒店出发。

新的一天开始了。

二

我们旅行团的早餐时间是8点半，此前要收拾好行李物品并搬到牌号为桂C-11879的旅游车上放置好。海南的旅游管理还是很不错的，从27日起，这辆车子就随我团接送，直到我们离开，我们团的代号也就是车号11879，便于管理。导游负责清点人员，各景点认车不认人。然后是退房和用早点，因为是团餐，早点还是很简单的，有几个小菜，面包、花卷和蛋糕，因为面食很贵，几乎是按人头分配，只有粥和榨菜是可以多要的，不限量。餐食以甜淡为主，不同于陕甘川的酸辣或者麻辣，这让我感受到了一种完全不同于北国的饮食文化。

车子离开海口市，沿东线高速公路到达琼海市博鳌镇水城。我们的第一个游览项目就是领略海南的母亲河——万泉河风光。万泉河别称白泉河，在海南岛东南部，它有两个发源地——五指山和黎母岭，两水在琼海市合口嘴会合始称万泉河，至博鳌入南海，全长 163 千米。一首名歌《我爱五指山，我爱万泉河》、一部名剧《红色娘子军》使琼海市万泉河风景名胜区美名远扬，成为来琼中外游客必访之地。我们首游博鳌玉带滩。

在博鳌码头登上小游艇，逆万泉河流而上二十多分钟，就可以到玉带滩。沿途从窗口望去，河面开阔，水流缓舒、椰姿帆影别有一番热带情调，穿着短袖和休闲短裤，使人不由产生一种夏日的情愫。从船舷处看万泉河，河水清澈舒滑；远望万泉河，则是在一种暗暗的灰色上泛着绿意。椰林掩映，不时可以遥望东屿岛上华丽的大型高尔夫球场，游览车在周边穿梭往来，而岛上博鳌亚洲论坛国际会议中心永久会址的建筑群，在椰林和芭蕉树的缝隙间闪现白色，冬日热带的阳光，经它反射着眩目的余晖。

玉带滩是一条自然形成的狭长沙滩半岛，全长 8.5 千米，据导游说地形地貌酷似澳大利亚的黄金海岸和墨西哥的坎昆，在亚洲可谓仅此独有。我们下船的时候，正是游人如织的高峰。站在玉带滩上，面向大海，但见烟波浩渺的南海一望无际，层层白浪拍打着脚下沙滩，那沙应该比敦煌鸣沙山的要粗些，但脚踩在上面有着一种酥酥的舒爽。放眼远眺，海水的颜色分三层——略黄、浅蓝、深蓝直至天边，远处渔船星星点点，近处摩艇起起落落，海鸥翔集，海浪层涌，正是一幅绝妙的南海风情画。玉带滩是大自然的鬼斧神工，一边是万泉河、九曲江、龙滚河三水出海，一边是南海的汹涌波涛，而细细长长的玉带滩就静静地横卧其间。一条窄窄的、长长的沙滩，千百年来任凭海、河冲刷，稳稳当当地卧于二者之间，这应该是一个奇迹了！1999 年它被国际吉尼斯总部在中国的权威代理机构上海大世界吉尼斯总部以"分隔海、河最狭窄的沙滩半岛"而认定为吉尼斯之最。洁白的玉带滩如一条长长的玉带横卧在万泉河与南海之间，把二者隔开。最宽处约 300 米，最窄处涨潮时仅 10 余米，为世界上分隔海、河最狭窄的沙滩半岛。伫立玉带滩，一海一河，一咸一淡，一动一静，恍然身临仙境。南海烟波浩淼，一望无际，内侧万泉河的湖光山色，内外相映，构成了一幅奇异的景观。我们能做的就是在沙滩上嬉戏，在海岸边留影。

玉带滩前大海中不远处，有一个由多块黑色巨石组成的礁岩，屹立在南海波浪之中，状如垒卵，突兀嵯峨，被称为"圣公石"。传说它是女娲补天时，不慎洒落的几颗砾石，石有神灵，乃选这块风水宝地落定于此。千百年来，任凭风吹浪打，它都岿然不动，一直和玉带滩厮守相望。导游说手捧"圣公石"拍照，可以带来吉祥、发财的好运，我们团的很多人都照相留念，以期新年来到时鸿运高照、人财两旺。

我虽然曾经从大连到烟台乘船横跨渤海湾，但因为那次在晚上，对海的领会不真切，而妻子是第一次看到大海，在紧张中有些兴奋，浪花一阵阵地冲上岸来，她左躲右闪，浪花还是打湿了裤脚和鞋袜。于是，我们干脆脱了鞋，在大海浪花的拍打中，赤脚尽情感受大海的乐趣！看着蔚蓝的天空，洁白的云朵，烟波浩淼的大海，认真捡拾贝壳的妻子，我不由想起任贤齐《浪花一朵朵》的歌曲：

> 我要你陪着我
> 看着那海龟水中游
> 慢慢地爬在沙滩上
> 数着浪花一朵朵……

心情就像这蓝天白云一样，轻松惬意，多么难得的寒假旅行啊！妻子节俭惯了，为这次数千元的花销总是耿耿于怀，但就这种令人放松、舒怀的感觉，已经值了。人生有涯，钱财乃身外之物，李白尚有"千金散尽还复来"的高论，何况我辈工薪族，注定是做不了富人的。那么，一辈子能来趟海南，也算终生无憾了！要知道，去年的现在，海南对于我来说还是一个遥远的梦。我想，相对于玉带滩的海天之间，夏威夷也就不过如此吧，说不定还没这里美呢。

接下来是到万泉河上游牛路岭库区，万泉河竹筏观光漂流。许多竹筏首尾相连排成一个长队，前面由一个小汽艇牵引，我们穿了雨衣和救生衣乘坐其上。这似乎和那次我在三峡库区的秭归坐龙舟竞渡相类，觉得没多少新意，倒是竹筏队列之间的用水枪打水仗和"越生气越打"的口号值得提及和回味。

中午，我们在博鳌镇的定点饭店用餐。饭菜还是比较有特色的，如鲜椰汁饮料、海鲜汤，鱼也做得味美有致。其他菜肴如海味豆腐脑、炒三丝、清炒青椒、清炖冬瓜等都是时令蔬菜。10个热菜，看得出大家比较满意，尤其那个爆炒海虾，在我看来还真不错，比我们那里的任何一家酒店都要做得地道。下午是安排我们参观中国南部最大的华侨农场——兴隆咖啡种植园和热带植物园。

三

咖啡落户于海南兴隆，是在 1953 年。1960 年周恩来总理视察兴隆农场，喝过兴隆咖啡后大为赞赏，使其留下了美名。兴隆华侨农场，原属乡场合一单位。2002 年万宁市政府撤销兴隆乡建制，保留兴隆农场企业经营管理体制，现有居民 350 户，农场总面积 12 平方千米。导游说到海南一定要品尝南国著名的兴隆咖啡，于是在午后的阳光中，我们的车子开进了兴隆咖啡种植园。跟随导游的指引，我们认识了咖啡和可可，看到了活生生的咖啡树和生长在其上的咖啡豆，也参观了东南亚式的咖啡炒制技术作坊和现场炒制工艺，品尝了现场煮制的免费咖啡，那种浓香沁入肺腑的感觉令人难忘。接下来是购物，根据我以往的经验，我和妻子商定尽量控制购买，以免犯"购物狂"的病，因此就只购买了桶装咖啡和椰子粉。离开那里时，满街的椰树给我印象最深。

兴隆热带植物园隶属农业部中国热带农业科学院热带香料饮料作物研究所，占地 0.4 平方千米，始建于 1957 年。经过几十年的发展，在 20 世纪 80 年代就成为海南著名的游览景点，园中风景秀丽，葱葱绿海，幽幽花草，清新世界令人心旷神怡。植物园有 6 个游览区：经济林木区、棕榈区、热带果树区、香料药材区、观赏花木区、木本油料区。各种珍奇植物荟萃一园，蔚为大观。芒果、榴莲、腰果、蛋黄果等果树形态各异，红木、柚木、檀香木、紫檀木等贵重树木叶茂婆娑，依兰香、香兰草、丁香、肉桂、香茅草令人应接不暇……其中最令人刻骨铭心的有世界上最毒的植物之一"见血封喉"，有形态各异的面包树、腊肠树、吊瓜树、酒瓶椰、狐尾椰、水生植物王莲等。观赏累了，导游安排在休息区围桌而坐，品尝咖啡、香茶和特色饮料。

下午 5 点，我们到了第二个居住地——兴隆月亮湾假日酒店。这是个五星级酒店，没有高层建筑，由十几栋三层的别墅式楼群构成，风格独特，加上院内碧草椰林、蔚蓝海水泳池，给人的感觉自是和在海口迥异。

中国跆拳道国家队训练基地和亚洲跆拳道训练中心就设在这里。我俩被安排在 B6 座 34 号房间，房间布置得大方敞亮、豪华而不浮艳，尤其是客厅和卫生间很宽敞，给人一种爽快而舒适的感受，正适合游览一天的休息。晚餐也不错，海南风味自是和西北不同。饭后在院子里散步，微风拂面，垂榕、香蕉树、槟榔树随风摇曳，妻子惊奇于酒瓶兰的形状独特和橡胶树（印度橡胶树）的高大，我则注意到了小超市旁水果摊的品种众多：榴莲、波罗蜜、芒果、木瓜、椰子、鸡蛋果，还有一些是我去云南没见过的。我们买了摊主推荐的金椰，啜饮椰汁、品食椰肉，给人一种全新的感受。妻子此前已经品尝过我带回家的云南热带水果，这次似乎特别感兴趣木瓜，挑拣几个，分切去籽，带到酒店房间慢慢品尝，也顺着买了两桶方便面，她仍然不适应这两天"海味"的饮食。

我们团的有些旅伴去附近看风情演出，有些则泡在海水游泳池里。我和妻子参与到了温泉"鱼疗"的行列。我俩到游泳池旁的温泉鱼池时，已经有不少的游客在池子中，看到水中一群群奇特的小鱼正围着人们的脚腿吸咬，不免产生好奇心。我们踏入水中，就有小鱼群围拢过来，轻轻地用小嘴啃咬脚趾、小腿。起初还不习惯于那种略带擦搓刺扎的感觉，不禁使人打个激灵而收起脚腿，妻子竟然产生了要回房间的想法。但坚持一会儿后，就感觉到了一种按摩般的惬意。看看身着泳装的女子和几个外国人躺在池里享受"鱼疗"的入定情景，我才明白了"鱼疗"作为目前很酷、很时髦的休闲方式备受追捧的缘由。据说"鱼疗"最早出现在 14 世纪的土耳其，后来逐渐被日本、韩国引进，随后也很快在中国兴起。"鱼疗"使用的鱼是一种生活于温泉中，体长只有 3 厘米，没有牙齿的"亲亲鱼"，工作人员介绍说，小鱼不但能啃掉死皮，还能把毛孔中的垃圾和细菌吸出，同时使人体充分吸收水中的矿物成分，达到祛病的目的。但"鱼疗"对人体到底有没有保健作用，目前医学界还少有研究和定论。当然一些皮肤有伤或本身患有皮炎、湿疹、脚气等皮肤病的人，是不能接受"鱼疗"的。

我俩享受了美妙的温泉"鱼疗"后回到房间，已经是晚上 9 点多了。

四

28日一早,吃过团餐早点,我们的车子向琼海市陵水县的分界洲岛进发,游览热带海滨。一路上,映入眼帘的是亮丽绿染的稻田,花朵开放的细岭丘陵,椰林弥漫着远近山峦,相比于深冬肃杀枯干的陇原野外,此景真使人目不暇接。

分界洲岛位于海南省陵水县东北部海面上,距东线高速公路牛岭隧道约15千米。牛岭又称分界岭,主要因为这里是海南岛一个重要的分水岭,分界洲岛实际是牛岭的下部分,冰川期海水的浸入,淹过了较低的部分,切断了分界洲岛与牛岭的联系,从而形成了现在的样子。据导游讲,在分界洲岛上看牛岭两边,常常夏季岭北大雨滂沱,岭南却阳光灿烂;冬季岭北阴郁一片,而岭南却阳光明媚。我们坐船到达岛上时,已经是一派热闹景象。我们无心细听导游讲解各种旅游项目,如潜水、划艇、玻璃底船、摩托艇滑翔伞……好不容易等到自由活动时间,我和妻子直奔海湾沙滩。葱茏山岛、亮白沙滩、蔚蓝大海、白云朵朵、如织游人、摩艇穿梭、滑伞飘飞,构成了这里特有的海岛风情。我们站在礁岩上背对大海拍照,聆听海浪拍打岸际的涛声,步入海水在潮起潮落中捡拾贝壳,看得出很多游人和我一样掩饰不住特有的兴奋。那身着泳装的青年男女,以青春的线条给海滩增添了无限的生机。

雨果说:"比陆地宽阔的是海洋,比海洋宽阔的是天空,比天空更宽阔的是人的胸怀。"当我们登上分界洲岛东南端的观景亭时,不免使人感觉到心胸的宽阔,想到雨果的话语来。"海纳百川,有容乃大;壁立千仞,无欲则刚。"我对此有了更感性的理解。是啊,面对大海的胸怀,你会有什么郁闷在胸呢!"忍一时,风平浪静;退一步,海阔天空。"这种体味,只有面对一望无垠的海面,理解得才会更深。妻子做事伶俐,就在我突发想象的时候,她已经拎着一小包自己捡拾的贝壳,笑容可掬地走上岸了。不知不觉中,一个上午就这样过去了。

在分界洲岛景区吃完午餐,车子穿过2千米长的牛岭隧道,顺高速公路向三亚方向飞驶。沿途可以看见正在建设的海口—三亚高速客运铁路和东环岛铁路工地，据说竣工后，海口和三亚将连为一体。不久，就到了甘什岭槟榔谷。这是我们今天游览的第二个景点。

槟榔谷可以说是海南民族文化的活化石，地处三亚市与保亭县交界处甘什岭自然保护区境内，距三亚市仅28千米。其中的黎村、苗寨以其独具韵味的原住民风情表演吸引游人。黎族是海南的土著民族，最大的特征是"雕题离耳"。所谓的"雕题"就是纹脸，即在脸上刻图案；"离耳"就是耳朵上佩戴大耳环。我们参观了器物用品展览，上树摘槟榔表演，射鱼、贵屋等生活方式，织锦等手工技艺，还观看了唱歌、跳竹竿舞等文娱节目，品尝别有风味的黎家小吃……莫不为这个民族的勤劳智慧所感动。椰子代表海南，槟榔代表黎家。在黎家，没有槟榔不成礼，没有槟榔不成婚，这"槟榔"二字可以说是海南真正的"主人"黎族人的文化字符。随后，我们还参观了苗族山寨，领略苗族风情、蜡染技艺和观看上刀山、下火海、火把舞等文艺表演，体验山谷滑索的惊险与刺激。

游览的第三站是鹿回头山顶公园。车子穿过三亚市区，沿途可以看到富有特色的建筑和街道。"三亚"原称"三丫"，因三亚河（古临川水）与东西二河至此会合，成"丫"字形，故此名，还有鹿城、崖州等别称。它独特的地理位置，重要的战略和经济区位，好几个占据了中国第一，如最南端的滨海城市，最长寿的地区（人均寿命80岁），最南端的军港海港……被称为"东方夏威夷"，它拥有全海南岛最美丽的海滨风光。我们到了停车场，换乘电瓶游览车，直上鹿回头山顶公园。站在山际观景台，可俯瞰浩瀚的大海，海岛山岬角与海面辉映，夕阳返照，金光粼粼，远眺起伏的山峦，蜿蜒曲折，绵延远方；而近观三亚市尽收眼底，"山—海—河—城"巧妙组合，浑然一体，三亚湾景色壮观。路旁盛开的三角梅，拢拢垂吊，蓬勃艳丽。在高大的榕树下，妻子买来铜钱红丝带，系于枝叶间，寄予家庭的平顺安康。在鹿回头雕塑前留影，品尝海南椰子珍品——红椰的汁液和椰肉，观赏鸽群……令人流连忘返。坐车下山，看见路旁的猴群腾挪跳跃，活泼可爱的猴仔，显得环境更加惬意、和谐、优美，令人不由感叹大自然的神奇造化。

今天最后一站是去大东海。大东海位于三亚市的榆林港和鹿回头之间。月牙形的海湾，辽阔的海面，晶莹如镜，"水暖沙白滩平"早已使它蜚声海内外。我们去时落日余辉散落海面，颇有"半江瑟瑟半江红"的韵味，环山近岸，涨潮的海浪轻柔拍打；远处水天一色，在湛蓝的海面上，三三两两的摩艇滑跃，恰似一幅清雅、明快、平静的重彩山海图。伫立在大东海之滨沙滩，眺望宏阔海景，倍感心思阔朗、神清气爽。游伴们追逐潮起潮落的海浪，我和妻子也不由在海滩逶迤涉水，感受浪花的欢跳，欣赏海景。随后我们参观了岸上水族馆，名目繁多，形态各异的鱼虾蚌蟹，石斑鱼和大龙虾给我的印象最深。

在大东海吃晚饭……车子到达下榻的三亚四季花大酒店，已经快晚上9点了。洗个澡，躺在床上看电视，不觉有些微微的倦意袭来，而妻子正在津津有味地享用着泡好的方便面，她已经索然于"海味"菜肴和饭食了。平时从不问津方便面的她，似乎在品尝着久违的美味！

五

在海南，感受热带海岛风光的时候，我不禁为它历史文化底蕴的稀少而感到遗憾。海南开发虽早，但大力发展应该是在1988年建省之后。我所知道的海南名人，首先是琼山人被称为"南包公""海青天"的海瑞了。他是明朝名臣、政治家，官至右佥都御史、应天巡抚等职，后辞官闲居。他一生刚正不阿，留下了很多美谈。可在明朝以前，至少在北宋，海南还是比较落后的。苏东坡在《寄程儒书》中写道："此间食无肉、病无药、居无室、出无友、冬无炭、夏无寒泉。"由此可见一斑。宋绍圣四年（1097年）五月，已经62岁的苏东坡接到"旨令"离开已经谪居三年的广东惠州，与儿子苏过从澄迈经临高，到泊潮（今儋州市光村镇）上岸。自此，海南多了一个历史的文化偶像，留下了诸多令人感慨感奋的篇章《海外集》。对于海南来说，苏轼所带来的还有文化的启蒙、教育的肇兴。海南有真正的书院，应始于苏轼谪居昌化时，海南历史上第一位举人姜唐佐就得益于苏轼的教诲。苏东坡将"儒释道"三者融会贯通，他对海南的宗教文化影响也应该是挥之不去的，难怪他总结一生云"问汝平生功业，黄州、惠州、儋州"，是给海南留有一席之地的。我所知道的海南名人还有文昌人宋庆龄、张云逸，琼山人冯白驹，此外无他。也许是我对海南的历史文化孤陋寡闻罢。

29 日的行程，首先是参观三亚世纪昌源水晶文化中心。它坐落在三亚市区与"天涯海角"和"南山佛教文化旅游区"之间。对于水晶，我知道得应该比较早，儿时看见过老年人的水晶眼镜，据称极为珍贵，再后来听说了毛主席纪念堂的水晶棺（后来实地瞻仰时觉得类同玻璃），具体什么情况，了解甚少，只是觉得价值高昂。在这个水晶中心的展览大厅参观，看着各式各样，无色、紫色、黄色、绿色及烟色等形态各异的展览样品，听完讲解，才使我大开眼界。听导游讲，天然水晶是一种透明的石英晶体矿物，呈六角柱状结晶，它的硬度很高、反光烽极强，其形成是因火山喷发所致。水晶的生长环境，多在地底下、岩洞中，需要有丰富的地下水来源，且多含饱和的二氧化矽，经过二至三倍左右的大气压力，温度在550℃—600℃间，时间适当，就结晶成六方柱状水晶了。大厅陈列的矿石样本剖面很直观，不由使人感叹大自然的鬼斧神工。工作人员还给我们展示了水晶的优劣、真假鉴别方法等，在大厅一楼，就是琳琅满目的水晶商场，各种水晶饰品价格不菲。我和妻子挑来挑去，买了一个微紫兼有纹路的水晶手链，作为纪念。

然后是去三亚南山佛教文化旅游区。车子出三亚市区向西北方向行驶40 多千米，就到了南山佛教文化园。导游介绍说南山佛教文化溯源于唐，鉴真和尚为弘扬佛法五次东渡日本未果，后漂流至南山居住并建造佛寺，传法布道，随后东渡日本终获成功。现在此处展示中国佛教传统文化，富有深刻哲理寓意，能够启迪心志、教化人生，其主要建筑有南山寺、南山海上观音、观音文化苑、天竺圣迹、佛名胜景观苑、十方塔林和归根园、佛教文化交流中心、素斋购物一条街等。我们经过景区大门"不二法门"，看到已故著名书法家顾廷龙先生 94 岁时书写的大门外"不二"和大门内"一实"匾额，就已经感受到了一种禅意。《维摩诘经》云："至无有文字语言，是真入不二法门。"在禅宗看来，人感知世界，主要是用心参悟，并不在外显的表达。"不二"即"非此非彼又即此即彼"，我体悟到，这和儒家"敏于事而慎于言"（《论语·学而》）多少还是相通的。因此，迈进这个法门，我还是颇有些心得的。

进得院来，木棉树挺拔高耸，木棉花热烈怒放、红艳喜人，在蓝天白云的映衬下格外引人注目。沿路漫步上山，路旁知名或不知名的花草树木错落有致，虽系人工，也合天作，风景如画，令人心旷神怡。鸡蛋果树、人生果树、龙眼树、棕榈树、木瓜树、铁西瓜树还有盛开的三角梅，壁刻书法禅语……莫不以映像留在我的记忆中。不觉到了金碧辉煌的"自在观音阁"前，这里供奉的"金玉观音"像高 3.8 米，据说耗用黄金 100 多千克、120 多克拉南非钻石、数千粒红蓝宝石、祖母绿、珊瑚、松石、珍珠及 100 多千克翠玉等奇珍异宝，总价值 1.92 亿元人民币，1998 年被确认为世界最大的金玉佛像，被录入吉尼斯大全，被称为"海南镇岛之宝"。这里信徒众多，香烟缭绕，钟声袅袅。离开观音阁，沿着棕榈树、芭蕉树遮蔽的林荫大道，一路走去，就到了三十三观音堂。《法华经·普门品》（亦称《观音经》）载，观世音菩萨为摄化而自在示现之三十三种形像，常因时代、环境、风土人情、知识习惯、众生类别的不同，而示现不同形像（相），以便"游诸国土，度脱众生"。我们到时，主观音"乘龙观音"的莲花宝座前，人头攒动，善男信女口头跪拜，烛光荧荧、笙乐阵阵，扑面而来的是一种佛教文化氛围。其余三十二尊观音塑像前，也是一对对神情虔诚的游人。经过一阵排队等候，小沙弥带引我们入内拜观音，还参观了南北财神殿（龙五爷殿）、天下第一龙砚等。据导游说，2005 年 5 月，西北大学佛教研究所所长、著名观音研究专家李利安教授在南山观音苑的一次专家谈论会上建议修建三十三观音群像集中展现观音文化，得到中国佛教文化研究所所长吴立民先生、中国人民大学哲学院温金玉教授等赞同。于是当地政府和佛教界采纳这一建议，集十方善信，历经两年多建成。不料成为目前世界上规模最大、工艺最精湛的室内观音群像和海南佛门盛事，现在已经成为一个重要的文化旅游景点。

六

凭着餐票，我们到了三十三观音堂旁边的"缘起楼"素斋餐厅用午餐。那里提供的一二十种"寺院素斋"自助菜肴，均以豆制品和蔬菜为原料，尤其是素烩珍菌、佛跳墙、黑椒牛排、沙茶腰花、菜胆海参、南山鹅片等斋肴，几可乱真，口味爽淡，很有特色。看得出，妻子也很喜欢这餐斋饭，虽无荤腥，却吃得津津有味。果不其然，她餐后告诉我，这是她近几天唯一的一顿饱餐。我哑然不语，其实是深有同感罢了。

随后，我们还参观了南山寺。南山古称"鳌山"，已在海南岛南端。1993年，经国家宗教局、中国佛教协会同意，海南省政府批准兴建南山寺，由中国佛协会长赵朴初选址，1995年正式动工，历经三年建成。建筑群依山望海而建，占地约0.27平方千米，仿唐风格，据称为新中国最大的佛教道场。进入寺院，同样是游客络绎不绝，香烟袅袅，不绝如缕，融合着绿化植被，有龙血树、祈愿树、红刺露兜、凤凰木、芒果树、剑麻、三角椰子树、鹅掌柴、绿玉树、凤尾竹、佛肚竹、菩提树等热带乔木的点缀，南山寺给人规整肃穆，又幽雅清净之感。

沿台阶徐徐而下，就到了南山寺海滩。在椰树、沙滩、蓝海的衬托下，108米高的海上观音一体化三尊造像，凌波伫立金刚洲（观音岛）上，蔚为壮观。据称，南山与观音，因缘殊胜。观音菩萨有十二心愿，其第二愿就是"愿长居南海"，故称南海观世音。1999年举行"南山海上观音"工程开工典礼，2005年建成并举行了盛大开光仪式。经过陆续修建，形成宏阔大气的"观音净苑"景区。我和妻子是沿着滨海的椰梦长廊，在欣赏风景中，吮吸椰汁，一路信步而来。顺路参观了梵钟苑、南山树屋、汉唐乐坊等，兴致所至，妻子竟悟学其他游人，入苑撞响梵钟，悠扬的钟声随风在椰林竹海间飘荡，使人迷蒙于一种晨钟暮鼓的禅家情境。"观音净苑"的广场恢宏壮阔，据说可同时容纳五万人举办盛大的佛事典礼。海上观音像的金刚宝座底层是圆通宝殿，望之宽广庄严。有人告诉我们，其中供奉十万尊观音像，环布四壁。海上观音像及其附属建筑，系填海造地而成，经栈桥与陆地广场相连，周边有环岛通道和富有佛教寓意造像的护栏。不能多加流连，按照导游安排的集中时间，我们登上旅游车，奔向下一个景点——天涯海角。

"天涯海角"的出处，应该是徐陵《武皇帝作相时与岭南酋豪书》"天涯藐藐，地角悠悠"云云，韩愈《祭十二郎文》有"一在天之涯，一在地之角"的句子，喻极远之处。"天涯海角"具象为海南一景，已经是较晚的事情了。导游介绍说，清代雍正年间崖州（今三亚）知府程哲在马岭山下海滩巨石镌刻"天涯"二字，始得名。宣统年间崖州知州范云梯在不远处的巨石上又书刻"南天一柱"，融传说于摩崖题刻，增加了人文的魅力。1938年，琼崖守备司令王毅在另一块巨石上题刻"海角"二字，从此以后，这里就成为天下闻名的景点了。进入景区大门，首先看到的是名人雕塑园和爱情广场，绿化的精致和雕塑的凝重相映成趣，沿着林荫道一路前行，装饰巧妙的音箱，一直在播放着徐东蔚作曲、郑南作词，沈小岑演唱的歌曲《请到天涯海角来》。徜徉在甜美的歌声中，不觉引起了我和妻子悠远的记忆——那是20世纪80年代初一首流传全国、真正意义上的流行歌曲，当年我们就是听着这首歌上学、毕业和走向工作岗位的。后来看了一些海南"天涯海角"的图片，总觉得是遥不可及的，没想到20多年后，我们来到这里，欣赏到椰林婆娑，奇石林立，碧海南天，如诗如画的海滨一绝了。

吃着西瓜，品尝着波罗蜜，但见远处碧水蓝天一色，烟波浩淼，帆影点点；近观礁石海岸，游人如织，道旁峭壁巉岩，椰林婆娑，真有人在画中游的诗意。穿行于林荫"天涯路"，观石、赏花、听溪，不觉就看到了那些摩崖石刻，似乎并不如想象中的高大伟岸，在拥挤的人群里抽空拍照、留影之后，我俩开始返程，啜饮着醴洌椰汁，有一种隐隐的失望不时袭来，但又随着观看上空低飞的客机远去，在高天流云中又一缕缕随风散去……

晚上和旅伴相约在"海上人家"吃海鲜。上桌的有海南的椰林卷烟、二锅头老酒，还有贝类鱼虾。大家兴致都很高，相互敬酒，气氛热烈，几个孩子在嬉戏玩耍。正是腊月十五的圆月升起，又大又亮，皎洁的光芒洒在海面上，不由生出"海上生明月，天涯共此时"的感觉。带着醉意，返回酒店，已经是快晚上十点了。

七

30日是海南游程的最后一天。在晨光微风之中，车子载着我们去亚龙湾。

亚龙湾在三亚东南28千米处，是海南最南端的一个半月形海湾，全长约 7.5 千米，是海南名景之一。亚龙湾古称"琊琅湾"后称"牙龙湾"，过去是一处不为人知的荒僻海滩。清光绪版《崖州志》载："琊琅湾，在榆林港东五十里。""琊琅"出自本地黎语，意为白玉、洁白，在此形容沙子洁白如玉。又因为海湾呈月牙形，转称为"牙龙湾"。1992 年国家批准开发建设此地时统一用"亚龙湾"之名。和其他的海南沙滩港湾相比，这里最大的特点是沙粒洁白细软，海水澄澈蔚蓝，沙滩阔展悠远，据说海滩长度约是夏威夷的 3 倍，面积达 66 平方千米，可同时容纳 10 万人嬉水畅游，数千只游艇游弋追逐。虽然开发不久，但它的知名度已经很大，有"天下第一湾"的美誉。漫步亚龙湾海滩，你会感受到集蓝海、白沙、艳阳、绿椰、海风于一体的情味，加上熙来攘往的游客行走其间，让人不免感叹自然与人文的互补与映衬之奇，也惊叹大自然的天工之妙。

我们参观了亚龙湾蝴蝶谷，它位于亚龙湾国家旅游度假区北部。我们走进蝴蝶状的展馆，只见眼前蝴蝶标本色彩斑斓。走在 5 个展室中，观赏中国最珍贵的喙凤蝶、金斑喙凤蝶、多尾凤蝶和高山绢蝶等，还有巨型翠凤蝶、猫头鹰蝶、银辉莹凤蝶、太阳蝶、月亮蝶等世界名蝶，历历在眼之处，我们和同游者不禁为大自然的精灵感叹。走出展厅，跟随导游步入利用热带季雨林自然植被环境建成的大型网式蝴蝶园。古藤盘绕，造型奇特；榕树茂盛，柔绿优美。龙血树、厚皮树伴邻山径，野花盛开，相映成趣，不由生出一种温馨静谧的感觉。汩汩溪流，似乎拍伴游人款款足音，穿谷而行；彩蝶翩飞，让人流连忘返。

漫步亚龙湾广场，白色风帆式的尖顶帐篷，给颇有文化蕴含的广场涂抹了一些现代气息。妻子惊诧于广场中央高达 27 米的图腾柱，我们驻足观看，其上是一组组反映中国古代神话传说和文化的雕塑群。广场三面青山相拥，南面月牙形沙滩向大海敞开，洲岛点点。棕榈树如巨伞撑盖荫庇贝壳馆，草坪茵茵比衬椰树婆娑，使人感受到冬日难有的舒爽。

顺路我们参观了广场的亚龙湾贝壳馆，这是一个以贝壳为主题，集科普、展览和销售于一体的综合性展馆。讲解员告诉我们，这里分五大海域展出世界各地具有典型代表性的贝壳 300 多种，有象征纯洁的天使之翼海鸥蛤、著名的活化石红翁戎骡和鹦鹉螺等。据说一个有名的鹦鹉螺价值数十万元，令人啧啧感叹。地下展馆曲径幽深、典雅自然，面对琳琅满目的展品，不由使人惊叹大自然的鬼斧神工，激发出热爱大自然的美好情感。

我和妻子挑选购买了一些小巧玲珑、别致有趣的贝壳和珊瑚细细把玩，以备馈赠亲友孩童。

最后，我们到了万宁市的东山岭景区。该处距万宁市东 2 千米，因三峰并峙，形似笔架，故又称笔架山，海拔只有 184 米，是海南开发较早的旅游景点之一。我们在门牌楼前拍照后，就沿着石阶上山了。东山岭景观主要是奇石，从云路初阶拾级而上，首先映入眼帘的是"小有天"。在"洞天一品"和"东山丛翠"的摩崖刻石之间，一崖洞蜿蜒透迤，曲折直上，深藏幽微。出了"小有天"，眼前豁然开朗，树木葱茏，花簇怒放，平台周围草木花树之间，山石叠砌，却是嵯峨有致。徐徐前行，道旁一巨石壁立，直逼蓝天，石上镌刻"海南第一山"朱色大字，是曾光祖的手笔。相邻巨石耸立，有林汝霨题"南天斗宿"摩崖石刻。再往上，一线天胜景之处的风动石，给人印象深刻。重达百余吨的巨石，能在海风吹拂和人力推摇下产生晃动。据说电视剧《红楼梦》片头的那块神姿仙态的"飞来石"，就拍摄自这块风动石，它已经附着了文化的韵味了。

转过石门，在浓荫翳护下穿行，不觉阳光的曝晒，就到了上山缆车的终点广场了。回首远望，万宁市区就在不远的平原绿海之上，高速公路犹如素色丝带，在阳光下闪亮，蜿蜒伸向远方。参观了弥勒大佛塑像、真武殿，登临山颠海峰亭，可见石刻"万山第一"摩崖，在云雾中隐约可见，顿生飘渺太空腾云破雾之感。极目远眺，古万州胜景尽收眼底，使人心旷神怡。拍完照，我们沿阶徐徐回返，东山岭滴水、丹崖、异洞、丛林、奇花，组成的一幅幅奇异景致，令人回味无穷。

海南"四大名菜"之一的东山羊肉就出产在这里，因为时间仓促，恐怕是无福消受了。至于文昌鸡、和乐蟹等各种有名小吃，也就和东山羊肉一样，为下次再来海南留点念想吧！

八

回到停车场，我们的旅游车还未到。我们抓紧时间在市场购买热带水果及其制品，在返程前带一些，供亲朋分享。

我们是在万宁老街的大餐厅用的晚餐。旅游即将结束，导游特意安排给我们加餐，饭食菜肴比往日丰盛，但对于我们这些喜欢酸辣、麻辣口味面食的陇上来客而言，海味的甜淡鲜香已经没有刚来时的兴趣了——晚餐吃得无精打采。

返回海口美兰国际机场的路上，眺望两边的椰林原野，池塘河流，插秧的农人，放养的鸭群等还是给人目不暇接的感觉。出于职业的敏感，我还特别留意了一下海南的大学，除了看到海南师范大学、海南大学三亚学院外，也没有看到太多的高校。参观高校是我外出大城市的一大爱好，可惜这次旅行没有这个机会了，不免有一丝丝的遗憾。

办完登机手续，托运了行李，安检后进入候机厅，尚有 3 个多小时的时间，一些旅伴在打"双扣"牌，还有一些已经提前更衣，把体恤衫、短裤换回到厚厚的冬衣，为登机做准备。我和妻子整理好随身行李后，她和旅伴聊天，我则去候机厅的书店，一本吴思新《血筹定律》吸引了我的眼球，它和余英时《士与中国文化》、王学泰《游民文化与中国社会》并称为"中国当代三大人文发现"。该书的观点"中国传统社会执行的是私下里心知肚明的'潜规则'""基于暴力原则的"血筹定律"是社会第一规则（'元规则'）""中国传统社会中，人们对权力的狂热追求是因为权力所带来的对他人的'合法伤害权'""官家是合法伤害权的唯一垄断者，因此中国从来就不是封建主义，而是官家主义，即官僚集团垄断一切社会资源等"确实有不同凡响之处。就个人而言，我至今还记得该书的论断："人的能力和意志存在巨大差异，即使是同一个人，能力和决心也在不断变化。"① 我认为还是可以联系到"文武之道"的张弛交替，因为休息旅游可以使人的能力和决心向良性预期发展。从这一点上说，这次海南之行，就一个字——"值"。

我们的返程航班 HU7613 于 21 点 45 分准时从海南起飞了，经过近 3 小时飞行，我们又回到了隆冬凛冽的兰州，住进预订的麦积山酒店时，已经是凌晨 2 点多了。

这次海南之行，我有三点感受：其一，海南旅游业虽然主要崛起于 1988 年海南建省，特别是 20 世纪 90 年代投入和发展呈加速度，但是各景

---

① 吴思新. 血筹定律［M］. 北京：语文出版社，2009：4.

点的接待能力还是很惊人的，服务配套虽有尚不尽如人意之处，但持续发展是显而易见的，陇上旅游业可资借鉴之处甚多。其二，海南旅游业的吸纳投入，很有惊人之处，一个小景点凡是需要，动辄投资几亿，甚至几十亿，甘陇旅游业无法望其项背，制度创新在此尚需大作为。其三，海南以海岛风光、热带花木等独特之处为胜，而人文资源不足，通过近十几年的努力，局面在发生改变。甘肃的旅游资源呈现多样化和丰富性，可做大文章之处甚多。陇上人文旅游资源，要重视新思路开发、建设，把数千年历史文化积淀以适当有效益的方式展现给游人。

　　姑妄言之，恐贻笑大方之家，就此搁笔。

（2010 年 2 月 22 日夜写毕于陇南师专寓楼）

只知五月五　未闻端午节

——童年记忆的一个天水节俗

小时候，一过清明，我们盼着的下一个节日，就是五月五了。

对于生活在 20 世纪六七十年代天水远乡的小孩们来说，只知五月五，不闻端午节。因为过五月五就意味着有很多快乐的事：戴手手款、戴香荷包、吃姑馇、吃甜醅、喝黄酒、炒棋子、吃凉粉、拔艾蒿、折柳枝、戴柳梢帽、拧（吹）咪咪（柳笛）、染指甲、吃好饭、穿新衣等。总之，都是让孩子们快乐的事情。至于"端午节"的称谓，在那时似乎闻所未闻；今天流行的吃粽子、划龙舟，那会儿更是见所未见了……对于我的童年、少年时期至少是这样的。

一、戴手手款

手手款，是个叠音词，属于现代词汇学归类的 AAB 类，用以表现亲切、爱怜的情感。生活中大人哄逗小孩，用叠音词很具形象性，可以勾画出清纯可爱、生动活泼的画面，表现特有的生活情趣和可爱的形象，便于小孩感受快乐、体验大人的昵爱之情。可惜我们小时候不懂这些，就把"手手款"确定为天水乡间专有的一种节俗配饰（大人们也如此），只为五月五专用。手手款的"款"，在这儿是个借用字，因为我查遍了能找到的工具书，均未有"款"字属于"小花绳""五色细花绳"的解释。但方言里这样叫，不得已借用之。

手手款，也即"手款"，我以为或许是"手襻"的音转。我去年暑期赴西汉水上游的礼县祁山镇西汉村考察了七天八夜的乞巧民俗，发现村民把五月五给小孩戴在手腕、脚腕的五色小线绳称为"手襻"；女孩子的手襻要保留到七月初一到七月七，在迎、送巧娘娘时作为重要信物使用。这一点似乎和我们天水老家的讲究不同：手手款这种五彩线绳，要戴到"六月六"才可以把它剪下来，丢进河里让水冲走；手手款不可任意扯断或丢弃，只能在夏季一场大雨或戴后第一次洗澡时抛到河里；有的人家六月六把它从小孩手腕、脚腕剪下丢到屋顶上。相传这一天喜鹊会把丢掉的五色线叼走，去天上架起一座鹊桥，在七夕节让牛郎、织女相会。按这个传说，似乎"手款"和"手襻"是相通的，方言音转，也很为常见。天水陇南历史上很长时间原为一地，十里不同语，五里不同俗也颇为常见。

其实，"手款"音转于"手襻"，也是个意义引申的用法。《类篇》说"衣系曰襻"，庾信《镜赋》说"裙斜假襻"，韩愈的诗称"男寒涩诗书，妻瘦剩腰襻"。可见在中国的远古至中古时期，襻，都是指衣带、裙带的，但中古以后，其意义发生了引申，泛指带子。如清同治年间著述《儿女英雄传》（《金玉缘》）第 27 回有描写："姑娘一看，原来里面小袄、中衣、汗衫儿、汗巾儿，以至抹胸、膝裤、裹脚襻带一分都有。"所以，手襻，用来指五月五的手款——五色小线绳，应该是相对迟晚的时期了。天水过去乡间使用的器物"襻笼"，关中叫"草笼"（史耀增《乡间的笼》载 2013 年 1 月 11 日《渭南日报》），按黄侃《蕲春语》，在江南叫"襻簦"……这些就已经将手襻引申为"提把"之类，已相去甚远了。

过去天水乡间五月五戴手手款的习俗，应该是秦汉遗风。汉代应劭的《风俗通》记载："五月五，日以五彩丝系臂，名长命缕，一名续命缕，一名辟兵缯，一名五色缕，一名朱索，辟兵及鬼，命人不病瘟。"西晋司马彪著《续汉书》之《礼仪志》载：汉代"朱索、五色桃印为门户饰，以难止恶气"。《事物原始》认为五色印就是后来的五色（红、黄、蓝、白、黑）彩缯（丝线绳或丝线带），即源于汉制。汉代盛行阴阳五行之说，五色之中，黄代表中央，其余四色，代表四方。五方、五色都具有神秘色彩。这种五色彩丝或朱索，不管是"为蛟龙所惮"还是"以难止恶气"，都具有厌禳、驱邪、避瘟之意。因此戴手手款（别处叫系花花绳、绑花绳、戴端午索）的习俗同悬柳梢、放艾草、饮雄黄酒还有些不同，它主要是为了满足人们心理上或信仰上的需要。

在我的记忆中，五月五戴手手款，是和纪念屈原、吃粽子不搭边的事。往往是五月五早上醒来，它们已经被绑到手和脚上了，那时候不明白为什么要绑，似乎曾问过母亲，她的回答比较简洁，说："蛇就不缠你了！"近读乌丙安先生的《民俗学丛话》，他归纳古人将五色丝线用于五月五节的多种用意和流传形式时说："我国广大农村即使根本不晓得屈原其人其事，也照例系五色丝度过端午节。"由此看来，端午节系花花绳的习俗，已经是全民性节日在世代传承中复合性内容的一种突出反映。这种复合性内容，可以满足各方面、各阶层的种种需求，加之这种民俗正在逐渐消失，就更难说属于什么具体的地域了。

南朝梁人吴均《续齐谐记》说："屈原五月五日投汨罗江而死，楚人哀之，每至此日竹筒贮米，投水祭之。汉建武中，长沙区曲白日忽见一人，自称三闾大夫，谓曰：'君当见祭，甚善。但常所遗，苦为蛟龙所窃。今若有惠，可以楝树叶塞其上，以五彩丝缚之。此二物蛟龙尤所惮也。'曲依其言。世人作粽并带五色丝及楝叶，皆汨罗之遗风也。"可见南方端午节系花花绳，解释为同屈原投江有关，早在南北朝就有，但南北文化、城乡文化的传播与浑融进程极慢，以至于在我的孩提时代，物质匮乏、文化凋敝的天水乡村，还不知道屈原为谁，粽子为何物。我在十一二岁首次吃到大米饭，20世纪80年代初吃到粽子，那时已经考进中专，属于吃公家饭的人了。今年端午，和客居烟台的朋友赵文慧电话聊天，说到我对五月五的感受，他说那个家贫的时代，情况都差不多。

二、戴香荷包

戴香荷包，五月五似乎很多地方都有这个乡俗。大人们说戴了香荷包，可以避邪驱瘟，对于小孩子来说，实际上还有襟头装饰点缀的美感效果。做香荷包，也叫"绌荷包"，用一根线把一块方的布（多为绸缎）的四角"绌"起来，中间包着撒有雄黄、香草末的棉花，再以五色丝线弦扣成索，戴在身上，清香四溢。我小时候有时猜想香草的来历，大人说反正天水这一带没有，可能是从遥远的南方贩运来的。长大后才知道，大人并没有哄我，香草真的出于江南。香草，即灵香草，《本草纲目》为"广零陵香"，《山海经》称"熏草"，《梦溪笔谈》称"铃铃香、铃子香"，属于报春花科植物灵香草的带根全草。《中药材手册》解释说，它生长在北纬27°亚热带狭长地带，属中药一种，主要产于云南，有和胃同气、醒脑散热等功效，散发香味，可用于做香包。

记载香草的古代文学作品，屈原的《离骚》是首屈一指的。《离骚》涉及的香草大致有江离、辟芷、秋兰、木兰、宿莽、秋菊、木根、薜荔、菌桂、蔚、蕙、胡绳、芰荷、茹、幽兰、留夷、揭车、杜衡、芳芷、荃、椒、锻、申椒，虽有一物而异名者，异物而同类者，但还是品种繁芜、丰富多彩的。至于戴香荷包与纪念屈原，在我的童年记忆中，也是不搭边的。我记得在各种不同形状，结成一串，形形色色，玲珑可爱的香荷包中，有一种用彩色丝线缠绕的正方菱形香包，小巧玲珑，绚丽多彩，犹如天上虹霓，最令人难忘。

三、吃姑馂

姑馂，在这里是个借用词。"馂"的本义是熟食，《朱子礼记》说："妇就馂姑之馂，妇从者馂舅之馂。"孔颖达疏："食馀曰馂。妇馂馂，谓舅姑食竟，以馀食与之也。"孔颖达并没有具体解释"姑馂"是否包含饼子一类，但有面食自不待言。所以，我在这里借指五月五的天水乡村之花花饼为"姑馂"。

天水人也有把姑馂称为"鼓角"的。姑馂是用小麦面粉烙成的小圆饼子，有碗口那么大。据说早时在擀好面饼下锅之前，大人用模子在饼面上压出蛇、蜘蛛、蟾蜍等图案，意即毒虫会被人们吃掉，防避毒害。到我们童年时，许多农家就不在饼面上按压出五毒图案，老式的模子也不是家家有的，所以只是随便做出些花纹罢了，常见的是用菜刀切出的菱形条纹，其间夹杂着用顶针按出的圆圈，或是其他的小花之类。那会儿是生产队，没多少小麦可以吃（我们常常是每人一年才分得不到十千克的小麦，白面馍只有过年可以吃，故有"蒸馍过年吃"的谑称）。五月五时，穷人家旧麦面早已没有了，新麦还没黄。所以烙"姑馂"，给小孩烙，大人一般是不吃的。所以，花"姑馂"，留给了我们很多美好的记忆！

"姑馂"，在今天看来，就是《京都风俗志》中所说的"馈赠亲友，称为上品"的五毒饼，在京津冀一带颇有留存。清人富察敦崇《燕京岁时记·端阳》中说："每届端阳以前，府第朱门皆以粽子相馈饴，并副以樱桃、桑椹、荸荠、桃、杏及五毒饼、玫瑰饼等物。"可见至迟在明清时期，五月五烙"姑馂"的习俗，在北方就已经很盛行了。

四、吃甜醅、喝黄酒、拔艾蒿和插柳条避邪

甜醅是西北地区最富盛名的特色小吃之一，当然在天水处处都能品尝到它的独特风味。而在乡间五月五，家家都必煮治，通常用小麦做成，少数人家有用莜麦做的。三阳川一带有关于它的顺口溜："甜醅甜，老人娃娃口水咽，一碗两碗能开胃，三碗四碗顶顿饭。"它具有醇香、清凉、甘甜的特点，入口沁出阵阵的酒香。我们渭南镇山乡人家五月五吃它特别觉得提神清心，消乏解困，活身暖胃，真是一种特有的节日美味。

五月五喝雄黄酒，那是大人们的专利，对小孩们来说只是象征性地在鼻孔上点缀一下而已。大人们讲五月五是白娘子殉难日（即白蛇现原形日），传说修炼成仙的白蛇羡慕人间生活，变成美女来到人间，取名白素贞，断桥遇许仙一见钟情，遂结为夫妻，尽享人间欢乐。但金山寺和尚法海诱骗许仙，在五月五给她喝雄黄酒没成功。许仙就用筷子蘸了雄黄酒，给白素贞夹菜吃，使她现了原形，许仙当场被吓晕过去，这桩姻缘随机生变。这就是五月五喝雄黄酒可以治妖气的来历，作为民俗在乡间盛行起来。但我认为可能这和戏剧秦腔的流传有关，因为在我的家乡无论唱灯戏，还是唱大戏，《断桥》《蝴蝶杯》之类是保留剧目。

我们小时候的天水乡间，五月五还有早上拔艾蒿的风俗。艾蒿也叫艾，有奇特芳香，门上插艾，以避邪防灾，当然也有驱蚊蝇、虫蚁，净化空气的作用。它也是灸法治病的重要药材，讲究五月五采摘的最为地道。小时候五月五拔的艾蒿，阴干后由大人搓成火绳，晚上纳凉时驱蚊蝇，也用来点旱烟袋，不时伴随着火镰和火石碰擦的火花、声音，形成乡村特有的一种气氛，至今回想起来，似乎还有一种伴随着老人们讲给我们诸多的渺远故事和传说，那种乡间也有的静谧和小国寡民式的幽僻。

天水五月五门窗插柳枝的习俗，至今还有。少年们一大早起来折柳枝，但先洗手洗脸，然后去折来柳枝（垂柳最好）一大束，插在门窗缝里，别有一股节日气氛。这个插柳的习俗似乎很早就有，至于有什么讲究，至今也不得而知。前不久偶遇一位老乡，说到天水五月五这个节俗似乎与晋文公焚林误亡介之推有关，插柳以示怀念。我并未对此进一步考究，但不管插柳意在纪念介之推的高恩大德，还是在表示人们对平安的祈

祷，含义都是丰富的，故事也是隽永而美丽的。从折柳条，就衍生出了两个很有意思的风俗：一个叫吹"咪咪"，一个叫戴柳梢帽。

插柳之余，少年们还有一个有趣的活动，那就是做柳笛、吹柳笛，我们俗名叫"咪咪"或"拧咪咪"。折一根手指粗细的柳枝，选平溜光整的一段，拿小刀切割齐整，然后轻轻一拧，绿色的树皮已约略滑动，轻轻抽出里面的枝干，一管嫩树皮做成的柳笛就成型了，用刀刮去厚皮，做好笛口，嘴唇抿着咂咂，随后悠悠一吹"咪咪"，柳笛的清脆之声便在村庄里传播开来……柳笛声音的高低是由柳管的粗细、长短决定的，有的呜呜然，如箫声弥漫；有的浩浩然，浑厚如牛叫；细笛声音尖厉，如鸟雀竞鸣，寸笛叽叽喳喳，像雏鸡唱和……柳笛是我们过五月五最挥之不去的一段回忆。戴柳梢帽，老人一般叫"戴杨柳梢"。就是把柔嫩的柳条，按自己的爱好和脑袋的大小，编一个合适且感觉不错的圆圈帽，戴在头上，特别类似于影视剧里侦察兵或狙击手伪装、隐蔽用的树枝头圈。但我们五月五编制的，只用柳条，故名戴柳梢帽。它对那些在乡间长大的孩子来说，不仅锻炼动手能力，而且颇能激发他们的自信心和自豪感，戴着柳梢帽，那就是一个神气！

五、其他风俗

对于女孩子来说，她们还有一个特别的风俗，那就是把指甲花（学名凤仙花），俗名也有叫胭脂花摘下来捣碎敷在手指甲上，不久指甲就变成鲜艳的红色了。纤纤素手，衬以红红的指甲，看起来别有风味，特别漂亮，很受女孩子们喜爱，也有一些年轻媳妇，染指甲以增添她们的美致和风韵。

天水乡间五月五还有做凉粉的习俗（俗称"徽凉粉"），大体和其他地方的凉粉差不多，但主要分两种——"豆凉粉"和"荞凉粉"。豆凉粉一般是用兵豆（别名小扁豆）的淀粉制作，成品白色半透明，加上盐、醋、油泼辣子（那时还没有味精、鸡精，最香的就是芝麻油或荏子油，其次胡麻油，那时很少吃菜籽油）等调料，真是难得的美味小吃。荏子，别名苏子，紫苏，天水产地并不甚广，只有三阳川南边的较寒湿山区，才有出产。荏子是当时重要的油料，因其耕种比较费工，现在几乎看不到了。

荞凉粉就是用甜荞麦（不是苦荞）的淀粉做成，工序复杂，先要退皮做成荞子粒（俗称荞贞子），再把它泡在水里变软后（约需一晚），再揉、搓、洗面，把面浆熬制好了，盛入器皿，就做好了。荞凉粉质地柔软但不乏一定的劲道，色如冰瓷脂玉，吃起来爽滑是最令人难以忘怀的，刀切的条片自不待说，但就有一种叫"捞"的用特有工具捞的凉粉，柔滑顺溜，别有风味，无有类似者可比。

五月五天水还有"炒棋子"的风俗。"炒棋子"本是二月二炒"炒物"的一种，但一些人家在给孩子烙姑馍，就顺便给孩子们炒一些。所谓棋子，实际是切成边为一厘米左右的菱形小馍块。和面时多要放鸡蛋、清油之类，炒出后酥脆可口。因其不易腐坏，便于携带，行程中边走边抓几个嚼食，省时省事，也是早先农家子弟出门远行必备的一种绝妙干粮。天水有些村落炒棋子，还讲究放黄土（俗称斑斑土、掰土），一则提醒游子不要忘记故土、母亲、妻子，二则带着家乡的黄土味，据说到远方可治疗水土不服。时过境迁，炒棋子在今天已是难得一见了。

最近，网上说五月五是祭祀节日，不能说"端午快乐"，应该说"端午安康"之类。后来又看见民俗专家在网上发文说，可以称"端午快乐"云云，似乎令国民在端午互祝节日时莫衷一是，无所适从。但对于天水远乡曾经的孩子们来说，过五月五，永远是快乐的！

（初刊于《天水日报》2016 年 6 月 14 日）

《穷爸爸富爸爸》拿什么感动我们？

电视剧《穷爸爸富爸爸》是我不经意间观看的，但这个电视剧令我感动。

我很少有整块固定的时间看几十集的电视连续剧，所以对电视剧有印象的不多，比如《亮剑》《京华烟云》《汉武大帝》《空镜子》之类，可举者寥寥。我看《穷爸爸富爸爸》全是因为儿子的缘故。有一天，儿子正津津有味看"都市生活"频道播的这部电视剧，我对这部剧里面的异国风情所吸引，就坐在一旁观赏，但因为前面内容没看到，所以不明所以。倒是陈宝国的主演令我有点兴趣，谁都知道，陈宝国是演皇帝出了名的，如《汉武大帝》《大明王朝》《越王勾践》等，展示皇帝性格和行为的多重性，可以说是在外部形体动作和内心情感有机统一方面独有创获，所以我喜欢他的表演，这种喜欢还可以追溯到 2000 年在《大宅门》中饰演的"白景琦"。

虽然儿子刚开始读影视戏剧文学专业，但这方面似乎就已经有点老道，他鼓动我说，这是陈宝国在表演上近期"华丽转身"走向平民角色的第一部作品，2009 年后秋季上演反响不错，值得看看。所以我就看了，现在还没有看完，至于剧情和结局如何我不想上网去查阅，更不想在网上一口气看完。我觉得作为剧情还是有点悬念比较好，加上"都市生活"频道播放的特点是每天播 4 集，中间不插广告，还是很有效率，不影响观赏心情的，所以至今已经看到 24 集了。

从观赏心理上说，我不后悔花大量时间去看这部电视剧，因为它反映的是孩子教育问题。我从事教育工作近三十年了，深感中国人在孩子教育问题上的种种悲怨情节和无奈遗憾的心境。教育至少在目前还是人们最不满意的话题之一，有体制的原因、时代的原因等，但我认为更多是在我们社会的心态层面和德育走向出现了异变，所以现在的教育，已经不再是改革开放之初的那个教育了，中小学已经不再是那时的中小学了，大学就更不是那时的大学了，我们丢失了什么？我们还能找回来吗？追求个人独立和品德立世的时光不再了，社会的寻租和猎取已经运行到令人司空见惯的普世和普惠领域，要找回那些过去曾经闪光的东西，可以说是难上加难了。虽然困难，我们就不用找了吗？《穷爸爸富爸爸》试图回答这个问题，陈宝国塑造的王富贵角色也在试图解答这问题。

我生活在一个小县城，我周围的同事和朋友都在想办法把孩子弄到外面去读书。稍微能折腾的，就把孩子尽量弄到好的中小学；可以大折腾的，就想办法把孩子弄到周边天水、兰州、西安、绵阳甚至北京、上海的中小学去读书；极少数人，无论穷富都愿意攒钱送孩子出国上学，只盼子成龙、女成凤，但青春叛逆的孩子们远在大洋彼岸，却为西方文化的视听弄得迷失自我者不乏典型。所以，我认为，扭转中国教育下一代危机的应该还是传统价值观念和家庭伦理的慢慢回归，《穷爸爸富爸爸》就是想道出此种诉求。

然而，这部电视剧就是在表达一种诉求吗？直面人生的手法是有冲击力的，寻找两代人之间真正的代沟所在，是一种现实的表述。但我认为，《穷爸爸富爸爸》的真正诉求，就是追问社会表象之后的更深刻的东西：那就是我们当今的社会还需要"义"吗？

段玉裁《说文解字注》云："义必由中，制也。从羊者、与善美同意。"基本体现了孔子最早提出"义"用以表示"公正、合理而应当做"的这样一个含义极广的道德范畴。孟子深谙其中精妙，提出了有些极端的论断："大人者，言不必信，行不必果，惟义所在。"（《孟子·离娄下》）从这个前提出发，在他看来人为了自己"义"的信念，应当在安逸的诱惑面前，学会放弃："生，亦我所欲也；义，亦我所欲也。二者不可得兼，舍生而取义者也。"（《孟子·告子上》）捍卫"义"的力量可谓大矣。当然，我们当今在以经济建设为中心的前提下，很多人（包括我）都达不到"亚圣"孟子的思想高度和精神境界，但为义去舍弃自己的切身利益还是需要一些精神的。《穷爸爸富爸爸》的王富贵做到了，他为了实现给战友赵一本的诺言，离开自己年幼的儿子和年迈的岳母，去一个人生地不熟，他几乎格格不入的环境，照顾别人的孩子，历经艰辛，困苦磨难。所以这一种"义"的力量回归，在该电视剧中的展现令我感动，特别是当露露目睹王富贵在洗羊皮现场辛苦劳作的一幕时，我的眼眶也湿润了。

这种舍己取义的情节不由使人想到传统戏剧里有关"义"的教化。初见于《左传》，润笔于司马迁《史记·赵世家》，而汉刘向《新序》《说苑》加以铺陈，元杂剧搬上舞台的《冤报冤赵氏孤儿》（又名《赵氏孤儿大报仇》，简称《赵氏孤儿》）就是因为"义"的教化，最早由英国剧作家威廉·赫察特改编为《中国孤儿》上演，在英国文化界引起重大反响，后由法国著名文学家伏尔泰于1775年翻译成《中国孤儿》，在欧洲产生广泛影响。可见，"义"行是有感召力的，需要回归和提倡。公孙杵臼、程婴的"义"不仅在于培养赵武、延续皇家血脉，或者韩赵魏三家分晋，而且使得舍己为人成为一种道德范式深藏国人心灵的深处。《三侠五义》大肆渲染的宋仁宗"狸猫换太子"故事及其同名戏剧也有几近相同的效果。然而对比今天，"义"的概念正在经济建设中心论的指导下，海归们借鉴西方价值多元论，使"洗澡水和婴儿一起倒掉"（马克思和恩格斯自己提醒后来的革命者，给孩子洗澡，不要把孩子和洗澡水一起倒掉），既没有创出新的道德范式，反而把传统闪光的一起抛弃了，彭宇案的审结就是一个使"义"行滑坡，社会道德大退步的典型例证。

　　从我看电视剧的心路历程来理解，平民生活题材的《牵手》反映的是第三者问题，《中国式离婚》展现的是中年婚姻危机，到《穷爸爸富爸爸》涉及现实生活中人与人无从躲闪的内心矛盾和生活冲突的同时，在呼唤着"义"念的集体有意识回归方面，它将让观众体会和思考，在这个经济泡沫化所主导、一切仿佛稍纵即逝的年代里，如何找回真诚和"义"行，找回那些几乎被人们遗忘的美好传统所蕴含的情感德养的力量！王富贵所依赖的善良和机智，推动着他的义行越过无数艰难险阻，到达德养升华的彼岸，难道不正是我们心里最底层的愿望所期盼的么？

　　这就是《穷爸爸富爸爸》令我感动之处！

　　当然尹馨（饰美杉）、唐笑笑（饰露露）、李立群（饰赵一本）和赵奎娥（饰柳娅）他们的表演有诸多可圈点之处，也是我无悔一观该电视剧的原因之一。

（2010年3月13日）

你所遭遇的就是你生命中的必然

今天是个特殊的日子。在经历了农历的第二个闰四月后，终于进入了五月的第一天，眼看着端午节就到跟前了。

今天还是夏至日，太阳在北半球能达到北回归线的最远点，此后进入一年中最热的时期，7月16日入伏，伏天要持续四十天，至8月24日结束。按照学校计划，我们差不多在头伏的几天中就放假了。

今天是父亲节，儿子从北京打来电话给我说父亲节的问候。因为最近北京新冠肺炎疫情出现了新情况，他的处境和所有打工者一样，陷入颠簸之中。"人无远虑必有近忧"，靠运气经营未来，再加上过于理想化和莫名的自负、不知从何而来的底气，都造就了他目前的困境。数十万元打了水漂，而自己过得十分拮据，我真不知道他的希望在哪。一个人在四处碰壁后才发现了可行的方向，这笔学费无论是在时间上和经济上都是过于昂贵了。"子不学父之过"，我的错误就是拿我的当年和现在的他比，已经时过境迁了。物非人非，真是一言难尽。眼睁睁地看着他把"一手好牌"打得稀烂，我还不能说什么，这是人生真正的悲哀。按目前他的境况和家庭的现状，稳定、实际是首选。可他偏要在创业路上去碰得鼻青眼肿，估计才肯罢手——"儿孙自有儿孙福"，只能用这一句古训聊以自慰和解脱了。

今天还有日偏食到日环食，我们这边有人拍到了照片。晒照片的人很多，可是我对此没有心思。给杂志社的改稿，要在一周内完成。主编的那本书稿初具雏形，读论文稿、规范编辑的任务还很大——还有另一本书的撰写任务在等着完成。我就只能珍惜时间，脚踏实地了。自2016年6月21日以后，我的生活已经发生了变化，过去是回不去了，未来只能是硬着头皮前行。从炼狱到地狱虽然只有一步，但炼狱时期实在是难熬，考验的是你的意志，敲打的是你的灵魂……

（2020年6月21日灯下驻笔）

人生低谷是上坡

——写给目下状态的自己

　　人生低谷，往往是祸不单行的一段生活历程，一段令人深感晦涩的日子。突如其来的变故，一连串的厄遇——先是背后有人使坏，再是妻子罹患重病，事业发展受阻，儿子就业迷茫，忙碌教学科研与管理……令人手足无措。面对生老病死、人生遭际，才明白草根出身的创业者人生的苍白，与自身的无能为力。

　　忽然觉得过去的生活，那才是幸福的，平顺为福。时也，运也，命也，不相信命运是不行的。宿命论我一直怀疑着，但今天，在怀疑人生、怀疑信念——信仰努力进取和体育锻炼遭到败北——才发现：宿命是早就安排好的。有什么办法能走出人生的低谷呢？应该是没有什么办法的。性格决定命运。你的个性、你的性格、你的世界观和不入时流，得到了某人的肯定甚至是赞许，但是你不能进入他的视野，故而不会给你成长发展空间。

　　平静地接受现实，或许你真的没有错。只是你的命运有这个劫数，属于你必然要经受的一切。人生低谷，唯"稳"而已。精神须坚贞，内心须强大。对家事、公事一定要稳住，自己垮了，万事皆休。不要急于解脱困境而盲目作为、焦躁作为。心有郁结，做得越多，错得越多。人生低谷，身陷困境，一定要稳，踏踏实实做好手头上的事，不妨做点力所能及的小事，比如做饭、洗衣、养花、打扫卫生之类。

　　你十九岁师范毕业，报名去了远地，"好男儿志在四方"，当时最流行的豪言壮语。人定胜天，浑身都是朝气。而今天，已过知天命之年数岁，似乎更能理解顺势而为的寓意。不要想自己去改变什么，外界的一切都在变化。你需要的，就是稳健中的顺势，在环境变好中慢慢爬出人生的谷底。

人生低谷，可以看作过去辛苦打拼的人生小憩，艰苦奔途的短暂休息。你可以审视人生，思考要义，感悟生活的深刻。多读书，陪家人锻炼散步，放松身心，平稳状态。干好家事、公事。你不希望人生磨难带来什么价值，但处于人生低谷，会让你设身处地重新认识世界，解颐人生，参悟自己。用蜕变的痛苦方式，逼迫你获得新生。人生低谷，是一个转折点，期望很丰满，或许现实更骨感，但你必须面对，无法逃避。如果你坚韧地活着，这就是生活。

　　人生低谷，往哪走都是上坡。这意味着：爬坡还需付出辛勤和汗水，哪怕是进入暮年，始终是辛苦一辈子。同时也意味着：往哪都是爬坡，付出了，就会向上，最后看见一片新天地。有希望，你就会有奔头，你就会有豪气和勇气。记住：太阳不会因为你在低谷，明天就不再升起！

（2017 年 7 月 23 日头伏尾大暑日自勉）

新中国历史上陇南曾经的六所大学

古人说:"以史为鉴,可以知兴替。"事业成败,总需要总结历史的经验。回顾陇南高等教育发展史,应该说它发端于 20 世纪 50 年代后期,而在 20 世纪 60 年代初却淡出人们的视野,至今鲜为人知。反观历史,可知兴替。在当今陇南高等教育发展新的历史时期——特殊的转折时期,就让我们回望历史云烟,了解一下新中国历史上陇南曾经有过的 6 所大学。

1958 年,中国大范围开展"大跃进"运动,标志着"中国在政治和经济发展方面坚决脱离了苏联模式",高等教育的"大跃进"也随之开始。一些研究资料表明,中国高等教育在 1956 年已经有扩张的尝试。

高等教育的"大跃进",不仅仅涉及在高校数量和规模的跃进,在形式上半工半读大学、业余红专大学等模式并混合、叠加改革的尝试,还包括勤工俭学、理论与实践相结合、学生对教学过程和教育改革的参与,教学与劳动相结合等。所以对 1958 年至 1960 年高等教育膨胀型的发展,有的学者称其为"教育大跃进",有的把其命名为"教育大革命"。

1958 年甘肃省高等教育"大跃进"前,全省共有 5 所高等院校,即:兰州大学、西北师范学院、西北畜牧兽医学院、西北民族学院和兰州医学院。到 1960 年,甘肃高校数一度跃进到 61 所,其中:中央部门办的有 14 所,甘肃省办的有 19 所,专区、自治州、省辖市办的有 10 所,还有 18 所边办边停,甚至有校名无学生的"县办大学"。

经过高校"大跃进",陇南就产生了 6 所大学:西礼县大学、西礼县师范学院、徽成县师范专科学校、徽成县综合大学、徽成县工业专科学校、武都农业大学。根据甘肃省档案馆所存历史档案——甘肃省教育厅文件《教育部、铁道部、农业部、卫生部和本厅关于整顿高等学校的通知》(档案号:247-1-244)可知,陇南这 6 所大学中,有 2 所没学生,有 4 所没教师。省教育厅 1959 年 2 月 12 日出台《甘肃省高等学校整顿意见(草案)》,开始整顿、裁并不具备办学条件的大学。至 1961 年裁并结束,陇南这6所大学全部被撤销不存，具体情况可见下表：

校名	学生数	教师数	整改意见
西礼县大学			没学生取掉校牌
西礼县师范学院			没学生取掉校牌
徽成县师范专科学校	5	3	并入天水师专
徽成县综合大学	7		取消建制
徽成县工业专科学校	130	7	改为短训班
武都农业大学	12		取消建制

"大跃进"是一个"强国梦"，也是当时举国上下成百上千万人想要创造人间奇迹的集体雄心的写照。1958年的中国，"广泛存在的急于求成、骄傲自负、'左'比'右'好、盲目攀比、崇拜政治权威、趋利从众等特殊社会心理，对'大跃进'的发生、发展和持续起了推波助澜的作用"。从社会学角度来看，"公众群体性运动的无意识、盲目性以及非理性等特性在运动中起着推波助澜的作用"。

在国际和国内环境的综合影响下，"大跃进"首先从农业发起。工农业的"大跃进"需要大量的技术人才，加速了高等教育"大跃进"的进程。而高等教育"大跃进"的发起，还有其自身的特殊原因。1958年的高等教育"大跃进"，并不是对苏联模式的彻底放弃，而是试图更好地统合苏联模式、延安传统等办学观念之间的关系。国家把大规模的群众办学作为实现高等教育"大跃进"的方法之一，这一做法在当时得到了支持。但高等教育的"大跃进"却违背了高等教育的发展规律。就以当时陇南曾有的6所大学为例，办学所需的两个核心要素出了问题，一个是教师队伍，另一个是学生规模。具备一支相应专业水平的教师队伍，是关键中的关键。但如何建设教师队伍，不是行政指挥所能左右的，而是让教师队伍一员中的内行作为领导，身先士卒，率先垂范，不断提高学术水平和专业素养，不要搞一阵风，不重于搞运动，稳步推进，扎实工作，制度管理，才能带领并建设出一支过硬的师资队伍。

所以，从历史的标杆看，陇南高等教育的历史，翻开真正的一页，那就是在21世纪初。经陇南地区报省政府批准，2001年合并陇南区域内的成县师范和礼县师范两校，建成实力更强的陇南师范，并以此为基础申办陇南师专，经教育部专家组评估验收，2003 年批准建立陇南师范高等专科学校。陇南历史上真正意义的第一所高校正式出现，鲜明地标志着陇南高等教育史翻开了崭新的一页。

（2015 年 1 月 24 日）

关于辛丑年（牛年）的断想

　　今年是辛丑年，因为没有碰上立春，所以是个寡春年。翻看日历，这个辛丑年共 354 天，且没有闰月，是个平年。全年就 23 个节气，两头不见春，比前后两个牛年要少 30 天。也是因为这个原因，今年天气回暖得早。这不，陇南文县的油菜花都开了。今天是大年初一，辛丑年的第一天，故而想写点文字，作为纪念吧！

　　这个辛丑年，虽是寡春年，民间却有"辛丑遇无春，一年五谷登"的俗语。就是说无春年和牛年结合在一起，那么一年五谷丰登，粮食增产，民生更加幸福。所谓"寡年遇到牛，无春有盼头"，这个说法并没有多少科学依据，仅是流传下来的民俗文化而已。但似乎辛丑年并不给人有舒坦的感觉。如晚唐诗人韦庄有一首《辛丑年》诗："九衢漂杵已成川，塞上黄云战马闲。但有赢兵填渭水，更无奇士出商山。田园已没红尘里，弟妹相逢白刃间。西望翠华殊未返，泪痕空湿剑文斑。"反映了晚唐五代时期乱离的社会现实。还有中国近代史上《辛丑条约》，在我早年读书的记忆中，就如石块一样压在胸口令人透不过气来。光绪二十七年（1901 年）中国清政府代表奕劻、李鸿章与英、美、俄、法、德、意、日、奥、比、西、荷十一国外交代表，在义和团运动失败、八国联军攻入北京后，签订了丧权辱国的不平等条约——《辛丑条约》，亦称《辛丑各国和约》《北京议定书》。它被认为是中国近代史上失权最严重的不平等条约，进一步加强了帝国主义对中国的全面控制和掠夺，表明清政府已完全成为帝国主义统治中国的工具，标志着中国已完全沦为半殖民地半封建社会。《辛丑条约》签订后的 120 年来，中国发生了天翻地覆的变化。

　　特别欢欣的是，中华人民共和国成立的己丑年，中国人民从此站起来了。经过 70 多年的发展，特别是改革开放后 40 多年的努力，今日之中国已经成为世界强国和负责任的大国。今年的辛丑年，融融春意，激荡着浓浓的家国情怀。人间烟火气，最抚凡人心。牛是勤劳、奉献、奋进、力量的象征。今天，在温暖和希冀背后，我们看到了一个披荆斩棘、走过万水千山的中国，依然张开怀抱、勇往直前。我们看到了千千万万个幸福美满、守望相助的家，筑成坚实基点让梦想启航。我们看到了无数为未来打拼的你我，在追梦路上努力奔跑……人间值得，万物可期！生命力、创造力、凝聚力、向心力——四个"力"，蕴藏中华民族"艰难方显勇毅，磨砺始得玉成"的内力。面对新冠肺炎疫情，我们"众志成城、迎难而上"，在世界上率先控制住新冠肺炎疫情蔓延。历经磨难，人民安好，山河无恙，正是因为有战胜困难的必胜信念，才使得这个辛丑年春风轻舞、暖流涌动，万家团圆。

我爱这个辛丑年，在这一年中要为既定的奋斗目标，稳步迈进，义无反顾！

（2021 年 2 月 13 日）

胜利的秦军只是正常的勇敢和荣耀

——由电视剧《芈月传》想到的

秦人在五帝时期的历史是简略的，形象也是模糊的，古代文献记述有一些神话色彩，也在所难免。只是《史记·秦本纪》"舜赐伯益姓嬴氏"一说，似乎让人觉得秦族在舜的时代才真正形成。秦人在夏朝似乎没有什么建树，所以司马迁用"夏桀之时，去夏归商"做了一个概括。但到了殷商，秦人的地位发生了变化，竟至于"中衍之后，遂世有功，以佐殷国，故嬴姓多显，遂为诸侯"。秦人的功在于一个"御"字，《史记·秦本纪》说"为汤御，败桀于鸣条"，而且后来还为帝太戊御，获得了妻室。那么"御"是一种什么技术或者能力呢？

从古文字学的角度看，甲骨文字形"御"是会意字，左为"行"的省写，中为"绳索"形，右是"人"形，意为人握辔行于道中，即驾驶车马。《说文解字》简而言之："御，使马也。"由是观之，"御"是一种技术或者能力断然不假。故《周礼·大司徒》称："礼乐射御书数。"周朝把它归入"六艺"之中，成为贵族教育体系的六种技能之一。商周作战之"御"，实际是一种特有的军事技能，故商汤、太戊极为看重。但周时秦人似乎不是那么顺利，"御"术未得以发展，直到周孝王时，才因息马（养马）获封"秦嬴"之号。这时候，秦人似乎还看不出来尚武的勇敢。

秦人的武勇，是通过作战培养起来的。周宣王时，大夫秦仲开始了惨烈而不懈的对西戎作战，多少代人的鲜血和生命砥砺了秦军的争斗锋芒。到春秋、战国这种锋芒经久未衰，年前热播的《芈月传》对此有所表现。然而，自汉代以来，诬秦之风盛行，暴秦之说绵绵，历代文学家把秦军描绘成了野蛮人，会种地的杀手，现代许多人不辨究竟，顺其自然就信而不疑了。很多影视剧上的秦军武士还是赤膊上阵的形象。文艳《秦始皇陵军备库浮出水面 发现全球绝无仅有的石头盔石马甲》一文，所述秦陵 K9801

陪葬坑石质铠甲约87领，石胄约43顶①，证明秦代有一套完备的系列铠甲形制，对士兵的装备护具已经很先进了。

秦有军功制度，累功可以升爵位、多田地钱帛，制度的设计使秦军具有比其他各国更显著的先进性。秦军在战场上的表现和士气都高于对手很正常。士兵表现的是正常的勇敢，绝非今人想象的嗜血、野蛮之师。与其说是秦军野蛮残酷，不如说是六国的士兵们没有先进制度的引领，实际作战时缺乏激情，甚至流露出理所应当的战场冷漠。唐宋以来的文人们，顺应一种认识的惯性，剑走偏锋地认为秦国严刑峻法，动员力强，军队嗜杀好战，实际很多方面是在诬秦之识的引导下对史书的误读。范文澜《中国通史》秦朝每年征发200万人，其中实际包含了很多大型工程的戍役。如果说真有秦式军国主义的话，那么和同时期的波斯帝国等比起来，在世界范围也并不是什么罕见的。

秦逐鹿列国，最后一统天下，使各国的变法人亡政息、半途夭折，而只有秦的变法坚持到了最后，芈八子们所坚持的这一点，还应是无可非议的。改革后的秦人，体现出了制度的先进性，源源不断的后勤和人口一个一个地碾碎了六国。战国的秦只是通过变法更加接近了当时世界的主流，就显示出了相当于六国的巨大优势。所以，秦人远祖从军事上征服周边的西戎等其他民族，实际就是开始了秦人一步步走向胜利勇敢和荣耀的出征，最终统一六国是几十代秦人顽强不息、正常勇敢的回报，是一个历史给予的荣耀。在某个层面来看，秦人一统六国，不是它太强大、秦军太勇敢，而是六国落后腐败、相对无能的必然归宿。今天所见很多诬秦之说，秦军残暴、粗野之影视形象，不过是汉朝以来被描画失度的秦人角色投在人们思维深处的夸张阴影而已。

(2016 年 2 月 25 日)

---

① 文艳. 秦始皇陵军备库浮出水面 发现全球绝无仅有的石头盔石马甲 [N]. 西安日报，2013-12-19.

难忘故乡三阳川

三阳川位于天水市麦积区西北部，和甘谷县、秦安县、秦州区接壤。传说"人文始祖"伏羲在三阳川渭南镇卦台山"一画开天"，人类进入了文明时代。据渭南镇卦台山、中滩镇樊家城仰韶时期的考古发现，早在新石器时代，人类就开始在这里繁衍生息，并创造了先进的早期文明。卦台山是三阳川的名山胜景，它位于三阳川渭南镇的西部，海拔 1363 米，相对高度 170 米。形如龙首，突兀挺拔的奇特山势。传说伏羲在此象天法地，顿悟八卦，故名。《易·系辞下》说："古者庖牺氏之王天下也，仰则观象于天，俯则观法于地……于是始作八卦。"山上草木茂盛，庙宇楼阁，雕龙画凤，每年都吸引着成千上万的游客前来观光览胜，寻根问祖。2004年，卦台山被批准为"国家 2A 级旅游景点"。

三阳川夏商时期属古雍州，秦武公十年（前 688 年）设华夏首县——邽县，属之。周秦时代或有戎居，或开农耕，两汉延续传统，并以诗书传家，有良家子频入汉廷，而文史也多见史料载记。五代时期渐有衰落，至宋初官私伐木颇盛，一显凋敝。南宋成为宋金对峙前线，始设三阳砦（寨）以为军垒，开端三阳行政建制。三阳川得名源于阳光照射下特有的景致，明胡缵宗在《卦台记》中说："朝阳启明，其台光荧；太阳中天，其台宣朗；夕阳返照，其台腾射。"对应早、中和晚三个时辰，至今流传"早阳寺、正阳寺、晚阳寺"之说，有大量历代遗迹如石佛寺、演营寺、樊家城、龙马洞、封姓石、导流山等以及附会的故事传说。

三阳川包含渭南、中滩、石佛三镇，或为得名的第二个缘由。渭河即古姬水，自西向东横贯全川；葫芦河，亦称陇水，自北向南流在中滩镇张白村汇入渭河。有渭惠渠、中惠渠和泽民渠之灌溉保障，是天水理想的农耕地区，自古农业、商贸发达。三阳川共有 100 余个自然村，人口约 12万。三阳川风景优美、物产富裕、文化丰厚、人才辈出、交通便利，因而20 世纪 30 年代范长江《在中国的西北角》一书中称：天水是甘肃的"江南",而三阳川又是天水的"江南"。我的孩提时代以及中小学读书时期,都在三阳川度过。故乡渭南镇蒲家湾,留下了很多关于故乡的美好记忆,难以磨灭。

(2010 年 7 月 11 日)

去年五月的回思

——游凤县消灾寺

光阴荏苒，不觉一年已去。去年五月，顺道游观陕西省凤县消灾寺；今年五月，时值校运动会结束，五一假日将在夏日高温期来临。因此计划宅在家中，好好休息两天，间或做点自己的活儿，也是悠哉而惬意。故此，怀旧之感油然而生，不禁想起去年游过的消灾寺。

消灾寺，原名萧台寺，位于陕西省凤县（属于古凤州），坐落于古凤州豆积山，始建于唐代。放眼望去，豆积山奇石突兀，山势峻峭，东眺"蛟龙下岩，观旭日东升，举首入水"；西望"猛虎卧地，看夕阳西下，起身归洞"，故当地常说凤州乃藏龙卧虎之地。早在唐代，消灾寺就已声名远播，"萧寺晨钟""铁棋仙迹""通玄洞"等景观为文人墨客广泛称颂。

据传，天宝十四年（755年），安史之乱爆发，唐玄宗李隆基于六月初仓皇出逃，入蜀避难，行至马嵬坡前，官兵暴乱，停滞不前，杀死杨国忠及虢国夫人，玄宗无奈，下令赐死宠妃杨玉环，这才出陈仓，入秦岭，过散关，一行人马于六月下旬进驻凤州城。六月的暑热，琐事缠身，旅途劳顿，失去爱妃的痛苦心情，使玄宗皇帝心事重重，难以入眠。正在忧伤之中，忽报有人敬酒，玄宗命敬酒者来见，只见一老一少，身背一酒篓，手端一盘圆饼。老者声称他们为父子，听说皇帝驾到特来敬酒。玄宗取酒来饮，其味醇香甘美，余味无穷，比他在京城喝的御酒还要好，顿觉解去旅途劳顿，安然入睡。这一老一少仙道托梦，荐出郭子仪，定可平叛。故第二天，李隆基在此祈福，后果然应验。

消灾之史，由来已久，上古已有。彼时，人们对病灾只得靠祭祀、巫术之望予以化解。中医，即由巫医转化而来。现代的消灾减灾，必须以科学为依据。中国传统阴阳学认为，消灾之法，在于心念，世上本没有偶然，只有必然，无论多么微小的邂逅，都必定会影响未来的机遇，缘分缔结，才不会消失。世界貌似很大，其实很小，我们只限于自己所见、所感。故古人认为祈福是重要的事情，祈福就可以消灾……

消灾寺因唐玄宗李隆基曾在此祈福消灾而闻名，消灾寺历代香火旺盛，影响深远，距今已有一千四百多年。凤县消灾寺，现为"国家4A级旅游景区"，如有机会可以一观，占卜属相运势，多有如趣之处，而登山参观佛寺，还有羽化登仙之感。

（2015年5月4日）

关于纸烟和雪茄的断想

欧洲人 16 世纪就发现了美洲印第安人吸食烟草的情况，此后烟草入欧。随后，在明朝后期烟草分三路传入中国，从菲律宾到台闽为主线。400 多年来，烟草在中国上演了多少机遇兴衰。

我接触烟草应该是在 10 岁左右，当时的农村男孩好像都学着抽烟，卷旱烟或买一种叫作"经济牌"的香烟，3 分钱一包，代销点还零支地售卖其他牌子的，比如"羊群牌"烟 2 分钱 5 支，"宝成牌"烟 2 分钱 3 支等。直至 1978 年天水县八中（高中）毕业，我对娱乐和吸烟的记忆都很模糊，只知道烟草分旱烟、水烟、纸烟和卷烟四种。其实，纸烟在今天叫"卷烟"，而卷烟在今天叫"雪茄"。

雪茄，是外来词，属于 Cigar 的音译，据说为诗人徐志摩经泰戈尔提示首译，但我们天水人也有叫雪茄（qié）的。在我早时的记忆中"卷烟"（雪茄）是最"劲大"的，一般年老的人才抽。后来我工作了，烟瘾在不经意间竟大了起来，最厉害时在 20 世纪 80 年代中期，每天得近两包烟（20 支装）。但后来（大概在 20 世纪 90 年代初）突然就不太想吸烟了，特别是一个人的时候。有时候，我纳闷：别人煞费苦心或备受煎熬地忍受着戒烟痛苦，我似乎"兵不血刃"就和烟瘾告别了。我没有戒过烟，至今有应酬时还会偶尔来一两支。

大约在不想吸纸烟的那段时间前后，我忽然对雪茄有了兴趣。先是嗅各类的雪茄，国产的、美国的、瑞士的、巴西的和古巴的等，后来也偶尔抽一支（需要几次或几天抽完）。那时我父亲尚健在，他老人家常有侄儿、孙辈或其他亲戚等馈赠的各类雪茄，每样都会给我留一支，常常是用油纸（后来是塑料膜）仔细地包着。我每次回家，依偎在老父亲身旁嗅嗅雪茄，喝个罐罐茶，聊一段家常话或家乡大小轶事，成为我的一种精神享受和至今挥之不去的记忆。老父今年故去三年，他从我记事起，就一直吸旱烟（有时也吸水烟、纸烟和雪茄），85 岁时他有些喘，就不再吸烟了，直至两年后在腊月二十的上午无疾遽然辞世。

我至今纳闷：老父亲为何对古巴雪茄情有独钟？记得他说人家外国的领导人都吸古巴卷烟（雪茄），肯定很不错——我知道他是从电视或者别人的言谈中获得的感想——他一生没有吸到过古巴雪茄，因为在家乡就买不到。尽管在 20 世纪 70 年代时常可以买到古巴的"骑士牌"香烟，但那味道很"硬"（很冲），似乎当时中国烟民并不喜欢。不料，妻子年前去香港时，给我专门买了一盒古巴哈瓦那出产的 Guantanamera（关塔那摩）特产雪茄，价格昂贵，故我没舍得抽。

它就躺在我书桌的抽屉里，闲暇时间，拿出来嗅嗅。当浓郁的雪茄芳香入鼻时，在飘忽渺茫的感觉之中，我不由想起只能在梦中见到的老父亲。

雪茄，让我闻到的是—缕缕乡愁。

（2013 年 4 月 3 日）

我的记忆"遗产"：1985 年的处女作

前几天我在整理我的书房时，在一个旧笔记本中发现了我已经出版近30 年的处女作，那是我于 1985 年 7 月 25 日发表在《甘肃日报》第四版"副刊"上的一篇小小说《苹果园里的故事》，属于我首次公开发表的铅字。

当时的报纸都是铅与火的杰作，《甘肃日报》每天一张，共四版，广告很少，发表文章也极其不易。我的小文虽然现在看起来有点"实在"甚至"老土"，但我感觉今天值得玩味的东西还依然很多。现在将剪报拿出来，品味我的记忆"遗产"！就是因为这篇文字，使当时上大二的我，爱上了写作，只是现在文学创作见少，理论文章相较而多。

除了会写字，我几乎无一技之长，且我以这个手艺，安身立命，养家糊口，竟然立世至于知天命之年。时光真如流水一般，"子在川上曰：逝者如斯夫，不舍昼夜"（《论语·子罕》）。年厚多情，知岁怀旧。

（2015 年 2 月 1 日）

先秦战国时期命运观的随想

《清华大学藏战国竹简》有篇《命训》，主要讨论先秦战国时期人们的命运观：

> 天生民而成大命，命司德，正之以祸福。立明王以顺之，曰："大命有常，小命日成。"日成则敬，有常则广，广以敬命，则度至于极。夫司德司义而赐之福禄，福禄在人，人能居，如不居而义，则度至于极。或司不义而降之祸。祸过在人，人能无惩乎？若惩而悔过，则度至于极。夫民生而耻不明，上以明之，能无耻乎？如有耻而恒行，则度至于极。夫民生而乐生谷，上以谷之，能毋劝乎？如劝之以忠信，则度至于极。夫民生而痛死丧，上以畏之，能毋恐乎？如恐而承教，则度至于极。
>
> 六极既达，九迁俱塞。达道道天以正人。正人莫如有极，道天莫如无极。道天有极则不威，不威则不昭；正人无极则不信，不信则不行。夫明王昭天信人以度功，功地以利之，使信人畏天，则度至于极。夫天道三，人道三，天有命，有祸，有福，人有耻，有市冕，有斧钺。以人之耻当天之命，以其市冕当天之福，以其斧钺当天之祸。六方三述其一，弗知则不行。极命则民堕乏，乃旷命以弋其上，殆于乱矣。极福则民禄，民禄则干善，干善韦则不行。极祸则民畏，民畏则淫祭，淫祭疲家。极耻则民叛，民叛则伤人，伤人则不义。极赏则民贾其上，贾其上则民无让，无让则不顺。极罚则民多诈，多诈则不忠，不忠则无复。凡是六者，政之所殆。天故昭命以命力曰："大命世罚，小命命身。"福莫大于行，祸莫大于淫祭，耻莫大于伤人，赏莫大于让，罚莫大于多诈。是故明王奉此六者，以牧万民，民用不失。
>
> 抚之以惠，和之以均，敛之以哀，娱之以乐，训之以礼，教之以

艺，正之以政，动之以事，劝之以赏，畏之以罚，临之以中，行之以权。权不法，中不忠，罚不服，赏不从劳，事不震，政不盛，艺不淫，礼有时，乐不绅，哀不至，均不一，惠必忍人。凡此物，是权之属也。惠而不忍人，人不胜害，害不知死，均一不和，哀至则匮，乐绅则荒。礼无时则不贵，艺淫则害于才，政成则不长，事震则不功。以赏从劳，劳而不至，以罚从服，服而不釓，以中从忠则赏，赏必不中，以权从法则不行，行不必以法，法以知权，权以知微，微以知始，始以知终。①

此文也见于《逸周书》，指明人有两种命：一种是"大命"，一种是"小命"。"大命"对应于"天命"，指的是天赋的、难以改变的命。与之相应的是"小命"，如"日成"所示，"小命"指的是人们通过日积月累可以改变的命。在战国时的人看来"小命命身"，"小命"的福祸只体现在个人身上，积善累功则降以福，积不善者则降以祸。这里讲的积善以福，带有宗教信仰的色彩，如同向善向佛、上帝知善。就中国传统的儒家信仰来看，这种降临到个人身上的福祸，可以由自己来把握的观念，《命训》所言有着大不同。

《命训》的"大命"和"小命"对举观念，在强调顺应天命的同时，也重视发挥人的主观能动性来改变属于自己的命运，相对于传统消极的"宿命"思想或极端的"非命"思想都是一种进步，在今天仍有借鉴意义。对于今人来讲，要认可不可抗拒的天命，又必须肯定个人的努力，既有所约束，又灵活改变。这样，当你面对人生困境时，才能不失滋味地活下去。否则，还不如一死了之，肉身不存在了，世界也就不存在了。

（2020 年 8 月 13 日）

---

① 来源：清华大学出土文献研究与保护中心编，李学勤主编《清华大学藏战国竹简（伍）》，上海：中西书局 2015 年版，125–132 页。另据：张峰《清华简〈命训〉与传世本对比研究——兼论清人校注的得失》（刊载于《简帛研究》2021 年第 1 期）一文校改。说明：清华简本《命训》与传世本《逸周书》之《命训》，二者异文有差别。本文仅依清华简本。

春日之思：由"计算机之父"生发的联想

春寒料峭，窗外飞雪，阅读的闲暇，我的目光追逐着轻扬的雪花，不由生发一些联想。

今天是 2 月 17 日，距今 138 年前的今天，托马斯·沃森（Thomas J. Watson，为与其子小托马斯·沃森相区别，人们一般称其"老沃森"）生于美国纽约州北部的一个贫困农民家庭。他只有中专学历，早年从事缝纫机等的推销工作，长期的工作实践，使他获得了推销技能和生意经验。40 岁那年，他进入 CTR（Computing Tabulating Recording）公司，因为他的勤思、勤奋和责任感，仅仅用了十年时间，就获得了公司的控制权。50 岁那年他把公司名由 CTR 改为 IBM（International Business Machines Corporation），就是至今大名鼎鼎的国际商用机器公司，蓝色巨人从此横空出世。有人评价说，虽然沃森没上过大学，没有任何技术背景，但长时间的市场经营锻炼出他敏锐的直觉，如果没有沃森，可能会出现完全不同于现在的计算机———一种运算的工具而不是技术。所以，他才被人称为"计算机之父"，他的儿子小沃森，真正蓬勃发展了计算机事业，使世界进入数字时代。在 20 世纪 50 年代，老沃森享年 82 岁辞世，他是 20 世纪上半叶世界上伟大的企业家之一，在他的领导下，IBM 不仅从一个中型公司成长为世界最大的企业之一，而且他还将 IBM 从机械制表机引入了计算机领域，并且在这一领域称霸一时。他使 IBM 闻名遐迩，给世界留下了一个箴言——"思考"。小沃森则在其父的基础上，通过自己的努力使 IBM 成长为真正的 IT 巨人。

思考是人生重要的活动和必须要有的品质。不是每个人都可以影响世界发展的潮流，但每个人都可以掌控自己的发展，做自己生命的主人；不是每个人都能三头六臂、八面玲珑，但每个人都可以安于其位，从日常一点一滴为家庭、社区、社会贡献力量；不是每个人都能成为将军、省长、主席，但每个人都可以让自己成为不同层级的"沃森"。正是千千万个不同的"沃森"，在今天的中国创造了个人人生的丰裕、家庭的幸福、社会的和谐以及国家的荣耀。我们的时代，需要"沃森"情怀，需要"平凡"胸怀，而更珍贵的应该是从平凡中创造不平凡的职业精神，你可以不忠诚某个领导，但一定要忠诚你的事业，只有这样，你才能成就人生，而不是为了满足感官一味地去挣钱。每个人不仅要学习书本上的知识，聆听他人的教导，更需要一种敬业精神。责任不是别人的要求，而是为自己赋予的使命。一个缺乏责任感的人，首先会失去社会对他的认可，其次会失去周围人对他的尊重与信任，最后会失去他本来可以拥有的成功人生。这个时代极需这样的人才——他（她）在任何情况下都能克服种种阻力完成任务。能做到这一点，就不会为自己的工作操心。因为世界上到处是散漫粗心、追逐金钱、沉迷娱乐的人，而缺少那些全力以赴追求事业的人。我们今天所做的一切，都会在将来深深地影响到自己的命运。

我想把自己知道的好书罗列出来，如比尔·盖茨《不抱怨的世界》、朗达拜恩《秘密》、卡内基《如何才能停止焦虑开始新生活》、罗宾斯《唤醒心中的巨人》、坎菲尔和马克《心灵鸡汤》系列、路遥《平凡的世界》、叶楠《把梦留住》、哈伯德《把信送给加西亚》等，如果你觉得有必要，就去读读它们，说不定会由此引导你我拥有"沃森"情怀，助我们成就自己的未来。

窗外，初春的雪花依然轻扬，可是院子里的春花已经傲枝，而案头那株淡雅的水仙正在怒放，春天的脚步正在不可迟滞地朝我们走来。我们应重新以历史上今天出生的"计算机之父"托马斯·沃森的成功经历共勉，并遵守那个箴言——"思考"。

（2012 年 2 月 17 日）

生活断想（随笔）

一、健康是你对未来开出的支票

　　年轻的时候，我并不过多关注自己的健康，如今，我觉得自己已经开始衰老，因为四十多岁了，按照汉人戴圣所辑《礼记·曲记》中"人生十年曰幼，二十曰弱，三十曰壮，四十曰强，五十曰艾，六十曰耆，七十曰老，八十九十曰耄，百年曰期颐"的说法，人生在"强"之后的每一天，都在走向它的反面——"弱"，这使我一想起来，就会产生出一种莫名的无奈之感。"人生苦短"不光是说人生有涯，还有人生易逝的意思。

　　而今，我已跨过四十岁，正如《论语·为政》上说："子曰：吾十有五而志于学，三十而立，四十而不惑，五十而知天命，六十而耳顺，七十而从心所欲不逾矩。"不惑之年，我对生活有了新的感受和新的认识，学会了用积极的态度去面对生活中的困难和挫折，增添了一些信心和勇气，少了一些抱怨和挑剔；学会了用乐观的精神去面对人生，多了一分自信，少了一分失望。在这个认识的基点上，我开始思考健康。

　　上星期，单位工会组织了全校教职工的体检，我被查出来心脏为窦性心律，并且右束支完全性阻滞，医生告诉我需要注意休息，不要饮酒，不要过度劳累等，服一些丹参片之类的药物。医生还安慰我说，这些情况在健康人群中也有常见病例，要我精神不必紧张和有所负担。然而，我紧张还是有点，后来也就不觉得紧张了，只是精神负担我一下卸不掉。2000 年我体检时，我的心脏没有任何问题，短短七年，怎么会出现这样的问题呢？从反思中来来去去，辗转多遍，我基本弄清楚了原因：那就是过去的七年，是我人生中智力付出最辛苦的七年。

　　2001 年，我被学校起用，从中师教研组长的职位提拔到了教研室主任的职务，虽然这只是个校内承认的中层干部职务，但是工作要求和组织部门任命的科级干部一样，加之两所中等师范合并办学规模扩大，事情确实很多，最主要的是要完成学校转型时期的各种文件制度的建设，加班是常有的事，而且有时是通宵加班。因为感觉到自己身体还可以，所以伴随着学校的合并组建，新学校通过全省中师标准化验收，负责起草给国家教育部申办陇南师专报告初稿到改定稿等，随着在中等师范基础上向教育部申请学校升格为师专，再到首届毕业生通过省教育厅合格评估……超负荷的运转，在上班之余，还要搞科研，撰写专业学术论文并在学术期刊上发表，撰写我十年前就着手的王仁裕笔记小说研究专著，承担教育厅科研课题……如果不是妻子给予我大力的支持，我要完成自己做的工作，几乎是不可能的。

现在，我终于想通了，我需要健康，需要结交年轻的同事，因为他们是这个学校的未来和希望。

如今，我感觉到生活的不如意，人生不如意十之八九，生活中很多的人都要面对各种困境。人生难免要颠沛流离，遭遇坎坷，人生难免要生离死别，聚散依依。每一个人都渴望着光明，但必须要接受黎明前的黑暗。渴望幸福的人，却要经历过人生的痛苦之后，幸福才能迈着稳健的步子走来。等待，要学会等待，要学会在寂寞中等待，等待是幸福的阶梯，等待是幸福的希望，等待是幸福的未来。古往今来，一切有成就的人都很严肃对待自己的生活，活着就要劳动，活着就要学习，绝不虚度年华浪费时间。

所有这些的前提，就是我的健康，健康是我对未来开出的支票。人的生命不能再来一次。

二、不惑之年还是需要理想

当走过年轻的岁月，对任何事物只有希望没有怀疑，于是对生活便有了很多幻想；当走进中年的岁月，对任何事物开始半信半疑，然而，还是需要理想。老年时代是一个什么感受，因为我还没有步入，所以不敢轻易做出判断。理想不是来自个人头脑中的想入非非，希望一觉醒来眼前出现一个快乐的世界，其实那是幻想。没有春天的耕耘，就没有秋天的收获。即使丰收的季节来临了，得到的也是空空如也。翘首期盼明天的人，明天来了，它又变成了昨天。古人云："明日复明日，明日何其多，我生待明日，万事成蹉跎。"

　　每个人都有不同的天分，但并不是每个人都可以随便成功，有一点可以肯定：懒惰者永远不会在事业上有所建树！唯有勤奋者才能在知识领域里取得真才实学，获得知识报酬，使自己变得聪明起来。暮然回首中细细品味人生，四十不惑的心绪不会随着四季的变化而变化。家为港湾，妻子是忠实的生活伴侣，她时时关心着我……平平淡淡才是真，安安心心才是福，快快乐乐才是味，永永远远才是情。

（2007 年 10 月 21 日）

妻病一年感怀

世事难料，命运弄人。就是去年的这个日子，妻子毫无征兆地突发脑溢血。因为她一向身体很好，这突如其来的一击，真将我有些不知所措了。后来的一年时光里，甘苦自知；入世隔世，恍惚之间。好在病妻的治疗和康复尚好，我们才从陷入泥潭一般的生活中徐徐爬了出来。往事不堪回首，我梦魇一般的 2016 年，家事波折多舛……本有千言万语诉诸笔端，但此时竟无语凝噎。

我只希望后面的日子，不要对我有太多的为难。身心交瘁，度日如年。外边和朋友们聚餐，可聊慰我心。我将永远感恩那些对我们深切关怀的亲戚朋友们，无以为报，唯致大谢表诚意。

(2017 年 5 月 21 日)

"仕而优则学"在精神层面引导着我们

宋真宗赵恒是一个褒贬俱存的皇帝，他任王钦若、丁谓为相，信天书符瑞之说，一时朝野荧惑，政事不举。朝内隐患丛生，外忧自然如影随形，不约而至。但在契丹辽国入侵之时，他却能采纳宰相寇准力排众议之说，御驾亲征，最终订立"澶渊之盟"（有丧权辱国意味），获得较为长期的和平局面。他在位25年使北宋进入经济繁荣期，为守成之主，所以其政"褒贬俱存"。

对于他的政绩，如今很多读书人已经不那么熟悉了，众生更是不想熟悉。现代人面临多种诱惑：电影电视、娱乐游戏、上网冲浪、交际应酬以及电子媒介带来的种种即时通讯等。更有甚者，遍布大街小巷的桑拿按摩和歌楼酒馆，为官者（贵者）和富者提供很多潇洒天地，只恨逍遥复逍遥的时日不够，谁还愿意费时读历史呢？17世纪推崇科学的始祖英国人培根有句名言说"读史使人明智，读诗使人聪慧……"，但这个似乎与我们的这个时代颇为不合，国内生产总值引导的中国，几乎要忽略以史为鉴的明智。

社会的文明发展、民主与法制的实现，有人说在近十年内随着国内生产总值的上升而出现了倒退。不错，经济是发展了，这是世人有目共睹的成就，我们的物质生活在发生重大改变。就在最近两天，媒体报道我国国内生产总值规模已经超越日本成为世界第二，无须置喙多说。但这个时代，我们的精神层面呢？成为世界第二了吗？

20世纪80年代，人们崇尚科学和奋斗，"学好数理化，走遍天下也不怕"，到了20世纪90年代，崇尚"知识改变命运"，而进入21世纪后的这十年，中国平民阶层上升渠道（中产阶级的形成）几乎被堵死，九品中正制和门阀士族余孽沉渣泛起，官员"空降"制度的创立，造就了"学好数理化，不如有个好爸爸"的胜景。这个"好爸爸"就是拥有权力的仕者，可以造就无数的辉煌和实惠，人们趋之若鹜心向往之，一时形成风气——"仕而优则学"。在各个大学里连属于自发性质的各类学生干部也是等级森严的，大兴请客送礼之风，令人不寒而栗。

之所以在本篇开头我要提到宋真宗，是因为他的一首诗，虽不能与名作比肩，却历代流传甚广，至今读书人还多有提及，就是他的《励学篇》。诗曰：

> 富家不用买良田，书中自有千钟粟。
> 安居不用架高楼，书中自有黄金屋。
> 娶妻莫恨无良媒，书中自有颜如玉。
> 出门莫恨无人随，书中车马多如簇。
> 男儿欲遂平生志，六经勤向窗前读。

诗的中心思想是：读书考取功名是当时人生的一条绝佳出路，考取功名后，才能得到财富和美女。用现代理念去解释，只要把书读多了读好了，既有房子、美女、豪车，又有官当。凭着学业和读书就能把人生几大理想实现。这样的诱惑谁能抗拒？

可是在北京、上海、广州，人们即便"读万卷"砖头般的书籍也砌不成半间厨房，赚不来一个小小的蜗居；面对"宁愿在宝马车里哭也不愿在单车上笑"的"颜如玉"们，读书人已经转换为"独输人"。至于仕者的存在息壤——学识与能力并不构成进阶的充分条件，想上进者，得先腾出大量的时间来联络上司感情，揣摩领导的心思与喜好，要不断地进行请客送礼、交际应酬，学知识、练能力不如取悦领导，于实际有何用？"学而优"并不能使大学生顺利就业，成长为中产阶级，人尽其用、人尽其才仅仅是各种文件、官样文章在回光返照。

按照知识层面的"崇高理念"来应对仕者阶层引导的"实用主义"，"学而优"非能"则仕"反成"则死"。只有把官做大做强之后，才可以"仕而优则学"——弄个硕士、博士学位装点门面，修饰一个新的士族阶层。但这与宋真宗倡导的学习与读书已经没有什么关联了。传统集权文化让一个民族容易形成固有思维，今天"仕而优则学"已经稳定占据引导当下时代的先机地位，虽然很多有正义感和人文关怀的人们试图保持一份警醒和怀疑，但有多少作用呢？知识分子要做的，就是唤醒最广泛民众的良知、正义感和人文关怀，让广大民众有探求事物真相和追求"学而优"的热情，但已经在位的众多仕者们，却洋洋自得地以真理自居，争相扮演"意见领袖"和"真相权威"的角色，那么，"仕而优则学"还能在知识分子的口诛笔伐中日渐式微吗？显然的回答是："不——可——能！"

至今对电影《建国大业》中关于蒋经国在上海"打老虎"的情节还历历在目。蒋介石在给儿子解释反腐时说到了"亡党"还是"亡国"的问题，恐怕在"仕而优则学"的集权统一时期，谁都难以推理出一个中肯的结论：人们向往的公正民主，被做成"蛋糕"，早已在私下瓜分了。

中华人民共和国成立之初，黄炎培在和毛泽东讲话时谈到了周期率，王朝兴亡之类的话，毛泽东的回答是："我们已经找到了新路，我们能跳出这周期率。这条新路，就是民主。只有让人民起来监督政府，政府才不敢松懈。只有人人起来负责，才不会人亡政息。"

目前，"仕而优则学"在精神层面引导着我们的时代，谁还心存"人亡政息"的疑虑呢？

（2011 年 1 月 2 日）

致友人

——关于寂寞的书

　　幽幽淡去的时光，总是在不经意间拨动回忆的心弦。今天从网上搜到了朋友（杨蕾）的博客，又使我想起了在北京 1996 年到 1998 年的三个春天，感受如徐徐清风从耳边吹过——我们一起为申请学位奔忙，一起准备那些很难对付的课程……时光永远不会停下它的脚步，但友情的回忆似乎永远定格在过去的一瞬间，友谊还在浓浓地延续，但时空的厚度可以穿越么？

　　友人还在失去挚友的悲伤中徜徉，我希望你走出来，在斑驳的夏日阴凉中，抬起头，看看灿烂的光与影吧，每个夏天都是新的！

　　逝者常已矣，来者须追寻，我们坚定的前行，或许是对逝者最好的允诺。

　　我期望能批评指正那本《玉堂闲话评注》，使它不要寂寞，犹如涅槃的凤鸟，再获新生！

　　匆匆几笔，放在友人熟悉的话语后面。

（2007 年 8 月 5 日）

梦想之花为亲情绽放

——有感于为世界冠军郭文珺寻找父亲

  我是西北人，在甘肃东南部的陇南，紧邻陕西。郭文珺在 8 月 10 日获得北京奥运会女子 10 米气手枪冠军，并以 492.3 环的成绩打破奥运会纪录，成为中国队在本届奥运会上为国人奉献的第三块金牌，我是由衷地高兴，因为她是西北黄土地中走出来的奥运冠军，非常不易！不料，媒体报道她的家世，使我非常难受和特别关注。

  我首先注意到的是 8 月 11 日《工人日报》上的一篇文章《郭文珺：从"打工妹"到奥运冠军》，该文称：2003 年，郭文珺在第五届全国城运会中只获得了第九名。由于她的年龄已经不能再参加青少年比赛，队里就让她休息调整。那一段时间对于郭文珺而言是"灰色"的——无事可做的她甚至出门打工，到商场去卖体育服装，成了一名"打工妹"……

  这无疑勾起了我的好奇心。后来从《海南日报》转发的新华社的专稿《性格枪手射击生涯一波三折——郭文珺曾是"打工妹"》知道了《工人日报》的源文章，该文说：2003 年长沙城运会，缺少经验的郭文珺只获得第九名。长沙比赛结束后，郭文珺因超龄已不能参加青少年组比赛，被通知回家调整。这个决定几乎废掉了一个射击天才。远离射击的那段时间，郭文珺过着"打工妹"的生活。按点上班，听老板吩咐，这让小姑娘深感生活的不易。郭文珺的妈妈张琳说，那段经历让女儿觉得，能训练就是一种幸福。媒体的报道使我了解到了郭文珺的"打工妹"生涯，那不是真正意义上的"打工妹"出身！但从"打工妹"到奥运冠军的说法，是否含有郭文珺是"打工妹"出身的意义呢？揣摩再三，确实是有的。我遗憾于一些媒体记者的文不符实。

  后来，中国网《万名网友助奥运射击新科冠军郭文珺寻父》的文章，使我不得不关注起"郭文珺夺金寻找失踪的父亲"的话题来。这样的文章很多，说法也很多。甚至出现了指责甚至谩骂郭文珺的父亲郭京生的言辞。我为一些人的偏激而感到愤懑，不是很了解情况，就不要乱发议论！我看到了网民竹溪逸夫 8 月 12 日 19 时发布的帖子《几多甘苦，几多艰辛》，这篇文章报料很多鲜为人知的细节，我是在感动的泪花中读完这个帖子的。郭文珺年幼遭遇父母离异，父亲含辛茹苦养育女儿，后来又神秘离开的细节，还有她的家世，姑姑的关怀，与母亲后面的来往，尤其是"奥运冠军郭文珺借夺金寻找失踪 10 年的父亲"的说法，令人伤怀。在人类奥运史上，获金牌为寻找亲人的先例，在这之前很为鲜见，甚至是绝无仅有！这恐怕是顾拜旦创立现代奥运时始料未及的吧！谁能否认，这个梦想之花为亲情绽放的事例不是扩大了奥运本身的意义能指和内涵呢？

当然，最早出现在华商网的文章《从未提"金牌寻父"——郭文珺伤心爸爸话题被误读》，说明郭文珺的妈妈张琳不主张媒体和网络寻找郭文珺的父亲，但谁又能阻止这种媒体力量所透露出来的热心和人性的力量呢！但我们又坚决反对暴露她的隐私，粗暴攻击文珺父亲郭京生、先入为主地主观臆断：郭京生当年极不负责地抛弃女儿和妻子。《华商报》的文章称，张琳很了解郭京生，两人分手后成为最好的朋友。她说："我们两个离婚就是追求的道路不同，年轻时没想过孩子的感受。其实我们都是特别爱珺珺的，后来我们还约定离婚五年后比一比看谁赚的钱多。后来因为变故他就走了。"我们从中可以知道，不存在抛弃一说！

现在，郭文珺的父亲在哪里？至少目前有两个答案：一是《华商报》云，郭文珺的大姑郭新宇有一次听人说郭京生在国外某地，但最后再也没有更进一步的消息了；二是《广州日报》称，通过网民"人肉搜索"，8 月 11 日 23 时 41 分 37 秒，某网站上《郭文珺感人故事：父亲已失踪 10 年金牌作寻人启事》一文的评论页面上，出现了这样一则新浪网友的留言："孩子，爸爸祝贺你，你是爸爸心目中永远的骄傲，但是现在爸爸可没脸见你啊，你能理解爸爸吗？"留言后还附了一个邮箱地址。在 23 时 42 分 25 秒，同样的留言又被发布了一次。两次留言的 IP 地址都显示，留言人身在广州。

我深信，无论郭父身在何处，最后真相会大白天下，了却郭文珺一个思父的心愿。奥运梦想之花为亲情绽放，将是多么绚丽而隽永的瞬间！

（2008 年 8 月 15 日）

有些经历应该永远铭记

——29 届北京奥运会开幕式琐忆

　　进入 8 月，就意味着北京奥运会的脚步更加近了，奥运会的气息逐渐浓厚起来。但身在甘肃陇南的我，感受似乎有些特别。就在关注媒体上报道各国运动员和政要分批到达北京，并且中国奥运代表团首批运动员入住奥运村的时候，8 月 1 日 16 时 32 分，在四川的平武、北川交界发生了 6.1 级的强余震，住房的玻璃哗啦哗啦地响，挂在墙上的镜子瞬间摔碎在地上，厨房的碗碟也摔碎了几个，声响特别大，不由一种恐怖的感觉涌上心头。我住在 6 楼，属于顶层，要跑是来不及了，索性就在电脑前不动。"生死由命，富贵在天"——我就把自己交给"上天"了。但可以听见大院里其他几栋楼的单元里孩子们的惊叫和嘈杂的人声。那天地震还伴随着一次罕见的日偏食！也是从那天起，中国气象局宣布进入奥运会特别工作状态。

　　不料，8 月 5 日，奥运会开幕式最后一次彩排，首燃礼花。在关注韩国 SBS 电视台对北京奥组委进行正式道歉关于泄密开幕式彩排的一些细节的时候，又一次强余震不期而至。17 时 49 分，在四川青川与我们甘肃陇南文县又发生了 6.1 级的余震，文县中庙乡境内 212 国道段的螺旋沟大桥严重垮塌，造成 212 国道文县至四川省广元市交通中断，全县 6 人受伤，部分房屋造成新的倒塌和裂缝。因为这次离我所在的成县比较近，震感很强烈。恰逢这时奥运火炬在四川境内传递，很有特殊意味。所幸火炬传递的成都市相距比较远，没有震感，所以各大媒体少有关注。当时我正在观看李永波率领中国羽毛球队将进驻奥运村的新闻。——电视画面剧烈地晃动起来，又是玻璃哗啦哗啦的声音，又是孩子们和一些妇女的尖叫，接着是一片嘈杂……而我已经习惯了这种余震，眼睛盯着奥运频道屏幕的画面，竟然未动！后来据《兰州晚报》报道，这次余震，又给陇南市造成了部分损失和人员伤亡，文县、武都的部分地方，损失巨大。

8 月 6 日，7 时 55 分、11 时 42 分、12 时 47 分又是三次 4.5 级左右的余震，我觉察到了明显的震感，但那又有什么办法呢？"北京奥运会开幕式已经准备好了"新闻发布会正在进行中，屏幕上正是 159 号火炬手北京奥组委市场开发部部长袁斌传递后向观众挥手，我也似乎被画面的热烈气氛感染了。

明天就是奥运会开幕式的时候了。我多么希望，三天之内再没有余震啊！可是，就如首金未能被女子 10 米气步枪选手杜丽获得一样，余震并不能遂人愿。7 日 16 时 15 分，在平武、北川交界处又发生一次 5 级余震。震感还是很强的，我端着茶杯，摇晃使茶水从杯口溢了出来，而这时，我的眼睛还在关注着陈宝国、刘璇在北京双河路河南村果园加油站至于集汇大街南段的火炬交接和传递。这两个人我都很喜欢。陈宝国在 1986 年的《神鞭》中饰演"混混儿"玻璃花一角，他将形体动作和内心情感有机统一起来，通过玩扇子、挖耳朵、修指甲等细节动作，丰富了人物形象，为他的瞎眼和跛脚找出生活依据，演活了这个人物。然而因为我首先兴趣盎然地读了冯骥才的原作，所以当时我并不看好这个演员。2001 年《大宅门》的上演，改变了我对他的看法，陈宝国塑造的白景琦形象获得巨大成功，广受观众好评。我当然因此认可了他富有个性的独特表演技艺。再后来，2005 年初的《汉武大帝》，陈宝国将汉武帝刘彻演绎得栩栩如生，让世人看到了一代帝王的风范，甚至弥补了我对《史记》在一些方面认识的不足，我不禁喜欢上了这个演员。至于刘璇，现在应该是一个 29 岁的湘妹子，过去有"璇美人"的誉称，1998 年日本靖江世界杯体操总决赛获女子平衡木冠军，继后在 1999 年在天津世界锦标赛夺得平衡木冠军时，令人刮目相看。当时她只有 153 厘米，体重 48 千克，但掩饰不住的魅力，给人留下深刻印象。她在 2000 年获得悉尼奥运会女子平衡木冠军，以完美的动作征服了裁判员和观众，造就了事业的巅峰，退役后入北京大学历史系读硕士研究生，在世界史、中国史、诗歌、中国古代哲学等方面兴趣浓厚，但由于社会公益和应酬事务太多，也可能由于基础不扎实，不能很快沉潜学术，所以在学问方面似乎没有多大进展。尽管如此，我还是喜爱这个有运动员经历和社会公益背景的文史学习者。

奥运会开幕之日，余震还真没有来。是天遂人愿，还是天人合意我不得而知。这一天我收到了很多朋友的短信，但主要的内容只有一个，就是2008年8月8日的日子千载难逢，加上又是农历7月8日，应该是4个8，注定了我们现在活着的人在有生之年只有这一次遇到。确实令人感叹宇宙的无穷和生命的短暂。我自然联想到张艺谋在开幕式上引入的张若虚的《春江花月夜》对宇宙和人生的叹喟。

张艺谋是一个很有才华的人，我看到网上有许多评论开幕式编导的话，跟帖中各种各样的言词都有，赞扬者亦有之，谩骂者有之，嘲笑者有之，不屑一顾者亦有之。但我还是认为他很出众，他以学专业摄影的出身，演绎了色彩的惊人魅力，《一个和八个》《黄土地》《大阅兵》就是例证。这种色彩的应用天赋，在第29届夏季奥林匹克运动会开幕式上也得到了体现。而他主演的《老井》，准确地表现西北汉子的质朴，达到了惊人的程度，孙旺泉早晨倒尿盆的执著神态和蹲在地上很响地吸啦玉米粥的情景，在20多年后还能很生动地浮现在我的眼前，难怪他能成为我国第一位国际A级电影节影帝，第二届东京国际电影节的评委专家看来真不是虚妄其名的。充分显示导演水平，赢得"老谋子"谑称的是他的导演天赋，他的作品，几乎我全都看过，《代号美洲豹》《古今大战秦俑情》《菊豆》《大红灯笼高高挂》《秋菊打官司》《活着》《摇啊摇，摇到外婆桥》《有话好好说》《一个都不能少》《我的父亲母亲》《幸福时光》《英雄》《十面埋伏》《千里走单骑》《满城尽带黄金甲》等，不能不佩服他的创新天赋。

从这个意义上说，国际奥委会和北京奥组委选准他编导开闭幕式，可以说是名至实归。

开幕式的看点，在我看来，确实很多。"时间之火——倒计时"还是很令人感到震撼的；"焰火大脚印"很有创意，尽管8月9日的《京华时报》报道说，观众通过电视，以及鸟巢内的观众从大屏幕看到的焰火大脚印画面，并非当时航拍的即时实景，而是水晶石公司历时近一年时间制作完成的三维实景视频；"梦幻的五环"，显得亦幻亦真；用"长卷"的方式、最能代表中国文化的"中文方块字"表现形式，展现中国作为一个具有五千多年文明的古国，"人体绘画——活字印刷"，很好地运用了中国元素；"绿色鸟巢"经过灯光和色彩，显得很精美；"太极——和平鸽"很有视觉冲击力；地球造型，也很美丽、感人；主题歌从意蕴上显得很圣洁；2008张笑脸，配合着焰火很有沧桑感；童声合唱奥运会歌也不乏清新之处；主火炬的点燃，很壮观，李宁的动作如嫦娥奔月……这些都赢得了国际媒体的肯定。

但是，在我看来，还是有不足之处的：京剧的表现单一、呆板；点火仪式的引火方式类似于1996年亚特兰大奥运会，不像1992年巴塞罗那奥运会的点火一样出人意料；焰火很多，但编排效果亮点不够等。

作这样的评论，也许不是很贴切，只是一种感受罢了。如果不切实际，那就姑妄言之，姑妄听之吧！

(2008年8月10日)

后 记

《陇蜀文馀》的完成，前后差不多用去了三个月的时间。如此迅捷而高效的背后，是我 2002 年以来至今二十年时间的零星写作，累积了七十多万的文字作为支持。有道是"手中有粮，心中不慌"，诚如是也。这些先后写就的文字，大部分未见诸于报刊。经过反复取舍与甄别，我确定了其中的八十余篇长短不一，甚至篇幅悬殊的三十余万字汇聚起来，结集成这本书。

在我的知识库存之中，陇蜀地域的生活经历构成了一个深刻烙印，潜在地影响着我为人处世的态度。我本来应该是 1978 年 1 月从天水县第八中学毕业的，不料 1978 年全国延长了半年学制，延后一学期高中毕业，当年高考落选按惯例回乡务农。经过一年的生产队劳动，我才真正认识到读书的重要性，于是想方设法去了遥远的天水县五龙中学复读。那时我只有 16 岁，因为营养严重不良，身形瘦弱。从偏远的蒲家湾到五龙中学有 25 千米的山路要走，对今天 16 岁的求学者来讲，是难以想象的。这 25 千米的山路处于渭河南北二山，中间就是渭河畔的新阳镇，往返一次就要两度绕道跨过陇海铁路的渭河大桥，因为别处无法渡河。那一年求学栉风沐雨不说，单是经历的严寒、饥饿、窘迫和孤独，至今仍在眼前，种种印象与段段记忆相互交织，不禁令人感慨丛生。所幸我终于获得了回报，赶上了高考改变命运的时代，伴随着四十多年改革开放的春风拂面，进入小康社会。这些经历实际潜移默化地形成了我的陇蜀思维，与此相关的感慨在后来被开发出来。在《陇蜀文馀》第三、第四章《文学》与《记忆》里我叙写了这些感慨，但它们是碎片化的，我想让这些有关陇蜀的回忆与感慨成为体系的念头，仿佛心田上的春草一直在持续生长，就留到明年退休后在"满目青山夕照明"中续写新篇吧。

1982 年是我从师范学校毕业进入社会独立开始生活的第一站，就在甘肃徽县。那时我 19 岁，渴求新知，曾经踌躇满志，不知"陇蜀"为何物，即使学过"得陇望蜀"的成语，也是一知半解。然而，无论走出多远，至今四十年的人生都是在天水、陇南度过的，因为地域的关系对甘陕川毗邻的陇蜀之地，仿佛早已成为情感之中一个潜在的精神轴心。我发现这个轴心，是在十年前汉中市举办的中国蜀道学术研讨会上，天水、陇南学者提交大会的一组陇蜀古道研究论文，受到会议主持人的高度评价。陇蜀之地是一个辽阔的区域，属于物产丰饶的一个客观存在；陇蜀之地又是一个人文地理概念，拥有迥异的内涵，承载着形形色色的诠释、期待、想象和叙事。在不同的历史时期，文学从陇蜀汲取了绵绵不尽的素材，但灵感远为不同。去年我出版的《唐末五代陇蜀浮世叙：王仁裕诗文解构》和《南宋经略陇蜀与吴玠吴璘史事研究》两书，以唐宋时期文学形象和历史文化的不同叙述表明，作为民族文化根系的陇蜀地带，曾经耀眼地展示过文明的辉煌。目前，现代社会正在以各种方式消解传统，陇蜀文化有过的绚烂随着古老农耕文明仿佛进入尾声，似乎光辉不再。但是甘陕川毗邻的陇蜀之地已经在城市文化的茁壮成长中卓然显出一种新姿态：工业社会的钢铁与集成电路越来越密集地嵌入村镇、城市，机场、高铁、高速公路正不动声色地改变着陇蜀之地传统的时空结构，耕读传家的时代已经一去不复返了。

对于我来说，陇蜀的涵义及其相关的人文地理概念，已经收缩为第二"故乡"。我们无法预知未来，更不可能重塑曾经的文化陇蜀。所以这本书所做的仅仅是，记录若干我过往关于陇蜀之地的所见、所闻、所思、所感，没有严密的内在逻辑，仅仅是直接或间接关涉陇蜀的一些文字而已。文字是神圣的，直须敬畏和爱恋，《陇蜀文馀》关于陇蜀人文景象的叙写，在我看来携带着神圣的情愫、爱恋的情怀和雅致的意趣。《淮南子·本经训》载："昔者仓颉作书而天雨粟，鬼夜哭。"古人惊叹于文字抒写的惊天地泣鬼神，我作为一个新时代沉浸于文字、陶醉于文字并以文字创造思想的人，从来也不敢率尔操觚，舞文弄墨；对于写成的文字，虽然不见得能够做到"为求一字稳，耐得半宵寒""吟安一个字，捻断数茎须""二句三年得，一吟双泪流"，但是无论如何也要尽心尽力，把"温故知新""慎言不哗"作为追求的目标。虽然是抒写文化陇蜀，但因为这本书里的篇章完成于非一时一地，并且限于心绪不同、境况有异、兴笔直陈，在文采和艺术上客观的效果未必尽如人意。加之理论修养的不足，文学积淀的欠缺，肯定存在大量缺点，请同道行家、读者朋友批评指正。

　　特别感谢郑州大学刘志伟教授赐序，先生给这本书的点睛评介使其大为增色，其中的褒扬和溢美之辞又使我赧颜。我的两位研究生何浩玲、于琦帮忙悉心校对书稿，并就有些方面提出想法和建议，在此一并致谢。本书在编辑出版过程中得到了家人、朋友、同事的大力支持，这也是我要铭记于心并致以诚挚感谢的。

蒲向明

2022 年 1 月 6 日于陇南师专